다케다 신겐

와시오 우코 지음
박현석 옮김

玄 人

작품 속 단위 환산
1치 = 약3.3㎝
1자(척) = 약30㎝
1간 = 약1.8m
1정 = 약109m
1리 = 약400m
1각 = 약15분
1관 = 약180리터

다케다 신겐
(武田信玄)

원제: 甲越軍記

와시오 우코(鷲尾雨工)

◎ 권두의 말

일본의 역사를 돌아보면, 중세 이후부터 근세에 이르기까지 크고 작은 전투는 헤아릴 수도 없이 치러졌다. 그런데 이처럼 빈발했던 전투 중에서 가장 격렬했던 전투는 무엇이었을까?

이에 대한 대답은 여러 가지가 있을 것이다. 사람에 따라서 여러 가지 관점이 있을 것이며, 평가도 달라질 것이다. 그러나 전투의 규모에 있어서나, 양 군에 동원된 병력의 숫자에 있어서나, 통솔하는 주장의 역량에 있어서나 다케다 신겐(武田信玄)과 우에스기 겐신(上杉謙信)이 자웅을 겨룬 가와나카지마(川中島) 전투만큼 절호의 소재를 이른바 전쟁 이야기에 더해준 전투도 없을 것이다.

아네가와(姉川) 전투, 나가시노(長篠) 전투와 함께 이 가와나카지마 전투를 들어 일본의 3대 격전이라 하는 사람도 있다. 혹은 아네가와 전투 대신 오케하자마(桶狹間) 전투를 들기도 하고, 혹은 이쓰쿠시마(厳島) 전투를 드는 사람도 있으며 가와나카지마, 나가시노, 세키가하라(関が原)를 열거하고 이것을 3대 격전이라 부르는 사람도 없지는 않지만 어떠한 경우에라도 가와나카지마 전투를 제외하는 사람은 없는 듯하다. 따라서 세 손가락, 혹은 다섯 손가락 안에 드는 격전 가운데 가와나카지마 전투가 들어간다는 것은 틀림없는 사실이다.

이 책은 가와나카지마 전투가 어떤 양상으로 전개되었는지를 『고에쓰 군기(甲越軍記)』 및 『열전공기(烈戰功記)』를 원본으로 가능한 한 읽기 쉽게 쓴 것이다.

『고에쓰 군기』는 하야미 슌교사이(速水春曉斎)가 편찬한 책인데, 슌교사이의 본명은 고쇼(恒章), 통상적으로는 히코사부로(彦三郎)라고 불렸다. 오사카(大阪)의 화공으로 이시다 교쿠잔(石田玉山)의 화풍을 배웠으며 글 솜씨도 있었기에 여러 가지 저작물도 남겼다.

『고에쓰 군기』는 『에혼고에쓰군키(絵本甲越軍記)』라 제목 붙였던 책이다. 그러나 슌교사이는 이 책을 완성하지 못하고 분세이(文政) 6년(1823) 7월에 세상을 떠났다. 슌교사이는 다케다, 우에스기 두 집안의 발흥까지만 기술했을 뿐, 가와나카지마 전투에 대해서는 기술을 하지 못했다. 이에 그 뒤를 이어 원본으로 삼은 것이 『열전공기』다. 오자와 도요(小沢東陽)가 저술한 책이다. 그러나 이 오자와 도요에 대해서는 전기가 전해지지 않는다.

나는 다케다, 우에스기 두 집안의 역사와 가와나카지마 전투에 관한 독자적인 역사 소설을 구상하고 있지만 그것과는 전혀 별개로 독자 여러분께 우선 이 책을 보낸다.

1944년 신춘
와시오 우코

◎ 옮긴이의 말

일본의 전국시대(1467~1573)는 혼돈의 시대였다. 수많은 호걸들이 각지에서 세력을 키워나간 군웅할거의 시대였다. 그들의 세력 확장은 당연히 상호간의 무력충돌로 이어졌고 따라서 약육강식의 세상이 되었다.

1세기가 넘는 기간 동안 이어진 군웅할거, 약육강식의 시대에서 눈에 띄는 인물을 꼽으라면 거의 대부분의 사람들이 다케다 신겐, 우에스기 겐신, 오다 노부나가, 도요토미 히데요시, 도쿠가와 이에야스를 늘어놓으리라. 그 가운데서 오다 노부나가와 도요토미 히데요시, 그리고 도쿠가와 이에야스는 우리나라에도 비교적 잘 알려져 있으나 다케다 신겐과 우에스기 겐신은 그 이름만 조금 알려졌을 뿐, 그들의 삶이나 정신에 대해서는 널리 알려지지 않은 듯한 느낌이 든다. 이에 그들을 알리기 위한 작은 기회를 만들기 위해서 와시오 우코의 『다케다 신겐』(원제 『고에쓰군키』)과 요시카와 에이지의 『우에스기 겐신』을 번역하여 출간하기로 했다.

개인적으로는 『젊은 날의 도쿠가와 이에야스』와 『아케치 미쓰히데』에 이어 일본의 전국시대를 다룬 작품 중 세 번째, 네 번째 번역물이다. 이 전국시대를 다룬 작품을 번역할 때면 늘 몇 가지 고민에 빠지게 되는데 그에 대해서는 전작인 『젊은 날의 도쿠가와 이에야스』와 『아케치 미쓰히데』에서 이야기했으니 여기서는 생략하기로 하겠다.

단, 이 책 및 『우에스기 겐신』을 읽는 데 도움이 될 만한 말을 몇 가지 해보기로 하겠다.

가장 먼저 일본 성의 구조. 일본의 성에는 몇 가지 종류가 있지만 가장 일반적인 성의 구조로 말하자면 가운데 성의 중심건물인 혼마루(천수각)가 있다. 그리고 그 혼마루를 둘러싸고 니노마루라 불리는 성벽이 있으며, 그 니노마루를 둘러싸고 다시 산노마루가 있다.

이러한 성 안에 일반 백성은 거의 살지 않았다. 그들은 성을 중심으로 성벽 바깥에 마을을 이루고 살았다. 작품 곳곳에 '성 아래 마을'이라는 말이 등장하는 이유다.

그리고 성명의 구조. 당시 일본인의 이름은 '성＋관직명(혹은 아명, 통칭)＋이름'의 구조로 되어 있다. 따라서 이 작품에 위의 형태로 등장하는 '야마가타 가와치노카미 도라키요'를 예로 들자면 '야마가타'가 성, '가와치노카미'가 관직명, '도라키요'가 이름이 되는 셈이다. 작품 속에서는 '성＋이름', '성＋관직명', '성', '이름', '관직명' 등 여러 가지 형태로 한 사람을 부르고 있기에 조금 복잡하게 느껴질지도 모르겠으나 기본 구조인 '성＋관직명＋이름'을 기억해둔다면 혼동을 조금은 피할 수 있을지도 모르겠다.

다음은 지명. 지명에 산(山), 천(川), 상(峠), 원(原) 등의 한자가 매우 빈번하게 등장하는데, 이를 우리말로 '산, 강, 고개, 벌판'으로 번역할까도 했으나 거기에는 약간의 무리가 따르기에 포기하기로 했다. 단, 산(山)은 '야마, 산, 잔'으로 읽히는 경우가 많으며, 천(川)은 '가와, 카와'로 읽히는 경우가 많고, 상(峠)는 '토우게', 원(原)은 '하라, 바라' 등으로 읽히는 경우가 많으니 본문을 읽을 때 참고하시기 바란다.

　마지막으로 이야기하고 싶은 것은 국(国)라는 한자. 이는 우리가 쓰는 국(國)의 약자인데, 한자 자체가 가지고 있는 의미인 독립된 나라를 나타내는 것이 아니라 옛 일본의 행정구역 단위였다. 당시 일본의 행정구역은 5기 7도라 하여, 교토 부근의 수도권에 5개의 구니(国)가 있었으며, 일본 전국이 7개 도(道)로 나뉘어 있었고 거기에 다시 각 구니가 속해 있었다. 따라서 전국시대를 다룬 글에서 '국내의 정세'라고 하면 '구니 안의 정세'를 의미하며, '국외'라고 하면 자신이 속한 구니 외의 구니를 의미한다. 시대를 현대로 돌려 가와바타 야스나리의 대표작 『설국』의 유명한 첫 구절인 '국경의 긴 터널을 빠져나오면 설국이었다.'에서, 국경은 구니와 구니의 경계를 의미하는 것이며, 설국은 눈의 고장을 의미하는 것이라고 이해하면 된다. 이 작품에서도 '북국' 등의 표현을 볼 수 있는데 이 역시도 '북쪽 지방', '북부 지방'으로 이해하면 된다. 일본의 옛 행정구역과 전국시대의 세력도를 책 뒤에 실었으니 참고하시기 바란다.

　그리고 구니를 표기함에 있어서 예를 들어 '가이노쿠니'처럼 구니(国)가 어중에 오는 경우는 '쿠니'로, 어두에 오는 경우는 '구니'로 표기했다. 이 역시 혼돈의 재료가 될지 모르겠으나 우리말 표기법이 그러니 어쩔 수 없는 일이다. 본문 중 '적국', '일국', '귀국' 등은 한자를 우리말로 그대로 읽어 표기했음을 밝혀둔다.

　전국시대의 두 영웅인 다케다 신겐과 우에스기 겐신이 벌인 가와나카지마 전투는 일본 전투사 중에서도 가장 치열한 전투 가운데 하나로 꼽힌다. 1553년부터 1564년까지 햇수로 12년에 걸쳐서 펼쳐진 다섯 차례의 전투를 전부 가와나카지마 전투라고 부르지만, 일반적으로 가와나카지마 전투라고 하면 다케다 신겐이 이끈 가이 군과 우에스기 겐신이 이끈 에치고 군, 두 구니의 군이 가장 치열하게 맞붙었던 제4차 전투를 일컫는 경우가 많다. 제4차 가와나카지마 전투의 결과 가이노쿠니 쪽에서는 약 4천 명의 사상자가 나왔으며, 에치고노쿠니 쪽에서는 3천여 명의 사상자가 나왔다고 일컬어질 만큼 전투는 치열했고, 전투가 치열했던 만큼 양 군의 수장인 다케다 신겐과 우에스기 겐신의 이름이 더욱 널리 알려지게 되었다. 제1차에서 제5차에 걸친 전투의 장소와 제4차 전투의 대략적인 모습 역시 책 뒤에 지도화하여 실었으니 참고하시기 바란다.

앞서 말한 것처럼 전국시대의 두 명장인 다케다 신겐과 우에스기 겐신을 다룬 두 작품을 동시에 출간하게 되었다. 그런데 두 작품 모두 소설이기에 실제 역사적 사실과는 다른 부분이 곳곳에 산재해 있다는 점을 감안해서 읽어주시기 바란다. 특히 와시오 우코의 『다케다 신겐』은 작가 자신이 「권두의 말」에서 밝힌 것처럼 『에혼고에쓰군키』라는 군담소설을 저본으로 삼고 있기에 역사적 사실과 맞지 않는 부분이 상당히 존재한다. 그리고 두 책에서 사용한 고유명사가 일치하지 않는 경우도 있다. 예를 들자면 겐신의 말을 『다케다 신겐』에서는 '호쇼쓰키게'라고 표기했으나, 『우에스기 겐신』에서는 '호조쓰키게'라고 표기했다. 이는 시대에 따른 변화이기도 하고, 또 고유명사를 한자로 쓰고 그 읽는 법이 조금은 달라도 그것을 그대로 인정해주는 일본인의 특성 때문이라고도 할 수 있겠다. 말의 이름뿐만 아니라 인명, 지명, 관직명 등에도 각각의 상이함이 존재하니 역시 감안해서 읽어주시기 바란다.

와시오 우코의 『다케다 신겐』은 다케다 신겐과 우에스기 겐신의 가와나카지마 전투(제4차) 이전까지의 모습에 중점을 두었으며, 요시카와 에이지의 『우에스기 겐신』은 가와나카지마 전투(제4차)의 모습과 그 이후의 삶에 중점을 두었으니, 두 책을 동시에 읽는다면 두 인물은 물론 당시의 시대상을 이해하는 데 커다란 도움이 되리라 여겨진다.

역사적 사실에 기초를 둔 전국시대의 인물에 관한 내용은 다른 시리즈를 기획하고 있으니 그때까지 조금만 기다려주시기 바라며, 이번에는 이 두 권의 책을 통해서 두 인물에 대한 이해도를 높이셨으면 한다.

英雄六家撰

山本勘介入道道鬼齋

야마모토 간스케

목 차

폭군 노부토라

세이와(淸和) 천황의 6대손인 진주후쇼군(鎭守府将軍) 미나모토 요리요시(源賴義)를 조상으로 하며, 신라 사부로 요시미쓰(新羅三郎義光)의 피를 이어받은 가이 겐지(甲斐源氏)의 25대손이 사쿄노다이부(佐京大夫)인 다케다 노부토라(武田信虎)였다.

천성적으로 거칠고 오만했지만 특히 무예에 능해서 한때 그의 위세는 근방을 평정했다. 고슈(甲州) 일원은 불온함 속에서도 강압에 의한 평화의 기운이 감돌고 있었다.

다이에이(大永) 6년(1526) 봄의 일이었다. 한 장사(壯士)가 고후(甲府)로 들어와 중개인을 통해서 노부토라에게 진언했다.

"그는 다네가시마(種子島)의 신자에몬(新左衛門)이라고 하는 사람입니다. 사쓰마(薩摩)의 다네가시마 출신입니다. 어렸을 때 무역선을 타고 명나라에 갔었는데 그곳에서 진귀한 무기를 손에 넣어 가지고 귀국했다고 합니다. 무위를 천하에 떨치고 계신 나리께 그 무기와 탄약을 헌상하여 봉공하고 싶다 합니다."

이 말을 들은 노부토라는 바로 신자에몬을 불러들였다. 그리고 신자에몬이 가지고 온 3자 가량의 철통을 신기하다는 듯 손에 쥐고 바라보았다.

"이 무기의 이름은 무엇인고? 어떻게 사용하며, 또 어떤 효력이 있는가?"라고 물었다. 신자에몬은 공손하게,

"이것은 화승총이라고 하며, 남만국[1]에서 제조한 신식무기입니다. 총알은 검은 납으로 만드는데 쏘면 불을 뿜으며 백발백중. 철판이나 갑옷 따위도 아주 간단하게 뚫습니다. 그 소리도 천둥과 같아 처음 듣는 자는 경악을 금치 못할 정도입니다."라고 대답했다.

이에 앞뜰에서 시험을 해보니 신자에몬의 말대로 백발백중. 노부토라는 매우 기뻐했다.

'이거다. 이것만 있으면!'

바로 700명의 무사를 뽑아 사격훈련을 개시했다. 5일, 6일 그리고 몇 개월 뒤에는 모든 무사들이 화승총을 완벽히 다룰 수 있게 되었다.

'이제는 됐다. 우선은 이 신병기로 이웃나라들을 멸망시키기로 하자.'고 마음속으로 중얼거린 노부토라는 가장 먼저 가가미(加々見)와 사쿠라이(桜井)를 공격했다. 화승총의 위력으로 별 어려움 없이 이 두 집안을 격파하여 다케다 가의 영토를 나날이 늘려갔다.

이 무렵부터 차마 눈 뜨고 볼 수 없는 노부토라의 악행이 자행되기 시작했다.

매사냥 도중, 농민이 밭에서 일하고 있는 모습을 보고,

"눈에 거슬린다!"

이 말이 끝나자마자 한 방에 쏘아 죽여버렸다. 영주의 횡포에 달리 대항할 길이 없는 농민들은 단지 진저리를 칠 뿐이었으며, 매사냥이나 사슴사냥이 있다는 소리를 들으면 문을 굳게 걸어 잠근 채 집 안에서 벌벌 떨었다.

그러나 운이 없는 사람들도 있었다. 어느 날 갑작스럽게 매사냥

---

1) 南蠻國. 서양을 일컫던 말.

에 나섰는데,

"나리가 납시셨다!"며 농민들은 쟁기를 버리고 거미의 새끼를 흩어놓은 것처럼 도망가버렸지만 한 사람, 임신을 한 여자가 미처 도망을 가지 못하고 풀 위에 털썩 쓰러지고 말았다. 말 위에 떡하니 앉아 있던 노부토라가 그 모습을 휙 돌아보더니,

"저 여자를 데리고 오라."하고 가신들에게 명령했다. 우르르 달려간 가신들이 여자의 몸을 억지로 일으켜 세워 끌고 왔다.

"이 년! 네 배가 불룩한 것을 보니 무언가를 훔쳐 숨긴 게 틀림없구나."

노부토라가 노려보자 여자는 몸을 부들부들 떨며,

"천만의 말씀이십니다. 임신을 했는데 이번 달이 마침 산달이기에 이렇게 보기 흉한 배가 되었습니다."라고 대답했다.

노부토라는 빙그레 웃더니,

"음, 이건 좋은 사냥감이다. 내 생각한 바가 있으니 이 여자를 집으로 데리고 가라."

사냥을 마치고 집으로 돌아온 노부토라가 가신들에게 명령한 것은, 잔인하게도 뱃속 아이의 목숨을 끊으라는 것이었다.

먼 옛날, 중국 은나라의 주왕(紂王)이 행했던 그 포악한 짓을 지금 노부토라가 되풀이 한 것이었다. 인간으로서 있을 수 없는 극악무도한 행동이 이때부터 하루하루 도를 더해 수많은 임부들이 그 희생양이 되었다. 이 무슨 극악무도한 짓이란 말인가? 하늘이 그것을 그냥 보아 넘길까?

가장 먼저 일어선 것은 대대로 다케다 가를 섬겨오던 가신 야마가타 가와치노카미 도라키요(山形河内守虎淸), 바바 이즈노카미

도라사다(馬場伊豆守虎貞), 구도 시모우사노카미 도라토요(工藤 下総守虎豊), 나이토 사가미노카미 도라스케(内藤相模守虎資) 네 사람이었다. 이 네 신하가 주군 노부토라의 악행을 보다 못해 어느 날 모여서 서로 상의했다.

"대대로 무거운 은혜를 입고 있는 우리 노신들로서, 요즘 나리의 악행을 못 본 채 간언하지 않는다는 것은 있을 수 없는 일이오."라고 한 사람이 말하자 또 다른 사람이,

"옳소. 하지만 저처럼 포악한 주군이니 아무리 직언을 한다 한들 받아들이실 리가 없소. 허나 설령 받아들이지 않는다 할지라도 죽음으로써 간언을 하는 것이 신하된 자의 도리라 생각하는데 여러분의 의견은 어떠시오?"라고 말했다. 그리고 다시 말을 이었다.

"그렇다고는 하지만 네 명이 한꺼번에 간언하다 그로 인해 동시에 죽게 된다면 구니(国)에 커다란 일이 일어났을 때 목숨을 던져 나리를 섬길 사람이 없어지게 되오. 죽음으로 주군에게 간언하는 것도, 살아서 주군을 섬기는 것도 전부 하늘의 뜻에 맡기기로 합시다."

상의가 끝나자 일동은 바로 앞선 주군이었던 노부쓰나(信綱)의 무덤으로 가 참배를 했다. 그리고 제비를 만들었다. '선(先)'이라고 적힌 것을 뽑은 자 두 명이 목숨을 바쳐 주군에게 간언하고, '후(後)'라고 적힌 것을 뽑은 자 두 명이 뒤에 남아 다시 간언을 하기로 정한 뒤, 일동은 차분한 마음으로 향을 피워 올리며 네 개의 제비를 뽑았다. 바바 이즈노카미와 야마가타 가와치노카미가 '선'을 뽑았다. 이렇게 해서 때가 오기를 기다리기로 하고 그날은 모두가 술잔을 나눈 뒤 헤어졌다.

그로부터 며칠이 지난 어느 날, 노부토라는 그날도 임부를 앞뜰에 끌어다놓고 언제나 해오던 악행을 자행하려 했다. 그곳으로 뛰어든 바바와 야마가타가 인민애무(人民愛撫)의 도를 간곡하게 설파한 뒤 민심이 돌아서고 있음을 이야기하고 간서(諫書)를 내밀었다. 수십 개 조항에 이르는 의견서를 보자마자 얼굴이 시뻘게진 노부토라는,

"이놈들, 신하로서 주군의 잘못을 들어 비방하다니, 있을 수 없는 일이다!"

이렇게 말하자마자 대검으로 손을 가져갔다.

"앗!"

바바 도라사다가 오른쪽 어깨에서부터 젖꼭지 밑 부분까지 잘려 그 자리에서 쓰러졌다. 말리려고 노부토라에게 다가갔던 야마가타 도라키요에게도,

"너도 더 이상 지껄였다가는 이놈처럼 될 줄 알아라!"라고 말하며 노려보았지만 조금도 겁내지 않고 눈물을 줄줄 흘리며,

"저희 두 사람, 애초부터 목숨을 아끼지 않을 생각이었습니다. 저희의 죽음으로 나리의 마음이 선한 길로 들어선다면 더 바랄 것이 없습니다."

말이 채 끝나기도 전에 노부토라의 칼이 야마가타의 정수리에서부터 콧등까지를 찍었다.

"내 네놈들에게 마지막으로 한마디 하겠다. 잘 들어라. 너희의 간언은 받아들이지 않을 것이다. 이것을 선물로 무간지옥에 떨어지도록 해라."

이것이 두 충신에 대한 노부토라의 보수이자 대답이었다.

간언하는 자, 말리는 자가 없어진 노부토라의 횡포는 날이 갈수록 더욱 극심해졌다.

노부토라의 애첩 중에 오자와(小沢)라는, 용모와 마음씨 모두 고운 여자가 있었는데 그녀의 동생인 이마이 모쿠노조 사다쿠니(今井杢之允貞国)는 가신으로 노부토라를 섬기고 있었다. 어느 여름날, 연일 계속되는 더위에 건넌방에서 대기를 하고 있던 모쿠노조는 문득 졸음이 쏟아져 꾸벅꾸벅 졸기 시작했다. 그때 평소 노부토라가 총애하던 하쿠산(白山)이라는 원숭이가 묶어두었던 줄을 풀고 우리에서 뛰쳐나와 건넌방으로 달려 들어가더니 모쿠노조의 칼을 쥐고 캭 소리를 지르며 모쿠노조의 이마를 베었다.

"앗! 웬 놈이냐?"

순간적으로 잠에서 깨어나 자리에서 일어선 모쿠노조가 하쿠산을 뒤쫓아가 단칼에 베어버리고 말았다. 곁에 있던 동료들이 모쿠노조를 치료한 뒤 이 일을 노부토라에게 보고하자 그는 열화와 같이 화를 내며,

"그 녀석은 일을 게을리 했을 뿐만 아니라 심지어는 내가 아끼는 하쿠산의 목숨마저 빼앗았다. 괘씸한 놈!"

즉석에서 모쿠노조를 가신들의 우두머리인 오기와라 히타치노스케(荻原常隆介)에게 맡겼다.

오류일 지나서 모쿠노조에게 할복을 명령했다. 그 사실을 알게 된 구도 시모우사 도라토요, 나이토 사가미노카미 도라스케가 곧바로 노부토라 앞으로 달려가 모쿠노조의 구명을 청하며 겨우 원숭이 한 마리 때문에 존귀한 사람의 목숨을 빼앗는다는 것은 가혹한 처사라고 간언했지만, 오히려 노부토라에게 모쿠노조의 방만한 행

동은 무사로서 있을 수 없는 일이라는 호통을 듣고 터벅터벅 물러 나야만 했다. 게다가 모쿠노조 한 사람에게만 할복을 명했다면 그나마 나았을 텐데, 당시 17세였던 모쿠노조의 외아들 야타로(弥太郎)에게까지 훗날 원한을 품을지도 모르니 지금 그 싹을 잘라야 한다며 역시 할복을 명했기에 생각이 있는 가신들 모두가 노부토라의 횡포에 눈썹을 찌푸리지 않을 수 없었다. 이 사실을 알게 된 모쿠노조는 너무나도 한심하다는 생각이 들어 눈물을 흘리며 야타로에게 글을 보냈다.

〈나리는 평소의 충직함을 돌아보지 않으시고 이번 일로 내게 죽음을 명하셨을 뿐만 아니라, 너에게까지도 역시 죽음을 명하셨다는 말을 친하게 지내던 사람으로부터 들어 알게 되었다. 너는 당장 이곳에서 달아나 어디가 됐든지 몸을 숨겨 이마이 가의 대가 끊기지 않도록 해야 한다는 점을 명심하라. 지금은 한시도 지체할 시간이 없으니…….〉

다케다 가의 횡포에 분노하며 야타로가 은밀하게 고슈에서 나와 신슈(信州) 가쓰라오(葛尾) 성의 성주인 무라카미 요리히라(村上頼平)를 의지하여 길을 떠난 것은 말할 필요도 없이 그날 밤의 일이었다.

뼈에 사무치는 원한을 품은 채 모쿠노조는 세상을 떠났으나, 야타로의 도주 사실을 알게 된 노부토라의 분노는 친척집에 감금시켰던 애첩 오자와에게로 향했다.

"야타로라는 애송이가 혼자서 타국으로 도망쳤을 리 없다. 짐작컨대 오자와가 관여한 것임에 틀림없다. 오자와를 끌고 와라!"

잠시 후 노부토라 앞으로 끌려나온 오자와를 오랏줄로 꽁꽁 묶어

나뭇가지에 매달게 했다. 순식간에 얼굴에서 핏기가 사라져가기 시작했다. 그래도 오자와는,

"평소의 정분도 오늘은 원수가 되니, 이 같은 일을 당하는 것도 숙명이겠지. 그러나 나리의 악행이 이와 같다면 다케다 가도 3대를 잇지 못할 것입니다. 죽음에 앞서 서툴지만 제가 노래를ㅡ."이라고 말한 뒤 숨을 헐떡이며,

〈언젠가 원한의 눈덩이 가지를 짓눌러

천 길 대나무도 견디지 못하리라2)〉

"무슨 소리를 지껄이는 게냐! 숨통을 끊어주마."

노부토라의 오른손이 비장의 검인 비젠나가미쓰(備前長光)를 쥐었다.

"앗."

예리하기 짝이 없는 명검. 허리가 썩둑. 가엾은 오자와의 이슬 같은 목숨이 이 세상에서 사라져버렸다.

노부토라의 횡포는 그칠 줄을 몰랐다. 맹인은 쓸모없는 사람이라는 생각이 들면 한시도 지체하지 않고 맹인들을 잡아다가 구덩이에 파묻었다. 그것은 마치 시황제의 고사와도 비슷한, 잔혹하기 짝이 없는 행위였다.

'더는 보고 있을 수가 없다.'

이렇게 결심한 구도와 나이토 두 노신은 죽음을 각오하고 간언할 기회가 오기를 기다렸다.

어느 맑은 날의 일이었다. 구도와 나이토가 다급하게 성 안으로

---

2) 이 노래에서 '대나무'는 다케다 집안을 의미하는 듯. 일본어로 대나무(竹)는 다케.

뛰어들어, 무슨 일인가 묻기 위해 나온 오쓰쿠(お筑)라는 하녀에게,

"중대한 일이 벌어졌다. 신슈의 무라카미 요시키요(村上義清)와 오가사와라 나가토키(小笠原長時)가 예전부터 우리 구니의 농민들을 선동해왔는데, 결국 봉기한 2만 명의 농민들이 지금 니라자키(韮崎)에 모여서 이곳을 공격할 준비를 하고 있다. 양 군의 선봉은 이미 다이가하라(台ヶ原)에까지 진출한 모양이다. 자세한 전황은 나리께 직접 말씀드리겠다. 급히 말을 전해주기를."

이렇게 말했기에 오쓰쿠는 황급히 서둘러 안으로 달려들어가 마침 술자리도 무르익어 한껏 취해 있던 노부토라에게 그 말을 전했다.

"뭐라! 중대한 일이라고? 바로 두 사람을 들여보내라."

노부토라 앞으로 나선 두 사람이 바닥에 엎드렸다.

"그래, 무라카미와 오가사와라가 밀고 들어온단 말인가? 병력은 어느 정도인가?"라고 묻자 구도와 나이토가 머리를 조아렸다.

"그것은 거짓입니다. 사실은 일전에 간언을 한 이후부터 좀처럼 만나주시지 않으시기에 나리 앞에 나서기 위해서 거짓으로 꾸며내 그렇게 말씀드린 것입니다. 작년에 야마가타와 바바 두 사람이 간언을 하다 목숨을 잃은 이후, 나리께서 두 사람의 충직한 죽음에 깨달음을 얻으시어 마음을 바로잡으실 줄 알았는데 지금도 변함없는 난행(亂行). 이래서는 가운(家運)도 기울고 말 것입니다. 부디 마음을 바로잡으시기 바랍니다. 그렇지 않으면 주군과 신하들의 사이가 멀어져……."

"닥쳐라! 주인을 속이고 발칙한 간언을 하다니. 우리 가문의 멸

망이라고? 너희 불측한 녀석들은 본보기를 위해서 이렇게 해야겠다!"라고 말하며 갑자기 구도를 머리끝에서부터 두 동강이로 만들어버렸다. 구도는 그 자리에 털썩 쓰러져버리고 말았다.

 "나리! 이 무슨 일입니까."

 말리려던 나이토도 노부토라의 단칼에 어깨에서부터 가슴팍까지 무참히 잘리고 말았다.

 이래서는 더 이상 간언할 사람도 없으리라.

신겐의 성장 과정

 다이에이 원년(1521) 3월, 신슈 이이다(飯田)에 살고 있던 구시마(櫛間)라는 자의 선동으로 그 지역에서 발발한 농민 봉기를 진압하기 위해 나섰던 노부토라가 향민을 평정하고 고후로 개선한 날 아들 가쓰치요(勝千代)가 태어났다.

 그의 탄생에 관해서는 다른 영웅들과 다를 바 없이, 집 위에 하얀 깃발과 같은 구름이 드리워져 있었다는 둥, 백로 한 쌍이 지붕 위에 앉았다는 둥, 여러 가지 기서(奇瑞)가 그럴 듯하게 전해지고 있다.

 가쓰치요는 여덟 살 때 이미 육도(六韜), 삼략(三略), 손자(孫子) 등의 병법칠서에 정통하여 신동이라는 소문이 자자했다. 가신들과 종다리 사냥을 나가서도 다른 사람들은 기껏해야 한두 개의 둥지를 찾아낸 동안 가쓰치요는 20여 개의 둥지를 간단하게 찾아냈다. 이상히 여겨 물어보자,

"새들이 아무리 영리하다 해도 어차피 짐승의 어리석음에서는 벗어날 수가 없는 법이야. 하늘에서 내려올 때는 사람들이 둥지 있는 곳을 눈치 챌까 두려워하여 일부러 둥지와 멀리 떨어진 곳에 내려앉지만, 새끼에게 먹이를 주고 난 뒤에는 다시 먹이를 물고 와야겠다는 생각에 마음이 급해져 둥지 바로 옆에서 날아오르지. 그 사실을 깨달았기에 나는 종다리가 내려앉는 곳을 보지 않고 날아오르는 곳을 유심히 관찰해서 그 주변을 찾은 것일 뿐이야."

아주 간단한 일이라는 듯 말하고 빙그레 웃었다.

그 외에도 기회가 있을 때마다 무용(武勇)을 드러냈으며 뛰어난 재주를 내보였고 민정을 시찰하는 등, 훗날 다케다 신겐(武田信玄)하면 일대의 명장, 명군으로 칭송될 정도의 인물이 되는 만큼 어린 시절의 현명함은 참으로 비범한 것이었다.

그러나 아버지인 노부토라는 차남인 지로마루(次郎丸)를 깊이 사랑하고 가쓰치요를 싫어했다. 가독(家督)의 자리도 지로마루에게 넘겨줄 심산이었다.

13세가 된 가쓰치요가 어느 날 아버지에게 평소 아끼던 짙은 밤색 털의 날랜 말을 자신에게 물려달라고 청했다. 그러자 노부토라는 불쾌하다는 듯,

"아들로서 아비가 아끼는 것을 달라고 하다니 당치도 않은 일이다. 지로마루는 그와 같이 참람한 말은 한마디도 하지 않는다. 14세가 되어 성인식을 치르고 나면 집안 대대로 내려오는 깃발과 갑옷, 대검, 투구 등을 물려줄 생각이었는데 이래서는 그것도 물려줄 수 없겠구나."

이렇게 내뱉고는 미움의 빛을 얼굴에 드러낸 채 자리를 박차고

일어나 다른 곳으로 가버리고 말았다.

아버지로부터 소외당한 아들 가쓰치요는 걸핏하면 아버지의 미움을 받았으며 멸시의 대상이 되었고, 심지어 자신에게 가해지는 박해까지도 느끼게 되었다. 그것을 보고 가슴 아파한 것은 어렸을 때부터 가쓰치요를 보살피던 오바타 뉴도[3] 니치조(小幡入道日浄)였다.

'나리의 어지러운 행동도 그렇고, 장남을 멀리하는 마음도 그렇고 이대로 내버려두었다가는 가운이 끊길 것은 불을 보듯 뻔한 일이다. 이제는 가운이 끊기는 것을 방지할 책략을 내어야 한다.'

이렇게 생각한 니치조가 어느 날 밤, 가쓰치요에게 은밀히 말했다.

"나리의 최근 행동, 참으로 방종의 극치라고밖에는 달리 표현할 길이 없습니다. 중국 제나라의 양공(襄公)이 그러했듯 이대로 내버려두었다가는 다케다 가의 가운도 오래지 않아 쇠할 것이라 여겨집니다. 관중(管仲), 포숙아(鮑叔牙)가 각각 소백(小白)과 규(糾)를 데리고 나라에서 도망친 것은 설령 나라를 빼앗긴다 할지라도 대를 이을 자손을 지켜 훗날 재건을 꾀하겠다는 애국의 마음이 있었기 때문입니다. 지금 다케다 가도 주위에 수많은 적들이 있는데 이대로 간다면 머지않아 틀림없이 멸망하고 말 것입니다. 일이 이렇게까지 되었으니 지로 도련님을 너무나도 사랑한 나머지 도련님에게 해를 가할지도 모릅니다. 그러니 우선은 다른 구니로 피하시어 혹시 나리께서 멸망하신다 할지라도 집안의 부흥을 위한 의병을 일으킬 수 있도록 마음을 정하시는 것이 지당하리라 생각합니다. 제가

---

3) 入道. 불문에 든 자를 말한다.

도련님을 모시고 갈 테니 난을 피하도록 하십시오."

이 말을 듣고 가쓰치요는 눈물을 줄줄 흘리며,

"그대의 한마디, 한마디 모두 이치에 맞는 말이오. 허나 자식으로서 어찌 아버지가 멸망하는 모습을 팔짱을 낀 채 지켜볼 수 있겠소? 하지만 다시 생각해보면 아버지께서 나를 이다지도 미워하시니 구니를 떠나는 것은 아버지의 마음을 편하게 해드리는 일이 되기도 할 것이오. 그대가 말한 다른 구니란 어디를 가리키는 것이오?"

이렇게 묻자,

"미카와노쿠니(三河国)의 우시쿠보(牛窪)라는 곳에 야마모토 간스케(山本勘助)라고, 군략에 있어서나 무예에 있어서나 인물에 있어서나 스승으로 삼을 만한 자가 살고 있습니다. 도련님을 그곳으로 모시고 싶습니다만ㅡ."

그로부터 몇 개월이 지난 덴분(天文) 2년(1533) 12월, 가쓰치요와 니치조가 간스케의 오두막을 찾아갔다. 갑작스러운 다케다 주종의 방문을 이상히 여긴 간스케가,

"무슨 일로 찾아오셨습니까?"라고 묻자 니치조는 노부토라의 오만함과 가쓰치요를 미워하고 지로마루를 편애하는 등의 사정에 대해서 이야기했다. 가만히 눈을 감고 그 이야기를 들은 간스케가 드디어 조용히 입을 열었다.

"옛날 중국 진(晋)나라의 헌공(献供)에게 신생(申生)과 중이(重耳)라는 두 아들이 있었는데 후처인 여희(驪姫)가 장남인 신생을 미워하여 자신이 낳은 중이를 후계자로 세우려고 헌공에게 여러 가지로 참언을 하여 신생을 핍박했지만 신생은 끝내 거역하지 않고

아버지를 위해서 자살했다는 이야기를 알고 계시겠지요? 아버지가 아버지답지 못하다 할지라도 자식은 자식답지 못해서는 안 된다는 속담이 있는 것처럼 도련님은 이미 시비를 분명히 알 수 있는 나이가 아닙니까? 구니를 떠나서 아버지의 멸망을 기다린다는 것은 있을 수 없는 불효입니다. 어찌하여 구니에 머물면서 인덕을 닦으려 하지 않으십니까? 도련님 자신께 현명한 생각이 있고 덕망이 있으시다면 가신들이 어찌 도련님을 소홀히 할 수 있겠습니까?"

니치조와 가쓰치요는 간스케의 말에 감탄하지 않을 수 없었다.

"선생님의 높으신 말씀을 들으니 시비가 명백해졌습니다. 제 가슴속에 드리워져 있던 운무(雲霧)를 말끔하게 거둬주셨습니다."

가쓰치요가 이렇게 말하자 니치조도,

"어서 구니로 돌아가서 가르침대로 오로지 덕을 쌓기에 힘쓰시기 바랍니다."라고 말했다. 그것을 듣고 간스케가,

"저라고 해서 관직에 나갈 마음이 없는 것은 아닙니다. 좋은 새는 나무를 골라 둥지를 틀고 좋은 신하는 주군을 골라 섬긴다는 말이 있는데, 저는 오늘 가쓰치요 도련님을 배알하고 이제야 비로소 참된 주군을 만난 듯한 느낌이 듭니다."

이렇게 말했기에 그 자리에서 주종의 관계를 맺었다. 그날 밤은 간스케의 집에서 묵고 가쓰치요와 니치조는 이튿날 고후로 돌아갔다.

이듬해인 덴분 3년(1534) 1월, 평소와 다름없이 신년을 축하하는 의식이 열렸는데 노부토라는 자신이 마신 잔을 가쓰치요가 아닌 지로마루에게 주었다. 뒤이어 셋째 아들인 마고로쿠마루(孫六丸)에게도 주었지만 가쓰치요에게는 끝내 잔을 돌리지 않았다.

이때 가쓰치요의 마음이 어땠겠는가? 끓어오르는 가슴속 분노를 꾹 눌러 참으며 고개를 숙인 채 노부토라 앞에서 물러났다.

덴분 5년(1536), 노부토라의 사위인 이마가와 요시모토(今川義元)가 자꾸만 권했기에 16세가 된 가쓰치요의 성인식을 치르게 하고, 쇼군4) 집안의 휘호 중 한 글자를 따서 하루노부(晴信)라는 이름을 지어주었으며, 데보리(転法輪) 가의 딸을 내실로 맞아들이게 했는데, 노부토라는 내심 이러한 일들도 씁쓸하게 여기며 기뻐하지 않았다.

운노구치 성 공격

같은 다케다 가에서 갈라져 나온 일족 중, 운노구치(雲野口)에 성을 세운 히라가 무사시노카미 뉴도 겐신(平賀武蔵守入道源心)은 평소 노부토라의 잔인함을 싫어했기에 무라야마 요시키요(村山義清), 스와 요리시게(諏訪頼茂), 기소 요시타카(木曾義高) 등과 상의하여 종종 다케다의 영지에 침입하기도 하고 또 그곳을 위협하기도 했다.

덴분 5년(1536) 11월, 노부토라는 결국 운노구치 성을 공격하기로 결심했다. 노신인 이타가키 스루가노카미 노부카타(板垣駿河守信形)가 봄을 기다려야 한다고 간언했지만 간언은 받아들이지 않

---

4) 将軍. 세이이타이쇼군(征夷大将軍)의 줄임말. 가마쿠라 시대 이후 무력과 정권을 쥔 막부의 최고 직위가 되었다.

앉았으며 손발이 얼어붙을 것 같은 혹독한 추위를 무릅쓰고 다케다 군은 21일에 고후를 출발했다. 다이젠다유(大膳太夫) 하루노부를 비롯하여 차남 지로 노부시게(次郎信繁), 이타가키 노부카타, 아나야마 이즈노카미 노부유키(穴山伊豆守信行), 하라 노토노카미 도모타네(原能登守友胤), 아마리 비젠노카미(甘利備前守), 가토 스루가노카미(加藤駿河守) 등의 부장들이 종군했다. 이번이 첫 출전인 하루노부의 휘하에는 오바타 뉴도 니치조, 아토베 오와리노카미(跡部尾張守), 교라이이시 가키베(教来石民部), 이마이 이치로(今井市郎) 등과 같은 용사들이 있었다.

한시의 지체함도 없이 운노구치 성에서는 스와, 기소, 오가사와라, 무라카미에게 전령을 보내 다케다 군의 배후를 견제하도록 조치를 취했다. 운노구치 성으로 몰려든 다케다의 병력은 단번에 성을 공격하라는 노부토라의 명령이 떨어지자,

"와!"하고 함성을 올리며 앞뒤 가리지 않고 성의 사방에서 돌격해 들어갔다. 그때 겐신(源心)은 70명의 힘과 맞먹는다는 괴력을 지닌 우락부락한 손에 마치 쇠몽둥이와도 같은 4자 3치짜리 커다란 칼을 들고 이리저리 휘둘러 성으로 돌입해 들어오려 하는 다케다 군을 닥치는 대로 베어 쓰러뜨렸으며, 가까이로 다가오는 사람을 커다란 돌로 찍는 등 귀신과 같은 움직임으로 다케다 군의 간담을 서늘하게 했다.

서전에서 패하여 기선을 제압당한 다케다 군은 일시에 퇴각했고 그 뒤부터는 그저 멀리서 성을 포위하고 있었을 뿐, 특별한 움직임 없이 며칠을 그대로 보냈다. 그러나 겐신이 기다리고 있던 원병은 끝내 어디서도 오지 않았다. 12월 13일부터 내리기 시작한 폭설이

8, 9자나 쌓였을 무렵, 다케다 진영에서는 동상에 걸리는 자, 눈사태에 깔리는 자의 숫자가 날이 갈수록 점점 늘어만 갔다. 이처럼 전세가 불리해지자 아나야마 이즈노카미가 더는 참지 못하고 노부토라에게 말했다.

"지금은 저희에게 형세가 너무 불리합니다. 이쯤에서 일단 고후로 돌아가 내년 봄, 눈이 녹기를 기다렸다가 다시 성을 공격하는 것이 상책인가 합니다."

이에 노부토라도 일거에 운노구치 성을 공격하여 점령하기는 어렵다고 생각했는지 아무런 말도 하지 않고 단지,

"내일 군대를 돌려 구니로 돌아가겠다."라고 한마디 했을 뿐이었다.

다케다 군은 이튿날 새벽에 퇴각을 시작했다. 이때 후방에서 적의 추격을 막겠다고 자청한 것이 바로 하루노부였다.

"뭐라? 하루노부가 후미에 서기를 자청했다고? 이렇게 눈이 많이 내렸으니 적도 자유롭게 움직일 수 없어 추격해 오지 않을 것이라 생각하고 잘난 척하며 후미를 자청한 것이겠지. 괘씸한 심보로다. 지로라면 그처럼 잔꾀는 결코 부리지 않을 것이다."라고 노부토라가 비웃는 것에는 신경도 쓰지 않고 하루노부는 자신의 휘하 중에서 300명을 가려 뽑아 후미에 섰다.

노부토라는 전군에게 명령하여 각 진영에 불을 지르고 징과 북을 높다랗게 울리게 하여 히라가 군에게 퇴각한다는 사실을 공공연하게 밝히듯 하며 본진을 이동시키기 시작했다.

'이렇게 하면 적은 자연히 우리의 퇴각을 눈치 채고 추격해올 것이다. 그러면 하루노부도 십중팔구는 적의 손에ㅡ.' 이것이 노부

토라의 속셈이었다.

다케다 군이 이동하는 것을 본 겐신은 곧바로 척후병을 보내 상황을 살피게 했다. 본진은 벌써 10리 정도 물러났다는 보고를 들은 순간 성 안의 용사들이 이구동성으로,

"노부토라 놈의 퇴각하는 모습, 저희를 완전히 우습게 본 방약무인한 태도입니다. 바로 추격하여 몰살해야 합니다."라며 투지를 보였지만 겐신은 조용히,

"단 한 사람도 추격에 나서서는 안 된다. 적진을 살펴보니 총병력 8천 가운데서 겨우 300명만이 필사의 각오로 후미에 섰다. 그 300명이 유리한 장소를 골라 서로 긴밀하게 협조하며 우리를 기다리고 있는 곳으로 추격해 들어간다는 것은 조금도 이로울 것이 없는 짓이다."라며 추격을 강하게 반대했다.

본진이 이미 30리 밖으로 물러난 것을 확인한 하루노부는 300명의 병력을 이끌고 서서히 퇴각하기 시작했다. 어디가 길인지도 모르는 깊은 눈 속을 격렬한 눈보라와 싸우며 40리쯤 물러나자 짧은 겨울 해가 서쪽으로 기울어 황혼이 물들기 시작했다. 그러자 하루노부는,

"오늘은 여기서 쉬기로 하겠다."

야영할 것을 명령했다. 그 말을 듣고 이타가키 노부카타가 앞으로 나서며,

"여기서 야영을 한다는 것은 불리하기 짝이 없는 일입니다. 적과는 겨우 40리밖에 떨어져 있지 않으며 본진과는 30리나 떨어져 있습니다. 척후병의 보고를 받고 겐신이 틀림없이 야습을 해올 것입니다. 저희의 병력은 겨우 300밖에 되지 않고 또한 하루 종일

눈보라에 시달렸기 때문에 극도로 지쳐 있어서 도저히 승산이 없습니다."

열변을 토하며 열심히 간언했지만 어찌된 일인지 하루노부는 그 말을 들은 척도 하지 않고,

"아아, 피곤하다. 아마 병사들도 많이 피곤할 거야. 더는 한 발짝도 움직이지 못하겠어."

이렇게 말하더니 여전히 목멘 소리로 진언을 하는 노부카타에게는 신경도 쓰지 않고 무장을 풀어 투구를 베고 벌렁 누워버렸다. 노부카타는 흥분하여,

"도련님! 도련님! 어째서 본진을 따라잡으려 하지 않으시는 겁니까? 도련님도 이제는 16세, 한 부대의 대장을 맡으셨으면서 겨우 삼사십 리 행군했다고 피로에 지치신다면 앞으로 대적과의 전투는 생각할 수도 없을 것입니다. 아버님께서 젊으셨을 때는 사흘 내내 무장을 풀지 않으신 적도 아주 많았습니다. 그런데 도련님은ㅡ. 아버님께서 언제나, 하루노부는 아무짝에도 쓸모가 없다고 하신 말씀, 이제야 잘 알겠습니다."

이렇게 말하며 흔들어 깨웠지만, "응, 응."이라고만 대답할 뿐, 하루노부는 일어나려 하지 않았다.

진중에 피워두었던 모닥불이 드디어 꺼져가려 할 무렵, 한기가 온몸으로 스며들고 모든 병사들이 깊은 잠에 빠져들기 직전이었다.

"이마이, 교라이이시, 어디 있는가? 이리 좀 오게."라고 하루노부가 커다란 목소리로 부르는 소리가 들렸다. "옆에 있습니다. 곧바로 가겠습니다."라고 대답하고 두 사람이 하루노부 앞에 나서니 하루노부는 이미 무장을 갖추고 갑옷을 넣어두는 상자에 걸터앉아

갑옷의 팔 덮개 끈을 묶고 있었다.

잠시 후, 각 부대의 대장과 부장들이 하루노부 앞으로 불려왔다.

"무슨 일일까?"

"글쎄, 무슨 일일까?"

의아해하는 사람들에게 하루노부는,

"모두 잘 들어라! 지금 당장 운노구치 성으로 되돌아가 한 놈도 남김없이 적의 목을 베도록 하겠다. 나는 이번 전투에서 적의 성이 쉽게 떨어지지 않을 것이며 경우에 따라서는 큰 눈 때문에 도중에 돌아가게 될지도 모른다고 남몰래 생각하여 그때에는 후미를 맡아 첫 출전에서 공을 세워야겠다고 애초부터 마음먹고 있었는데 아니나 다를까 오늘과 같은 일이 벌어졌다. 이미 오늘과 같은 상황에 대비하여 가신들에게 하얀 종이로 백기를 여럿 만들게 해서 그것을 여기로 가져왔다."

교라이이시에게 명령하여 기다란 궤짝 속에서 종이로 만든 깃발 300여 개를 가져오게 했다. 그리고 놀라 눈을 둥그렇게 뜬 사람들을 향하여,

"교라이이시 가키베, 이마이 이치로 등처럼 젊은 자들이 선봉에 서서 단결하여 성의 정면을 공격하도록 하라. 이타가키, 오바타는 50명을 데리고 멀리 뒤쪽에 서서 종이 깃발을 들고 여기저기서 징과 북을 울리며 마치 대군이 대기하고 있는 것처럼 꾸며 적의 사기를 꺾도록 하라. 나는 100기를 이끌고 정면 공격에 호응하여 적의 방어가 허술한 뒷문의 성벽을 넘어 안으로 돌입, 불을 지르도록 하겠다. 적들은 오늘 척후병을 내어 우리 군이 퇴각했다는 사실을 알고 방심하여 앞뒤 가릴 것도 없이 깊은 잠에 빠져 있을 것이다.

이 책략을 쓴다면 내일 아침에는 틀림없이 성을 빼앗을 수 있을 것이다. 모두들 알겠는가?"라고 말했다. 이타가키가 넙죽 엎드려,

"조금 전, 생각 없이 무례한 말을 한 점 용서해주시기 바랍니다. 저는 40년 동안 전장을 돌아다녔지만 이처럼 신묘한 계책은 들어본 적이 없습니다. 아아, 이런 명군에게 몹쓸 말을 한 나의 어리석음……."이라고 말하며 감격에 흐르는 눈물을 훔치자 하루노부는 빙그레 웃으며,

"이젠 됐다, 이젠 됐어. 나를 생각하여 한 그대의 충성스러운 간언 마음 깊이 새겨두도록 하겠다. 시간이 없네, 출발, 출발!"

병사들은 기운이 솟구쳤다. 드높은 사기 속에서 하무를 입에 물고 은밀하게 다시 운노구치 성으로 향했다. 눈빛으로 훤한 하늘에서 별 두어 개가 반짝이고 있었다. 열기에 불타오른 장병들의 두 뺨에 칼날 같이 차가운 밤바람이 부딪쳤다.

운노구치 성에서는 척후병의 보고로 다케다 군이 후퇴한 동정을 파악하고 며칠만의 휴식과 은상을 겸해서 그날 밤에는 주연이 벌어졌다. 술에 취해 깊은 잠에 빠졌기에 모두가 정신을 잃었다. 물론 하루노부가 보낸 척후병이 성 가까이까지 왔다는 사실은 알 리가 없었다. 새벽 3시 무렵, 갑자기 성의 사방팔방에서,

"와, 와."하는 함성소리가 올랐다. 깜짝 놀라 벌떡 일어나 주위를 둘러보니 성 주위 전체에 펄럭이는 다케다의 백기.

"아뿔싸!"

"적의 야습이다!"

저마다 소란을 피우는 중에 교라이이시 가키베가 이끄는 50명의 병사들이 이미 성 안으로 밀려들었다. 그것을 히라가 겐신이 홀로

아수라처럼 막고 있었다. 그때 미리 약속을 해둔 대로 하루노부는 이미 뒷문을 통해 성 안으로 쇄도해 들어갔다. 이타가키의 부하인 나루세 마타자에몬(成瀬又左衛門)이 적이 휘두른 구마테[5]를 잡고 적의 목을 베어 떨어뜨렸다.

"나루세 마타자에몬, 운노구치 성에 가장 먼저 들어와 적의 첫 번째 목을 베었다!"

커다란 목소리로 외치자 다케다 군은 그에 뒤질세라 적의 목을 베고 성 곳곳에 불을 질렀다. 때마침 불어온 서풍을 타고 불이 번져 성은 삽시간에 불바다가 되었다. 강철 같은 사내들만 모인 히라가의 병사들도 이제는 노인을 등에 업고 처자를 끌고, 한 사람 한 사람씩 어둠을 틈타 성을 빠져나갈 수밖에 없었다.

'더는 버틸 수가 없겠구나.'

마음을 정한 겐신은 처자를 자신의 손으로 베고, 그 칼로 다케다 부자를 저승으로 가는 길동무로 삼겠다며 홀로 다케다 군 한가운데로 미친 듯이 칼을 휘두르며 뛰어들었다. 날카로운 칼끝에 한쪽 손을 잘리는 사람, 한쪽 다리가 떨어져나가는 사람들이 속출했다. 이미 30명에 가까운 다케다의 병사들이 겐신 한 사람의 칼에 살상당했을 때, 다케다 군에서 달려나온 것은 이제 겨우 18세인 교라이이시 가키베 가게마사(景政)였다. 힘껏 내지른 기다란 창을 겐신이 칼로 잘라버리자,

"에잇, 성가신 녀석!"하며 달려들어 겐신을 덥석 끌어안았다. 서로가 있는 힘껏 맞섰지만 아까부터의 피로 때문에 결국 발을 헛디뎌 비틀거리며 쓰러진 것은 겐신 쪽이었다. 그 위에 걸터앉은

---

5) 熊手. 장대 끝에 갈퀴가 달린 무기.

가게마사가 단숨에 목을 베어버렸다.

하늘 높이 승전가가 울려 퍼졌다. 희붐하게 동쪽 하늘이 밝기 시작할 무렵, 피범벅이 된 다케다 군이 수많은 포로들을 앞세워 씩씩하게 고후를 향해 출발했다. 참으로 상쾌한 아침이었으며 참으로 따뜻하게 느껴지는 하늘이었다. 누구의 가슴에서나 피비린내 나는 조금 전까지의 전투가 먼 추억처럼 오갔으며 흥분된 마음이 조금씩 안정되기 시작했다.

고후에서는 수많은 전리품을 가지고 조금 전에 돌아온 하루노부 앞에 아버지 노부토라가 씁쓸한 표정으로 모습을 드러냈다.

"설령 겐신의 목을 베었다 할지라도 그 잔당들이 아직 사방에 깊이 뿌리를 내리고 있다. 성 안에 머문 채로 전령을 보내 사정을 설명한 뒤, 이쪽에서 돌아오라는 명령이 떨어진 이후에 돌아와야만 했다. 단 하루도 성에 머물지 못하고 곧바로 되돌아온 것은 적의 습격을 두려워했기 때문일 것이다. 겁쟁이 녀석! 지로 같았으면 그렇게 하지 않았을 것이다."

아버지는 자신의 장남에게 끝까지 매정했다. 그러나 하루노부는 그런 굴욕을 잘도 참아냈다, 가만히. 언젠가는 보답받을 날이 오게 될 것이라 남몰래 기대하며.

아버지와 아들, 임금과 신하

'어떻게 해서든 하루노부를 후계자의 자리에서 내리고 차남에게 그 자리를 물려주고 싶다.'는 것이 노부토라의 간절한 소망이었다. 그를 위해서 차남에게 사마노스케 노부시게(左馬助信繁)라는 이름을 주기도 하고, 하루노부에게 은밀히 감시자를 여럿 붙여 그의 과실을 찾아내게도 했지만 효과는 거의 없었다.

문득 좋은 생각이 떠오른 노부토라는 덴분 7년(1538) 1월 20일 아침에 노신인 이타가키 노부카타를 불러들였다.

"자네에게 잠깐 부탁할 일이 있네. 다름이 아니라 하루노부는 이마가와 가의 추천으로 관직에도 올랐고 그 이후에도 요시모토와 각별하게 지내고 있는 듯하지 않은가. 그것만 봐도 하루노부 또한 어리석지는 않은 듯하나 누가 뭐래도 촌구석에서 자랐기에 도회 사람 앞에 서면 예의범절을 잘 몰라 자칫 욕을 먹고 웃음거리가 될 수도 있으니 예의범절을 보고 배우게 해야겠네. 그를 위해서 한시라도 빨리 이마가와 가로 가서 설령 3년이나 5년이 걸린다 할지라도 상관없으니 예의를 배워 오라고 자네가 잘 좀 얘기해주게나."

이렇게 말한 노부토라의 속셈을 이타가키는 바로 알아차렸지만 아무것도 모르는 척 그러마고 대답하고는 바로 하루노부를 찾아가 모든 사정을 자세히 보고했다. 말없이 듣고 있던 하루노부의 눈시울이 어느 틈엔가 젖어오기 시작했다. 가만히 입을 열어,

"지금 나를 이마가와 가로 내쫓으려 하는 아버지의 마음속에는 동생인 사마노스케를 다케다 가의 후계자로 삼을 생각이 있는 것이리라. 그대도 그런 마음을 알고 온 듯하니 그대의 생각을 자세히 들려주기 바라네."

이렇게 말하자 노부카타가 앉은 채로 가까이 다가와 목소리를 낮췄다.

"큰 나리의 마음은 알 수 없지만 제 생각도 작은 나리의 밝으신 생각과 다르지 않습니다. 이렇게 된 이상 큰 나리에게 아무리 간언을 한다 해도 소용없는 일입니다. 당장 아마리 비젠노카미, 오부효부쇼유(飫富兵部少輔)를 부르셔서 의논을 하시는 것이 지당하리라 생각됩니다."

이와 같은 이야기를 나눈 뒤 우선은 다시 노부토라 앞으로 나아갔다. 눈이 빠져라 기다리고 있던 노부토라는 헛기침을 한 뒤,

"어떤가? 하루노부는 뭐라 하던가?"

"작은 나리께 큰 나리의 말씀을 전했습니다만, 얼마 전에 감기에 걸렸으니 그것이 다 나으면 곧바로 출발하겠다고 대답하셨습니다."

이 말을 들은 노부토라는 못마땅하다는 듯 한마디 대답도 하지 않고 자리를 떠나버리고 말았다.

한편 하루노부의 거처에는 이타가키의 부름을 받은 아마리, 오부 두 사람과 외척인 아나야마 이즈노카미 그리고 오야마다 빗추노카미(小山田備中守)가 모여 있었다. 주위 사람들을 멀리로 물러나게 했으며, 봄밤의 차가운 공기가 싸늘하게 몸을 파고들었고 정숙한 기운이 무겁게 감돌고 있었다. 낮은 속삭임이 오가는 가운데 때때로 가벼운 헛기침 소리가 새어나올 뿐이었다. 하루노부의 뺨은 벌겋게 상기되어 있었지만 목소리는 조용하고 차분했다. 노부토라가 장남인 하루노부를 폐하고 차남인 노부시게를 세워야겠다고 마음먹은 지도 이미 여러 해, 지금 드디어 그것을 실행에 옮기기 시작한 것이었다. 설사 노부시게가 더없이 뛰어난 재능을 가지고 있다 할지라도 하루노부는 장남이다. 여기서 하루노부를 폐하고 노부시게

를 세우면 안 그래도 호시탐탐 침입의 기회를 엿보고 있는 이웃의 각 장수들이 국내 백성들을 봉기시켜 난입할 것은 불을 보듯 뻔한 일이었다. 그런 일이 벌어지고 나서야, 다케다 노부토라가 장남을 미워하여 구니를 망쳤다고 후세까지 오명을 남긴다는 것은 아들로서 참을 수 없는 고통이라고 자리에 함께한 사람들에게 하루노부는 자신의 심경을 밝혔다.

"그대들은 어떻게 생각하는가?"

이런 질문을 받고도 다섯 사람들은 서로의 얼굴만 바라볼 뿐, 고개를 숙인 채 대답이 없었다. 침울한 한숨이 누구의 입에서부터인지도 모르게 조용히 새어나와 길게 꼬리를 늘이며 차가운 밤공기 속으로 허옇게 사라져갔다.

아마리 비젠노카미가 몸을 앞으로 내밀며,

"예로부터 사랑에 눈이 어두워 장남을 폐하고 차남을 세웠다가 나라를 망친 예는 일본과 중국 모두에 그 예가 적지 않습니다. 큰 나리의 이번 계획도 그렇고 하시는 행동도 그렇고, 참으로 지나치다 하지 않을 수 없습니다. 여러분께서는 어찌 생각하시는지 모르겠으나 저는 큰 나리의 뜻에 절대로 따를 수 없습니다."

강한 어조로 이렇게 말하자 역시 고개를 숙이고 있던 아나야마 이즈노카미가 갑자기 얼굴을 들고,

"타인의 생각을 두려워하여 자신의 의견을 말하지 않는다는 것은 뒷일을 걱정하는 행위. 이제 와서 무엇을 숨기겠소? 나도 큰 나리의 행동을 옆에서 지켜보았지만, 천도(天道)와 인리(人理) 모두에 어긋나는 것이라 생각하오. 이대로 내버려두었다가는 다케다가도 머지않아 멸망할 것이라 말하지 않을 수 없소. 이제는 노부토

라 나리께 자리에서 물러나시기를 권하고 하루노부 나리를 세우는 것만이 다케다 가를 살릴 유일한 길이라 할 수 있을 것이오."

이렇게 말했기에 오야마다, 이타가키, 오부 세 사람도 모두 입을 모아,

"저희도 아나야마 나리와 같은 의견입니다. 그러니 이번 일에 관해서는 아나야마 나리의 의견에 따라서 작은 나리께서도 마음을 정하시기 바랍니다."라고 진언했다. 그러자 하루노부의 얼굴은 순식간에 창백해져버렸다.

"이보시게들, 무슨 말씀들을 하시는 겐가? 부모의 은혜는 모두 똑같다고 하지만 그중에서도 아버지의 은혜는 특히 무겁네. 임금은 지극히 존엄하지만 친밀하지 못하고, 어머니는 지극히 친밀하지만 존엄하지 못하나 아버지는 존엄함과 친밀함을 모두 가지고 있다는 가르침도 있지 않은가? 그렇게 존엄하고 친밀한 아버지를 폐하고 불효의 이름을 후세에까지 남겨 천신지기(天神地祇)의 신벌(神罰)을 몸에 받을 바에는 모든 일을 아버지의 뜻에 맡기는 편이 나을 듯하네."

두 줄기, 세 줄기 눈물이 하루노부의 뺨을 타고 흘러내렸다. 아들이 어찌 아버지를 몰아낼 수 있겠는가? 아무리 구니를 걱정하고 집안을 근심한다 할지라도 아버지는 아버지였다. 하루노부의 가슴속으로 예전에 야마모토 간스케가 '아버지가 아버지답지 못하다 할지라도 자식은 자식답지 못해서는 안 된다.'고 간언했던 말이 선명하게 떠올랐다.

"나리, 잠시 저의 어리석은 생각을 들어주시기 바랍니다."

이렇게 말하며 강경한 자세를 취한 것은 오야마다 빗추노카미였

다.

"나리의 효심은 자식 된 자의 지극히 당연한 마음입니다. 그러나 지금 이대로 내버려두었다가는 충신들 모두가 다케다 가를 떠나고 농민들 모두가 원한을 품게 되어 조상 대대로 내려온 집안도 틀림 없이 멸망하고 말 것입니다. 그때 세상이, 사람들이 뭐라 하겠습니까? 조상 대대로 내려온 집안을 망친 불효막심한 자는 바로 노부토라 공이라 할 것입니다. 신하된 입장에서는 나라를 지키는 것이 임금에 대한 충의입니다. 자식 된 입장에서는 집안을 지키는 것이 부모에 대한 효행 아니겠습니까? 구니가 엎어지고 집안이 망하는 모습을 팔짱을 낀 채 한가롭게 지켜보겠다고 나리께서는 말씀하시는 겁니까?"

그러나 하루노부는 입을 굳게 다물고만 있었다. 다섯 사람의 눈이 형형하게 하루노부의 얼굴을 바라보았다. 갑자기 자리에서 일어난 하루노부는, 장지문을 거칠게 열어젖히고 그 자리에서 떠났다. 무겁고 답답한 침묵이 다섯 사람 사이에서 더욱 깊어졌다.

노부토라는 날씨도 좋아졌으니 한시라도 빨리 이마가와 가로 출발하라고 재촉하는 전령을 거의 매일 하루노부에게 보냈다. 하루노부는 그래도 여전히 마음을 정할 수가 없었다. 정월도 지나고 2월의 첫 번째 오일(午日) 무렵이 된 2월 9일, 다섯 명의 신하가 다시 하루노부를 뵙고 싶다고 청해왔다. 아나야마를 필두로 이타가키, 아마리, 오야마다, 오부가 늘어앉은 곳으로 불쾌함을 얼굴에 드러낸 채 하루노부가 들어왔다. 그러자 아나야마가 앞으로 몸을 내밀며,

"일전에 말씀드린 일, 나리께서는 받아들이지 않으셨으나 다시

한 번 생각해주셨으면 해서 모두가 이렇게 찾아왔습니다."라고 말하는 것을 하루노부는 제대로 듣지도 않고 분노의 빛을 그대로 드러냈다.

"닥쳐라! 내 아무리 궁지에 몰렸다 할지라도 불효를 저지를 마음은 추호도 없다. 이후 이 일에 대한 말은 두 번 다시 꺼내지 말거라. 물러가라!"

거칠게 내뱉고는 자리에서 벌떡 일어났다.

"나리, 잠시만 기다리십시오!"

이타가키가 하루노부의 옷소매를 잡았다.

"오늘 저희가 찾아온 것은 나리의 한마디 말씀에 따라서 저희 모두의 진퇴를 결정하기 위함입니다. 저희의 간언을 듣지 않으신다면 저희는 이 자리에서 다시는 집으로 돌아가지 않을 생각입니다. 오늘을 마지막으로 다른 구니의 신하가 될 수 있도록 이미 처자와 작별인사를 하고 이곳으로 왔습니다. 구니가 망해가는 것을 수수방관할 수 없는 저희들의 마음을 헤아려주시기 바랍니다. 충신이 나라를 버려도 그 나라가 여전히 100년의 태평을 유지한다면 세상에 유익하지 못한 것은 충신입니다. 그러하오니 나리께서는 오래도록 효의 길을 걸으시기 바랍니다. 그럼 저희들은 마지막 인사를ㅡ."

이에 응해서 아마리, 오야마다는 허리에 찬 칼을 땅바닥에 내던지고는 두 손을 바닥에 댄 채 줄줄 눈물을 흘리며 뚫어져라 하루노부의 얼굴을 바라보았다.

"나리, 이것이 마지막 인사이옵니다. 멀리서나마 나리의 건승을 빌겠습니다."

그리고는 모두가 조용히 떠나려 했다.

"잠깐. 여러분들 잠깐 기다려주시게!"

불러 세운 노부토라의 얼굴에는 일말의 슬픔과 비장한 결의의 빛과 쓸쓸한 체념이 뒤얽혀 있었다. 그리고 뺨에 한 줄기 눈물이ㅡ.

그로부터 한 시간 가까이 회의가 진행되었다. 어떤 이야기가 오가고 어떤 책략이 세워졌을까? 하루노부는 처음부터 끝까지 입을 다문 채 모든 것을 다섯 신하들에게 맡겼다. 아버지를 멸하는 것은 대의를 위해서다. 몇 번이고 마음속으로 되풀이하여 자기 자신을 납득시키려 했던 것이다.

이마가와 가로 출발하기를 초조한 마음으로 기다리고 있던 노부토라는 더 이상 참지 못하고, 이제는 노신을 불러 하루노부를 후계자의 자리에서 내리겠다고 말하고 억지로라도 이마가와 가로 쫓아버리는 것이 상책이라 생각하여 2월 11일에 우선 이타가키를 불러들였다. 좌우의 사람들을 물린 노부토라가 목소리를 죽여,

"나도 요즘에는 나이를 먹어 기운이 쇠한 것을 느끼게 되었으니 후계자를 정해두지 않으면 안 되겠네. 세 아들 중에서 누구를 후계자로 삼아야 우리 다케다 가가 오래도록 평안할 수 있겠는가? 기탄없이 말해보기 바라네."라고 말한 것을 듣고 이타가키는 마음속으로 고개를 끄덕이며 공손하게 대답했다.

"자식을 보는 눈은 부모가 가장 정확하다고들 합니다. 이는 신하들이 의견을 말씀드릴 여지가 없는 일이라 생각합니다. 나리의 총명함으로 선택하신다면 그것이 가장 합당하리라 여겨집니다. 이번 일에 관해서는 오로지 나리의 뜻에 따를 생각입니다."

이 말을 들은 노부토라는 얼굴 가득 미소를 지으며 "사실은"하고 노부시게를 후계자로 삼고 싶다는 사실, 그를 위해서 하루노부를

이마가와 가로 쫓아내고 싶은데 하루노부가 좀처럼 떠나려 하지 않는다는 사실 등을 털어놓고 이타가키에게 좋은 방법이 없겠느냐고 물었다. 이에 이타가키가 내놓은 책략은, 하루노부를 이마가와 가로 내쫓고 후에 노부시게를 후계자로 세우면 세상이 시끄러워질 뿐만 아니라 노부토라가 세상을 떠나 노부시게의 세상이 되었을 때 이마가와가 하루노부를 앞세워 고슈로 공격해 들어올지도 모르니 우선은 노부토라가 이마가와와 마음을 합하여 하루노부를 이마가와 가에 가둬두어야 한다, 어쨌든 지금은 이마가와 가의 심중을 떠보는 것이 급무인데 그를 위해서는 아나야마를 비롯하여 오야마다, 아마리, 오부를 같은 편으로 만드는 것이 상책이라는 것이었다. 노부토라의 촉수가 움직였다.

"모든 일을 자네에게 맡기겠네."

이틀 후, 이타가키를 비롯하여 아나야마, 아마리 등 다섯 신하가 노부토라 앞에 모였다. 근래 보기 드물게 노부토라는 아주 만족스러운 표정을 짓고 있었다. 이때 아마리가 모두를 향하여,

"이마가와 나리는 작은 나리의 성인식과 임관(任官)을 추천하셨을 정도이니 지금은 그 속내를 알 수가 없소. 그런 이마가와 나리와 마음을 하나로 합치려면 누군가 큰 나리의 심복을 사자로 보내 미리 이마가와 나리와 내통을 해두는 것 외에는 달리 방법이 없을 듯하오. 그 사자로 누구를 보냈으면 좋겠소?"

이렇게 묻자 이타가키가 그에 답하기를,

"그 사자는 지혜가 있고 말을 잘 하는 자가 아니면 안 될 것이오. 그 일에는, 비록 젊은 나이이지만 이마이 이치로가 적임자라 여겨지는데, 여러분들의 생각은 어떠신지?"

모두가 이의 없이 찬성했다. 잠시 후, 이마이가 은밀하게 노부토라 앞으로 불려와 노부토라로부터 밀서를 받고 사자의 임무를 위임받았다.

과연 다섯 충신들은 마음이 변해버린 것일까? 그리고 이마이는 노부토라와 이마가와의 마음을 연결하기 위해서 스루가(駿河)로 향한 것일까?

그렇지 않았다. 모든 것이 이타가키의 계략이었다.

그에 앞서 이타가키와 오야마다는 비밀스럽게 이마이를 불러, 노부토라를 거짓으로 속여 이마가와 가에 감금하고 자리에서 물러나게 할 생각임을 밝히고, 그를 위해 이마가와 가에 사자로 가서 다섯 신하 공동의 이름으로 작성한 밀서를 요시모토에게 건네주고 요시모토를 설득해달라고 부탁했다. 기뻐한 것은 이마이였다. 다케다 가의 운명이 자신의 지혜, 자신의 혓바닥에 달렸음을 깊이 인식하고 두 통의 밀서를 품에 품은 채 고후를 떠났다.

이틀간의 여정. 2월 15일에 이마가와의 저택에 도착한 이마이는 곧 요시모토와 대면했다. 건네받은 두 통의 밀서를 신중하게 읽은 요시모토는,

"모두 잠시 물러나 있거라."

신하들을 물린 뒤 이마이를 가까이로 불러들였다.

"이게 대체 어떻게 된 일인가? 자세히 설명해보게."

"사실은, 나리께서도 이미 아시겠지만 노부토라 공께서는 하루노부 도련님을 미워하시기에 결국에는 후계자의 자리에서 내리기로 결정을 하셨습니다. 그에 대한 노신들의 고육지책은, 노부토라 공을 거짓으로 속여 나리의 구니에 가두어 도탄에 빠진 고슈 일대

백성들의 고통을 덜고 다케다 집안을 구하자는 것입니다. 오로지 나리의 밝은 헤아림이 있기를 바랄 뿐입니다."

그리고 이마이는 오랜 세월에 걸친 노부토라의 흉악과 횡포, 돌아선 민심, 노신들의 충절에 대해서 자세하게 이야기했다. 요시모토는 지혜로운 명장이었다. 노신들의 부탁에 응해 그 자리에서 노부토라를 자신의 구니로 불러들여 억지로라도 지금의 자리에서 물러나게 한 뒤, 결코 다른 구니로는 보내지 않겠다고 약속하는 글을 쓰고, 노부토라에게는 반드시 뜻에 따르겠다는 거짓 답장을 썼다.

용기를 얻은 이마이는 그 두 통의 글을 들고 바로 고슈로 돌아왔다. 노부토라의 기쁨은 이만저만한 것이 아니었다. 그러나 아나야마, 이타가키의 기쁨은 그보다 더욱 컸다. 노부토라의 부름을 받은 다섯 신하들이 노부토라 앞으로 나아가자 노부토라는,

"자네들의 계획대로 요시모토는 이미 내게 동의를 했지만 난처하게도 하루노부가 이번 밀계를 눈치 챘는지 병이라 둘러대며 움직이려 하지 않네. 이를 어찌했으면 좋겠는가?"라고 모두의 의견을 물었다. 이타가키가 마치 이때를 기다렸다는 듯 목소리를 낮춰,

"거기에는 명안이 있습니다. 지금처럼 나리께서 하루노부 도련님을 자꾸만 재촉하시면 하루노부 도련님도 의심을 품고 이곳에서 도망쳐 스와, 오가사와라, 기소, 무라카미 등 저희 구니를 엿보는 적들에게 몸을 맡기게 될지도 모릅니다. 그러니 차라리 나리께서 먼저 스루가로 가셔서 그곳에서 하루노부 도련님을 부르신다면 하루노부 도련님도 싫다고는 하지 못할 것입니다. 또 그때는 저희들도 적극 권하여 하루노부 도련님을 이마가와 가로 반드시 보내도록 하겠습니다. 그런 다음 작은 나리를 이마가와 가에 남겨두시고 큰

나리 혼자서 귀국하신다면 다른 구니로부터의 의심도 걱정할 필요
가 없을 것입니다."

"오오, 참으로 묘안이로다. 당장 떠나기로 하겠다. 내가 없는 동
안 노부시게에게 모든 일을 맡길 테니 아나야마가 잘 보좌하도록
하게."

이렇게 해서 단번에 모든 일이 결정되었다.

3월 9일, 엄중한 경호 속에 노부토라는 정예병 2천과 함께 고후
를 출발했다. 국경까지 배웅을 나온 아나야마, 이타가키와 이별주
를 마시고 마침내 목적지인 이마가와의 영지 안으로 들어서니 이마
가와 가의 사자가 그곳까지 마중을 나와 있었다. 정중한 대접 후에
각지의 역참을 지나 슨푸(駿府)에 도착하자 요시모토가 직접 성
밖까지 나와 정중하게 그를 맞아주었다. 떠들썩한 주연 속에 그날
이 저물어 마침내 침소에 안내를 하는 대로 노부토라가 따라가
보니 그곳은 정성스럽게 만든 모습도 그렇고 가구들도 그렇고 아름
답기 짝이 없는 방이었다. 그런데 안으로 들어가 문득 보니, 아뿔싸,
그곳은 방을 개조해서 만든 감옥이었다.

"앗!"

깜짝 놀라 소리를 지르고 멍하니 서 있는 노부토라 앞에 모습을
드러낸 요시모토가 그제야 비로소 아나야마, 이타가키로부터 부탁
받은 일에 대해서 자세히 밝히고,

"이대로 내버려둔다면 고슈 일대에서 수습이 불가능한 대란이
일어나게 될지도 모릅니다. 충신들의 의뢰도 있었고, 또 인척관계
에 있는 저로서도 도저히 보고 있을 수만은 없었습니다. 그러니
나리께서도 귀국을 단념하시고 이곳에 오래도록 머무시기 바랍니

다."라고 말했다.

부들부들 떨리는 다리로 한동안 멍하니 서 있던 노부토라의 이마에서 식은땀이 배어나왔다. 창백해진 관자놀이가 부르르 떨려왔다. 그러나 노부토라는 잠시 뒤 가만히 눈을 감았다. 노부토라의 가슴속을 오가는 생각은 무엇이었을까? 자식에게 배반당하고 신하에게 속은 것에 대한 노여움이었을까? 그 일에 가담한 자신의 사위 요시모토에 대한 분노였을까?

감은 두 눈에서부터 눈물이 뺨을 타고 흘러내렸다. 그것은 분함에 흘러내린 눈물이 아니었다. 남을 탓할 것이 아니다, 나 자신을 돌아보아야 한다는 생각이 든 순간 반평생 동안 흐려져 있던 심안(心眼)이 비로소 눈을 뜬 것이었다. 원망해야 할 것은 다른 사람들이 아니라 자기 자신이었던 것이다.

노부토라의 어투는 무거웠지만, 마음이 맑아져 목소리도 어딘가 고요함을 머금고 있었다.

"생각해보면 부끄러운 반생이었네. 아들이 아비를 내쫓고 신하가 주군에게 등을 돌린다는 것은 웬만한 사정이 아니고서는 있을 수 없는 일일세. 그런데도 하루노부와 충신들은 지금까지 잘도 참아주었네. 지금은 그런 생각뿐일세. 지나온 날들의 행동을 생각하면 쓸쓸한 후회만이 가슴 가득하다네. 내 무슨 얼굴로 다시 고후에 돌아갈 수 있겠는가? 앞으로 남은 나의 생을 잘 보살펴주기 바라네."

뜻밖에 얻은 깨달음에 가슴속 안개가 흔적도 없이 사라져 노부토라의 마음은 상쾌할 정도로 맑아졌다.

그 후부터는 선종에 귀의하여 마치 다른 사람이 된 것처럼 불도

수행에 전념하였으며, 요시모토가 오케하자마 전투6)에서 목숨을 잃은 뒤에는 교토(京都)로 가서 기쿠테이(菊亭)에게 몸을 의탁했는데 하루노부가 거듭 고후로 돌아오라고 해도 거기에 응할 기색은 조금도 보이지 않았으며 끝끝내 고후로는 돌아가지 않고, 조용한 가운데 자신의 말년을 마쳤다. 이제는 되돌아보아도 후회할 것 없는 자신의 말년이었을 테지만.

니라자키 전투

아무리 구니를 위해서, 집안을 위해서였다고는 하지만 아들로서 아버지를 쫓아낸 하루노부의 가슴속에는 역시 석연찮음이 자리 잡고 있었으며 뒷맛이 개운치가 않았다.

그러나 그러는 동안에도 노신들의 권유도 있고 해서 별 탈 없이 성주의 자리에 올랐으며 동생인 사마노스케 노부시게, 마고로쿠 노부쓰라(孫六信連)를 비롯하여 중신인 오바타, 아사리(浅利), 모로즈미(諸角) 등의 축하인사도 받았다. 그해 5월에는 부인이 아들을 안산하여 다케다의 새로운 기초가 더욱 굳건해지려 할 때, 그 정신없는 틈을 이용해서 예전부터 원한을 품고 있던 오가사와라가 스와와 손을 잡고 9천 6백여 기를 동원하여 고슈로 침입해 들어왔

---

6) 오와리노쿠니에 침공(1560)한 이마가와 요시모토의 본진을 급습하여, 오다 노부나가가 이마가와 요시모토의 목숨을 빼앗은 전투. 오다 노부나가가 세력을 확장하는 결정적인 계기가 되었다.

다. 때는 하루노부 18세인 덴분 7년(1538) 7월 7일이었다.

칠석 연회를 베풀어 가신들의 축하를 받고 있던 하루노부는, "오가사와라, 스와 양군이 다이가하라까지 침공해 들어왔습니다."라는 보고를 받았지만 말없이 고개를 끄덕이고 의식을 계속 진행했다.

잠시 후 식이 끝나자 바로 가신 6천여 명을 불러 모아 그들을 6개 부대로 나누고, 선봉에 오부 효부쇼유, 2진에는 아마리 비젠노카미, 3진에는 오야마다 빗추노카미, 4진에는 이타가키 스루가노카미, 그 다음으로는 하루노부 본진, 후진을 이마이 이세노카미(今井伊勢守), 히나타 야마토노카미(日向大和守)로 편성하고 자신의 본영에는 교라이이시 가키베쇼, 하라 미노노카미(原美濃守), 오바타 오리베노카미(小幡織部正), 요코타 빗추노카미(横田備中守)를 비롯하여 안마(安間), 가마타(蒲田) 등을 배치하여 18일 정오에 고후를 출발했다.

다테나시가하라(立梨が原)까지 출진하여 시오카와(塩川), 가마나시(鎌梨) 두 개의 강을 사이에 두고 적과 대치했다. 스와, 오가사와라 양군에는 이번 전투를 계기로 고슈에 침입해 들어가 민가의 재산을 약탈할 심산으로 가세한 농민병이 3천 명 정도 있었기에 총 병력은 약 1만 3천, 후나야마(船山) 위에 당당하게 진을 치고 갑옷에 꽂은 작은 깃발을 강바람에 나부끼고 있었다. 소리도 없이 어둠이 찾아들자 남쪽에 진을 치고 있던 연합군은 일제히 모닥불을 피우기 시작했다. 시오카와 북쪽에 진을 친 다케다 군도 모닥불을 피워 내일 있을 전투를 위해 장병들을 쉬게 했다.

그때 연합군 진영에서 사자 두 명이 달려와 하루노부에게 글을 한 통 건네주었다.

〈우리 두 집안은 예로부터 다케다의 일족으로서 친밀한 관계를 유지해 왔으나 노부토라 나리의 횡포가 극에 달해 일족을 멸하고 그 영지를 빼앗았기에 더는 좌시할 수 없어 수년에 걸쳐서 전쟁을 해왔지만 아직 자웅을 가리지 못했소. 그런데 이번에 족하(足下)께서 아버지 노부토라 나리의 악행을 탓하며 그를 몰아내어, 자신의 시대가 오기를 기다리지 않고 멋대로 성주의 자리에 오른 것은 인륜에 어긋나는 일이니 한 하늘 아래서 함께 살아갈 수가 없소. 이에 수일 전부터 이곳으로 와서 족하가 출전하기를 기다렸소. 내일 아침 묘시(6시)를 기해 다이가하라에서 일전을 치르고 싶소. 단번에 모든 일을 결판내기 위해 특히 시간과 장소를 정하여……〉

읽기를 마친 하루노부가 사자를 향하여,

"무슨 말인지 잘 알겠다. 우리 부자가 혹시 인륜에 반한 행동을 했다 할지라도 다른 사람의 참견을 받을 만한 이유는 어디에도 없다. 전투의 시간 또한 언제가 됐든 마다 할 이유가 없으니 그쪽에서 지정한 내일 아침 6시에 반드시 다이가하라에서 만나기로 하자."라고 대답했다. 그 말을 듣고 사자는 돌아갔다.

어째서 전투 장소와 시각을 일부러 지정해 전해온 것일까? 스와, 오가사와라의 의도가 어디에 있는지를 하루노부는 너무나도 잘 알고 있었다. 그것은 6시에 맞춰서 다케다 군이 다이가하라를 향해 출동하여 시오카와를 건너느라 부대의 대오가 흩어진 틈을 이용해서 후나야마에서부터 한꺼번에 달려내려와 다케다 군이 전장에 도착하기도 전에 공격하여 섬멸해버리겠다는 계획이었다. 밤이 깊어가기 시작할 무렵, 각 진영의 부장들을 불러 모은 하루노부가 적의 이 계략을 이야기하고 자신이 세운 작전을 들려주었다.

"적은 우리의 2배가 넘는 대군. 더구나 우리 소수의 병력이 강을 건너는 중에 공격을 받는다면 패할 것은 뻔한 사실. 그러니 모닥불을 이대로 피워놓아 아직 진을 치고 있는 것처럼 보인 뒤 전군이 조용히 시오카와 도하를 완료하여 오늘 밤 안으로 다이가하라 위에 있는 다이야마(台山)를 점령하는 것이 가장 중요한 일이 될 것이오. 다음으로 다이야마의 남쪽, 가마나시 강변으로 내려가는 기슭의 길이 없는 곳에 오늘 밤 안으로 길을 만들어야 하오. 날이 밝아 우리 군이 이미 시오카와를 건너 자신들의 턱 밑에 와 있다는 사실을 알고 놀란 적을 공격할 터인데, 그때에는 우리 집안의 깃발을 후진에 세워 적에게 하루노부가 후진에 있는 것처럼 보일 것이오. 그런 다음 나는 소수의 기병을 이끌고, 적이 우리의 선봉을 향해 공격해 들어오면 밤새 만들어놓은 길로 나아가 그들의 옆구리를 공격하여 무너뜨리고, 제1진을 무너뜨린 뒤 다시 산 위로 올라갔다가 제2진의 전투가 시작되면 다시 기습을 가하는 식으로 하여 적을 제압할 생각이오."

작전은 전장의 모든 상황을 꿰뚫어본 듯 참으로 경묘하기 짝이 없는 것이었다. 늘어선 장수들은 너무나도 명료한 전략에 그저 찬탄의 소리만 흘릴 뿐이었다.

드디어 밤이 깊자 부대는 조용하게 행동을 개시했다. 선봉인 오부가 1천여 기를 이끌고 도하를 완료하자 뒤이어 2진, 3진, 드디어 전군이 도하를 마치고 미리 정해둔 곳에 배치가 되었지만 연합군은 아직도 그것을 탐지하지 못한 듯했다. 모든 준비가 끝났다.

가을밤은 길기도 하구나, 하며 기다리는 동안 날이 희붐하게 밝기 시작했다. 아침안개 속으로 다케다 군이 후나야마를 향해 밀려드는 모습을 보고 연합군은 깜짝 놀랐다. 아군의 동요를 간신히 수습한 스와 요리시게와 오가사와라 나가토키는 선봉을 스와, 후진을 오가사와라로 정하고 행동을 개시했다. 1,500명의 직속부하들을 거느린 스와 군의 사무라이 대장 사이조 시키부 요리카게(西条式部頼景)가 우선 가장 앞에 서서 어린진(魚鱗陣)으로 늘어서 준비를 하고 있던 다케다 군의 선봉 오부와 일전을 벌였다. 날은 완전히 밝아서 동쪽 하늘에 태양이 높다랗게 올라 있었다. 핏줄기가 뿜어져 파란 풀이 붉은 빛으로 물들었다.

전투가 한층 더 치열해질 무렵. 때를 기다리고 있던 하루노부가 정예병 300을 이끌고 질풍신뢰(疾風迅雷)처럼 샛길로 달려나와 사이조 군의 옆구리를 파고들었다. 당황해 우왕좌왕하는 사이조 군을 오바타 도라모리(小幡虎盛)가 창을 한 번 휘둘러 세 명을 한꺼번에 쓰러뜨렸다. 자신도 지지 않겠다는 듯 다케다 군의 용사들이 닥치는 대로 칼을 휘두르며 돌아다녔다. 단번에 승패가 결정되고 말았다. 이 모습을 지켜본 스와 요리시게가 이를 갈며,

"한심한 녀석들! 내가 싸우는 모습을 잘 지켜보아라."라고 외친 뒤, 2천 2백 명을 이끌고 공격해 들어왔다. 이를 본 하루노부는 기병 300을 얼른 샛길로 물러나게 했다. 요리시게와 맞선 것은 다케다 군의 2진으로 아마리 비젠노카미가 이끄는 2천여 기의 정예병이었다.

싸움은 전보다 한층 더 치열하고 처참했다. 늦더위가 기승을 부리는 7월의 하늘 밑, 사람과 말 모두가 피투성이에 땀투성이였다. 흙먼지가 하늘에 이를 정도로 피어올랐다. 기운이 다해 쓰러지는

자가 속출했다. 그때였다. 하루노부가 이끄는 300기가 적의 측면을 파고들어 종횡무진으로 헤집고 다녔다. 다섯 명, 열 명, 스와 군은 추풍낙엽처럼 쓰러졌다.

"으와."하며 무너진 스와 군은 요리시게의 제지에도 불구하고 달아나기 시작했다. 그런 중에도 시부에 구라노스케(渋江内蔵助)와 후지모리 사부로자에몬(藤森三郎左衛門)이라는 두 젊은 무사가 떨어진 아군의 기세를 살리기 위해 다케다 군 속으로 칼을 휘두르며 뛰어들었다. 그러나 무너져버린 진열을 어떻게 해볼 수는 없었다. 이제는 어쩌는 수 없다고 포기한 구라노스케가 사부로자에몬에게,

"이보게 후지모리, 조금 전 우리 군의 측면을 공격한 적의 장군, 나이도 그렇고 차림새도 그렇고 틀림없이 다케다 하루노부인 듯하네. 지금부터 적군 속으로 섞여들어가 그의 목을 베기로 하세. 설령 우리가 죽는다 할지라도 우리의 상대로 삼기에 부족함은 없지 않겠는가?"

"오오, 나도 마침 그렇게 생각하던 참이었다네."라고 대답했다. 두 사람은 스와 군의 문양을 떼고 얼굴에 피를 바른 뒤 달아나는 자신의 병사들은 무시한 채 다케다 군 속으로 섞여 들어갔다.

하루노부는 정병 2천을 니라자키 쪽으로 물러나게 한 뒤, 자신은 기병 300을 이끌고 샛길을 통해서 산 위로 물러나려던 참이었다. 이 기회를 놓칠 수 없다는 듯 시부에와 후지모리가 하루노부 곁으로 다가갔다. 아까부터 하루노부 바로 뒤에 붙어 있던 다다 산파치(多田三八)가 문득 두 사람의 거동을 살펴보았다. '앗! 낯선 무사들인데.'라고 생각한 산파치가 의심을 사지 않도록 그들을 불렀다.

덜컥, 가슴이 내려앉은 두 사람이 두리번두리번 주위를 둘러보고

있을 때 산파치가 연달아,

"암호는 알고 있는가?"라고 외쳤다.

"적군이다! 여기 적군이 있다!"

몰아붙이듯 내지른 산파치의 커다란 목소리에 맞서,

"스와 가의 사무라이 대장 시부에 구라노스케, 후지모리 사부로 자에몬. 대장 하루노부에게 볼일이 있어서 왔다. 이리 나오거라, 이리 나와!"

커다란 목소리가 두 사람의 입에서 터져 나왔다.

순간 두 사람의 번뜩이는 칼날이 허공에서 춤을 췄다. 죽음을 각오하고 휘두른 칼이었다. 비슬비슬 주위의 병사들이 기세에 눌려 뒷걸음질을 쳤다. 시부에가 포위망이 허술한 곳을 뚫고 나가 하루노부에게 접근했다.

"기다려랏!"

외치는 소리와 함께 말에서 뛰어내린 산파치가 그대로 시부에와 엉겨 붙었다. "에잇.", "이얍."하며 이리 뒹굴고 저리 뒹굴고. 위로 오르기도 하고 아래에 깔리기도 하면서 산파치는 틈을 보아 단도를 뽑아들었다.

"윽."

시부에의 절규. 산파치가 오른손에 들고 있던 단도를 휘둘러 시부에의 갑옷 사이로 옆구리를 깊숙이 찌르자 칼자루를 타고 내린 피가 뚝뚝 땅바닥에 떨어졌다.

후지모리를 덥석 덮친 것은 이마이 이치로였다. 이마이의 괴력이 한 수 위였는지 무릎으로 후지모리를 누른 채 목을 치려했다. 그 순간 주인 뒤에 숨어서 따라온 후지모리의 젊은 부하 아쿠사부로

(惡三郎)와 아쿠시로(惡四郎)가 그곳으로 달려들었는데, 이거 큰일이라며 아쿠사부로가 창을 비틀어 이마이의 갑옷 틈새를 찔렀다.

"누구냣!"

이마이가 돌아보며 팔을 길게 뻗어 아쿠사부로의 멱살을 잡더니 "에잇."하고 공중으로 집어던졌다. 일어서려 하는 아쿠사부로를 안마가 잼싼 손놀림으로 단칼에 베어버렸다. 그러는 동안에 후지모리의 목을 벤 이마이는 깊은 상처에도 불구하고 자리에서 일어서려 했다.

"주인님의 원수, 각오해랏!"이라는 소리와 함께 아쿠시로의 창이 이마이의 허리뼈를 쿡 찔렀다.

"이 발칙한 놈!"

칼을 빼듦과 거의 동시에 휘둘러 단칼에 아쿠시로의 목을 정면에서 찔렀다. 그러나 이마이도 두 군데의 깊은 상처를 입었기에 털썩 쓰러져 숨이 끊어지고 말았다. 이마이의 시체를 둘러메고 모두가 다시 산 위로 물러났다.

세 번째로 밀려든 오가사와라 군의 사무라이 대장 아마모리 슈리노스케(雨森修理亮)가 이끄는 2천여 기도 역시 신출귀몰하는 기병의 공격에 당해 허무하게 무너지고 말았다. 후진인 오가사와라 나가토키가 이끄는 새로운 병력 3천 3백여 기와 정면으로 맞닥뜨린 다케다 군의 4진 이타가키 스루가노카미의 병력은 2천여 기였다. 두 번, 세 번, 하루노부가 사용한 기습전법도 이때는 그다지 효과를 발휘하지 못했다. 하루노부의 기습을 지켜보던 아마미야(雨宮), 사이조, 스와의 잔병 5천여 명이 와 하며 다케다 군을 향해 밀려들었다.

"나리를 지켜야 한다! 그족을 막아랏!"

휴식을 취하고 있던 오부, 아마리, 오야마다의 병력 4천여가 이렇게 외치고 함성을 지르며 적을 막기 위해 정면을 막았다.

가을바람 한 줄기. 전투는 언제 끝날지 알 수 없었다. 니라자키 일대의 하늘이 흙먼지에 뒤덮여 흐리고 무겁게 드리워져 있었다. 함성과 호통소리, 말이 울부짖는 소리와 인마가 뒤얽혀 내는 소리, 허연 칼날이 갑옷에 부딪치는 소리가 한데 뒤얽혀 소용돌이치며 높이 솟아올랐다. 어느 틈엔가 해가 서쪽으로 기울어 붉은색 구름이 점점 변색되어 갔다.

그때였다. 300명쯤 되는 병력이 가치야마(勝山) 정상에 모습을 드러냈는가 싶더니 스와 · 오가사와라 군 뒤편으로 돌아들어갔다.

"원병이 왔다!"

"후원군이 왔다!"

기뻐한 것은 연합군이었다. 그러나 그 300여 기는 아무런 말도 하지 않고 연합군 속으로 돌진해 들어가, 그저 "어라, 어라!"하며 뜻밖의 일에 당황하여 어찌할 바를 몰라 하고 있는 연합군을 닥치는 대로 베어 쓰러뜨렸다. 그런데 그 순간 갑자기 가치야마 정상으로 다시 한 번 1만에 가까운 대군이 불쑥 솟아오른 것처럼 모습을 드러냈다. 그 군대가 징과 북을 요란스럽게 두드리고 함성을 올리며 삽시간에 연합군을 포위했다. 이렇게 되자 더는 버텨낼 수가 없었다.

"우와."하며 뿔뿔이 흩어진 연합군이 걸음아 나 살려라 도망을 쳤다. 패주, 또 패주. 그 뒤를 좇아 다케다 군의 추격전이 치열하게 전개되었다.

300기를 이끌고 가치야마에서 적의 심장부로 돌진해 들어간 것은 하라 가가노카미(原加賀守)의 기계(奇計)에 의한 것이었다. 이번 전투에서 고후 성을 지키라는 명령을 받은 하라 가가노카미는 어떻게 해서든 원병을 보내야겠다고 계략을 꾸며 우선 스무 살에서 쉰 살까지의 백성 1만 명을 모아 그들에게 병사처럼 위장케 하고 종이로 만든 깃발 오륙백 개를 준 뒤, 연합군을 놀라게 하기 위해 징과 북을 울리며 함성을 올려 그들을 멀리서 포위하게 하고 자신은 수하 300기를 데리고 돌진하여 전투를 결정적인 것으로 만든 것이었다.

승리의 함성이 다케다 진영에 높다랗게 울려 퍼졌다. 7월 20일의 창백한 달이 반짝이고 있었다.

3일 정도 적의 반격을 기다리던 하루노부는 적이 모두 자신들의 구니로 돌아간 사실을 알고 고후로 군대를 돌렸다.

충신의 간언

니라자키 전투에서 대승을 거두고, 설욕전에 나선 스와·오가사와라를 넨바(燃場), 노베야마(野辺山), 쓰타기(蔦木)에서 연속으로 격파한 하루노부의 세력은 날로 높아갔다.

워낙 젊은 나이였다. 싸우기만 하면 이긴다는 자신감도 붙었기에 자신도 모르는 사이에 마음이 해이해지기 시작했다.

'아무래도 고후 사람들은 너무 촌스러워. 특히 여자들은 너무

거칠어. 거기에 비하면 역시 교토의 여자들은 행동도 그렇고 말씨도 그렇고 아주 부드럽지. 교토의 여자를 불러서─.'

이렇게 생각한 것이 일의 발단이었다.

오보로(朧)라 불리는 여자를 비롯하여 30명의 미녀가 교토에서 불려왔다.

'과연 교토의 여자들은 아름답구나.'

하루노부는 오보로를 총애하게 되었다. 오보로를 곁에 두고 그녀에게만 정신이 팔렸으며 따로 14명의 무녀(舞女)를 불러들였다.

곧 여자들 간의 질투가 여러 가지 형태의 다툼으로 나타나 성안은 밤낮으로 시끄러웠다. 주연과 악기소리와 가무와 시회(詩會)가 끊임없이 계속되었다.

보다 못한 아마리 비젠노카미가 37개조에 걸친 직간(直諫)을 적어 올렸다. 손에 들고 한동안 바라보던 하루노부는,

"흠."이라고만 했을 뿐.

더는 누구도 간언을 하려들지 않았다. 그런데 전례 없이 이타가키 스루가노카미가 병 때문이라며 30일 간의 결근을 청해왔다. 들리는 소문에 의하면 시문으로 이름이 높은 니시(西) 군의 유무(友夢) 거사에게 시를 배우고 있다는 것이었다. 아니나 다를까 11월 1일, 평소와 다름없이 열린 시회에 특별히 청을 하여 출석했다.

"과연 이타가키 노부카타일세. 무예에 능할 뿐만 아니라 시까지 배웠다니."

하루노부는 평소보다도 훨씬 더 기분이 좋았다.

주제가 주어지자 참석한 사람들은 시작에 고심을 했으나 이타가키는 술술 붓을 놀리더니 하루노부에게 시를 바쳤다. 그것을 보고

하루노부는 얼굴 가득 미소를 지었다.

"천하의 명문이로다! 과연 노부카타일세. 이보게들 사람은 한 가지 방면에 통달하면 모든 일에 통달하는 모양일세. 노부카타가 그 좋은 본보기일세."

이렇게 말하고 사람들을 둘러본 순간, 말석에서 짧은 칼을 들고 앞으로 나선 것은 이타가키 본인이었다.

"나리! 인간에게는 각자에게 주어진 임무라는 것이 있으며, 길이라는 것이 있습니다. 옛날에 기노쓰라유키(紀貫之)는 귀신을 감동시키고 용맹한 무사의 마음까지도 부드럽게 해주었다고 합니다만, 그것은 옛날의 일입니다. 이 전국시대에 무사로 태어난 자는 오로지 자신의 길에 전념하기를 게을리 해서는 안 될 것입니다. 다이라 기요모리(平清盛)가 좋은 예라 할 수 있을 것입니다. 무(武)로써 일어나야 할 때에 문(文)을 즐긴다면 구니를 잃게 될 것은 불을 보듯 뻔한 일입니다. 나리께서는 지금 저의 보잘 것 없는 시를 칭찬하셨지만, 시가 따위는 30일 정도의 수련으로도 그 정도 수준에 다다를 수 있습니다. 허나 무예의 길은 어떻습니까? 급하게 배우기 어려우며 수련을 쌓기 어려운 것이 무예의 길 아닙니까? 부디 현명하게 판단하시어 앞으로는 시회 개최를 그만두시고 측실들도 교토로 돌려보내시기 바랍니다. 만약 제 말을 받아들여주지 않으신다면 저는 할복을 하여 시 짓는 자를 괴롭히는 혼령이 되겠습니다."

이타가키는 그 자리에 있는 사람들을 날카롭게 노려보았다.

하루노부의 두 눈에서 뜨거운 눈물이 줄줄 흘러내렸다.

명장은 역시 명군이기도 했다. 하루노부는 그날로 즉시 그 간언을 받아들여 많은 무녀들을 교토로 돌려보내고 시회 개최를 일절

금했으며 그 후부터는 오로지 무예의 길에만 전념하고 부국강병에 혼신의 힘을 쏟았다.

스무 살의 봄이 찾아왔다. 하루노부가 어렸을 때부터 그를 돌봐 주었던 오바타 뉴도 니치조는 3년쯤 전부터 중풍으로 병상에 누워 있었는데 정월 중순 이후부터 병세가 갑자기 악화되었다. 성에서 수시로 의원을 보내기도 하고 사람을 보내 보살피기도 했지만 용태는 하루하루 악화되어갈 뿐.

'하다못해 살아 있는 동안 직접 만나 마지막 말이라도 듣고 싶구나.'

이렇게 생각한 하루노부는 바로 오바타의 집으로 향했다.

잠시 보지 못한 사이에 몰라볼 정도로 야위어버린 뺨과 목. 눈도 움푹하게 파였고 호흡도 매우 거칠었다. 낮은 한숨과 함께 하루노부의 두 눈이 젖기 시작했다.

"할아범! 병문안을 왔네. 지금까지도 거칠 것 없이 간언을 해주었던 할아범의 마지막 간언을 들으러 왔네."

주군의 이 목소리를 듣자 니치조는 감고 있던 눈을 번쩍 뜨더니,

"증자의 말 중에 새는 죽으려 할 때 그 소리가 선하다는 말이 있습니다. 사실은 전에부터 꼭 말씀드리고 싶었지만 결국은 지금까지 말씀드리지 못한 것이 있습니다. 그러니 저의 마지막 말이라 생각하시고 들어주시기 바랍니다. 나리는 아버님이신 노부토라 공에 비한다면 인(仁), 의(義), 지(智), 용(勇) 모든 면에서 훨씬 더 뛰어나십니다. 그러나 임(任)이라는 면에서는 노부토라 공이 훨씬 더 뛰어나십니다. 노부토라 공은 타인의 재능을 인정하여, 전투를 할 때에도 그 사람에게 모든 것을 맡기는 대범한 면이 있었습니다.

그에 비해서 나리는 혹시 다른 사람에게 맡기면 실수라도 하지 않을까 걱정하여 크고 작은 일 모두를 몸소 행하십니다. 임(任)이란 그 인물이 가진 그릇의 크기. 지금은 난마처럼 어지러운 세상이기에 커다란 도량을 가진 명군이 출현하여 천하를 손 안에 넣지 않는 한 평화는 도저히 기대할 수 없습니다. 나리께서는 부디 군사(軍師)로 의지할 만한 사람을 찾으시어 마땅히 그에게 모든 것을 맡기셔야 할 것입니다."라고 말하자마자 호흡이 더욱 거칠어졌다.

"할아범! 이봐, 할아범. 할아범의 말, 내 명심하도록 하겠네."

이렇게 말하며 하루노부가 니치조의 야윈 손을 굳게 잡자 니치조는 빙그레 미소를 지으며 숨을 거두었다.

과연 니치조가 죽음 직전에 한 이 간언은 지켜졌을까? 물론 하루노부는 언제나 반성했을 것이다. 그러나 사람의 성격이란 타고난 것이다. 그릇의 크기란 인력으로는 어찌해볼 도리가 없는 숙명인 것이다.

야마모토 간스케, 제후를 찾아가다

하루노부와 주종의 관계를 맺은 야마모토 간스케는, 이듬해인 덴분 3년(1534) 봄의 어느 날, 문득 생각한 바가 있어 간핫슈7)에서부터 멀리 오슈8)까지 편력하며 병법 수련을 하기로 했다.

---

7) 関八州. 간토 지방.
8) 奥州. 지금의 후쿠시마, 미야기, 이와테, 아오모리 현.

몸집이 작은 데다 칼에 맞은 왼쪽 다리를 절었으며 게다가 오른쪽 눈은 일그러져 있었다. 또 거기에 더해서 왼쪽 손가락 세 개가 칼에 잘려나간 괴이한 형상이었다. 간스케의 무명(武名)이 제아무리 높다 할지라도, 그의 모습을 보고 걸음걸이를 보면 생각이 없는 사람들은 터져나오는 웃음을 참을 수가 없었다.

표표히 떠돌던 간스케의 모습이 당시 간토(關東) 지방에서 위세를 떨치고 있던 호조 우지야스(北条氏康)의 성 아래 마을인 오다와라(小田原)에 나타나, 호조 가의 창술 사범인 마쓰다 하치로사에몬(松田八郎左衛門)의 문을 두드렸다.

간스케가 도장에 모습을 드러내자 문하생들은 서로의 소매를 잡아당기고 눈빛을 교환하며 간신히 웃음을 참았다.

서로 인사를 마치고 나자 마쓰다가,

"최근 무사수행을 다니는 자가 많아서 저희 도장에도 매일 한 사람씩은 찾아오는데 당신도 무예시합을 위해서 오셨습니까?"라고 물었다. 간스케는 빙그레 웃으며 머리를 흔들고,

"보시는 대로 저는 몸이 불편한 불구자입니다. 무예시합은 도저히 생각할 수도 없습니다. 단지 병법에 대해서 가르침을 받고 싶을 뿐입니다."

"뭐라고? 병법을? 잘못 생각해도 한참 잘못 생각했구먼. 병법, 군법이라는 것은 실전을 여러 차례 거쳐야만 비로소 그 오묘한 진리를 깨닫게 되는 법입니다. 당신은 병사 50명도 거느리고 있지 않고, 성 하나도 가지고 있지 않으니 병법이라고 해봐야 틀림없이 탁상공론. 그처럼 이론뿐인 병법은, 실제 전장에 나가면 징과 북소리에 놀라 정신도 차리지 못해 아무런 도움이 되지 않는 법입니다."

라고 비웃었다. 간스케는 차분하게,

"지(智)에는 상중하, 세 가지 지가 있습니다. 상지(上智)는 성인, 중지는 배워서 자연의 오묘한 섭리를 깨달은 자, 하지는 곧 나리와 같은 사람을 일컫습니다. 하지는 상지의 마음을 이해하지 못합니다. 태공망과 제갈공명을 알고 계시겠지요? 태공망은 80세에야 비로소 문왕의 군사가 되었으며, 제갈공명은 27세에 세상에 나와 위나라의 대군을 격파했다는 고사가 있습니다. 두 사람 모두 백전백승. 나리의 말씀처럼 전장에 나가서 제정신을 잃었다는 소리는 듣지 못했습니다. 탁상에서 작전을 짜고 마음을 단련하는 것은 실전에 나섰을 때 어긋남이 없도록 하기 위해서입니다. 저는 병사를 300명도 거느리고 있지 않고 성 하나도 가지고 있지 않습니다만 제후의 명을 받아 전장에서 지휘를 하게 된다면 적을 깨뜨리고 성을 무너뜨리는 것 따위 아주 간단한 일입니다."

이 말을 듣고 마쓰다가 화를 얼굴에 드러내며,

"이 보기 흉한 난쟁이 녀석! 무예도 모르면서 병법에 대해 이야기하다니, 가소롭기 짝이 없구나! 무예하면 가장 기본이 되는 것이 창술인데 너는 창 쥐는 법을 알고 있기나 한 게냐?"라고 소리를 질렀지만 간스케는 여전히 미소를 머금은 채로,

"아주 모르지는 않지만 나리와 시합을 할 마음은 조금도 없습니다. 제가 이기면 나리의 치욕이 될 테니까요. 그것만은 사양하도록 하겠습니다."라고 대답했다. 그러나 마쓰다는 '이 난쟁이 녀석! 입만 살아서 잘도 지껄이는구나.' 라는 생각에 마음이 편치 않았기에 간스케를 도장 가운데로 억지로 끌어냈다.

쨍그렁, 두 개의 창이 맞부딪쳤다. 실력의 차이는 누가 봐도 분명

했다. 세 번이면 세 번 전부 마쓰다는 간스케의 창에 얼굴을 찔리고
말았으며 결국에는 털썩 엉덩방아를 찧고 말았다.

그러나 오다와라의 창술 사범인 마쓰다도 역시 그릇이 작은 인물
은 아니었다. 간스케를 상석에 앉게 한 뒤 지금까지의 무례에 대한
용서를 빌었으며, 그대로 자신의 집에 머물게 하고 우지야스에게
추천했다.

이틀 뒤, 간스케는 우지야스 앞으로 불려갔다. 절뚝거리며 걷는
간스케의 모습을 보고 그 자리에 있던 중신들은 웃음을 참았다.
쿡쿡 하며 우지야스가 소리 죽여 웃음을 터뜨렸다. 그것을 신호탄
으로 발 뒤에 앉아 있던 100명 정도의 시녀들의 새된 웃음소리와
신하들의 소리를 죽인 웃음소리가 한꺼번에 터져 나왔다.

오직 한 사람, 마쓰다만이 주위를 둘러보며 씁쓸한 표정을 짓고
있었다.

우지야스를 비롯한 중신들은 누구 하나 간스케를 기용하려 하지
않았다.

"마쓰다 나리. 군주의 위엄이 제대로 서지 않으면 그 나라는 매우
위험한 상황에 있다고 할 수 있습니다. 호조 가처럼 간토 지방의
패권을 다투고 있는 대국은 특히 위엄으로 통합하지 않으면 안
됩니다. 오늘 저의 모습을 보고 그 자리에 있던 가신들이 주군 앞임
도 잊고 웃음을 터뜨린 것은 주군을 주군으로 생각지 않는 행동이
라 할 수 있습니다."

이것이 간스케의 마지막 말이었다.

'아까운 인걸을 놓쳤구나.'

오다와라를 떠나 우에스기 노리마사(上杉憲政)의 성 밑 마을인

가마쿠라(鎌倉)로. 그곳에 5개월 정도 머물다 다시 조슈(上州) 구라가노 엣추노카미(倉賀野越中守)의 집에서 3개월, 이런 식으로 각 지방을 떠돌다 다시 스루가로 들어가 이마가와 요시모토의 성에 도착한 것은 덴분 12년(1543) 겨울의 일이었다.

이마가와 가의 노신 이하라 아와노카미(庵原安房守)가 간스케의 인물됨과 지략을 깊이 깨닫고 요시모토에게 추천했지만 여기서도 결국은 같은 일이 벌어졌다. 요시모토도 웃음을 터뜨렸으며 가신들도 모두 간스케의 이상한 모습에 냉소를 지었다.

요시모토 역시 별로 기대할 만한 인물이 아니라는 사실을 안 간스케는 거듭되는 아와노카미의 권유를 거절했다. 그러나 아와노카미는 그래도 역시 미련이 남았다.

'나리도 그렇고 가신들도 그렇고 왜 그렇게 사람을 볼 줄 모른단 말인가? 이래서는 간스케 님을 볼 면목이 없다.'

아와노카미는 요시모토에게 다시 한 번 간스케를 받아들이라고 청원했다.

그러나 요시모토는 냉소를 지으며,

"그런 난쟁이를. 이마가와 가에 인재가 그렇게 부족하지는 않다네."

이렇게 말하고는 자리를 떠나버렸다.

그것으로 끝이었다. 아와노카미는 낙담했다. '이처럼 얻기 어려운 군사가 혹시 적이 된다면.' 이를 두려워한 아와노카미는 간스케에게 다케다 가의 아마리 비젠노카미를 찾아가보라고 말하며 소개장을 써주었다.

간스케에게는 뜻밖의 행운이었다. 각국의 무위, 풍속, 인심을 살펴보았으니 예전에 남 몰래 주종관계를 맺은 다케다 가로 가야겠다고 생각하고 있던 참이었기에 기꺼이 소개장을 받아가지고 아와노카미의 배웅을 받으며 스루가를 떠나 고후로 향했다.

군신의 굳은 맹세

　겨울 하늘은 상당히 차가웠다. 게다가 스루가에서 고슈로 접어들면 기온이 뚝 떨어진다. 산언덕도 많았다. 그러나 간스케의 마음은 가벼웠다. 여행은 짧았지만 즐거웠다.

　짐짓 아무것도 모르는 척 간스케는 소개장에 적힌 이름인 아마리 비젠노카미의 집을 찾아갔다. 아마리도 넌지시 간스케의 인물됨을 살펴볼 생각이었는지 정중하게 대접하고 그를 묵게 했다.

　아마리가 하루노부에게 간스케에 대해서 이야기한 것은 정월 하순, 군사회의가 열렸을 때였다.

　'아아, 간스케가 와주었구나.'

　마음속으로 이렇게 말한 하루노부는 예전에 군신의 관계를 맺었다는 사실에 대해서는 한마디도 언급하지 않고 아마리의 보고가 끝나자,

　"나도 간스케의 이름은 이미 들은 바가 있네. 이하라가 추천을 했고 또 아마리도 추천하는 것을 보니 틀림없이 소문대로 뛰어난 인물일 테지. 바로 만나보도록 하겠네."

　기쁘다는 듯 대답했다.

정숙하게 늘어앉은 장군들 가운데서 면담을 마치고 간스케가 물러났다. 하루노부는 바로 늘어앉은 장군들에게,

"이보게들. 간스케라는 사람은 몸집이 왜소하고 무사로 활약할 수 있을 것 같지도 않은 불구자일세. 이렇다 할 장점도 없는 듯하네. 제아무리 지혜가 뛰어나다 할지라도 충신, 용사가 많은 우리 집안, 인물이 부족한 것도 아닐세. 그를 받아들일 필요가 있겠는가?"

이렇게 말했다.

이 말을 듣고 가장 먼저 입을 연 것은 이타가키였다.

"나리께서 그런 말씀을 하실 줄은 몰랐습니다. 달인, 호걸은 그 겉모습이나 용모로 판단해서는 안 됩니다. 어쨌든 우선은 간스케의 말을 들어보시고 혹시 비범하다 생각되시면 바로 쓰시는 것이 지당하다 여겨집니다."

하루노부는 빙그레 미소를 지었다. 오야마다 빗추노카미가 뒤를 이어 말했다.

"저도 이타가키 나리의 말씀에 찬성합니다. 그렇게 조그만 사내가, 그것도 불편한 몸으로 세상에 이름을 떨치고 있는 간스케입니다. 그것은 그에게 뛰어난 재능과 지혜가 있기 때문일 것입니다. 중국의 한신(韓信)을 봐도 알 수 있듯, 인간의 훌륭함은 용모가 아니라 그 내용에 있는 것입니다."

그러나 하루노부는 여전히 머리를 흔들며,

"두 사람의 의견, 참으로 지당한 말씀들이오. 그러나 간스케가 제아무리 군략에 정통했다 할지라도 그것은 어차피 이론뿐인 탁상공론일 터. 실전에 도움이 되리라고는 생각지 않소만."

이 말을 듣고 이번에는 아마리 비젠노카미가 앞으로 나섰다.

"원래 지혜가 타고난 사람은 설령 탁상공론이라 할지라도 실전에 도움이 되는 법입니다. 나리가 16세 때의 첫 출진에서 부군이신 노부토라 공조차도 애를 먹으셨던 히라가 뉴도 겐신을 겨우 300명이라는 소수의 병력으로 격파하신 것은 어째서였습니까? 승패는 전장에 출전한 횟수의 많고 적음으로 결정되는 것이 아닙니다. 부디 간스케의 지혜를 시험해보신 뒤에 범부의 재능과 다르다면 쓰시도록 하셔야 할 것입니다."

자리에 있던 모든 장수들이 한목소리로 이 말에 찬성했다.

하루노부의 뺨에는 기쁨의 빛이 짙어갔다. 환희에 목소리가 저절로 들떠 있었다.

"여러분들의 탁견, 참으로 기쁘오. 이마가와 가에서는, 요시모토가 사람을 보는 눈이 없고 가신들도 역시 간스케의 모습을 보고 멸시하여 누구 하나 그의 재능을 알아보려 하지 않았다고 하오. 그에 비해서 우리 가신들은 누구 하나 간스케의 모습을 보고 비웃은 자가 없었으며, 모두가 한목소리로 간스케를 기용하자고 권했소. 나만큼 가신들을 잘 둔 자도 없을 것이오. 참으로 기쁘오."

하루노부는 너무나도 기뻤다. 좋은 가신들을 둔 주군의 행복이 가슴 가득 번져갔다. 눈시울이 뜨거워졌다. 가신들에게 머리를 숙여 감사의 말을 하고 싶은 충동에 사로잡혔다.

이에 하루노부는 모든 사실을 가신들에게 털어놓았다. 예전 열세 살이었을 때 주종의 관계를 맺기로 약속했다는 사실, 그날 밤 화롯가에서 주고받은 이야기, 그리고 간스케가 무술 수련을 핑계로 전국을 돈 것은 다케다 가의 첩자로 각국의 실정을 파악하기 위해서였다는 사실 등.

야마모토 간스케가 사무라이 대장으로 기용된 뒤부터 다케다 가에서는 병법 논의가 활발하게 진행되었으며 군법·규율이 한층 더 정비되었고 국법과 군법 모두 완전히 정리되어 나날이 충실해져 갔다.

　어느 날, 간스케가 "사나다 단조노추 유키타카(真田弾正忠幸隆)를 꼭 추천하고 싶다."고 하루노부에게 말했으며, 허락을 얻자마자 그날로 조슈 미노와(箕輪)로 길을 떠났다.

　사나다와는 오랜만에 만나는 것이었다. 반가움에 한동안은 서로 의 무사함을 기뻐하다가, 간스케가 얼굴빛을 바꿔,

　"예전에 우리 두 사람 중 한 사람이 먼저 임관을 하면 서로를 추천하여 같은 구니에서 일하며 뜻을 합쳐 천하에 이름을 떨치자고 약속하지 않았는가? 지금이 절호의 기회라고 생각하네. 다케다 가 에 임관하실 의향은 없으신가?"

　그러나 사나다는 입을 다문 채 대답하지 않았다. 잠시 후, 뜻밖에 도 제의를 거절했다.

　간스케가 이유를 물었다. 사나다가 조용히 대답했다.

　"이 전국의 시대에 태어나서 명군을 얻지 못한다면 평생 흙에 묻혀서 살다가 썩어가는 편이 낫다는 건 말할 필요도 없는 사실. 나도 여기서 한거하며 간핫슈 각 군주들의 전투 양상을 살펴보고, 각국의 사정도 들어가며 뒷날을 대비했지만 간핫슈를 지배하고 있 는 우에스기 슈리다유 노리마사(上杉修理大夫憲政)는 타고난 멍청 이, 언제나 호조에게 자신의 영토를 침범당하고 있는 형국, 이대로 간다면 머지않아 멸망하고 말 걸세. 호조 우지야스는 용감하기는 하지만 고집이 세서 사람을 쓰지 않는다네. 이마가와 요시모토는

너무나도 거만하고 게으른 듯 남들에게 일을 맡기는 경우가 많네. 그리고 다케다 하루노부인데, 그가 군대를 움직이는 것을 듣자 하니 작전도 그렇고 용병도 그렇고 참으로 고금에 얻기 어려운 명장의 풍취가 있는 듯하네. 그러나 일의 크고 작음을 가리지 않고 스스로 모든 것을 처리할 뿐, 가신들의 인물됨을 가늠하여 큰일을 맡기는 관용이 부족한 듯하네. 말하자면 도량이 큰 군주가 아닌 것처럼 보이네. 그렇기에 임관은 사양하고 싶다네."

이 말을 듣자 간스케도 "음."하는 소리만을 냈을 뿐, 한동안은 팔짱을 낀 채 아무런 말도 하지 못했다. 참으로 밝은 지혜, 밝은 살핌이었다. 너무나도 날카로운 통찰력이었다. 오바타 니치조의 마지막 말을 떠오르게 하는 것이었다.

그러나 그대로 물러날 수도 없었기에 간스케는 온갖 말로 사나다의 마음을 돌리려 했다. 하루노부가 가신에게 커다란 일을 일임하지 못했던 것은 가신들 중에 모든 일을 맡길 만한 인물이 없었기 때문인데 만약 자신과 함께 유키타카가 마음을 합쳐 보좌를 한다면 머지않아 하루노부도 천하의 통솔권을 손에 쥐게 될 것이라고 자세히 설명하고, 거기에 더해 지난날의 약속을 내세워 임관을 종용했다. 굳은 마음으로 행하면 귀신도 피한다는 말이 있는 것처럼 고집스러웠던 유키타카의 마음도 간스케의 열의에 점차 풀어지기 시작했다.

이제는 자기 혼자만의 이해 문제가 아니었다. 유키타카는 간스케의 열정에 져서 흔쾌히 자신만을 위하는 마음을 버리기로 했다.

그로부터 얼마 지나지 않아, 길 떠날 채비를 마친 사나다가 처자들을 이끌고 고슈에 도착했다.

하루노부의 기쁨은 이만저만한 것이 아니었다.

오다이 공략

신슈와 조슈의 국경, 오다이(小田井)에 조그만 성을 가지고 있으면서 오랜 세월 동안 다케다 가에 반항해온 오다이 마타로쿠로(小田井又六郎)와 그의 동생인 지로자에몬(次郎左衛門)이 갑자기 활발한 움직임을 보이기 시작했다.

덴분 13년(1544), 다케다에게 항복한 이후 언제나 공순한 태도만을 보이고 있던 아시다 시모쓰케노카미(芦田下野守)의 영지로 오다이 형제가 심심찮게 침공해 들어왔기에 참다 못한 아시다가 하루노부에게 사자를 보내 오다이 공격을 위한 군대를 보내달라고 탄원했다.

그해도 거의 저물어갈 무렵인 12월 중순. 이타가키 스루가노카미를 선봉으로, 살을 에는 듯한 극한을 뚫고 다케다 군 9천 명이 신슈로 출진했다. 아사마야마(浅間山)에서 불어오는 바람이 차가웠다. 채 녹지 않은 눈 위에 다시 큰 눈이 쌓여 길조차 분간할 수 없는 어려운 행군이 계속되었다.

하루노부는 오다이를 돕기 위해 무라카미 요시키요, 스와 요리시게가 출전하리라 예상하고 사나다 유키타카가 이끄는 3천 500명을 구쓰카케(沓掛)에, 야마모토 간스케가 이끄는 2천 명을 오이와케(追分)와 고모로(小諸) 사이에 배치한 뒤, 정면의 오다이 공략부대로는 3천 500명을 배치했다.

다케다 군이 점차로 접근해 들어갔다. 10여 정 앞까지 거리를 좁혔다.

당황한 것은 성 안의 병사들이었다. 아무리 기다려도 스와와 무라카미로부터의 원군은 오지 않았다. 다케다 군은 코앞에까지 밀려와 있었다. 순식간에 전군의 사기가 땅에 떨어졌다. 그때였다.

마타로쿠로가 말에 올라 성 안을 돌면서 커다란 소리로 외쳤다.

"침착해라! 적은 겨우 4, 5천. 그것도 강행군으로 매우 지쳐 있을 것이다. 오늘 밤에 야습을 감행하면 단번에 꺾을 수 있을 것이다! 내게 묘책이 있으니 걱정할 것 없다."

갑자기 사기가 올랐다. 장렬한 야간전투의 모습을 떠올린 장병들은 손에 침을 뱉어가며 밤이 오기를 기다렸다.

술통을 늘어놓고 뚜껑을 열었다. 국자가 손에서 손으로 옮겨져 차가운 술이 부어졌다.

마타로쿠로가 자리에서 벌떡 일어나더니, 단도를 뽑아 자신의 머리를 썩둑 잘랐다.

"모두 잘 듣기 바란다. 다케다는 무라카미, 스와 같은 커다란 세력으로도 당해내기 어려울 정도로 근방에서는 최고의 강국이다. 그의 정예병을 이 같은 소수의 병력으로 공격하는 것이니 결사의 각오가 없어서는 안 될 것이다. 나는 하루노부의 목을 치지 못한다면 성으로는 다시 돌아오지 않을 것이다. 너희들도 굳게 결심해주기 바란다. 지금 머리를 자른 것은 미리 머리카락을 남겨, 내 몸을 스스로 장사지내겠다는 의미로 자른 것이다. 너희들도 나를 위하여 목숨을 버리기 바란다."

이 말을 들은 자 모두가 흔쾌히 죽음을 각오했다. 썩둑, 썩둑. 말단 병사에 이르기까지 한 사람도 남김없이 머리를 잘라 높이 치켜들었다. 흥분된 마음을 가만히 억누르자, 비장한 그리고 끓어 오르는 듯한 처절한 기운이 조용히, 천천히 그 자리를 뒤덮으며 감돌기 시작했다.

잠시 후, 각자가 자른 머리를 성 안의 평지에 묻었다. 엄숙한 시간이 소리도 없이 지나갔다.

군대를 둘로 나눈 형제는 2천여 기를 이끌고 은밀하게 야습을 감행했다. 다케다의 진지에서는 모닥불이 차가운 밤을 밝히며 활활 불타오르고 있었다. 노리는 것은 적장 하루노부의 목.

하루노부는 얼핏 들었던 선잠에서 깨어났다. 적의 야습에 대비하여 저녁부터 거듭 야경을 돌게 했지만 워낙 끊임없이 내리는 눈에 바람까지 세차게 불어 온몸이 얼어붙을 것 같은 추위였다. 손발이 떨어져나갈 것 같았다. 장병들은 서로의 체온에 의지하여 간신히 추위를 견디고 있었다. 멀지 않은 곳에서 살금살금 이동하는 인마의 발소리가 희미하게 귓가를 때렸다. 인기척이 다가오고 있는 듯했다.

자리에서 벌떡 일어났다.

"이놈!"

"오다이 마타로쿠로 형제가 다케다 하루노부를 만나러 왔다. 하루노부 나와라!"

순간. 인마의 소리가 어지럽게 들리더니 고함지르는 소리와 무기 부딪치는 소리가 솥에서 물이 끓어오르듯 진중에서 일어났다.

그러나 다케다 군도 방심하고 있었던 것은 아니다. 이타가키 스루가노카미는 우선 호령을 하여 각 병사들을 각자의 자리로 돌아가게 했다.

오다이 지로자에몬, 이와쓰 데쓰에몬(岩津鉄右衛門)을 부장으로 한 700명이 와르르 한꺼번에 쇄도해 들었다. 이타가키의 조카인 미시나 히젠(三科肥前), 중간급 간부인 히로세 고우에몬(広瀬郷右衛門), 마가리부치 쇼자에몬(曲淵庄左衛門), 세 사람 모두 스무 살도 되지 않은 젊은 무사였지만 밀고 들어오는 적에 힘껏 맞섰다. 세 사람, 네 사람, 다섯 사람. 오다이 군의 일각이 무너지기 시작했다.

적의 부장(副將)이라고도 할 수 있는 이와쓰 데쓰에몬과 대결하게 된 것은 마가리부치였다.

"에잇!"

서로의 무기를 버린 두 사람이 한데 엉겨 붙었다. 이리저리 나뒹굴다 마가리부치가 위로 올라섰다. 목을 베려 했으나 언제 빠져나갔는지 중요한 단도가 없었다. "에잇, 귀찮게!"라고 외치면서 허리에 끼워두었던 새끼줄을 꺼내 이와쓰의 목에 걸었다. 새끼줄을 힘껏 당겼다. 눈부신 전공이었다.

일단은 무너지기 시작했던 오다이 군도 마타로쿠로의 독려에 힘입어 다시 기세를 올리기 시작했다. 그중에서도 마타로쿠로가 이끄는 부대는 똑바로 하루노부의 본진을 향해 달려나갔다.

양쪽 군이 한데 뒤얽혀 승패를 가늠할 수 없을 정도로 혼란스러웠다. 바로 그때, 다케다 진영에서 열일고여덟 살쯤 된 젊은 무사가 홀로 기다란 창을 휘두르며 오다이 마타로쿠로를 향해 돌진해 들어갔다. 가스가 겐고로(春日源五郎)였다.

가슴을 꿰뚫고 옆구리를 찌르고 허벅지를 베고, 네 사람, 다섯 사람 거친 무사들을 하나하나 쓰러뜨리며 앞으로 나아갔다. 용맹한 무사의 모습이었다. 아군과 적군 모두가 자신도 모르게 감탄의 목소리를 올렸다.

결국 시시각각으로 전세가 기울기 시작했다. 혼비백산, 오다이 군은 점차 성으로 후퇴했다.

희붐하게 날이 밝기 시작해 갑옷에 묻은 피가 검붉고 둔탁한 빛을 반사하고 있었다. 오다이 군 가운데서도 한층 눈에 띄는 장식에 검은 실로 미늘을 짠 갑옷을 입고, 홍사마(紅紗馬)에 철갑옷을 입혀 당당하게 걸터앉아 있는 오다이 마타로쿠로의 모습을 멀리서 바라보다가 마가리부치가,

"과연 오다이 마타로쿠로, 훌륭한 용장이다. 내가 저 목을 베어야겠구나."라고 주위에는 신경도 쓰지 않고 커다란 목소리로 혼잣말처럼 중얼거렸다. 그러자 히로세도 역시,

"과연 오다이 마타로쿠로, 정말 뛰어난 명마를 타고 있구나. 내가 저 말을 빼앗아야겠다."라고 고함을 치듯 말했다. 마가리부치가 빙그레 웃으며,

"이거 재미있겠는데. 히로세, 자네는 저 말을 취하게! 나는 저 목을 취하겠네."

"와하하하하하하!"

두 사람이 서로의 얼굴을 보고 즐겁다는 듯 웃었다.

그러나 하루노부의 명령에 따라서 다케다 군도 일단은 뒤로 물러났다. 살을 에는 듯한 추위 속에서 밤새도록 사투를 벌인 장병들이었다. 지금 물러나는 것이 적절하다고 판단했기 때문이었다.

그때. 고모로 가도를 지키고 있던 야마모토 간스케가 2천 명의 병사를 이끌고 달려왔다.

"나리! 어째서 병사들을 물리십니까? 성을 공격할 때는 그 기세를 중간에 끊어서는 안 됩니다. 아군이 지친 것처럼 적도 역시 지쳐 있습니다. 이번 기회를 놓치면 언제 적의 원군이 올지 알 수 없으니 적이 지친 틈을 타서 성을 떨어뜨려야 합니다."

"음, 그대의 말에도 일리가 있다."

한동안 생각에 잠겼던 하루노부가 간스케의 진언을 받아들였다.

다케다 군이 갑자기 추격을 시작했다. 성벽 밑까지 밀고 들어갔기에 간신히 갑옷의 끈을 풀고 휴식을 취하기 시작했던 성 안의 병사들이 당황하기 시작했다.

그때 성 곳곳에서 불길이 치솟기 시작했다.

"침입자다!"

"첩자가 있다!"

성 안에서는 한바탕 소동이 벌어졌다. 때마침 불어온 북풍을 타고 불길이 삽시간에 번져 맹렬하게 타올랐다.

주장인 마타로쿠로의 명령에 따라 병사들 모두가 니노마루(二の丸)로 물러났다. 성문이 깨졌다. 니노마루의 문 밖에서 격전이 펼쳐졌다. 그런데 이번에도 니노마루 곳곳에서 불길이 일었다.

'이제는 끝이로구나. 적의 첩자가 여기까지 들어와 있다면 더는 손을 쓸 방도가 없다.'

마타로쿠로는 동생을 비롯하여 측근 50여 명을 이끌고 말에 올랐다.

가장 앞에 나서서 닥치는 대로 칼을 휘둘러대고 있는 오다이

지로자에몬을 오바타 마고지로(小幡孫次郎)가 해치웠다.

"주군의 원수!"라며 칼을 들고 덤벼들던 오다이의 가신 우에하라 이치노스케(上原市之助)도 19세 마고지로의 손에 덧없이 목이 날아가버리고 말았다.

쟁쟁한 오다이의 용사들이 차례차례 다케다 군 젊은 무사들의 칼에 피를 묻히며 쓰러져 갔다. 이제는 틀렸다고 생각한 마타로쿠로가,

'처자를 남겨 적의 손에 잡히게 된다면 후세에까지 모욕을 당하게 되리라.'

문득 이렇게 깨닫고 혼마루(本丸)로 돌아갔지만 가신들이 손을 쓴 것인지, 처자는 이미 도망을 친 듯 그림자도 보이지 않았다.

"아아, 내 마음을 이렇게도 몰라준단 말인가!"

마타로쿠로는 마음이 무거웠다.

다시 전장으로 돌아가 아수라처럼 다케다 군 속을 헤집고 돌아다녔다. 마타로쿠로의 좌우를 지키던 70여 명의 무사들 역시 조금도 뒤지지 않고 분투를 거듭했다.

"이놈, 마타로쿠로. 마가리부치 쇼자에몬이 상대해주겠다."

말을 바싹 붙여 마가리부치가 마타로쿠로와 맞붙으려 했다.

"건방진 녀석!"

외치는 소리와 함께 마타로쿠로의 칼이 번뜩 빛을 발했다. 칼날이 곡선을 그리며 허공을 갈랐다. 갑옷의 소매로 가볍게 받아넘긴 마가리부치가 자신의 생각대로 마타로쿠로에게 엉겨 붙으며 말에서 뛰어내렸다.

바로 그때,

"오다이 마타로쿠로, 놓칠까보냐?"

달려든 히로세 고우에몬은 그 모습을 보고도 마가리부치를 도우려 하지 않고 바로 오다이의 말을 빼앗아 "에잇!"하며 뛰어 올랐다.

마가리부치가 상대를 깔고 앉았다. 그의 칼이 마타로쿠로의 옆구리를 꿰뚫듯 깊숙이 파고들었다.

"나리의 원수!"

다가서려는 오다이의 가신 니에가와 야하치로(熱川弥八郎)를 히로세가 말 위에서 단 칼에 쓰러트렸다.

피비린내 나는 전투가 막을 내렸다. 12월 18일의 정오가 조금 지난 무렵, 하루노부가 성 안으로 들어갔다. 각자가 벤 적의 목을 확인하고 논공행상을 벌였다.

성을 공격해야 한다고 진언한 것, 성 안에 불을 지른 것 모두가 야마모토 간스케의 공이었다. 상이 내려졌다.

이제 12월도 얼마 남지 않은 어느 날, 하루노부는 고후로 돌아왔다. 우치야마(内山) 성에는 오부 효부쇼유를 지방관으로 남겨두었으며, 고모로에는 오야마다 빗추노카미, 이와오(岩尾) 성에는 사나다 유키타카를 배치하여 무라카미의 움직임을 경계토록 했다.

소년 겐고로

가스가 오스미(春日大隅)는 사소한 일로 주인집에서 쫓겨나 고후의 이자와(井沢)에 거처를 정하고 농민으로 살았다. 몇 년 뒤,

부근에서도 손에 꼽히는 부농이 되었지만 아들이 없었기에 소에몬(宗右衛門)에게 외동딸을 주어 데릴사위로 맞아들이고 그에게 집안을 잇게 했다.

그런데 오스미의 아내가 나이 40이 넘어 임신을 했다. 태어난 아이는 동글동글 살이 찐 사내아이.

오스미는 크게 기뻐했다. 금이야 옥이야 길렀는데 아이가 3살이 되던 해에 어머니가 세상을 떠나고 말았다.

뛰어난 체격과 슬기로움을 지닌 아이가 성장하여 10대의 청년이 되었다. 성인식을 마치고 겐고로라는 이름을 받았다.

그해 가을, 뜻밖의 일로 큰 병을 얻어 아버지 오스미가 몸져눕게 되었다. 아침저녁으로 계속되는 겐고로의 극진한 간병에도 병은 더욱 깊어갈 뿐이었다.

오스미는 임종 직전에 사위인 소에몬을 불러들였다.

"이보게, 소에몬. 자네를 사위로 맞아들인 뒤부터 덕분에 재산도 나날이 늘고 가운도 더욱 트였으니 이보다 더 기쁜 일도 없을 걸세. 그러니 나도 안심하고 눈을 감을 수 있을 것 같네. 그런데 딱 한 가지 마음에 걸리는 일이 있네. 그건 아직 나이가 어린 겐고로의 일일세. 그러니 자네가 겐고로를 친아들처럼 생각하고 돌봐주기 바라네. 겐고로에게 재산의 절반을 나눠주도록 하게. 그것이 나에 대한 최고의 공양이 될 걸세. 모쪼록 잘 부탁하겠네."

목소리는 낮고 애원하는 듯했으며, 눈빛은 소에몬의 대답을 기다리기 초조하다는 듯 주위에 앉아 있는 가족과 친척들의 얼굴을 한 바퀴 둘러보았다.

소에몬은 크게 고개를 끄덕였다.

"아버님, 말씀대로 틀림없이 겐고로를 보살피도록 하겠습니다. 이런 말씀 드려 죄송합니다만, 혹시 아버님께 만일의 일이 일어난다면 50일 동안의 상이 끝나는 대로 겐고로에게 재산의 절반을 물려주도록 하겠습니다. 걱정 마십시오."

오스미의 얼굴에 안도와 기쁨의 빛이 감돌았다.

그러자마자 숨을 거둔 오스미의 장례식이 끝나고 시간은 살 같이 흘러 50일도 눈 깜빡할 사이에 지나갔지만 소에몬은 약속을 이행하려 들지 않았다.

친척들이 모여서 소에몬에게 재산의 절반을 나눠주라고 말했지만 소에몬은 아예 들은 척도 하지 않았다. 오히려 겐고로를 내쫓으려고까지 했다. 모두가 분개했다.

"겐고로 나리, 이 사실을 어서 다이칸9) 님께 고소하시기 바랍니다. 저희 모두가 증인이 되겠습니다."

그러나 겐고로는 조용히 머리를 흔들었다.

"여러분의 마음은 고맙지만, 이 일을 세상에 밝힌다는 것은 아버지의 수치를 들춰내는 것이나 다를 바 없는 일입니다. 아버지께서는 평소부터 제게 매형 소에몬의 말을 잘 들으라고 말씀하셨는데 아직도 그 말씀이 귓가에 생생하게 남아 있습니다. 그리고 아버지께서 임종하실 때 가산의 절반을 제게 나눠주라 하신 것은, 자식을 지나치게 사랑하는 마음에 공평함을 잃고 사고가 흐려졌기 때문에 하신 말씀이라 생각됩니다. 아버지는 소에몬 나리께 우리 집안 가장의 자리를 물려주셨습니다. 그때의 약속을 생각해서라도 고소할 마음은 추호도 없습니다."

---

9) 代官. 주군을 대리하여 행정을 보던 자.

친척들은, 이 말만으로는 납득을 할 수가 없었다.

머리를 맞대고 상의를 한 결과, 이튿날이 되면 모두가 함께 고소를 하러 가기로 하고 바로 고소장을 작성했다.

그런데 그날 밤에 겐고로의 모습이 그 집에서 사라져버리고 말았다. 돈 한 푼 들지 않고, 그야말로 알몸으로 겐고로는 어디로 간 것일까?

1년쯤 세월이 흘러, 신슈의 한 선사(禪寺)에서 겐고로의 모습을 볼 수 있었다. 아버지의 명복을 빌기 위해 평생을 승려로 살아가겠다고 결심한 것이었다.

그러나 겐고로의 마음속에는 무엇인가 납득할 수 없는 응어리가 있었다.

'출가하여, 승려가 되어 불도에 전념하는 것은 틀림없이 커다란 수양이다. 그러나 이 세상에는 동서가 있으면 남북이 있고, 아버지가 있으면 자식이 있고, 임금이 있으면 신하가 있는 것처럼 모든 것에는 상대적인 기반(羈絆)이 있다. 바로 거기에 천지의 진리가 있는 것 아닐까? 인간도 특히 남녀의 성이 서로 다른 것은 인류 번영을 위한 자연의 섭리가 아닐까? 만약 세상 모든 사람들이 출가하여 가정을 꾸리지 않는다면 이 세상은 70년도 지나지 않아서 완전히 멸망하고 말 것이다. 그렇다면 불교도 그다지 숭상할 것이 되지 못한다. 인류 생존의 적이다.'

드디어 인생의 도리를 깨닫고 평생의 길을 다시 한 번 생각해봐야겠다고 결심한 그는 그대로 절에서 뛰쳐나왔다.

'그래! 사농공상이라는 말이 있는 것처럼 사람으로 태어난 이상 사무라이가 되지 않으면 출세는 할 수 없을 거야.'

마음을 정한 겐고로는 그 길로, 예전부터 명장이라고 이름을 들어 알고 있던 다케다 하루노부를 섬기기로 하고 고슈로 향했다.

그러나 신원을 보증해줄 사람이 없으면 하인으로도 들어가 살 수가 없었다. 이에 여러 가지로 궁리를 한 끝에, 원서 한 통을 써서 기회를 기다리기로 했다.

화창하게 맑은 4월의 어느 날이었다.

하루노부가 다카노(鷹野)를 찾아왔다. 해도 서쪽으로 기울어 성으로 돌아가려고 그 행렬이 성 아래 마을의 동구 밖까지 왔을 때였다. 한 소년이 갑자기 행렬 옆에 무릎을 꿇고 앉아 원서를 높다랗게 내밀었다.

"뭐 하는 놈이냐? 무슨 용무냐?"

말 위에서 그 모습을 지켜보고 있던 하루노부가 이렇게 말하더니, 원서를 가져오게 하여 훑어보았다.

"뭐라고? 나를 섬기고 싶다고? 음, 쓸 만한 구석은 있는 듯하구나. 이걸 보니 가산을 놓고 다투기가 싫어서 집을 나왔다고? 그래 기특한 녀석이로구나. 나를 따라와라."

겐고로의 소망이 이루어졌다. 하루노부는 겐고로를 특히 가까이에 두고 일을 시켰다. 당시 겐고로는 하늘에라도 오를 듯 기뻐했다. 이분을 위해서라면 목숨이라도 바치겠다고 결심하고 충직하게 일에 전념했다. 또한 하루노부도,

"겐고로는 농민이기 때문에 무예는 못하겠지만, 죽도나 목도로 무예를 연마하는 것은 태평성세에서나 할 일이다. 지금과 같은 전국시대에는 실전에 나서서 진검승부를 하는 것이 참된 수련이다."

이렇게 말하며 특별히 무예 연습을 시키려고도 하지 않았다.

그러나 사람들의 입은 언제나 시끄러운 법이다.

"다케다 가에 사람이 없는 것도 아닌데 하필이면 농민의 자식을 곁에 두고 부리다니, 그럴 필요 없잖아."

이렇게 뒤에서 숙덕거리는 말이 귀에 들어와도 하루노부는 웃으며,

"하하, 조만간에 깜짝 놀라게 해주지."라고만 말할 뿐이었다.

아니나 다를까, 이번의 오다이 성 공략에 처음으로 출진하여 적의 맹장인 가키자와 모리노스케(垣澤森之助)를 비롯하여 우에하라 겐자에몬(上原源左衛門), 가미와다 마고지로(上和田孫次郎) 등과 같이 유명한 사람들의 목숨을 빼앗는 커다란 공을 세웠다.

전후의 논공행상에서 가스가 겐고로는 야마모토 간스케에 이은 수훈자로 사다무네(貞宗)의 명검을 하사받았다.

그리고 이름도 가스가 단조(春日弾正)로 고쳤다. 그가 바로 후에 고사카 단조(高坂弾正)라는 이름으로 용맹을 떨친 인물이다.

암　살

덴분 14년(1545), 하루노부는 25세의 신춘을 맞이했다. 하얀 매화꽃 향기 높이, 고슈 일원에도 화창한 봄이 찾아왔다.

가신 모두가 새해 처음으로 성에 들어와, 배하식(拜賀式)의 분위기도 한창 무르익었을 무렵 하루노부가 이런 말을 꺼냈다.

"나는 지금까지 신슈의 네 집안과 때때로 전쟁을 벌여왔지만,

그중에서도 스와·이나(伊奈)의 영주인 스와 요리시게는 세상 모두가 알고 있는 바와 같이 나의 고모부일세. 지금 스와와 화친을 맺을 수 있다면 기소, 오가사와라, 무라카미는 저절로 쉽게 공격할 수 있을 것이네. 우선은 스와와 화친하고 싶은데 여러분들의 생각은 어떠신지?"

지난 해 연말부터 거론된 문제였다. 네 집안을 적으로 삼는다는 것은 혼자서 네 집안의 연합군과 싸워야 한다는 말이다. 따라서 스와 가와 손을 잡는다면 나머지는 각개전투를 쓰는 전법으로 격파할 수 있을 것이라고 하루노부는 생각했다.

야마모토 간스케가 앞으로 나서,

"참으로 지당하신 말씀이십니다. 이웃나라와의 관계에만 신경을 써서 조그만 일에 집착하면 헛되이 시간만 흘러 교토로 들어가 천하를 손에 넣는 시기가 늦어질 뿐입니다. 한시라도 빨리 이웃나라들과 화친을 맺는 것이 무엇보다도 중요한 일이라 저도 생각하고 있습니다."

노신들의 의견도 일치했다.

화평의 중재인으로는 승려가 적임이라고 판단하여 에린지(惠林寺)의 이코(惟高) 화상, 홋쇼지(法成寺)의 사쿠겐(策玄) 화상, 에이쇼인(栄昌院)의 다이에키(大益) 세 승려를 불러 화의의 사자로 가줄 것을 의뢰했다.

아직 추위가 기승을 부리는 2월 초순. 세 사자가 스와 성에 도착했다.

하루노부의 아버지인 노부토라의 동생을 아내로 삼아 처남, 매부지간이 된 스와 요리시게였지만, 노부토라의 폭정을 싫어하여 절교

한 것을 계기로 다케다 가와 전쟁을 벌이기를 수차례, 벌써 10년 가까이 갈등이 계속되어 왔지만 언제나 패색이 짙었으며, 특히 최근에는 하루노부에게 연패를 당했다. 따라서 이대로 다케다 가와 전쟁을 계속한다면 스와 가는 언젠가 멸망하고 말 운명에 처해 있었다. 화친을 요청하러 온 사자는 그야말로 하늘이 내린 원군과도 같았다. 요리시게는 즉석에서 화친에 응했다.

……이후, 물과 물고기처럼 친밀하게 지내며 서로가 서로를 돕고……, 이 사실을 천지신명께 맹세하여 어김이 없을 것을 굳게 서약한다.

두 집안 사이에 화의를 신에게 맹세하는 글이 교환되었다. 3월 23일에는 다케다 사마노스케 노부시게가 하루노부의 대리인 자격으로 스와를 찾았으며, 이에 오랜 세월 동안의 대립은 종식되고 완전한 화목을 이루게 되었다.

이 소식에 흥분한 것은 기소, 오가사와라, 무라카미였다. 오랫동안 맺어온 약속을 깬 스와. 당장이라도 멸망시켜버리겠다며 기회를 엿보았다.

세 집안으로부터 공격을 받으면 승산이 없을 것이라 생각한 요리시게는, 만약 세 집안과의 전쟁이 일어나면 다케다 집안에서 원군을 보내줄 것을 약속받기 위해 4월 2일에 고후를 방문했다.

참으로 극진하게 환영을 해주었다. 주연이 벌어졌다. 중신들과의 대면이 있었다. 3일째에는 사루가쿠10)도 펼쳐졌다.

술잔 사이를 아름답게 꾸민 시녀들이 나비처럼 오갔다. 춤의 장단을 맞추는 악기 소리가 높게 때로는 낮게 귓가를 때려, 즐거웠다.

---

10) 猿楽. 익살스러운 동작과 곡예를 보이는 공연.

오쿠라다유(大藏太夫)의 춤이었다. 벌겋게 달아오른 요리시게의 얼굴에 웃음이 가득했다.

몇 년 만에 맛보는 참된 편안함이었다. 하루노부의 향응은 더할 나위 없이 극진했다.

'피는 물보다 진하다더니, 그 말이 꼭 맞는구나.'

상당히 취해 정신이 없는 가운데서도 왠지 기뻐서 견딜 수가 없었다. 취한 눈을 들어보니 시중을 드는 아이 한 명이 공손하게 진귀한 음식을 들고 또 다시 앞으로 다가왔다. 검게 칠한 바탕에 아름다운 금가루로 무늬를 새긴, 굽이 높은 그릇이 눈앞에 놓이자 요리시게는 흐뭇한 눈빛으로 시중드는 아이의 얼굴을 바라보았다.

'응?'

"으악!"

순식간에 벌어진 일이었다.

어느 사이엔가 시중드는 아이의 손에 들려 있던 단도가 요리시게의 옆구리를 깊숙이 파고들었다.

"무, 무슨 짓이냐?"

쓰러지면서도 요리시게의 오른손이 허리에 찬 짧은 칼을 쥐었다. 뽑는 동시에 휘둘렀다. 그러나 시중드는 아이는 훌쩍 피하더니 오히려 몸을 바싹 붙여 그 칼을 빼앗았다.

"에잇!"

날카로운 기합소리가 울려 퍼졌다. 정면으로 칼을 맞은 요리시게의 몸이 새빨갛게 물들었다.

가신들 모두가 자리에서 일어났다. 언제부턴가 그 자리에서 하루노부의 모습은 볼 수가 없었다.

요리시게를 수행해 온 스와의 호리베 요리타카(祝部頼高)는 넋을 잃고 춤을 보고 있었는데, 요리시게가 처음 내지른 소리에 놀라 뒤를 돌아보았지만 그때 주군은 이미 숨이 끊어지기 직전이었다.

정신이 아득해졌지만 순간적으로,

"나리의 원수!"라고 외치며 창백해진 얼굴과 핏발선 눈으로 주인을 찌른 자를 향해 칼을 뽑아들고 달려들었다. 뒤이어 스와 가의 가신 14, 5명이 허연 칼날을 번뜩였다.

아수라장이었다.

그러나 중과부적, 스와 가의 가신들은 모두 목숨을 잃고 말았다. 오직 한 사람.

호리베 요리타카만이 한 줄기 혈로를 뚫고 달아날 수 있었다. 스와에서 함께 온 300여 명의 사람들이 묵고 있는 숙소로 뛰어들자마자 즉시 그들을 데리고 스와로 달아났다.

하루노부의 눈가에는, 반쯤은 만족한 듯한 반쯤은 초조하다는 듯한 빛이 감돌고 있었다. 다케다의 성 안에서는 아직도 사람들이 분주하게 움직이고 있었다. 시체를 치우는 소리, 갑작스럽게 벌어진 사태에 정신을 빼앗긴 가신들의 불안이 커다란 소용돌이를 일으키고 있었으며, 우왕좌왕하는 사람들의 웅성거림.

춤 공연이 벌어지고 있는 동안 하루노부가 중간급 간부인 오기와라 야에몬(荻原弥右衛門)을 옆방으로 불러, 시중드는 아이로 꾸미게 한 뒤 은밀하게 명한 일이 이처럼 성공을 거둔 것이었다.

'이제는 됐다. 곧바로 스와를 공격하기로 하자.'

동생 사마노스케 노부시게를 주장으로, 이타가키와 히나타(日向)를 부장으로 앞세운 3천 7백여 명의 고슈 군이 스와 성을 향해 출발했다.

커다란 공황 상태에 빠진 것은 스와 쪽이었다. 요리타카가 300여 명의 수행원들을 데리고 돌아왔기에 주군인 요리시게가 횡사했다는 사실을 알게 되었으며, 뒤이어 노부시게를 주장으로 적이 침입해 들어오고 있다는 소식도 전해졌다.

요리시게의 부인은 과연 무장의 아내, 흐르는 눈물을 참고 분한 마음을 억눌렀다. 당시 16세였던 외동딸은 그저 흑흑 흐느껴 울 뿐이었다.

'여자의 몸이니 남편의 원수도 갚지 못하고……'

주체할 수 없는 슬픔 속에서 부인은 쓸쓸하게 포기를 할 수밖에 없었다. 적을 속여 살해하는 것도 무가에서는 종종 있는 일. 무운을 떨치지 못한 남편의 명복을 비는 것이 나약한 여자의, 슬픈 아내의 숙명이기도 하리라.

고슈 군을 요격하기 위해 호리베 요리타카는 병사 3천 명을 후몬지(普文寺)로 출동시켰다. 그러나 전세는 이미 기운 것이나 다름없었다.

다케다 가에서 쫓겨났던 나가사카 사에몬노조(長坂左衛門尉)가 이번 전투에 은밀하게 참가해 공을 세워, 그것을 계기로 다시 다케다 가에 들어가려 했는데 그런 나가사카의 눈앞에 마침 모습을 드러낸 것이 요리타카였다.

요리타카는 덧없이 나가사카의 창끝에 목숨을 잃고 말았다.

우왕좌왕 패해 달아나는 스와 군. 그것을 추격하여 단번에 성 안까지 밀고 들어간 것은 선봉장인 이타가키의 정예부대였다.

높다랗게 울려 퍼지는 개선가 속에서 320여 급의 목과 천 명이 넘는 포로들이 고후 성에 바쳐졌다. 그 가운데는 요리시게의 부인과 딸도 섞여 있었다.

하루노부는 사방침(四方枕)에 편안하게 몸을 기대고 앉아 고모인 요리시게의 미망인과 사촌동생인 외동딸을 바라보았다.

자신의 조카라고는 하지만 남편을 죽인 원수. 그러나 미망인의 마음속에서는 이미 그 어떤 격렬한 애증의 감정도 솟아오르지 않았다.

'오빠 노부토라를 쏙 빼닮았구나!'

성인이 된 하루노부의 얼굴을 바라보자 미망인의 마음속에서는 어린 시절의 여러 가지 일들이 하나둘 떠오르기 시작했다.

속세와의 모든 인연을 끊어야겠다고 결심한 마음속에조차 혈연이라는 것은 끝까지 남는 법일까?

딸은 공포로 몸을 떨고 있었다. 아버지와 화친하겠다고 굳게 약속을 했으면서도 비겁하게 아버지를 속여 살해해버린 짐승과도 같은 사람. 더구나 그것이 사촌오빠라니. 잔인한 전국시대의 풍속화를 들여다보기라도 하듯, 두려운 빛이 담긴 눈을 들었다. 하루노부는 미소를 짓고 있었다. 그 하루노부의 얼굴! 그 얼굴에 잔인한 빛이라고는 조금도 보이지 않았다. 그녀의 마음속에서는 아무래도 이해할 수 없었던 무인의 행동을 조금은 이해할 수 있을 것 같다는 기분이 들기도 했다.

순간 다정한 하루노부의 눈빛이 가만히 목덜미로 쏟아지는 것이 느껴지자 몸속의 피가 뜨거워지기 시작했다.

기다란 속눈썹 안에 크고 맑은 눈. 그 눈 속에는 근심과 두려움이 담겨 있었다. 슬픔에 야윈 것일까? 뺨 부근의 살갗이 투명한 것처럼 보였다. 하루노부의 눈동자는 그녀에게 고정된 채 언제까지고 움직이려 하지 않았다.

"너, 열여섯 살이 되었느냐?"

"예."

그녀의 목소리는 떨리고 있었다. 얼굴이 순식간에 연지를 바른 것처럼.

하루노부의 마음은 그녀 위에 응고되었다. 새로운 애정생활이 두 젊은 남녀를 부드럽게 감싸, 꿈결과도 같은 봄날이 그로부터 계속되었다.

"나리!"

어느 날 아침. 그녀가 하루노부로부터 총애를 받기 시작한 지 반년 정도 지났을 때였다.

"왜 그러느냐?"

하루노부가 몸을 돌려 정면에서 바라보자 그녀는 부끄럽다는 듯 고개를 숙였다.

"저—."

하루노부는 기뻤했다. 새로운 생명의 배태.

그녀의 뱃속에서 태어난 아기가 훗날의 가쓰요리(勝賴)다.

도이시 전투

오랜 동안의 숙적 스와를 쓰러뜨리자 신슈의 아시다 시모쓰케노카미, 아이키 이치로베에(相木市郎兵衛), 요리미치(依路), 히라사와(平沢) 등 각 장군들이 싸우지도 않고 다케다 가에 항복해왔다.

날이 갈수록 성장해가는 다케다 가의 세력. 언젠가 주변국과의 균형이 무너지면 정면충돌을 피할 수 없는 적이 있었다.

그것은 신슈 지이사가타(小県) 군의 도이시(戸石) 성을 둘러싼 접촉에서부터 시작된 일이었다. 무라카미 요시키요와 오가사와라 나가토키가 공동으로 관리하고 있는 도이시 성.

3월 초순. 벚꽃도 이제 곧 만개하려 하는 어느 화창한 날. 다케다 군이 고슈를 출발했다.

무라카미 진영의 야쿠시지 우콘(薬師寺右近), 그의 동생인 야쿠시지 야지에몬(薬師寺弥次右衛門), 오가사와라 진영의 나가사와 효에이다유(長沢兵衛太夫) 세 사람이 도이시 성의 총 지휘를 맡고 있었다. 성 안의 병력은 2천 300명이었다.

다케다의 선봉으로 나선 것은 항복해온 장수인 아시다와 가와카미 뉴도(川上入道), 그리고 아이키였는데, 이들이 1,500명의 병력을 이끌고 있는 힘껏 성으로 공격해 들어갔다. 불꽃 튀는 공방전이 펼쳐졌다. 그런데 그 순간,

"우와!"

무라카미 요시키요가 1만 여의 병력을 이끌고 와서 다케다 군의 배후에 기습을 가했다.

하루노부의 본진이 위험에 빠졌다. 앞뒤로 적과 맞서야 하는 상황이었다. 게다가 성 안의 병사들은 원군이 도착하자 힘을 얻어 오히려 공격에 나섰다.

겨우 천여 명의 병사로 아마리 비젠노카미가 배후의 적을 간신히

막아내고 있었다. 앞뒤의 적으로부터 협공을 당하자 다케다 군은 12, 3정 남짓한 공간 사이에 몰려 칼을 휘두를 수밖에 없었다. 제아무리 아마리의 정병이라 할지라도 중과부적.

"적은 숫자가 얼마 되지 않는다! 하루노부의 목을 따라!"

이렇게 외치며 다케다 진영 속으로 뛰어든 용사가 있었다. 고지마 고로자에몬(小島五郎左衛門)이었다. 아마리, 오야마다 군은 주춤주춤 뒤로 물러나지 않을 수 없었다. 방어벽이 뚫렸다.

그때 마침 전장의 실상을 파악하고 오라는 하루노부의 명령을 받은 요코타 빗추노카미와 그의 아들 히코주로(彦十郎)가 그곳에 도착했다. 뒤로 물러나는 아군의 모습을 본 히코주로가,

"아버지, 죄송합니다!"라고 외친 뒤 고지마에게로 달려들려 했다.

"기다려라, 히코주로."

아버지가 그 앞길을 가로막았다.

"히코주로, 나서서는 안 된다. 정세를 파악해야 하는 너의 역할을 잊었단 말이냐? 여기서 목숨을 잃는다면 아군의 정황은 누가 보고한단 말이냐? 경솔한 짓을 해서는 안 된다. 맡은 임무가 중요하다!"

"아버님의 말씀, 참으로 지당하십니다만 역할도 상황에 따라 달라질 수 있는 것 아닙니까? 만약 이곳이 무너진다면 아군은 본진까지 한꺼번에 무너지고 말 것입니다. 만에 하나 나리께서 전사를 하신다면 전황의 보고는 누구에게 하겠습니까? 역할, 역할하며 한가로운 소리를 할 때가 아니라 생각합니다. 전쟁이 끝나고 맡은 역할에 태만했다는 질책을 받는 한이 있더라도 이 위급한 상황을

그냥 지켜볼 수만은 없습니다. 질책을 받는다면 곧 할복하여 용서를 빌면 그만입니다."

이렇게 말하고는 사기가 오른 적들 한가운데로 돌진해 들어갔다.

목표로 삼았던 고지마를 향해 창을 휘두르며 달려들어가 한데 엉겨 붙더니 곧 그를 깔고 앉아 목을 베어버렸다.

정황을 살피러 온 자에게 뒤질 수 없다는 듯 아마리는 창을 고쳐 쥐고 이리저리 헤집고 다녔다. 세 명, 다섯 명, 혹은 찌르고 혹은 베고 말을 종횡무진으로 달리며 분전했다.

'이것으로 그럭저럭 버텨낼 수 있겠구나.'

약간 마음이 놓인 아마리는 기다란 칼에 기대어 잠깐 숨을 돌렸다. 바로 그때ㅡ.

날아가던 한 발의 총알이 아마리의 가슴을 꿰뚫었다. 새빨간 피가 뿜어져 나와 창이 붉게 물들었다.

요코타 빗추노카미는 세 군데의 창상, 두 군데의 총상을 입은 채로 난전 속에서 분투를 거듭하다 결국에는 쓰러지고 말았다.

오야마다 빗추노카미는 몸의 곳곳에 중상을 입어 비틀거리는 다리로 힘겹게 버티고 서서 전신을 피로 물들인 채 간신히 자신의 몸을 지탱하고 있었다.

전세는 여전히 바뀌지 않아 다케다 가의 패색이 짙었다. 성 안에 있던 병사들은 무라카미가 적의 후방을 공격하는 것을 보고 '옳다구나.' 하며 하루노부의 본진을 향해 쇄도해 들어갔다. 참으로 무시무시한 기세였다.

무라카미의 대군이 후방을 공격해 들어오자 얼마 전에 항복한 아시다와 가와카미 등은 그 기세에 질려 갑자기 도망을 치기 시작했다. 진형에서 벗어나 서쪽으로, 서쪽으로 도망을 치다 결국에는 커다란 늪지에 내몰리고 말았다.

다케다 군의 제2진인 가토 스루가노카미가 구원을 와서 얼마간 적의 기세를 꺾을 수는 있었지만 그것도 일시적인 소강 상태였을 뿐.

하루노부의 가슴 속에는 이미 굳은 결심이 선 상태였다.

기사회생의 계책

'더는 어떻게 해볼 도리가 없다. 이렇게 된 이상 무라카미 진영 속으로 파고 들어가 요시키요와 일대일로 승부를 벌일 수밖에 없다.'

하루노부는 자리에서 힘차게 일어섰다. 비상한 각오가 그의 눈썹 언저리에 드러나 있었다.

"나리, 잠시만."

말린 것은 야마모토 간스케였다.

"어찌하시겠습니까? 아군은 차례차례로, 혹은 부상을 당하고 혹은 적의 손에 목숨을 잃어 아마리, 요코타와 같은 용장들조차 목숨을 잃었습니다. 아군의 참패. 그러나 여기에 기사회생의 계책이 있습니다. 단번에 전세를 회복하여 승리를 거둘 수 있는 계책입니다 다만."

"이렇게 된 이상, 적의 본진으로 뛰어들어 칼이 부러질 때까지 싸우는 것 외에는 달리 방도가 없을 걸세."

"나리, 그것은 짧은 생각. 대국의 승리로 눈을 돌리는 것이 명장이 해야 할 일입니다."

"음, 그렇다면 그 계책은?"

"전황을 살펴보니 적은 아군의 본진을 향해 서쪽에서 동쪽으로 밀려들고 있는데 그 기세는 도저히 막을 수 없지만, 여기서 적군을 남으로 향하게 한다면 아군이 측면을 공격할 수 있게 됩니다. 그러면 의심할 필요도 없이 아군은 반드시 승리를 거두게 될 것입니다."

"이론이야 그렇지만 아군의 방어조차 여의치 않은 지금, 적을 마음대로 조종하는 일이 과연 가능하겠는가?"

"모든 일을 제게 맡겨 주십시오. 그러면 잠시 뒤에 뵙겠습니다."

200여 명의 병사를 데리고 온 간스케가,

"나리, 잠시 후 만약 적이 남쪽으로 향하면 곧바로 명령하시어 적을 측면에서부터 공격하시기 바랍니다."라는 말을 남긴 뒤 말을 달렸다.

그로부터 얼마 지나지 않아 무라카미 군의 남쪽으로 작은 깃발이 여기저기서 여럿 보이기 시작했다. 마치 후방을 노리고 있기라도 하다는 듯. 깃발의 숫자로 봐서 2, 3천 정도의 병력이라 여겨졌다.

놀란 것은 무라카미 군이었다. 이제 막 여세를 몰아 단숨에 하루노부의 본진으로 돌격해 들어가려던 순간이었기에,

"다케다 군이 새로운 병력을 동원하여 우리 군의 뒤쪽으로 돌아 들어갔다. 우선 후방의 적을 쳐부숴라!"

무라카미의 대군이 빙그르르 방향을 바꾸었다.

멀리서 이 모습을 지켜보고 있던 하루노부가 막료들에게 말했다.

"저길 보아라! 간스케의 계략이 성공을 거두었다. 이렇게 된 이상 이제 우리는 승리한 것이나 다를 바 없다."

다케다 군은 이때 이미 적을 압도하여 반드시 이길 수 있다는 신념을 갖게 되었으며, 투지를 불사르게 되었다.

장병 모두가 일치단결하여 한꺼번에 측면공격.

옆구리를 찔린 무라카미 군은 지리멸렬. 걸음아 나 살려라 도망쳤다.

추격. 또 추격. 형세는 완전히 역전되었고 다케다 군은 말을 달려 적을 급히 추격했다. 10리, 20리, 50리 가까이나 패주하는 무라카미 군을 추격하여 혹은 밟아 넘어뜨리고, 혹은 찔러 죽이고 그야말로 대승리였다.

그러는 동안 야마모토 간스케는 재빠르게 본진의 후방을 굳건히 하여 성 안의 병사들을 격퇴했다.

황혼이 내릴 무렵 병사들을 불러 모은 하루노부는, 비록 이겼다고는 하지만 아군의 손해도 컸기에 그를 생각하여 약간 어두운 표정이었지만 장병들의 얼굴은 저녁노을에 반짝였으며 두 뺨은 붉게 물들어 있었다. 부상당한 동료를 부축하며 질서정연하게 개선군이 행군을 시작했다.

바로 그 무렵이었다. 예전부터 다케다 가를 멸망시켜야겠다고 계획하고 있던 고즈케노쿠니(上野国)의 우에스기 노리마사는 하루노부가 도이시로 출진한 그 배후를 습격하기 위해 조슈 미노와의 성주인 나가노 시나노노카미(長野信濃守)를 비롯하여 구라가노 엣추노카미, 미노다 고로자에몬(箕田五郎左衛門), 우에다 마타지로(上田又二郎), 마쓰모토 효부노조(松本兵部丞), 와다 사에몬노조

(和田左衛門尉) 등의 부하 장수와 5천여 명의 병사로 하여금 우스이토우게(碓氷峠) 언덕을 장악하게 했다. 이에 대해서 다케다 군은 이나(伊奈)의 조다이[11]를 맡고 있는 이타가키가 고즈케의 경비를 맡고 있는 하라 미노노카미와 힘을 합쳐 3월 12일에 그들과 맞섰다.

그것은 참으로 격전이었다. 그런데 14일이 되어 무라카미 요시키요가 전쟁에서 패했다는 소식이 전해지자 양쪽 군의 사기에 현저한 차이가 나타나기 시작했다.

여기서도 역시 적인 우에스기 군은 패해 달아나고 말았다.

3월 23일, 전쟁 후면 언제나 그렇듯 고후에서는 이번 전쟁에 대한 논공행상이 행해졌다.

신묘하기 짝이 없는 계책, 거의 패한 것이나 다름없는 상황을 만회한 야마모토 간스케가 최고의 공로자로 300관을 녹봉에 더했다. 다음으로는 아마리 비젠노카미의 아들로 당시 15세였던 다마치요(玉千代)가 불려와 전사한 아버지의 공에 의해 성인식을 치르고 사에몬노조(左衛門尉)라는 관직을 받았다. 하루요시(晴吉)라는 이름도 받았으며 정식으로 가문도 잇게 되었다.

다음으로 요코타 히코주로가 양아버지인 빗추노카미의 뒤를 잇게 되었으며 녹봉에 150관을 더하고 오리베노카미(織部守)라는 관직도 받았다.

그 외에 오야마다 빗추노카미를 비롯하여 가토 스루가노카미, 오바타 오와리노카미(小幡尾張守) 등에게도 각각 감사장과 포상이 수여되었다.

---

11) 城代. 성주 대리.

선봉의 패전 책임자에 대한 규명도 행해졌다. 신슈에서 항복해 온 장수들의 이름이 하나하나 거론되었지만, 조사 결과 아시다가 말리는 것도 듣지 않고 성 안 병사들의 공격에 놀란 가와카미 뉴도가 가장 먼저 퇴각한 사실, 그것이 패인으로 판명되었다. 죄는 가와카미 뉴도에게 있었다.

"하나시우치12)다! 히로세, 자네에게 맡기겠네."라고 하루노부가 말하자 히로세 고우에몬이 커다란 칼을 들고 조용히 앞으로 나섰다.

"나리, 제발 살려주십시오. 제발 목숨만은 살려주십시오."

당황한 목소리로 소리를 지르며 도망치려는 가와카미 뉴도의 뒤쪽으로 돌아간 히로세의 허연 칼날이 번쩍 섬광을 뿜었다. 예리하기 짝이 없는 칼날, 가와카미의 목이 맥없이 앞으로 떨어졌다.

하나시우치는 무장들의 관습. 그 자리에 있던 사람들 모두 조용히 입을 다물고 있었으며 누구 하나 가와카미를 동정하지 않았다. 무사의 치욕. 그 자리에 있던 사람들은 가와카미의 추태를 싸늘한 웃음으로 지켜보고 있었던 것이다.

하루노부 독주

고슈 일원에 평화로운 세월이 계속되었다. 안거낙업(安居樂業)

---

12) 放し打ち. 신분이 있는 무장을 구속하지 않고 풀어둔 상태에서 처형하던 사형방법.

이라고도 할 수 있는 평화로운 풍경, 꾀꼬리 소리에 봄도 무르익어 갔다. 머지않아 여름.

하루노부는 학질에 걸려 갑자기 병상에 눕게 되었다. 8월에서 9월이 되었으나 몸은 별로 좋아지지 않았다.

"다케다 하루노부가 큰 병에 걸렸다던데."

"하루노부는 도이시 전투 이후 병에 걸려 몸져누웠는데, 끝내는 숨을 거두고 말았다더군."

세상의 소문은 요란스러웠다. 하루노부가 죽었다는 소문이 상당히 넓은 범위로 퍼져나갔다.

그것을 듣고 기뻐한 것은 조슈 우에스기 진영의 장수들이었다. 곧바로 회의를 열어,

"하루노부가 죽었다는 소문이 파다하다. 지난 3월의 패배를 설욕할 절호의 기회다. 이번 기회에 다케다를 단숨에 짓밟아버리자."

중론이 하나로 모아졌다.

그러나 나가노 시나노노카미는,

"여러분들의 생각 참으로 얕으십니다. 저희 같은 것들이 하나가 되어 맞선다 할지라도 하루노부 같은 명장에게는 도저히 이길 수가 없습니다. 오히려 아군의 손해만 커질 것이 뻔합니다."

일소에 부치고는 그 자리를 떠나버렸다.

"나가노의 태도, 참으로 용렬하구나."라고 화를 내며 사람들은, 구라가노 엣추노카미와 구라가노 로쿠로(倉賀野六郞)를 대장으로 닛타(新田), 다테바야시(館林), 야마가미(山上), 시라이(白井), 오시(忍), 후카야(深谷), 고칸(五甘), 우마야바시(厩橋) 등의 병력 총 3만 3천여 명을 끌어 모아 다시 우스이토우게 언덕을 향해 진군

을 시작했다.

이 소식을 들은 하루노부는 이타가키를 수장(首將)으로 삼고 구리하라 노리후유(栗原詮冬), 히나타 야마토노카미, 오야마다 사혜에(小山田左兵衛), 고미야마 단고노카미(小宮山丹後守) 등에게 가세를 명했으며, 여기에 아시다, 아이키를 선봉으로 참가시켜 적에 맞서게 했다.

10월의 단풍도 한창인 계절. 6일 정오 무렵, 이타가키가 이끄는 다케다 군이 우스이토우게의 서쪽인 가루이자와(軽井沢)에 도착했다. 사카모토(坂本)까지 밀고 들어온 적과 우스이토우게 언덕을 사이에 두고 대치했다.

'우스이(碓氷)는 조슈와 신슈 두 구니의 경계, 이 언덕을 적에게 빼앗기면 위에서부터 공격을 받게 된다. 무슨 수를 써서라도 적보다 먼저 정상에 올라야 한다.'

이렇게 생각한 이타가키는 오로지 정상을 향해서만 병사를 전진시켰다. 그러나 적도 같은 생각이었다. 양 군의 전장은 말할 것도 없이 언덕의 정상이 되었다. 산 정상을 두고 쟁탈전이 벌어졌다.

처참한 격전이 펼쳐졌다.

그중에서도 이타가키의 조카로 당시 19세였던 미시나 히젠노카미와 히로세 고우에몬의 분투는 눈부신 것이어서, 적의 용장인 후지타 단고노카미(藤田丹後守)의 목을 베었으며 수도 없는 적병을 베어 쓰러뜨렸다. 자신도 뒤질 수 없다는 듯 용감하게 싸워 적을 패주케 한 마가리부치 쇼자에몬의 공로도 이에 뒤지지 않았다.

우에스기 군을 사카모토까지 몰아내고 높다랗게 개가를 불렀다.

바로 그때.

하루노부가 갑자기 병상에서 일어나 가스가 단조를 부르더니 더운 물에 말은 밥을 가져오라고 했다.

"병세도 아직 회복되지 않아 죽을 드시고 계시면서 갑자기 더운 물에 말은 밥이라니요? 어찌 하실 생각이십니까?"라고 물었다. 하루노부는 여윈 얼굴로 미소를 짓고 있었다.

"갑옷을 준비해라. 내가 출전하도록 하겠다. 출전 준비를 해라!"

전투를 이타가키에게 맡겨놓기가 불안했던 것이다.

가신들이 하루노부의 몸을 걱정하여 소란을 피우는 동안 갑옷이 옮겨져 왔고 말이 앞뜰로 끌려왔다. 그때 야마모토 간스케가 달려와 여러 가지로 간언을 했지만 하루노부는 받아들이지 않았다.

"나의 병은 전장에 나가면 바로 나아버릴 것이다."

이렇게 말하더니 말에 훌쩍 올라탔다.

"뜻이 있는 사람은 나를 따르라!"라며 채찍으로 말을 때렸다. 바바 미노노카미(馬場美濃守), 오바타 오와리노카미 도라모리(小幡尾張守虎盛), 요코타 오리베노카미(横田織部正), 가스가 단조 등 16, 7명이 바로 뒤를 따랐다.

그 뒤를 이어서 아마리, 아사이(浅井), 아키야마(秋山), 하라(原), 야마모토가 하루노부의 뒤를 따랐다. 우스이토우게를 향해 달려가는 것이었다. 그 수는 약 4천 5백 명.

말은 준마. 하늘을 나는 듯 고슈를 출발하여 머지않아 신슈로 들어갔다. 이타가키로부터는 전황에 대한 아무런 보고도 들어오지 않았다. 하루노부의 마음은 일말의 불안과 초조함으로 어수선했다.

정신없이 채찍을 가해 말을 달렸다. 한 사람 뒤쳐지고, 두 사람 뒤쳐지고 가까이를 따르는 사람은 겨우 열두어 명. 하루노부가 혼자서 달려간다는 사실을 알고 이 기회에 목숨을 **빼앗기** 위해 오래 전부터 우에스기와 내통하고 있던 시가(志賀)의 성주 가사하라 신자부로(笠原新三郎)가 50여 기를 이끌고 측면에서부터 추격해 오리라고는 꿈에도 생각지 못했다.

"앗! 미심쩍은 녀석이."

문득 눈치를 챈 가스가 단조가 오바타 도라모리에게 이 사실을 이야기하고 혼자서 말머리를 돌렸다.

'필시 가사하라일 것이다.'라고 깨달은 오바타는 '단조 혼자 보내서는 안 된다.'고 생각하여 순간적으로 말머리를 돌렸다.

갑자기 흙먼지를 일으키며 달리기 시작한 단조의 코앞으로 불쑥 모습을 드러낸 무사가 있었다. 단조는 바로 눈치를 챘지만 상대편은 눈치를 채지 못한 듯했다.

"이놈, 가사하라!"

"앗!"

단조의 창이 번뜩이더니 푹 하는 둔탁한 소리가 들렸다. 털썩 말 위에서 떨어진 것은 가사하라였다.

가사하라의 가신들이 단조 주위를 둘러쌌다. 그곳으로 달려온 오바타와 힘을 합쳐 그들을 흩어버렸다.

그러는 사이에도 하루노부의 말은 일사천리로 힘차게 달려나갔다. 가도의 농민들이 놀라 지켜보는 가운데를 오로지 우스이로, 우스이로.

가루이자와에 도착한 것은 6일 정오에 가까운 시각이었다. 이타가키 군에 가세하기 위해 병력을 이끌고 출전한, 우치야마 성의 성주 대리 오부 효부쇼유와 고모로 성의 성주 대리 사나다 단조노카미를 만나 함께 도착했다.

하루노부의 얼굴빛은 환자라고 생각할 수 없을 정도로 반짝이고 있었으며 생기가 넘쳐나고 있었다. 장병들은 생각지도 못했던 하루노부의 등장에 사기가 올라 엄숙하게 진을 펼쳤다.

그런 줄은 꿈에도 모르고 우에스기 군은,

"우리 군은 1만 6천이나 되는데 겨우 7천밖에 되지 않는 고후 군에게 져서 이대로 터벅터벅 돌아간다는 것은 있을 수 없는 일이다. 내일 다시 공격하여 단번에 적을 쳐부수자."

날이 새기를 기다렸다가 다시 우스이토우게로 밀고 올라갔다.

"와아."하며 양 군이 부딪쳤다. 그런데 참으로 이상하게도 이타가키 군의 숫자가 어제와 비교해서 너무나도 많았다. 간담이 서늘해진 우에스기 군의 눈에, 저 멀리서 스와의 깃발과 야와타의 깃발이 힘차게 펄럭이는 사이로 말에 앉아 있는 하루노부의 모습이 들어왔다.

이래서는 계산 착오, 순식간에 전군의 사기가 떨어져 단번에 전세가 불리해졌다.

4천여 명이나 되는 병사들의 시체가 겹겹이 쌓여 들판을, 산을, 길을 붉은 빛으로 물들인 채 쓰러져 있었다. 밤이, 너무나도 쓸쓸하고 고요한 늦가을의 밤이, 전장 위로 무겁게 내려앉았다.

승리를 기뻐하는 하루노부의 웃음 가득한 얼굴이 모닥불에 환하게 비쳐져 있었다. 7일의 달이 들판을, 산을 그리고 하루노부의 진영 위를 밝게 비추고 있었다.

사람을 대하는 도리

가루이자와에 남은 이타가키의 임시거처에서는 오늘 마침 전장병을 위로하는 잔치가 벌어졌다.

길게 늘어선 상 위에는 여러 가지 음식이 차려져 있었다. 상석에 있는 상에는 고급 식기가 놓여 있고 몸통만 1자가 넘을 듯한 도미 등이 올려져 있었다. 중간 자리에도 역시 맛있어 보이는 고기요리가 있었다. 그러나 말석에는 간소한 음식. 대접 안에는 두부. 쟁반에는 감자 등과 같은 채소 요리들만 놓여 있었다.

미시나, 히로세, 마가리부치 등 뛰어난 공을 세운 용사들은 산해진미가 차려져 있는 상석으로 안내되었으며 중간 정도의 활약을 한 사람들은 중간 자리에, 아무런 활약도 하지 못한 사람들은 말석의 간소한 음식이 있는 상 앞에 앉게 되었다.

자랑스러워하는 사람, 풀이 죽은 사람들의 목소리가 오가는 가운데 잔치의 분위기가 무르익자 이타가키가 자리에서 일어나 인사를 했다.

"오늘은 승리를 축하하는 자리다. 모두들 배불리 먹기 바란다. 특히 공을 세운 사람들에게는 산해진미를 준비하게 했으니 마음껏 먹기 바란다. 또한 아무런 전공도 세우지 못한 사람들에게는 그 여린 마음을 살펴 불가(佛家)에서 먹는 요리를 준비했다. 자비심이 깊어 살생을 좋아하지 않고 오로지 후생의 안락만을 바라는 불심을 생각해서이다."

공을 세우지 못한 사람들은 그저 얼굴이 벌겋게 달아오를 뿐이었다.

1개월이 지나도 우에스기 군은 반격할 기미조차 보이지 않았다. 이타가키는 우선 병사들을 모아 진을 풀고 12월 1일에 고후로 돌아갔다.

말할 필요도 없이 하루노부는 그에게 커다란 상을 내렸다. 이타가키는 감사의 인사를 하고 다시 스와로 돌아갔다.

겨울이라고는 하지만 지난 며칠 동안 화창한 날이 계속되어 스와도 한가로운 분위기였다.

어느 날 아침, 이타가키가 자신보다 열흘이나 먼저 돌아와 있던 아들 야지로(弥次郎)의 방으로 불쑥 들어갔다. 오랜만에 아들과 편안히 이야기를 나눌 생각이었다.

"이 방에도 한동안 들르지 못했구나."

이렇게 말한 이타가키가 정겹다는 듯 방 안을 둘러보았다.

그런데 장식 공간의 못에 낯선 부채가 걸려 있었다. 게다가 부채에는 시인 듯한 글이 적혀 있었다.

'뭐지?'라고 생각한 이타가키가 아들에게 물었다.

"저 부채는 어찌 된 게냐? 시가 적혀 있는 것 같은데 내가 언제나 말한 것처럼 시란 조정의 신하들이나 스님들, 혹은 일국을 거느린 군주 등이 익혀 소양을 쌓는 것이다. 우리 같은 무사들이 익혀야 할 것이 되지 못한다. 자신의 신분을 잘 알고 있어야 한다."

"네, 그 말씀 마음에 깊이 새기고 있습니다. 제가 열흘쯤 전에 고후를 출발하던 날의 일, 나리께서 직접 써서 제게 주신 물건입니다."

"뭐라고? 나리께 직접 쓰신 것이라고?"

이타가키는 공손하게 부채 앞으로 다가가 적힌 글을 읽었다.

〈모두 보아라 차면 곧 기우는 달의

그 하늘과 같은 인간의 세상〉

인간의 운명은 달과 같은 것이다, 보름밤이 되어 달이 차면 곧 16일 밤이 찾아와 기울기 시작한다, 위세를 믿고 거만하게 굴면 머지않아 시들어 떨어질 운명을 맞게 될 것이라는 의미의 시였다.

이타가키는 조용히 눈을 감고 두 번, 세 번 낮게 읊어보았다. 잠시 후, 그의 나이 든 눈에서부터 눈물이 흘러 살짝 주름이 진 뺨을 타고 흘러내렸다. 입술을 꾹 깨물어도 눈물은 끊임없이 흘러내렸다.

이타가키는 하루노부의 마음을 너무나도 잘 알고 있었다. 하루노부는 의심을 품고 있는 것이었다.

우스이토우게에서 승리를 거두었을 때, 하루노부가 병중이었기에 장병들이 베어온 적의 목을 이타가키가 확인한 적이 있었다. 그때 이타가키는 주군의 대리라고 생각했기에 평소와 다름없이 적의 목을 확인한 것이었다. 그것뿐만이 아니었다. 주군을 대신해서 스와를 다스리고 있었기 때문에 때로는 하루노부의 동생인 노부시게를 능가하는 위세를 가진 것처럼 보인 적도 있었다. 바로 그 점을 하루노부가 지적한 것이었다.

'아들을 통해서 은근히 그 점을 꾸짖은 것이리라. 내가 아무리 총애를 받는다 할지라도 주군을 능가하겠다는 참람한 마음은 추호도 없다. 아아, 너무나도 어처구니없는 의심. 세상에 못할 짓이 남의 집살이로구나. 이 번잡하고 근심 가득한 세상! 오래 살고 싶지도 않다!'

마음이 어둡게 닫혀버렸다. 자신도 모르게 탄식이 입에서 새어나왔다. 오랜 세월 지켜왔던 충절이 와르르 소리를 내며 무너지는 듯한 느낌이 들었다. 사람의 마음은 결코 밝고 넓은 것이 아니었단 말인가?

"다음 전쟁이 벌어지면 원 없이 싸우다 전사하여 나의 깨끗한 마음을 보이기로 하자."

비통한, 신음을 하는 듯한 혼잣말이 무의식중에 흘러나왔다. 반발심이 끝도 없이 솟아올랐다.

침통한 표정으로 아버지의 얼굴을 응시하고 있던 야지로도 곧 고개를 숙였다.

아버지도, 아들도 아무 말이 없었다.

우에다가하라(上田ヶ原) 전투에서 이타가키가 전사할 것이라는 사실이 이때 이미 결정된 것이었다.

우에스기와 나가오

잠시 시선을 에치고(越後) 쪽으로 돌려보겠다.

멀리 간무(桓武) 천황에서 시작하여 무라오카 고로 요시카네(村岡五郎良兼)의 자손 중에 다로 가게아키라(太郎景明)라는 사람이 있었다. 그 가게아키라의 차남은 이름이 지로 가게히로(次郎景弘)였는데 나가오(長尾)라고 성을 바꾸었으며 그때부터 나가오 가는 오래도록 우에스기 가의 가신으로 있었다.

우에스기는 아시카가 요시미쓰(足利義満) 시절에 에치고노쿠니를 영유하게 되었는데 이후 무가 생활에 염증을 느껴 출가하여 구니 안이 한때 커다란 혼란에 빠졌었다. 그것을 진압한 것이 가신인 나가오 다카카게(長尾高景)였는데, 다카카게의 장남은 에치고 산조(三条)의 성주로 이름은 구니카게(邦景). 차남은 요리카게(頼景)로 에치고 후추(府中)의 성주였다. 요리카게의 증손자 나가오 로쿠 다메카게(長尾六為景) 때에 이르러 나가오 가의 위세가 다른 가신들을 압도하여 눈에 띄게 두각을 드러내기 시작했다.

다메카게는 우선 주군인 민부다유 후사요시(民部大輔房能)를 주살하여 우에스기 가를 장악하려했다.

기회를 엿보고 있는데 눈엣가시였던 비와지마(枇杷島) 성의 성주인 우사미 다카타다(宇佐美孝忠)가 세상을 떠났다.

"바로 지금이다!"

이렇게 생각한 다메카게는 8천 명의 병사를 동원하여 밤낮으로 쾌락에 빠져 있는 후사요시의 저택으로 난입해 들어갔다. 때는 에이쇼(永正) 6년(1509) 3월.

민부다유 후사요시는 허망하게 목숨을 잃고 말았다.

유일하게 우사미의 장남인 스루가노카미 사다유키(駿河守定行)만이 성문을 굳게 걸어 잠그고 다메카게에게 반항을 계속했다.

머지않아 가마쿠라를 다스리고 있던 우에스기 아키사다(上杉顕定)가 동생 후사요시의 원수를 갚기 위해 1만 5천 명의 병사를 이끌고 에치고를 향해 출발했다. 사촌동생인 시라이(白井)의 성주 우에스기 노리후사(上杉憲房)가 8천 명의 병사를 데리고 와서 합류했으며 거기에 대대로 우에스기 가를 섬겨오던 가신들도 병력을 더했다.

전장은 이치후리(市振)였다. 다메카게는 고전했다. 게다가 다메카게의 심복인 이시다 빗추노카미(石田備中守), 오스가 시마노카미(大須賀志摩守), 이가라시 하치로(五十嵐八郎) 등이 배신을 하고 우에스기 쪽과 내통하여 반대로 다메카게의 본진을 습격했다.

처참하게 패한 다메카게는 이이누마 요리히사(飯沼頼久), 다카나시 요리치카(高梨頼親), 가시와자키 고레미쓰(柏崎是光) 등의 호위를 받아 구사일생으로 배에 올라 사도(佐渡)로 도망을 쳤다.

다카나시의 성주인 다카나시 하리마노카미 마사요리(高梨播磨守政頼)는 다메카게의 사위인데 다메카게가 전쟁에서 패했다는 소식과 오스가 등이 배신했다는 사실을 알고는, 마침 전쟁에서 승리하여 들뜬 기분으로 사루가바바(猿ヶ馬場)에 주둔하고 있던 이시다, 오스가, 이가라시 군을 공격하기 위해 고시 스루가노카미 히데카게(古志駿河守秀景)와 약속하고 그들을 향해 출전했다. 이에 오스가 등은 우선 가사지마(笠島)까지 퇴각했다.

여름이 끝나고 가을이 지나고 겨울이 왔다.

그리고 얼마지 않아 다시 봄이 왔다. 눈이 깊이 쌓인 에치고의 산속에도 봄이 찾아왔다. 이름뿐이기는 했지만 봄도 음력 2월 무렵, 몇 개월 동안이나 참고 기다렸던 다메카게가 다카나시와 몇몇 사람들의 도움으로 사도를 뒤로하고 시이야(椎屋) 항구에 상륙했다. 권토중래(捲土重來).

가사지마의 방어벽을 뚫고 오스가를 포로로 잡았으며 이가라시의 목숨을 앗았다.

"오스가를 판자에 묶어 창으로 찔러 죽여라! 지금부터 우에스기를 공격하기로 하겠다!"

우에스기 노리후사의 시이야 진영에는 마침 병력이 그리 많지 않았다. 우사미, 나카조(中条) 등과 같은 걸출한 장군들은 모두 시모에치고(下越後)로 출진을 한 상태였다. 노리후사를 원조하러 온 아키사다의 군사와 노리후사의 군사들만이 남아 있었다.

그러나 성은 쉽게 떨어지지 않았다. 한 달이 지나고 두 달이 지나서 6월 초순, 다카나시의 새로운 부대가 성을 협공하기 시작했다. 격전에 이은 격전이 거듭되었다.

그러나 중과부적, 노리후사는 얼마 남지 않은 병력으로 포위를 뚫고 조슈를 향해 달아났다.

적 진영의 한가운데 돌파를 시도했던 우에스기 아키사다도 간신히 적의 포위를 뚫고 쓰마리노쇼(妻有庄)의 나가모리가하라(長森ヶ原) 성으로 들어갔다.

그러나 그 성도 곧 나가오 군에 의해 열 겹, 스무 겹으로 포위를 당하고 말았다.

공격하다 물러나고, 방어하다 물러나고. 쉽게 승패가 결정 나지 않았다.

다메카게는 초조함을 느꼈다.

"아군에 비하면 적의 숫자는 그저 구우일모(九牛一毛)에 지나지 않는다. 전투가 길어져 적의 응원군이 도착하면 일이 귀찮아진다. 이번에는 들판에 불을 지르고 성 안으로 불화살을 쏘는 것이 상책이라 여겨진다."

화공이 시작되었다. 성 안에서 불길이 치솟았다. 불화살에 맞은 것이었다. 검은 연기가 활활 하늘로 치솟았다. 순식간에 불길이 성 안을 뒤덮기 시작했다.

한꺼번에 터져 나오는 함성. 우에스기 군이 성문을 열고 공격해오기 시작했다.

대장인 아키사다가 커다란 칼을 휘두르며 나가오 진영의 한가운데로 말을 달려나갔다. 털썩, 털썩, 나가오의 병사들이 쓰러져 나갔다.

"기다려라! 내 눈이 잘못되지 않았다면 너는 아키사다로구나!"라고 외치며 창을 휘두른 것은 다카나시 군의 사무라이 오스 고로스케(大洲五郎助)였다.

"이놈, 길을 비켜라!"라고 외친 아키사다.

푹, 둔탁한 소리를 내며 오스의 창끝이 아키사다가 탄 말의 허벅지를 찔렀다. 말은 병풍이 넘어가듯 쓰러졌다.

땅바닥에 거꾸로 나자빠진 아키사다를 향해 오스가 달려들었다. 우에스기 아키사다의 최후였다.

아키사다를 쓰러뜨린 다메카게는 그 성을 본성(本城)으로 삼아 에치고 일대를 평정하기 위한 공작에 들어갔다.

우에스기 효고노카미 사다자네(上杉兵庫頭定実)가 지키고 있던 가미조(上条) 성으로 사자를 보내 화목을 청하고 딸을 아내로 주어 사다자네를 자신의 성으로 맞아들였다. 주군으로 모신 것이었다.

조슈 시라이 성에 의지하고 있던 노리후사와도 화친을 맺었다. 에치고 일원의 세력이 저절로 다메카게에게 복종하게 되었다.

그런데 오직 한 사람 복종하지 않는 자가 있었다. 바로 우사미 사다유키였다. 사다유키는 가시와자키 성을 지키며 아키사다의 옛 부하들을 규합하여 다메카게의 영지인 오키노쇼(沖野庄)를 침공,

이즈모자키(出雲崎), 데라도마리(寺泊), 니가타(新潟)를 점령했다.

"이대로 지켜보고 있을 수만은 없다. 곧 우사미를 토벌하도록 하겠다."

다메카게의 명령에 따라 나가오 도시카게(長尾俊景)가 니가타 공격을 위해 출발했다.

일찌감치 그 사실을 간파한 우사미는 가미조 성에 있는 우에스기 사다노리(上杉定憲)에게 원군을 부탁했다.

"알겠네. 충신 우사미를 돕도록 하겠네."

사다노리는 군대를 내어 다메카게의 동생 나가오 에치젠노카미 후사카게(長尾越前守房景)의 성인 우에다(上田) 성을 공격했다.

양쪽 군은 맹렬하게 격전을 치렀다. 피비린내 나는 처참한 풍경이 우에다 성 주변에 펼쳐졌다.

이에 다메카게가 우에스기 군을 협공하기 위해 달려들었다. 다른 한편에서는 우에스기 군을 지원하기 위해 우사미가 니가타에서부터 달려왔다.

처음에는 혼전 양상을 보였다. 그러나 우사미의 군대는 정예병으로 조직되어 있었다. 나가오 다메카게의 병사들이 차례차례로 쓰러졌다. 몇몇 배신자도 나왔다. 이렇게 된 이상 승패는 이미 갈린 것이나 다름없었다. 우에스기 군의 용장인 가키자키 야지로 가게이에(柿崎弥二郎景家)의 눈부신 분전으로 다메카게 군은 완전히 무너졌으며 후사카게도 성 안으로 물러나고 말았다.

다메카게의 얼굴에는 고뇌의 빛이 역력했다. 팔짱을 낀 채 깊은 생각에 빠져 있었다.

"데루다를 불러라. 데루다 히사지로(照田久二郎)를!"

이렇게 외쳤을 때는 어떤 책략이 떠오른 모양이었다.

바로 데루다가 다메카게 앞으로 불려왔다. 숙덕숙덕 이야기를 주고받았다.

그 이튿날이었다. 가키자키 진영을 은밀하게 찾아온 사람이 있었다.

"가키자키 나리를 뵙고 싶다. 나는 오랜 친구이다."

그것은 말할 필요도 없이 데루다였다.

가키자키 앞으로 안내된 데루다는 두 사람을 함께 데리고 있었다. 두 사람이 인사를 하기 위해 머리에 쓴 것을 벗고 비옷을 벗었다.

열일고여덟 살의, 꽃보다 더 아름다운 미녀였다.

데루다가 가지고 온 금은의 식기와 수백 폭의 족자를 바치면서,

"가키자키 나리, 어떻습니까? 이 여자아이들도 갖기를 원하십니까?"라고 빙그레 웃으며 말했다. 가키자키의 눈이 빨려 들어갈 듯 두 사람에게 고정되었다.

데루다는 갖은 말로 가키자키를 설득했다. 배신하여 나가오 쪽에 붙으면 많은 영토를 받을 수 있다고.

가키자키의 마음이 크게 흔들렸다. 생긋이 미소 짓는 미녀의 눈빛이 그의 몸에 엉겨붙는 듯했다. 땀 냄새로 가득한 진영 안에 숨이 막힐 듯 분 냄새가 번져 가키자키의 감각에 휘감겨 붙었다. 머릿기름 냄새가 매혹적이었다.

이럴 때, 여자는 결정적인 유혹이다. 가키자키는 크게 머리를 끄덕였다. 벌겋게 달아오른 얼굴로 웃음을 지으며.

밀약이 맺어졌다. 날짜와 시간이 정해졌다. 드디어 그날이 왔다.

후사카게 쪽과도 이미 연락을 주고받았기에 나가오 군은 단번에 공격해 들어갔다.

"이놈들!"

우에스기 군이 나가오 군에게 반격을 가해 뒤를 쫓기 시작했다. 나가오 군은 도망쳤다. 추격이다.

그런데 그때, 병에 걸려 출전하지 못하겠다고 둘러대고 진영에 남아 있던 가키자키가 우에스기 진영 곳곳에 불을 질렀다.

그러자 나가오 군이 갑자기 방향을 바꾸어 사방에서 포위를 했다. 우에스기 사다노리는 날아온 화살에 맞아 원통한 최후를 맞이했다.

우사미가 한 줄기 혈로를 뚫어 가시와자키로 도망친 것 외에, 우에스기의 장병들은 거의 대부분이 우에다의 흙이 되어 생을 마감하고 말았다. 고육지책이 성공을 거둔 것이었다.

승리의 함성이 올랐다. 나가오 군은 의기양양하게 성으로 돌아왔다.

'이제 남은 것은 우사미뿐이다.'

다메카게는 조급한 마음이 들었다. 자신의 편으로 돌아선 가키자키를 대장으로 삼아 추격의 고삐를 늦추지 않고 가시와자키를 공격하게 했다.

그러나 성의 방비는 튼튼했으며 기묘한 계책으로 나가오 군을 괴롭혔다. 새벽녘에 싸워야겠다고 마음을 먹고 있으면 적은 야습을 해왔다.

나가오 군은 점점 지쳐갔다. 병력의 손실도 컸다.

더 이상 손쓸 방법이 없어지자 다메카게는 우에스기 노리후사에게 화친을 중재해 달라고 부탁했다.

화친을 위한 사자가 노리후사 진영에서 가시와자키 성에 있는 우사미에게로 파견되었다.

노리후사가 보낸 사자이니 만나지 않을 수가 없었다. 우사미는 승낙했다.

우사미와 다메카게 사이에 피로 맹세한 문서가 교환되었다. 에치고에 비로소 평화다운 평화가 찾아왔다.

도라치요의 어린 시절

어느 날 밤, 다메카게의 아내가 꿈을 꾸었다. 키가 8척쯤 되는 기이한 모습의 신인(神人)이 왼손에는 창을 들고 오른손에는 눈이 부실 정도로 반짝이는 구슬을 든 채,

"이 구슬은 금성일세. 지금 자네에게 주겠네."

이렇게 말하더니 구슬을 부인의 입 속으로 던져 넣었다. 너무나도 이상한 꿈이었기에 해몽을 위해 다몬지(多聞寺)로 갔는데, 그곳의 본존을 바라보니 꿈에 나타났던 신인이 바로 그 본존인 비사문천(毘沙門天)이었다.

그때부터 태기가 있었다.

드디어 산달이 되어 교로쿠(享禄) 3년(1530) 1월 21일에 구슬 같은 사내아이를 낳았다. 임신 중에도 신기한 일이 종종 일어났다. 산달이 되자 다른 사람의 눈에는 보이지 않지만 부인의 눈에만은

기이한 모습을 한 신인이 전후를 지키고 있는 것이 보였다는 둥, 출산할 때에는 아름다운 동자가 산실을 지켜 산실 사방에서 눈부신 빛이 비쳤다는 둥, 목욕을 시키려고 봤더니 대야의 물속에서 금성이 반짝이고 있었다는 둥 여러 가지 기이한 일들 가운데서 태어났다.

도라치요(虎千代)라 이름 붙였는데 점쟁이에게 점을 쳐보게 했더니 아이는 자라서 명장이 될 것이며 천하에 영명(英名)을 떨칠 것이라는 점괘가 나왔다. 틀림없이 평범하지 않은 뛰어난 인물이 될 것이라고 모든 사람들이 기대하는 것도 당연한 일이었다.

매우 영리하다고 해야 할지, 하나를 들으면 열을 안다고 해야 할지, 실제로 신동이었다.

다메카게의 넷째 아들로, 행복한 가운데서 여섯 살의 봄을 맞이했다. 이 무렵부터 도라치요와 관련된 몇몇 일화들이 전해진다.

하루는 주술로 자신의 몸을 숨기는 방법을 터득했다는 사람이 에치젠(越前)을 거쳐 에치고로 찾아왔다. 그는 누구라도 희망하는 사람 수십 명에게 활과 화살을 들게 하고, 자신은 거기서 14, 5간쯤 떨어진 곳에 알몸으로 서 있을 테니 자신을 향해 활을 쏘라고 했는데 어떤 술법을 쓰는 것인지 지금까지 한 사람도 그를 맞힌 사람이 없었다. 맞으면 목숨을 잃는 대신 맞히지 못하면 돈을 받았다.

나가오의 집안에서도 그 사내에게 돈을 뜯겨 분해하는 사람이 속출했다.

아무리 쏘아도 절대로 맞지 않았다. 더는 누구도 활을 쏘겠다고 나서는 사람이 없었다. 만족스러운 웃음을 지으며 그 사내는,

"그럼 여러분이 건 돈을 가져가도록 하겠습니다."라고 말하고

옷을 입으려 했다.

아까부터 그 사내를 유심히 바라보고 있던 도라치요가,

"아아, 잠깐만! 아직 활을 쏠 사람이 한 명 더 있어."

이렇게 말한 뒤 곁에 있던 부하 사무라이의 귀에 대고 무엇인가를 속삭였다.

"내게 생각한 바가 있어. 네가 다시 한 번 활을 쏘도록 해. 하지만 저 사람을 겨냥하지 말고 저 사람이 벗어놓은 옷의 한가운데를 겨냥하도록 해."

이상하다고 생각하면서도 사무라이는 도라치요의 명령대로 활에 화살을 메긴 뒤 옷을 겨냥했다.

핑, 줄이 튕기는 소리, 그와 동시에,

"앗, 으!"하는 단말마의 비명, 괴로움에 내지르는 소리가 올랐다.

화살이 그 남자 옷의 가슴을 관통한 것처럼 보인 순간, 지금까지 서 있던 남자의 모습은 슥 사라지고 옷 옆에 쓰러져 있는 남자의 가슴에서 콸콸 피가 쏟아져 나왔다.

그곳에 있던 가신들은 '앗' 하며 놀라지 않을 수 없었다. 옷의 한가운데를 맞힌 것이라 생각한 화살에 맞아 남자가 죽었다! 모든 사람들의 얼굴에 영문을 알 수 없다는 듯한, 신기하다는 듯한 표정이 떠올랐다.

도라치요가 빙그레 웃으며 조용히 입을 열었다.

"아까부터 가만히 보니까 저 사람은 자신을 과녁으로 삼아 쏘라고 말하며 옷을 벗은 뒤 벗은 옷을 나무그늘에 두더라고. 이건 틀림없이 옷 뒤에 몸을 숨기고 어떤 환영을 자기 대신 세워놓는 것이라 생각했기에 시험 삼아 옷을 쏴보라고 했던 것뿐이야."

또 이런 일도 있었다.

도라치요의 총명함에 비해서 장남인 도이치마루(道一丸)는 어딘가 부족한 면이 있는 듯했기에 대부분의 가신들이 도라치요를 따르고 존경했다. 그 사실을 안 도이치마루가 아버지 다메카게에게 도라치요를 좋지 않게 말했다. 그 때문에 다메카게는 도라치요를 미워하게 됐으며 기회가 있으면 다른 구니로 쫓아내야겠다고 마음속으로 생각하고 있었다.

7세가 된 어느 날의 일. 이전부터 성 밖 서북쪽에 있는 숲에서 귀신이 나온다는 소문이 있었다. 마침 고지마 야타로(小島弥太郎)가 낮에도 어둑어둑한 그 오솔길을 지나다 귀신 넷을 처치했다. 그것은 전부 근방의 악당들로 귀신의 탈을 쓰고 사람들을 놀라게 하여 돈을 강탈하던 무리들이었다.

네 사람을 쓰러뜨린 야타로는 전통 속에서 붓을 꺼내 나무 팻말에 사정을 적은 뒤 그것을 네 개의 목 옆에 남겨두고 자리를 떠났다.

이 소식을 들은 다메카게가 부하 가신들에게,

"듣자하니 얼마 전에 야타로가 벤 도적의 목이 그대로 방치되어 있다고 하던데, 누가 가서 가져오지 않겠는가? 그것을 안주삼아 술을 한잔하고 싶네."

사람들 모두 얼굴을 마주보며 망설이고 있었다.

그러자 도라치요가 앞으로 나서서,

"제가 그 목을 가져오겠습니다."

"뭐라고? 네가 가겠다고? 음, 이 칼을 빌려주겠다. 다녀오너라."

바깥에는 비가 부슬부슬 내리고 있었다. 길은 어두웠다. 도라치요는 죽순으로 만든 삿갓을 쓰고 성을 나섰다.

그러자 다메카게가,

"말은 저렇게 했지만 아직 어린아이다. 누군가 부하를 시켜 가져 오게 한 뒤 마치 자신이 가져온 것처럼 목을 들고 올지도 모른다. 네가 앞질러 가서……."라고 한 가신에게 명령하여 짐승 가죽을 쓰고 길에서 지켜보게 했다.

얼마간의 시간이 흘렀다. 모습을 지켜보라고 보냈던 가신이 황망 하게 되돌아왔다.

"놀란 얼굴로 어찌된 일이냐?"

"넷."이라고 대답하고 그 가신은 가만히 이마의 땀을 훔쳤다.

"정말 놀랐습니다. 명령하신 대로 그 오솔길에 있는 나무 뒤에 숨어서 기다리고 있자니 틀림없이 도련님 혼자서 무엇인가를 찾으 며 다가오는 발소리가 들렸습니다. 깜짝 놀라게 해주겠다, 갑자기 뛰쳐나가자고 생각하면서 어둠 속 도련님을 바라보았더니 모습은 보이지 않고 눈만 반짝이며 또렷하게 보였습니다. 그런데 그 눈빛 이 형형하고 너무 무시무시하여 잘못 뛰쳐나갔다가는 단칼에 목숨 을 잃을 것 같았기에 결국에는 뛰쳐나가지 못하고 그냥 도망쳐 왔습니다."

보고가 끝났을 무렵 도라치요가 덩굴에 네 개의 목을 묶어 끌고 돌아왔다.

다메카게는 도라치요의 담대함에 혀를 내둘렀다. 그러나 도라치 요의 너무나도 뛰어난 재지(才智), 담력을 오히려 미워했다.

'이 아이를 이대로 두었다가는 어른이 된 순간에 어떤 말썽을 일으킬지 알 수 없다. 그 전에…….'

이렇게 생각한 다메카게는 도라치요를 스님으로 만들 생각에 나가오 가의 무덤이 있는 절인 슌지쓰잔 린센지(春日山 林泉寺)의 덴시쓰(天室) 화상에게로 보냈다.

처음에는 화상 밑에서 밤낮으로 조용히 수행을 했지만 머지않아 본성을 드러내기 시작했다. 가끔 누군가가 병사나 군략에 관한 이야기를 하면 곁을 떠나지 않고 밤새도록 귀를 기울였다. 그런가 싶다가도 불문의 설교 등을 들을 때는 늘어지게 하품을 하며 잠을 자곤 했다.

또한 낮에는 동네 아이들을 모아놓고 전쟁놀이를 했는데 도라치요가 대장이 된 편이 반드시 이겼다.

밤낮으로 도라치요의 동정을 살펴보던 덴시쓰 화상은,

'이 아이는 세상을 등지고 출가할 성격이 아니다. 무로써 집안을 일으킬 아이다.'라고 생각하여 그 뜻을 전하고 도라치요를 성으로 다시 돌려보냈다.

다메카게는 일시적으로 화를 냈지만 그대로 성에 머물게 하고 그해 8월 15일에 성인식을 치른 뒤 기헤이지 가게토라(喜平次景虎)라는 이름을 붙여주었다.

첫째 아들은 하루카게(晴景), 둘째 아들은 헤이조 가게야스(平蔵景康), 셋째 아들은 사헤이지 가게후사(左平次景房), 넷째 아들이 이 가게토라였다.

그러나 말하자면 주머니 속의 송곳과도 같은 존재였다. 가게토라의 재지는 때때로 형들을 능가하려 했다. 신망도 두터웠다. 아버지는 이를 근심했으며 또한 미워했다.

이에 가게토라를 가신인 가나쓰 신베에(金津新兵衛)의 집에 맡겼으며, 마침 시모에치고의 가지 아키노카미(加地安芸守)가 가게토라를 양자로 원한다는 사실을 알고 추방과 다를 바 없이 시모에치고로 쫓아버렸다.

가나쓰 신베에를 따라 산을 넘고 계곡을 건너야 하는 여행길에 나섰다. 가게토라는 8세였다.

낯선 땅으로 가는 여행은 길고 지루했다.

다메카게의 전사

지난 에이쇼 6년(1509), 우에스기 아키사다와의 전쟁에서 패했을 때 엣추(越中)의 각 장군들에게 도움을 청하려 했지만 오히려 우에스기 군에 가담하여 다메카게를 습격한 사건이 있었다.

그 이후로 다메카게는 엣추로 공격해 들어가기 위해 기회를 엿보고 있었다.

덴분 7년(1538) 7월 3일, 드디어 오랜 현안이던 엣추 공격을 감행했다. 우사미 스루가노카미를 수장으로 하여 곧바로 이타쿠라(板倉) 성을 공격했다.

그일 이후, 호조쓰(放生津) 성을 빼앗기 위해 다메카게는 스스로가 대군을 이끌고 가서 성을 공격했다.

그때는 마침 교토의 도쿠다이지 다이나곤 사네노리(徳大寺大納言実矩) 경을 비롯하여 조정의 신하들이 성 안에 머물고 있었는데, 성 안의 병력은 얼마 되지 않았다.

성은 오래 버티지 못했다. 조정의 신하들 9명도 전부 전사하고 말았다.

그러나 엣추의 각 장군들, 진보 사쿄노신 요시히라(神保佐京進良衡)와 마쓰오카 나가토노카미(松岡長門守) 등과 같은 사람들이 호조쓰 성을 그냥은 내주려 하지 않았다. 8천 명의 병사를 이끌고 센단노(栴檀野)까지 진군했다.

엣추 군은 신중하게 군사회의를 열었다. 계책을 세우고 덴분 11년(1542) 4월 11일 새벽을 기해 작전을 개시하여 함성을 올렸다.

그러나 나가오의 창끝은 날카로워서, 마쓰오카가 이끄는 군이 패하고 말았다. 새로이 전쟁에 가담한 에나미(江波) 군도 힘을 쓰지 못하고 패주. 이렇게 되자 나가오 군은 승리한 여세를 몰아 치열한 추격전을 벌였다.

다메카게는 말 위에 느긋하게 앉은 채 지휘봉을 휘둘러 진두지휘했다. 추격에 추격, 끝없는 추격전.

센단노 들판의 절반 정도를 지났을 무렵이었다. 갑자기,

"앗!"

"아뿔싸!"라는 비명이 나가오 군 가운데서 일었다.

지금까지 풀밭이라 생각하고 있던 곳이 사실은 함정이었던 것이다. 더군다나 커다란 함정이 10군데나 있었다. 우르르, 인마가 한꺼번에 밑으로 떨어졌다. 천 명이나 되는 장병들이 차례차례 함정으로 떨어져버렸다.

다메카게도 역시 위험했다. 그러나 말은 준마, 말에 탄 사람은 뛰어난 기수였기에 휙 흙먼지를 일으키며 커다란 함정을 훌쩍 뛰어넘어 간신히 빠지는 것을 모면했다.

바로 되돌아가려 했다. 그러나 자신들의 계략이 성공한 것을 보고 엣추 군이 재빨리 공격을 가해왔다.

"모두, 다메카게를 잡아라! 적장의 목을 베어라!"

참으로 격렬한 기세였다. 털썩, 털썩 나가오 군이 피를 흘리며 쓰러졌다.

다메카게의 본진에서도 용감하기로 이름난 모토요시 하치로(元吉八郎), 와타나베 빗추(渡辺備中), 오고 신파치로(大郷新八郎)가 중상을 입었으며 결국에는 적의 칼에 쓰러지고 말았다.

'이제 모든 것이 끝이구나.'라고 생각한 다메카게의 칼이 인마를 쓰러뜨렸다, 마치 아수라와도 같이. 말과 갑옷 모두 피범벅이 되어 새빨갛게 물들었으며 피가 검붉게 변해갈 무렵 칼은 톱날 같이 되어버렸다.

몸 곳곳에 깊은 상처를 입었다.

"다메카게, 기다려라. 진보의 신하인 에자키 다지마(江崎但馬)가 오셨다!"

외치는 소리와 함께 창이 번뜩였다.

"무례한 놈! 어디 나의 칼을 받아보아라."

칼과 창이 맞부딪쳐 불꽃이 튀었다.

해는 드디어 남쪽에서 서쪽으로 기울어 황혼이 가까웠다. 봄풀이 무참하게 짓밟혔으며 헤아릴 수도 없이 많은 시체들이 쓰러져 있었다. 사투의 전장으로 바뀌어버린 봄의 들판이었다. 여기저기서 인마의 외침이 오르고 울려 퍼졌으며 흙먼지가 피어올랐다.

에자키가 날카롭게 내지른 한 줄기 섬광. 얼른 몸을 피한다고 피했지만 훨씬 전부터의 피로와 여러 군데 입은 상처 때문에 제대로 피하지 못해 창끝이 다메카게의 가슴을 깊숙이 파고들었다.

말 위에서 뒤쪽으로 쓰러져 떨어진 것을 에자키가 얼른 짓밟아 목을 베었다.

대장이 죽었다는 소식이 삽시간에 전군에 알려졌다. 지리멸렬이었다.

이 소식을 들은 우사미가 즉시 패군을 수습하기에 나섰다. 부대는 성 안으로 물러났다.

얼마 후 에치고 군은 성을 버리고 달아났다. 우사미는 근방 농민들에게 식량과, 재물 등을 나누어주고 그 땅을 떠났다.

파란만장했던 나가오 다메카게의 일생이 여기서 막을 내렸다. 참으로 허무한 호웅(豪雄)의 죽음이었다.

그 무장 다메카게를 읊은 유명한 노래가 있다. 황송하게도 천황께서도 읽으셨다.

〈푸른 바다 있다고는 알지 못했던 못자리의

물 밑에도 개구리 없어졌네〉

용맹한 여장부 마쓰에

다메카게가 전사한 직후의 일이었다. 궤멸 직전의 나가오 군 가운데서 홀로 말을 달려 에자키 다지마를 향해 똑바로 달려나온 어린 무사가 있었다.

창을 쥔 손을 휘두르면 에자키가 몸을 피해 허공을 가르게 했다.

에자키가 내지른 창은 어린 무사가 가볍게 피했다. 서로 혼전을 펼치고 있던 중에,

"에자키 나리, 그 놈은 제가!"라고 외치며 진보의 신하인 오카지마 오쿠라(岡島大蔵)가 달려들었다.

그러나 오카지마는 그 어린 무사의 창에 찔려 땅바닥에 쓰러지고 말았다. 어린 무사의 창끝은 날카로워서 두 명, 세 명, 다섯 명이 쓰러져나갔다.

진보의 군대도 약간 물러날 것처럼 보였다.

"나를 상대할 자가 없단 말이냐?"

어린 무사의 목소리는 흥분되어 있었지만 시원시원했다. 손에 든 창을 지팡이 삼아 말 위에서 잠시 쉬는 어린 무사의 모습은 늠름하고 또한 아름답기까지 한 풍경이었다.

"어린 녀석이 기특하구나! 아마도 다메카게의 총애를 받던 녀석이겠지. 죽이기는 아깝다. 누가 가서 저 놈을 생포해 오너라."

진보 사쿄노신의 명령에 고시이시 누이(越石縫殿)가 말을 앞으로 달리게 했다.

"에잇!"

누이의 창이 투구에 맞아 투구가 떨어졌다. 어린 무사의 머리카락이 길게 늘어졌다. 여자였다.

가만히 살펴보니 눈썹도 먹으로 짙게 칠했고 이도 검게 물들였으며 입술에는 연지를 빨갛게 발랐다. 용모가 아리따운 스물 두엇의 여자. 그녀는 바로 다메카게의 애첩 마쓰에(松江)였다.

"앗!"하고 누이는 일순 당황한 듯 망연히 서 있었다. 그 틈을 타 마쓰에의 창이 번뜩여 누이의 옆구리를. 그때,

"진보의 신하 마키타 가즈에(蔣田主計)가 납시셨다!"라고 이름을 밝히며 마쓰에 앞을 가로막고 선 무사가 있었다.

내지른 마쓰에의 창끝을 피해 허공을 가르게 한 뒤 힘껏 내리쳐 땅바닥에 떨어뜨리게 했다. 천하의 여장부도 전투에 지쳐 몸이 솜방망이처럼 무거웠기에 괴력을 지닌 마키타의 적수가 되지 못했으며, 결국에는 밧줄에 몸이 묶이고 말았다.

전쟁이 끝나자 마쓰에는 진보 앞으로 끌려나왔다.

이것이 남자마저도 쩔쩔매게 했던 여장부의 모습이란 말인가? 뺨에서부터 목덜미로 이어지는 부드러운 곡선, 오뚝 솟은 콧날, 굳게 다물고는 있지만 저절로 애교가 쏟아질 것 같은 입술, 희고 갸름한 얼굴의 미인이었다. 백설 같이 하얀 피부에 가늘고 동그란 어깨, 너무나도 우아한 모습이었다.

진보의 눈에 놀라움의 빛이 짙어졌다.

"예전부터 이름은 듣고 있었다만, 과연 소문보다 더 뛰어난 용모로다. 마키타, 자네에게 맡기기로 하겠네."

그로부터 며칠 뒤, 진보가 마키타를 불렀다.

"자네에게는 아직 아내가 없었지? 어떤가, 그 마쓰에를 아내로 맞아들이는 것이?"

마키타는 기쁨의 빛을 감추지 못하고 자신의 집으로 돌아왔다. 진보의 명령이 마쓰에에게 전달되었다.

"고마운 말씀이기는 합니다만, 잠시 시간을 주십시오."

마쓰에는 자신에게 주어진 방으로 돌아갔다.

고개를 숙인 채 방바닥을 바라보고 있자니 눈시울이 젖어왔다. 다메카게의 모습이 환영이 되어 뇌리를 오갔다. 처음으로 사랑을 받았을 때의 일, 즐겁게 대화를 나누던 때의 일, 웃는 얼굴, 화났을 때의 얼굴, 그때의 말 그리고 그때의 다정함, 그러한 수많은 추억들이 차례차례로 떠올랐다가는 사라져갔다. 다메카게에 대한 그리움이 간절하게 되살아났다.

'정부(貞婦)는 두 남편을 섬기지 않는다. 하물며 원수를 남편으로 삼아서는 사람들을 볼 낯이 없어지고 만다.'

마쓰에의 결심은 굳은 것이었다.

파란 다다미를 붉게 물들인 채 안타깝게도 22세를 일기로, 스스로 자신의 목을 찔러 쓰러져 있는 모습을 마키타가 발견한 것은 그로부터 얼마 지나지 않았을 때의 일이었다.

위급존망의 가을

다메카게가 패전함으로 해서 에치고는 일대 공황에 빠지고 말았다. 하지만 우사미 스루가노카미가 돌아온 것에 힘을 얻어 에치고군은 요소요소를 굳게 방비했다.

국경까지 진격해왔던 엣추 군도 우사미가 굳게 지켰기에 함부로 공격할 수가 없었다. 이에 진보 사쿄노신이 계책을 하나 생각해냈다.

다메카게의 총애를 받고 있던 데루다 쓰네타카(照田常隆) 부자는 예전부터 반역할 마음을 품고 있었다. 그들을 아군으로 끌어들여 내부 교란 작전을 쓰겠다는 책략이었다.

다메카게의 뒤를 이은 하루카게는 이미 40세가 되어 있었지만 천성적으로 무기력하고 어리석은 데다 주색에 빠져서 밤낮으로 풍악을 즐겼으며 미녀를 모아서는 잔치를 열었다.

이 기회를 놓칠 수 없다고 생각한 진보는 심복인 마쓰노 고자에몬(松野小左衛門)을 데루다 쓰네타카에게 밀사로 보냈다. 좋은 기회라 생각한 쓰네타카는 사자와 밀약을 맺었다.

에치고 산조 성의 성주인 나가오 헤이로쿠로 도시카게는 나가오 가의 일족이기는 했지만 기회만 있으면 에치고를 자신의 것으로 삼으려 노리고 있었기 때문에 다메카게의 죽음을 계기로 헤이로쿠로 도시카게의 위세가 갑자기 높아져, 하루카게의 신하 중에서도 가키자키 이즈미노카미(柿崎和泉守), 시노하라 소자에몬(篠原宗左衛門), 모리 비젠노카미(森備前守) 등이 도시카게와 내통하여 역모를 도와 하루카게를 쓰러뜨리기 위해 기회를 엿보고 있었다.

이렇게 해서 위기가 감돌기 시작했다. 나가오 가는 내일을 장담할 수 없는 상태에 빠져 내부 붕괴의 조짐이 점차로 짙어갔다.

여기서 이야기를 잠깐 바꾸기로 하겠다.

하루카게를 쓰러뜨리려 음모를 꾸미고 있던 도시카게는 다메카게의 막내아들 가게토라가 자꾸만 마음에 걸렸다.

"녀석은 보통내기가 아니다. 녀석이 살아 있어서는 방해가 된다. 미리 녀석을 제거해야겠다."

명령을 받은 것은 마타노 아라가와치(股野荒河内)였다. 마타노는 바로 가게토라가 살고 있는 시모에치고의 조안지(淨安寺)를 향해 출발했다.

그런데 이 사실을 가나쓰 신하치(金津新八)가 알게 되었다. 신하치는 평소부터 주군인 도시카게의 횡포를 좋지 않게 생각하고 있었는데, 예전에 형인 신베에가 가게토라와 함께 조안지로 갔기에 그는 농민의 모습으로 몸을 꾸미고 위급을 알리러 그곳으로 향했다.

"그래, 자객이 올 거란 말이냐?"

가게토라는 놀라는 기색도 보이지 않았다. 다급하게 채비를 마치자마자 신베에와 둘이서 은밀하게 조안지를 떠나 후추로 향했다.

문득 뒤를 돌아보니 저 멀리서 추격을 해오는 듯한 한 무리가 말을 타고 달려오고 있었다. 무슨 생각을 한 것인지 가게토라는 신베에를 부근의 농가에 숨기고 자신은 곁에서 놀고 있던 거지 아이들 곁으로 다가갔다.

"얘, 우리 서로 옷을 바꿔 입지 않을래?"

거지는 힐끔힐끔 가게토라를 바라보다 그 아름다운 옷이 마음에 들었는지 기꺼이 옷을 바꿔 입었다.

"이야, 너 그 옷을 입으니까 아주 멋지게 보이는데. 내가 좋은 일을 하나 더 알려줄게. 이 길을 따라서 빠른 걸음으로 똑바로 걸어가면 훨씬 더 좋은 일을 만나게 될 거야."

거지는 기쁨에 들떠서 빠른 걸음으로 걷기 시작했다. 그 뒷모습을 지켜보고 있던 가게토라는 약간 떨어진 산기슭에 있는 조그만 불당으로 몸을 숨겼다.

뒤에서 따라오던 30명 정도의 무사들이 불당 앞을 지나 달려가다 멀리서 걸어가는 거지의 모습을 보더니,

"저기 좀 봐, 가게토라가 가고 있다."라고 외치며 말의 고삐를 당겼다. 앞장서서 가던 한 사람이 거지를 따라잡더니,

"에잇!"

단칼에 목을 베어버렸다.

일행은 크게 기뻐하며 자신들이 왔던 길로 되돌아갔다.

빙그레 웃은 가게토라는 불당에서 나와 신베에와 함께 거지의 시체 앞에서 합장을 했다.

"내 대신 죽어줬구나. 정말 고맙다. 내가 세상에 나오게 되면 반드시 후히 장사를 치러주겠다. 편히 눈 감도록 해라!"

길을 서둘러 머지않아 성에 도착했다.

그로부터 얼마 지나지 않아 산조의 도시카게가 군대를 일으켰다. 하루카게는 토벌을 위해 군대를 내기로 했다.

그때 가게토라가 형에게 이렇게 말했다.

"얼마 전부터 성 안의 동정을 살펴보니 데루다 부자의 모습이 아무래도 이상합니다. 아버지의 죽음을 기회로 삼아 반역을 꾸미고 있는 듯 보입니다."

그러나 하루카게는,

"너는 아직 어린 주제에 사람의 얼굴을 보고 마음속까지 읽어낼 수 있단 말이냐? 게다가 데루다는 우리 집안의 중신이 아니더냐? 그런 일이 있을 리 없다"라며 웃어넘기고 말았다.

병사들이 대열을 갖추고 성에서 출발했다. 이제 성에는 병사가 얼마 남지 않게 되었다. 때는 덴분 11년(1542) 3월 13일이었다.

며칠 후면 주장인 하루카게도 출발을 하기로 되어 있었다. 그날 밤, 갑자기 성 주위가 시끄러워지기 시작했다. 와 하는 함성. 징소리. 북을 두드리는 소리.

데루다의 장남인 구로다 이즈미노카미 구니타다(黑田和泉守国忠), 차남인 가나쓰 이즈노카미 구니요시(金津伊豆守国吉) 두 사람이 장수가 되어 성을 포위한 것이었다.

성 안의 병사들은 늦은 밤 갑작스럽게 일어난 소란에 허둥지둥 당황했다.

순식간에 하루카게의 부하들이 칼에 맞아 줄줄이 쓰러져 나갔다.

"적은? 적은 누구냐?"

하루카게가 절규했다. 그 소리에 누군가가,

"데루다 부자가 반역을 했습니다!"라고 대답했다. 하루카게는 순간 동생의 말이 떠올라 발을 동동 굴러보았지만 이미 손을 쓸 수가 없는 상황이었다. 아군의 절반이 목숨을 잃었다. 하루카게 자신은 뒷문으로 간신히 도망을 쳤지만 동생 헤이조 가게야스는 구로다의 칼에 목숨을 잃고 말았다.

몸 곳곳에 상처를 입은 사헤이지 가게후사도 가나쓰의 무사인 오쓰키 한야(大槻半弥)의 창에 허리를 찔리고 후지이 겐하치(藤井 源八)의 칼에 목이 떨어지고 말았다.

이제는 틀렸다고 생각한 가게토라가 후지이를 단칼에 베어 쓰러 뜨리고 오쓰키를 향해 다가갔다. 그 순간 도구라 요하치로(戸倉与 八郎)와 소네 헤이베에(曽根平兵衛)가 달려와 오쓰키를 쓰러뜨리 고 도저히 달아날 수 없다고 판단했기에 가게토라를 니노마루로 데리고 가서,

"잠시 마루 밑에 몸을 숨기고 계십시오. 밤이 깊으면 저희가 모시 러 오겠습니다."라고 말하고는 가게토라를 숨겼다.

전투가 끝나고 소란스러웠던 밤이 깊어갔다. 승리를 거둔 부대의 흥분도 어느 정도 가라앉고 장병들은 이제 막 잠이 든 듯했다. 어느 사이엔가 두 개의 검은 그림자가 성 옆으로 가만히 다가갔다. 또

다른 쪽에서도 검은 그림자가 두 개. 중간에서 맞닥뜨렸다. 한쪽은 말할 필요도 없이 도구라와 소네, 다른 한 쪽은 고지마 야타로와 아키야마 겐조(秋山源藏)였다. 네 사람이서 가게토라를 구출할 방책을 강구했다.

알몸이 된 도구라가 수문으로 숨어 들어가 무사히 구출해냈다. 일행은 그 걸음으로 나가오 가의 묘지가 있는 린센지로 도망을 쳤다.

그러나 거기에서도 오래 머무는 것은 위험한 일이었다. 이에 마침 그곳에 와 있던 조안지의 승려 삿사이도(蔡西堂)의 권유에 따라 도치오(橡尾) 성의 성주인 혼조 미마사카노카미(本庄美作守)를 찾아가 몸을 의탁했다.

가게토라를 만난 미마사카노카미는 그의 기량과 재지에 감탄하여, 명장으로 이름이 높은 우사미 스루가노카미를 찾아가라고 권했다.

미마사카노카미의 부탁을 받은 우사미는 흔쾌히 가게토라를 받아들였다. 그리고 병법과 군략을 가르쳐보았더니 그야말로 하나를 들으면 열을 알았다. 짧은 동안의 수업만으로도 스승인 우사미를 능가할 정도의 군략가가 되었다.

가게토라 회국기(回國記)

세월이 흘러 가게토라는 다시 도치오의 미마사카노카미에게로 돌아갔다.

그 무렵, 각지를 돌아다니던 에키오(益翁)라는 노인이 그곳으로 들어왔다. 가게토라는 각지의 정세, 지리 등을 듣기 위해 노인을 종종 성 안으로 불러들였다.

"어떤가? 형 하루카게를 만나 진언하고 싶은 것이 있는데 그대가 나와 함께 동행하여 은밀하게 형을 만나게 해줄 수 있겠는가?"

이 말을 들은 에키오가 빙그레 웃었다.

"그곳까지 가는 길에는 적이 너무 많습니다. 그 차림으로는 그야 말로 위험천만. 옷차림을 바꾸어 제 제자로 꾸미신다면 무사히 그 곳까지 갈 수 있을 것입니다."

가게토라는 그 사실을 미마사카노카미에게 말했다. 그러자 미마사카노카미는 그 에키오라는 노인의 정체도 알 수 없고, 또 가는 길에 만약의 사태가 벌어질지도 모른다며 간곡하게 가게토라를 말렸다. 가게토라도 그의 설득을 받아들인 것처럼 보였다.

그로부터 열흘 정도 지났을 무렵 가게토라의 모습이 성 안에서 갑자기 사라져버리고 말았다. 머리를 깎아 중의 모습으로 꾸미고 가신인 도구라, 아키야마, 소네, 고지마도 마찬가지로 행각승으로 변장하여 에키오와 함께 형을 찾아 길을 떠난 것이었다.

하루카게는 가게토라의 진언을 좋게 받아들이지 않았다. 그러나 가게토라의 말은 도리에 맞는 것이었다. 하는 수 없이 일단은 의병을 일으키겠다고 약속했다.

목적을 달성한 가게토라는 그곳에서 나와 아버지의 전몰지인 센단노를 지나 바로 노토(能登), 가가(加賀), 에치젠을 둘러보고 각지의 지형을 관찰하면서 걸립, 탁발의 여행을 계속했다.

여행은 어느 사이엔가 시나노(信濃)의 길을 지나 가이노쿠니(甲斐国)로. 산으로 둘러싸인 지방, 계곡의 오솔길이 계속 되었다. 길 양쪽은 울창한 숲이었다. 주종 여섯 명은 여행에 익숙해진 가벼운 발걸음으로 지금 막 언덕길의 정상에 올랐다.

그러자 맞은편에서 어린아이를 업은 소년이 숨을 헐떡이며 올라오고 있는 것이 보였다. 옷은 너덜너덜하게 찢겼으며 허리에 조그만 칼을 차고 있었다. 가게토라가 그 소년을 불러 세워 대체 어떻게 된 일이냐고 물었다.

소년의 이름은 지로키치(次郎吉). 삼촌의 집에서 생활하고 있는데 어제 삼촌의 어린 아들인 다로키치(太郎吉)가 오시마(大島)에게 끌려갔기에 혼자서 허리에 칼을 차고 바위를 따라 내려가기도 하고 계곡을 건너기도 하고 나무에 오르기도 해서 지금 오시마를 찔러 쓰러뜨리고 목을 벤 뒤 아이를 구해오는 것이라고 했다.

"오호, 듣자하니 참으로 용기 있는 아이로구나. 네게 뜻이 있다면 나를 섬길 마음은 없느냐?"

지로키치가 화가 난다는 듯한 표정으로,

"뭐? 너의 가신이 되라고? 농담하지 마. 나는 무사가 돼서 천하에 이름을 떨칠 거야. 너 같은 거지 중의 제자가 되고 싶은 마음은 없어."라고 내뱉듯 말한 뒤 콧방귀를 뀌며 그냥 지나치려 했다.

고지마가 아이의 옷소매를 잡았다.

"이 꼬맹이 녀석! 눈 뜬 장님 같은 놈이로구나! 나가오 가의 도련님이신 가게토라 님이라는 사실도 모르고 함부로 지껄이다니."

"뭐라고? 나가오 도련님? 나가오는 에치고노쿠니의 대장이야.

너희들 같은 거지 중이 아니라고!"

"닥쳐라!"

얼굴이 시뻘겋게 달아오른 고지마 앞에, 지로키치가 말도 안 되는 소리 하지 말라는 표정으로 서 있었다.

"그래 대장이면 어떻고 거지면 어때. 나를 가신으로 삼고 싶다면 힘겨루기를 하자. 당신이 이기면 내가 가신이 될게. 하지만 만약 나를 이기지 못하면 당신, 혼날 줄 알아."

지로키치는 창, 고지마는 막대기를 들고 서로가 좌우로 갈라섰다.

고지마는 일부러 한두 걸음 후퇴하여 지로키치가 파고들어오게 한 뒤 가볍게 일격을 가해 그 창을 떨어뜨리게 했다.

"앗!"

지로키치가 엉덩방아를 찧었다.

고지마가 곁으로 가서 일으켜 세워주며,

"어때? 졌지?"

지로키치는 머리를 흔들었다.

"승패는 한때의 운에 좌우되는 거야. 서로 맞붙어서 싸우지 않는 한 누가 더 힘이 센지 알 수 없어."

이렇게 말하더니 갑자기 고지마에게 달려들었다. 몸싸움을 벌일 틈도 없이,

"에잇!"

기합소리가 고지마의 입에서 새어나왔다. 지로키치는 4간쯤 떨어진 곳까지 날아갔다.

"꼬맹아, 이번에는 어쩔 거냐?"

지로키치는 두 손을 땅바닥에 찰싹 대고,

"우물 안의 개구리, 넓은 바다를 몰랐습니다. 이제야 비로소 호걸을 만났습니다. 조금 전의 거친 말, 무례함 너그러이 용서해주십시오. 저를 가신으로 받아주신다면 말을 돌보는 일이라도 하며 충성을 다하겠습니다."

가게토라는 이 모든 일을 싱글벙글 웃으며 지켜보았다. 이렇게 해서 굳은 군신관계가 맺어졌다. 이 지로키치는 후에 아마카스 빗추노카미(甘粕備中守)가 되어 그 이름을 세상에 널리 떨치게 된다.

지로키치와 훗날 만날 것을 약속하고 가게토라 일행은 다시 발걸음을 재촉했다. 가이노쿠니를 넘어 시라미네(白峰)에 접어들면서부터 길을 잃어 산속을 헤매게 됐다. 인적은커녕 사슴이 지나는 길조차 보이지 않았다.

하루, 이틀, 산속을 헤매고 돌아다녔다. 결국 5일째 저녁 해도 서쪽으로 기울어 주위가 밤의 어둠에 잠기려 하고 있었다. 다리도 지쳐 있었다. 마음은 더욱 초조해져갈 뿐이었다.

멀리 계곡 너머로 희미한 불빛 같은 것이 보였다.

"앗! 인가다."

이구동성으로 이렇게 말하고 그 불빛을 향해 나가는 일행의 발걸음이 갑자기 가벼워졌다.

집이 있었다. 사람이 있었다. 거기서는 노인 부부와 열일고여덟 살쯤으로 보이는 아이가 살고 있었다. 드디어 하룻밤 묵어갈 집을 찾아낸 것이었다.

화롯가에 앉아 지친 다리를 문지르며 가게토라가 문득 방 한쪽 구석으로 시선을 돌렸다. 활이 있었다. 창도 있었다. 칼과 갑옷과 투구도 전부 갖추어져 있었다.

'이런 산속에!'

이상하다는 생각이 들어 노인에게 슬며시 신분을 물어보았다.

화롯불이 활활 타올라 노인의 깊은 주름을 또렷하게 비추고 있었다. 눈썹 언저리의 정한한 기운이 노인의 젊은 시절을 이야기해주고 있었다. 조용한 밤이 소리도 없이 깊어 노인의 갈라진 목소리만이 굵고 조용하게 울려 퍼졌다.

노인은 우에스기의 신하인 아라카와 이즈(荒川伊豆)였다. 에이쇼 6년(1509)에 나가오 시나노노카미 군과의 전쟁에서 부상을 입고 불구의 몸이 되어, 이곳에서 은거하고 있었던 것이다.

"저는 폐인입니다. 이 세상에 아무런 미련도 없습니다만 아직 어린 이 아이만은……."

훌륭한 주인을 섬기게 해서 세상에 내보내고 싶다는 아버지의 따뜻한 마음. 가게토라가 그 아이를 돌아보았다. 건장한 체격, 대담하고 다부진 얼굴, 뛰어난 용자의 기상이 있었다.

가게토라는 그제야 비로소 자신의 신분을 밝히고 최근 각국의 정세를 들려주었다.

"그렇다면 당신이 바로 다메카게 나리의 넷째 아드님이시란 말씀이십니까? 우에스기, 나가오 두 집안이 화목하게 지낸다면 꺼릴 것이 어디 있겠습니까? 부디 이 아이를 신하로 삼아주시기 바랍니다."

이렇게 해서 주종의 관계를 맺는 술잔이 교환되었다. 이름도 아라카와 기치조(荒川吉蔵)로 바꾸었다.

이튿날 아침 기치조를 선두로 무리들이 집을 떠나 다시 여행길에 올랐다.

　험한 길을 헤치며 발걸음을 옮긴 곳은 가이노쿠니에 있는 다케다의 영지였다.

　거기서 길을 오슈(奧州)로 틀어 무쓰(陸奧), 데와(出羽)를 거쳐 자신의 구니인 에치고의 도치오로 돌아온 것은 10월도 중순에 가까운 날이었다.

　혼조 미마사카노카미는 그들이 무사히 돌아온 것을 기뻐했다. 우사미도 한달음에 달려왔다. 가게토라의 원대한 계획이 이때부터 시작되었다.

도치오 전투

　데루다 쓰네타카스케, 구로다 이즈미노카미, 가나쓰 이즈노카미 부자 세 명이 배반을 하여 자신에게 붙은 뒤부터 나가오 헤이로쿠로 도시카게는 무인지경을 달리듯 근방의 세력들을 쓰러뜨려 거칠 것 없이 세력을 확장시켜 나갔다.

　그러나 비록 나이는 어리지만 가게토라가 눈엣가시였다. 그 가게토라가 도치오 성에 숨어 있다는 사실을 안 도시카게는 구로다, 하치조(八条), 가자마(風間), 이가라시 등을 선봉으로 삼아 도치오를 공격하게 했다. 때는 덴분 12년(1543)의 연말이었다.

　미마사카노카미는 곧바로 우사미와 상의하여 방비에 들어갔다. 단번에 짓밟아버려야겠다고 생각한 구로다, 하치조 들은 앞뒤 가리지 않고 돌격해 들어갔지만 오히려 미마사카노카미의 계략에 걸려들고 말았다.

머리 위에서부터 커다란 통나무들이 쏟아져 내렸다. 커다란 돌이 쏟아져 내렸다. 아비규환이 따로 없었다. 사상자가 끊임없이 속출했다.

미마사카노카미와 가게토라는 5일 밤낮으로 적을 괴롭혔다. 6일째 되는 날 우사미가 느닷없이 도시카게 군의 후방에서 모습을 드러냈다. 앞과 뒤에서의 협공. 도시카게는 얼른 병사들을 수습하여 산조 성으로 돌아갔다.

그러나 권토중래의 심정으로 도시카게는 다시 군사를 일으켰다. 가게토라, 미마사카노카미, 우사미 쪽에도 하나 둘 원군이 가담하였고 거기에 하루카게도 참가하여 이쪽에서도 대군이 출진하였다. 양쪽 군이 맞닥뜨린 곳은 이번에도 도치오였다.

우와, 함성을 지르며 성의 뒷문을 공격하기 위해 도시카게 군의 앞쪽에서 구로다 이즈미노카미의 부대가 하나가 되어 돌격하기 시작했다. 그리고 이제 막 우오즈가와(魚津川)를 건너려했다.

그것을 보고 미마사카노카미와 우사미는,

"적의 방비가 흩어진 틈을 타서 공격하기로 하자."라며 당장이라도 말을 타고 달려나가려 했다.

봄이라고는 하지만 북국의 1월은 차가운 바람이 거세게 불어 살갗을 찌르는 듯했다. 하늘에서는 아무래도 눈이 쏟아질 것 같았다. 어둡고 낮게 드리워져 사방이 음침하게 느껴졌다.

가만히 하늘을 바라보고 있던 가게토라가 조급하게 서두르는 미마사카노카미와 우사미를 붙들었다.

"지금은 병사를 낼 때가 아니다. 적의 기세가 꺾이기를 기다렸다가 공격해도 늦지 않을 것이다. 강을 건넌 후에 공격하자."

"그것은 좋은 방법이 아닙니다. 도하를 마치고 나면 적의 사기는 한층 더 높아질 것입니다. 이 기회를 놓치면……."

그러나 가게토라는 입을 다문 채 적의 움직임을 주시했다.

'아무리 재지가 뛰어나다 할지라도 아직 15세의 어린 나이다!'

두 사람의 마음속에서는 비웃음에 가까운 것이 머리를 쳐들기 시작했다. 그것이 입 밖으로 나와버리고 말았다.

가게토라가 가만히 두 사람을 노려보며,

"닥쳐라! 비록 나이는 어리지만 나는 오늘의 주장이다. 주장의 명령을 어기면 군기가 어떻게 되겠느냐?"

두 사람은 하는 수 없이 입을 다물고 말았다. 그 사이에도 구로다의 부대는 쉴 새 없이 강을 건너왔다.

그러나 물에 잠기기에는 너무나도 추운 날이었다. 차가운 바람이 몸을 에는 듯했다. 가게토라의 말처럼 적은 순식간에 전의를 잃고 말았다.

"바로 지금이다! 진격하라!"

호령이 떨어지자 봇물이 터진 것처럼 적군을 향해 돌격해 들어갔다.

적장 도야 이나바(戶屋因幡)의 목을 베고 뒤이어 마쓰오 하치로(松尾八郎)도 찔러 쓰러뜨렸다. 구로다 군은 눈 깜빡할 사이에 대패하여 산조 성으로 도망쳐 갔다.

한편 정문 쪽에서는 도시카게와 하루카게가 정면으로 충돌했다. 선봉끼리의 싸움, 제2진의 원조, 본진의 출동, 전투는 불꽃이 튈 정도로 치열했다.

하루카게의 제2진에 포진되어 있던 조노 요산(長与三)이 자신의 부하 백 명을 이끌고 적장 도시카게의 본진을 향해 똑바로 돌격해 들어갔다.

"적이 죽기를 각오하고 뛰어들었다!"

불의의 일격을 받고 무너져가는 본진.

도시카게가 커다란 목소리로,

"적의 숫자는 얼마 되지 않는다! 침착하게 포위하여 죽이도록 하라!"라고 외쳤다. 돌격대는 겨우 백 명밖에 되지 않았다. 칼이 부러지고 화살이 떨어져 조노 요산은 목숨을 잃고 말았다.

그런데 바로 그때였다. 옆쪽에서부터 함성이 일더니 새로운 다수의 병력이 공격해 들어왔다. 구로다를 패주시킨 가게토라가 구원을 온 것이었다.

승리를 거둬 사기가 오를 대로 오른 가게토라 군에게는 거칠 것이 없었다. 도시카게 군은 차례차례로 쓰러져갔다. 도시카게의 본진이 용전분투하여 닥치는 대로 칼을 휘둘렀다. 가게토라 군에서도 상당한 수의 부상자가 나왔다.

도시카게는 문득 본진을 돌아보았다. 거의 20기 정도밖에는 남아 있지 않았다.

"아아! 하늘이 끝내 나를 버리시는구나."

도시카게는 죽기를 각오로 싸웠다. 우사미 군의 용사를 18명이나 자신의 칼로 베었다. 머리는 헝클어졌고 수십 군데에 크고 작은 상처를 입었다. 밤색 털의 애마도 피범벅이 되어 검붉게 보였다. 용맹하다고 해야 하는 건지, 비장하다고 해야 하는 건지, 우사미 군도 한동안 주저하며 가까이 다가가려 하지 않았다.

"도시카게 나리! 도시카게 나리, 어디에 계십니까?"라고 외치며 우사미 군을 헤집고 한 명의 용사가 말을 타고 달려왔다. 살펴보니 제2진에 있던 자오도 시키부쇼(座王堂式部少輔).

"오오, 자오도로구나. 분하다. 나는 이미 상처를 입어 피곤하다. 잠시 숨을 돌리고 싶구나. 그대가 나를 대신해서 이 적들을 막아주기 바란다."

순간 갑자기 핏줄기가 솟았다. 자오도의 칼이 번뜩인 것이었다. 일곱 명, 여덟 명이 칼에 맞아 쓰러졌을 때 도키 시로고로(土岐四郎五郎)가 맞서 싸웠지만 그도 결국은 칼에 맞아 쓰러지고 말았다. 뒤이어 구로마타 긴자에몬(黑股金左衛門)이 자오도가 탄 말의 다리를 노렸지만 자오도가 상대방 갑옷의 끈을 잡아 끌어올려, 멀리로 던져 죽여버렸다.

이누카이 이치로(犬養市郎)가 정면에서부터 칼을 휘두르며 달려들었다. 훌쩍 몸을 피했으나, 제아무리 용사라 할지라도 피로 때문에 완전히 피하지는 못했다. 푹, 어깨를 깊이 찔렸다.

말이 제 자리에 멈춰 섰다. 털썩 말에서 떨어진 자오도 위에 걸터앉아 이누카이가 그 목을 베었다.

"이제는 여기까지로구나!"

도시카게가 말을 다시 일으켜 세웠다.

본진의 사무라이 스무 명과 한 덩어리가 되어 칼을 휘두르며 적 속으로 뛰어들었다. 가게토라 앞에 있던 나야 다쓰조(奈弥辰蔵)는 당시 스무 살. 그것을 보고 도시카게를 향해 창을 휘둘렀다. 간베 소조(神辺惣蔵), 오하라 진나이(大原甚内) 두 명의 적을 쓰러뜨린 도시카게는 커다란 칼을 휘두르며 분전을 거듭했다.

다쓰조는 자신의 몸도 돌보지 않는 전법. 몸을 상대방의 옆구리에 부딪치듯 달려들어 말의 배를 푹. 아수라처럼 싸우던 용장도 털썩 말에서 떨어져 이 젊은이의 손에 목이 달아나고 말았다.

주장 도시카게를 잃자 그의 군대는 단번에 무너졌다. 산조 군은 거미 새끼를 흩어놓은 것처럼 어지럽게 흩어져 성으로 도망쳐 들어갔다.

가게토라는 이 기회를 놓치지 않고 성을 공격하여 잔당 구로다, 가나쓰를 단번에 몰살하려 했다. 그러나 하루카게가 가게토라의 말을 받아들이지 않았다.

"도시카게가 전사했으니 구로다, 가나쓰는 저절로 세력을 잃을 것이다. 시간이 지나면 붕괴할 것은 불을 보듯 뻔한 일이다."

이렇게 말한 뒤 병사들을 모으고 각 장수들을 돌아가게 한 뒤, 자신도 성으로 돌아갔다.

그 후 도치오 전투에서 공을 세운 장수들에게 포상이 주어졌다.

그러나 전쟁은 그것으로 끝이 아니었다. 이듬해인 덴분 14년(1545) 1월에 가게토라는 예전부터 성 안에 출입하던 나오에 뉴도(直江入道), 혼조 미마사카노카미, 우사미 스루가노카미, 진요 에치젠노카미(神余越前守), 오쿠마 비젠노카미(大熊備前守) 등과 머리를 맞대고 이야기를 나누었다. 모두의 의견이, 지금 도시카게의 잔당인 구로다, 가나쓰, 노모토(野本), 시노하라 등을 토벌하지 않으면 화근을 100년에 남기는 일이 될 것이라는 점에 일치했다.

그를 위해서 하루카게에게만 간언을 해서는 들어줄 것 같지가 않았다. 교토(京都)로 들어가 천황의 명령을 받아내, 칙명에 따라서 토벌하는 것이 상책이라는 결론이 나왔기에 진요가 교토로 들어가 윤지(綸旨)를 받기로 했다.

칙명이 떨어졌다. 드디어 토벌군을 일으키기 위한 준비가 모두 끝났다.

결전의 가을이었다.

이제는 조정의 적이 되어버린 구로다, 가나쓰를 공격하기 위해 나가오 군은 우선 가나쓰가 지키고 있는 우에다 성을 공격했다.

공격군의 주장인 가게토라의 본진이 전투 중간에 패하여 달아나기 시작했다. 적장 가키자키 이즈미노카미가 승세를 몰아 추격전을 벌였다. 그러자 갑자기 옆에서부터 우사미가 이끄는 복병들이 나타났으며, 또한 전부터 가게토라가 은밀하게 잠입시켜두었던 병사 30명 정도가 가키자키 군 가운데서 봉기를 일으켰다.

"복병이다!"

"적의 첩자가 있다!"

"배신한 녀석이 있다!"

장병 모두가 저마다 외쳤다. 말머리를 돌린 가게토라가 맹렬한 반격을 가했다.

가키자키가 홀로 버티고 서서 분전했지만 대세는 이미 기울어 있었다. 병사들은 걸음아 나 살려라 도망치기 바빴다.

그 혼란한 틈을 타서 가나쓰 군 가운데로 섞여 들어간 가게토라의 부하 아키야마 겐조가 가나쓰의 말을 베었다. 하마터면 목숨을 잃을 뻔했던 가나쓰는 두 명의 부하들의 도움을 얻어 구사일생으로 달아났다.

가키자키가 부대 후미에서 적을 막았기에 가나쓰 군은 간신히 우에다 성까지 퇴각할 수 있었다.

그 후에도 양쪽 군은 몇 번인가 전투를 벌였다. 가키자키가 아무리 용맹을 떨쳐도 가게토라 때문에 언제나 적지 않은 손상을 입었다.

어느 날, 가키자키의 친구인 니이쓰 히코지로(新津彦二郎)가 보낸 사자가 가키자키를 찾아왔다. 구로다, 가나쓰는 이미 조정의 적이 되었으니 이제는 그와 같은 오명을 쓰지 않도록 생각해야 할 때라는 내용의 충고를 하기 위해서였다. 처음에는 나가오 다메카게 밑에 있다가 배신을 한 가키자키였다. 여기서 다시 결심을 했다, 본래의 주인을 다시 섬기겠다는 것이었다.

이때 마침 데루다 쓰네타카스케의 동생인 쇼겐(將監)과 함께 적의 공격에 대비해 요새를 쌓고 방어를 준비하고 있던 가키자키는 우선 쇼겐을 암살할 계획을 세웠다. 초대를 해서 술잔을 나누다 암살해버렸다.

그리고 쇼겐의 목을 선물로 들고 가 다시 나가오 군에 합세했다.

양쪽 군이 대치한 채 밤낮으로 끊임없이 전투가 계속되었다. 그런데 얼마지 않아 뜻밖에도 나가오 진영이 동요하기 시작했다.

하루카게와 가게토라의 불화

하루카게는 나가오 가의 가장이었고 나이도 40세를 넘어 충분한 분별력을 가지고 있을 법도 했지만 유흥에 빠져 있었다.

영내의 부녀자들은 하루카게의 눈에 띄는 것을 가장 두려워했다. 처녀고 유부녀고 가리지를 않았다. 그러한 난행을 오랫동안 계속하다 결국에는 교토에서 후지무라사키(藤紫)라는 미녀를 불러왔고, 그녀를 총애했다. 큰일이든 작은 일이든 후지무라사키가 한마디만 하면 전부 들어주었다. 후지무라사키가 원하기만 하면 인륜에 어긋나는 잔학한 짓이라도 했다. 그 때문에 몇 명인가의 충신이 하루카게의 칼에 목이 떨어졌다. 또한 수많은 간신들이 아첨을 하며 하루카게 주위로 모여들었다.

그 가운데서도 후지무라사키의 남동생 겐자부로(原三郎)는 타고난 미모로 하루카게의 총애를 독차지했다.

그런 겐자부로를 우연히 보고 첫눈에 반한 것이 시바타(新発田)의 성주 시바타 오와리노카미(新発田尾張守)의 아내인 오토키(お時)였다. 서른에는 아직 한두 살 정도 모자라는 요염한 여성. 그 오와리노카미가 니야마(新山)에 가느라 성을 비운 사이, 싱싱함이 넘쳐흐를 듯한 겐자부로의 모습이 눈앞에 어른거려 밤낮으로 몸부림을 치다가 결국에는 고고(小督)라는 소경을 중간에 세워 겐자부로에게 사랑의 편지를 보냈다.

뜻이 이루어졌다. 여자의 모습으로 꾸미고 겐자부로가 시바타 저택의 안채로 숨어들었다.

욕정에 몸이 달아오른 부인과 주군의 총애를 독차지하고 있는 젊은이의 묵과할 수 없는 불의, 밀통이었다. 어느 사이엔가 소문이 집안으로 퍼져나갔다. 그러나 겐자부로가 하루카게의 총애를 받고 있다는 점을 두려워했기에 모두가 모르는 척하고 있었다. 다섯 번, 여섯 번 밀회가 거듭되었으며, 안채의 일실은 언제나 문이 닫혀 있었다.

오와리노카미의 동생 가몬노스케(掃部介)가 그 소문을 듣게 되었다.

"형님이 안 계시는 동안에 다른 놈과 밀통을 하다니, 그냥 내버려 둘 수 없다!"

사실을 확인하기 위해 숨어서 기다리고 있자니 그런 줄은 꿈에도 알지 못하는 겐자부로가 여장을 하고 안채로 들어갔다.

'저놈을 당장 잡아다 얼굴 가죽을 벗겨…….'

이렇게 생각했지만 차라리 현장을 덮치는 것이 낫겠다 싶어 마음을 진정시키고 밤이 깊기를 기다렸다.

오토키는 나른함에 지친 머리를 베개에서 들었다. 방 밖에서 사람의 소리가 들렸다. 겐자부로는 아직 잠들어 있었다.

갑자기 하녀의,

"어머!"하고 외치는 소리. 무엇인가 말다툼을 하는 듯했다. 누군가 쓰러지는 듯한 소리도 들렸다.

"무슨 일인가요?"

겐자부로가 아직 잠이 덜 깬 듯한 끈적한 말투로 물었다.

그때 거칠게 방문이 열렸다. 그 문 앞에 버티고 서 있는 사내.

"앗!"

오토키가 비명을 질렀다. 겐자부로는 당황하여 자리에서 벌떡 일어났다.

잠옷이 흐트러진 것도 모르고 오토키는 도망을 치려했다. 사내가 기다란 팔을 뻗어 뒷덜미를 잡더니 그 자리에 내동댕이쳤다.

새파랗게 질린 채 부들부들 떨고 있는 겐자부로의 상투를 붙잡아 쓰러뜨리더니 목을 졸랐다. 거의 아무런 저항도 없었다. 아니, 저항을 하려 해도 저항할 수 없었던 것이다.

"윽!"하는 비명 한마디. 겐자부로의 코와 입에서 시커먼 피가 쏟아져 나왔다.

"형수님! 참 보기 좋은 모습이십니다!"

그 사내─가몬노스케─의 손이 칼자루를 쥐었다. 오토키의 목이 툭 앞으로 떨어졌다.

이 소식을 들은 하루카게는 열화와 같이 화를 냈다.

"밀통을 한 것은 겐자부로의 잘못이 아니다. 부인을 제대로 간수하지 못한 자의 책임이다. 그런데 내가 아끼는 가신을 죽이다니, 있을 수 없는 일! 가몬노스케를 불러다 죽여버려라!"

가몬노스케는 시바타의 저택에서 나와 시모에치고에 있는 시바타 성에 있었는데 그 시바타 성으로 그를 부르러 사자가 찾아왔다. 그 저의를 간파한 가몬노스케가 사자의 귀를 자르고 코를 벤 뒤 내쫓았다. 그리고 바로 도치오에 있는 가게토라에게 몸을 맡겼다. 그러자 형인 오와리노카미도 병사들을 모아 가게토라에게로 가서 비호를 청했다. 이에 하루카게의 화가 정점에 달했다. 가게토라에게 두 사람을 넘기라고 명령했다. 그에 대해서 가게토라는 아무런 대답도 하지 않았다.

"가게토라 녀석! 나의 명령을 어기고 반역자를 감싸다니. 이번 기회에 가게토라의 목을 쳐라!"

노신인 만간지 슈리(万貫寺修理)가 놀라 간언을 했다.

"닥쳐라!"

만간지의 목이 떨어졌다.

하루카게는 가나쓰, 구로다 군을 공격하고 있던 각 장수들을 가게토라 토벌을 위해 소환했다. 그러나 절반 정도는 도중에 도치오로 가서 가게토라 밑으로 들어가버렸다.

이렇게 되자 외적을 공격하고 있을 때가 아니었다. 구니 안에서 난이 일어날 것 같은 상황이었다. 민심도 적잖이 동요하고 있었다.

하루카게는 일족인 나가오 에치젠노카미 마사카게(長尾越前守政景)와 나가오 무사시노카미 가게하루(長尾武蔵守景春)에게 사자를 보내 가게토라 토벌군을 지원해달라고 부탁했다. 두 사람도 마음은 내키지 않았지만 어쩔 수 없이 씁쓸하게 허락을 했다.

이렇게 해서 각 장수들이 규합되었다.

가게토라의 거병

하루카게의 성에 마사카게를 비롯하여 우에다 슈리노신 가게쿠니(上田修理進景国), 가리하 사가미노카미 가게치카(刈羽相模守景親), 이즈미자와 가와치노카미(泉沢河内守), 가라자키 사마노스케(唐崎左馬介), 쇼세 신조(庄瀬新蔵), 오자키 지쿠젠노카미(大崎筑前守), 마쓰모토 오스미(松本大隅) 등 총 2만 5천 명의 병력이 모였기에 하루카게는 매우 마음 든든하게 여겼다.

그에 대해서 가게토라는 도치오로 달려온 고시 스루가노카미 히데카게, 다테 시로베에 가게타카(館四郎兵衛景高), 다카나시 하리마노카미, 가키자키 이즈미노카미, 나오에 신고로(直江神五郎),

니이쓰 히코지로, 쇼 신자에몬(庄新左衛門), 와타나베 엣추노카미(渡辺越中守), 호조 단고노카미(北条丹後守), 시바타 이나바(柴田因幡), 가지 아키노카미, 시키베 슈리노스케(色部修理亮), 스기하라 조류노스케(杉原常隆介) 등을 접견했지만 침울하게 눈물을 글썽였다.

주군을 살해한 아버지의 최후, 그리고 두 형의 최후를 생각하자 가게토라는 마음이 어둡고 무거워졌다.

'업보는 돌고 도는 쳇바퀴와 같다고 하지 않는가? 어찌 형 하루카게를 향해 활을 쏠 수 있겠는가?'

하루카게와 싸우고 싶은 마음은 조금도 들지 않았다.

가게토라의 망설임을 보고 우사미와 미마사카노카미가 간곡하게 의병을 일으켜야 한다고 진언했다. 그러나 가게토라는 여전히 마음을 정하지 못했다. 그때 야카타[13]인 우에스기 효고노카미가 의병을 일으켜야 한다고 권하기 위해 사자를 보내왔다.

드디어 마음을 정했다. 때는 덴분 16년(1547)이었다.

하루카게의 선봉인 우에다, 이즈미자와, 마쓰모토, 오사키 등이 가장 먼저 도치오 성을 공격하기 시작했다. 공격군이 점점 성으로 밀려들었다. 성루 위에서 이 모습을 지켜본 가게토라가 곁에 있던 우사미를 돌아보더니 빙그레 웃으며,

"적은 오늘 밤에 군대를 물릴 거요. 그러니 그때 한꺼번에 공격하면 우리가 승리할 거요."

우사미가 이해할 수 없다는 표정으로 고개를 저었다.

"오늘 도착한 적이 어찌해서 오늘 밤에 퇴각을 하겠습니까? 야습

---

13) 屋形. 귀인에 대한 높임말.

은 오히려 위험할 듯합니다. 내일을 기다리심이……."

가게토라는 그 말을 받아들이지 않았다.

밤이 되자 적의 모닥불 숫자가 늘어 원군이 도착한 것 같은 분위기가 감돌기 시작했다. 멀리서 그 모습을 지켜보던 가게토라가 밤도 상당히 깊었을 무렵 갑자기 출진 명령을 내렸다.

성문을 열고 출격.

와 하는 함성을 올리며.

그러나 적의 대항은 없었다. 어찌된 일이란 말인가? 적군은 대부분 퇴각한 후로 남아 있는 병력은 얼마 되지 않았다. 그들을 단번에 짓밟아 100여 급의 목을 가지고 바로 성 안으로 돌아왔다.

서로 밀고 밀리는 전투가 연일 계속되었다. 가게토라 쪽에서 공격에 나서면 하루카게는 군사를 뒤로 물렸다. 하루카게 쪽이 매복을 하고 있으면 가게토라 쪽에서는 그 복병에 대한 복병을 사용하는 식으로 전투는 일진일퇴의 양상을 보이며 좀처럼 끝날 기미가 보이지 않았다.

아침부터 내리기 시작한 비는 저녁이 되어도 그칠 것 같지가 않았다. 이튿날이 되어도 그치지 않았다. 거기에 바람까지 가세해 장대 같은 비가 쏟아졌다. 3일 동안이나 계속되던 비가 드디어 걷히자 가게토라가 바로 작전에 돌입했다.

적의 선봉을 격파하고 좌우에서 협공을 가하는 작전이 효과를 거두었다. 패한 적군은 서쪽으로 100여 리 정도 달아났으며, 적의 주장인 하루카게는 말을 달려 가장 먼저 요네야마(米山)까지 달아났다.

급하게 추격하던 가게토라 군이 요네야마의 산기슭까지 밀고 나갔다. 이제 얼마 남지 않았다. 기세가 오른 장병들이 단번에 산을 오르려 했다.

그러자 가게토라가 군대를 멈추게 하더니,

"모두 피곤할 테니 여기서 잠시 쉬기로 하자."

갑자기 말에서 내려 길 옆에 있던 오두막 안으로 들어갔다.

약간 뒤쳐져서 도착한 우사미가 그 모습을 보고,

"나리! 지금의 기세를 늦춰서는 안 됩니다. 적이 산을 넘게 내버려두면 성 안으로까지 퇴각을 허용하게 됩니다."

투구를 베고 높다랗게 코를 고는 가게토라를 흔들어 깨웠지만, 듣는 건지 마는 건지 가게토라는 여전히 코만 골고 있었다. 일어날 것 같지 않았다.

"나리! 적이 성으로 들어가면 공격하기 어려워집니다. 이번 기회를 놓치면 승패를 결정짓기 어려워질 것입니다. 나리!"

우사미는 초조함을 견딜 수가 없었다. 그러나 가게토라는 눈조차 뜨려 하지 않았다.

그러는 동안에 적의 대부분이 요네야마의 정상에 올라섰다.

자리에서 벌떡 일어난 가게토라가 갑자기 추격 명령을 내렸다. 전군의 사기는 전보다 더 배가되어 있었다. 적군이 산을 내려가고 있는 도중에 가게토라 군이 산의 정상에 도착했다. 위에서부터 공격을 가했다.

적군의 후미를 100명 정도 쓰러뜨린 것을 시작으로 고지마, 아마카스, 나야 등의 용사가 적의 한가운데로 돌진해 들어갔다. 산 밑으로 쫓으며 공격하는 것이었다. 뿔뿔이 흩어진 적은 간신히 목숨을 건져 성 안으로 도망쳐 들어갔다.

가게토라는 요네야마지(米山寺)에 진을 쳤다. 몇 년 전, 가게토라는 형 하루카게의 비방 때문에 몰래 도망쳐 이 요네야마를 지난 적이 있었다. 그때의 감회가 새롭게 가슴속에서 피어올랐다. 같은 생각에 가나쓰 신베에도 감격의 눈물을 흘렸다.

우사미가 자세를 바로하고 말했다.

"조금 전 산기슭에서 제가 패주하는 적을 급히 추격해야 한다고 진언했을 때 나리께서는 그 말을 들은 척도 하지 않으셨습니다. 뿐만 아니라 잠을 주무셨는데 이제야 나리의 참뜻을 알았으니 참으로 부끄러운 마음 가눌 길이 없습니다."

사람들이 이상히 여기며 이유를 묻자 우사미가 설명했다.

"나리의 현명하신 판단에는 그저 머리가 수그러질 뿐일세. 만약 적이 산을 오를 때 추격전을 벌였다면 적은 산 위쪽에서 반격을 가했을 걸세. 그것을 피하기 위해 일부러 적이 내리막길에 접어들 때까지 기다린 것일세. 보통 사람으로는 따르지 못할 천부적인 지모일세."

이 말을 듣고 모두가 경탄하는 소리를 올렸다. 이 얼마나 명철한 지혜, 신묘한 책략이란 말인가? 당시 가게토라는 겨우 18세였다.

그러자 미마사카노카미도 질문을 던졌다. 일전에 야습은 위험하다고 말렸는데도 가게토라는 야습을 감행했다. 게다가 가게토라의 말대로 적은 대부분 진을 물린 상태였다. 그런 적의 동정을 어떻게 해서 간파한 것인지. 이런 질문을 받자 가게토라가 별일 아니라는 듯 대답했다.

"그때 말인가? 밀려오는 적을 살펴보았는데 군량이 뒤따르지 않았기에 그날 밤 안으로 퇴각할 것이라 추측했던 것일 뿐일세!"

장병들은 다시 한 번 감탄했다. 이 주장이라면 그 어떤 대군이라도 쉽게 격파할 수 있을 것이라는 생각이 들었다. 사기가 한층 더 높아져 결전을 기다리는 무사들의 기운이 요네야마지 일대에 가득했다.

가게토라 군이 멀리까지 말을 달려 성 앞까지 밀고 들어갔다. 결전의 날이 밝았다. 성 안의 용장인 나가오 무사시노카미가 분투를 거듭하다 목숨을 잃었다는 소식이 전해지자 성 안의 사기가 단번에 떨어졌다. 이즈미자와, 가라자와, 쇼세, 오자키, 다이가(大河) 등과 같은 부장들이 속속 항복을 청해왔다.

그뿐만이 아니었다. 하루카게의 부하들도 한두 명씩 전열을 이탈하기 시작했다. 얼마 전에 2만 5천이나 되는 병사들을 모았었지만 지금은 겨우 2천여 명만이 남았을 뿐이었다.

하루카게의 죽음

야마무라 우쿄노스케(山村右京亮)가 가장 먼저 성 안으로 들어갔다. 자신도 뒤질 수 없다는 듯 귀신잡는 고지마, 아마카스, 고햐쿠가와(五百川), 만간지, 구쓰와타(七寸五步), 시로(城), 나오에, 나야 등이 줄줄이 성 안으로 밀고 들어갔다.

산노마루(三の丸)의 나무문이 깨졌다. 성 안의 병사들은 니노마루 안으로 들어가 저항했다. 니노마루의 나무문으로 전장이 옮겨졌다. 오가와라 겐모쓰(大河原監物)가 단신으로 버티고 서서 밀려오

는 적을 막아보려 했지만 파죽지세로 밀고 드는 적에게는 저항할 방법이 없었다. 결국에는 니노마루의 나무문도 깨지고 말았다. 하루카게가 있는 혼마루까지 얼마 남지 않았다.

하루카게는 자결을 결심했다. 그때 가게토라가 보낸 사자 진요 에치젠노카미가 도착했다.

"가게토라 나리의 말씀을 전하겠습니다. 이번 전쟁은 형님을 미워하여 그 성을 빼앗기 위해 일으킨 것이 결코 아닙니다. 하루카게 공께서 참람한 말을 믿으시어 미워하는 마음을 품게 된 것이 이번 전쟁의 발단이라 생각합니다. 앞으로는 부디 마음을 바로 하시어 주색을 멀리하고, 우에스기 야카타를 공경하고, 정치를 올바로 행하기 위해 간신들을 내치고 한시라도 빨리 그들에게서 벗어나도록 하십시오. 가게토라 나리도 하루카게 나리께서 돌아오시기를 기다리고 계십니다."라는 말을 듣고 하루카게는 하늘에라도 오를 듯이 기뻐했다.

'역시, 동생은 동생이야!'

서둘러 채비를 하여 성에서 벗어날 준비를 했다.

가게토라는 형으로부터의 대답을 초조한 마음으로 기다리고 있었다. 그러나 진요는 좀처럼 돌아오질 않았다. 돌아오지 않는 것이 당연한 일이었다. 왜냐하면…….

그보다 앞서 가게토라가 하루카게를 맞아들이려 한다는 사실을 안 나가오의 일족과 각 장수들이 급히 회의를 열어,

"하루카게 공은 대장의 그릇이 되지 못한다. 도저히 정치를 맡길 수 없다. 그렇다고 해서 가게토라 나리께 간언을 해봐야 받아들이실 리 없다. 일이 이렇게 되었으니 차라리 진요를 암살하여……."

이렇게 결론을 내리고 진요가 가지고 온 하루카게로부터의 편지를 빼앗아 은밀하게 없애버렸다. 한시의 틈도 주지 않고 각 장수들이 혼마루로 들어가 불을 질렀다.

이것을 보고 놀란 가게토라가 사자를 보내 제지를 명령했지만 번진 불길을 수습할 수는 없었다. 불길이 맹렬하게 치솟아 혼마루를 집어삼켰다.

'이것으로 모든 게 끝이로구나.'라고 생각한 하루카게는 우선 처자를 자신의 손으로 베었다. 화염은 가차 없이 주위를 불태웠다. 칼을 쥔 손까지 델 듯 뜨거웠다. 불길과 연기가 소용돌이치고 있었다.

45세의 생애가 맹렬한 불길 속에 갇혀 덧없이 재만 이 세상에 남게 되었다. 덧없는 인생의 가련한 말로였다. 이것도 또한 무장의 최후이리라.

이보다 조금 앞서서 성을 빠져나와 도망친 열대여섯 명의 사람들이 있었다. 애첩 후지무라사키와 간신 도쿠야마 우에몬노조(德山右衛門尉), 아사쿠라 빗추(朝倉備中), 하라 가몬(原掃部) 등이었다. 발길 가는 대로 그럭저럭 하룻밤을 지내기는 했으나 배고픔을 견딜 수가 없었다. 적당한 농가를 골라 식사를 청한 것이 불행의 시작.

"아니, 너희들은 성 안의 불충한 신하들이 아니냐?"

도쿠야마와 하라의 얼굴을 알고 있던 농민이 외쳤다.

"대장의 명령이라며 오랜 세월 동안 우리들을 잘도 착취했겠다! 거기에 있는 계집! 네가 후지무라사키라는 년이냐? 네 년 때문에 얼마나 많은 농민들이 죽임을 당하고 얼마나 많은 여자들이 목숨을 잃었는지 모르지? 지금 알게 해주겠다! 죽도록 패주겠다!"

저마다 호미와 괭이를 흔들며 뒤좇아 왔다. 예닐곱 명의 사람들이 상처를 입었다. 후지무라사키와 무리들이 헐레벌떡 야트막한 언덕 위까지 도망을 쳤으나 좇아온 농민들은 사정을 봐주지 않았다.

하라가 죽창에 옆구리를 찔렸다.

"이 고약한 놈들! 농민 주제에!"라고 외치며 덤벼들려던 도쿠야마가 정수리에 괭이를 맞고 쓰러졌다. 허벅지를 찔린 아사쿠라가 엉덩방아를 찧자 누군가가 달려들어 목을 졸라 숨통을 끊어버렸다.

후지무라사키는 벌벌 떨고 있었다.

"이 화냥년, 본때를 보여주겠다!"라며 농민들 중에서도 가장 힘이 센 듯한 농민이 그녀의 소매를 잡아 쓰러뜨렸다.

"꺄악."

새된 비명이 들려옴과 동시에 팔과 몸과 얼굴을 농민들의 굵직한 다리가 덮쳤다. 죽창으로 고통을 주는 이도 있었다. 후지무라사키는 그대로 기절하고 말았다.

잠시 후, 오랜 동안의 원한을 풀어 속이 후련해진 농민들이 후지무라사키의 목을 들고 산에서 내려왔다. 마을 사람들이 환호하며 그들을 맞아주었다.

오랜 동안의 죄업이 이와 같은 형태로 결론지어질 줄은 꿈에도 몰랐으리라. 교만한 여자의 말로였다.

후나이(府內) 성 안으로 들어간 가게토라는 바로 야카타 우에스기 효고노카미를 찾아갔다. 우에스기 야카타는 가게토라의 승리를 축하하고 하루카게의 뒤를 이으라고 권했다. 그러나 가게토라는 굳이 사퇴했다. 이번 전투에서 공을 세운 장병들에게 은상을 내리라고 청한 뒤 자신은 도치오 성으로 돌아갔다.

하지만 여기서 나가오 가를 잇는 사람이 없으면 가문이 끊기고 만다. 후나이 성은 주인을 잃게 된다. 우에스기 야카타는 그것을 이유로 가게토라에게 가장의 자리에 오르라고 종용했다. 사자로 온 나오에 뉴도, 다다미 지로사에몬(只見次郎左衛門), 오쿠마 비젠노카미, 쇼 신자에몬 등이 갖은 말로 가게토라를 설득했다. 세 번, 네 번 거듭 거절했지만 야카타의 의향을 꺾을 수는 없었다.

"나리의 명령 거역하기 어렵구나. 그렇다면 구니의 평정을 위해서."라며 결국에는 가장의 자리에 올랐다.

도치오 성을 나와 후나이로. 꾸밈이 없으면서도 훌륭한 행렬이 이어졌다. 길 양쪽으로는 사람들의 울타리가 만들어졌다. 가게토라의 신망은 두터웠다.

일행이 드디어 요네야마 기슭에 이르렀다. 가게토라는 행렬을 멈추게 한 뒤 가나쓰 신베에를 불러 다시 한 번 옛일을 떠올렸다. 나가오 도시카게의 추격을 받아 가나쓰를 오두막에 숨게 한 뒤 자신은 거지와 옷을 바꿔 입고 불당에 숨은 적이 있었다. 그 거지의 죽음으로 요행히도 호랑이의 아가리에서 벗어날 수 있었던 것이다.

그 이름도 모르는 거지를 위해서 명복을 빌었다. 석불을 세웠다. 그리고 당을 하나 짓고 불당의 부처를 본존으로 삼아 오래도록 거지의 죽음을 애도하도록 했다.

숙적 토벌

하루카게의 죽음을 계기로 에치고노쿠니는 대부분 가게토라에 귀속되었다. 그러나 구로다, 가나쓰만은 여전히 반역의 기회를 엿보고 있었다. 곳곳에 요새를 쌓았으며, 때때로 나가오 군을 괴롭혔다.

"더는 내버려둘 수 없다."

이렇게 결심한 가게토라는 우선 무라마쓰(村松) 성을 공격하여 단번에 빼앗고 여세를 몰아 시노하라 소우에몬이 지키고 있는 야스다(安田) 성을 공격했다.

뒤이어 자오도 시키부쇼가 자신의 아버지 때부터 거성(居城)으로 삼고 있던 스가나(菅名) 성으로 밀고 들어가 그곳도 별 어려움 없이 함락시켰다.

"이번에는 산조 성을 공략하여 빼앗기로 하자!"

도시카게의 일족인 나가오 야마시로노카미(長尾山城守)와 나가오 신로쿠(新六) 등이 지키고 있는 산조 성으로.

가게토라의 선봉인 시바타 오와리노카미가 있는 힘을 다해 공격했다. 그러나 적은 용맹하기로 이름 난 장수들. 뜻밖에도 전열이 흐트러지고 말았다.

주춤주춤 후퇴.

뿔뿔이 흩어져 달아나는 것을,

"지금이다! 뒤를 쫓아라!"라고 외친 야마시로노카미.

제2진에 포진해 있던 혼조 야지로가 간신히 산조 군의 추격을 막아냈다 싶었던 것도 한순간, 산조 군의 공격이 맹렬했기에 혼조 군도 처음의 기세를 잃고 뿔뿔이 흩어져 패주.

가지 아키노카미도 산조 군의 기세에 놀랐는지 싸우지도 않고 도망쳤다.

"이놈들! 후나이의 겁쟁이 무사들아. 도망을 치다니 비겁하다. 돌아와라! 돌아와!"

저마다 외치며 급히 추격했다.

펑!

산조 군의 귓가에 총성 한 발이 들렸다. 그것을 신호로 좌우 양쪽에서 수백 발의 총알이 연달아 날아왔다.

불의의 일격! 전혀 생각지도 못했던 복병에 우왕좌왕하고 있을 때 갑자기 "와." 하는 함성을 올리며 스기하라 조류노카미(杉原常隆守)가 옆쪽에서 돌진해 들어왔다. 갑자기 시바타, 혼조, 가지의 전군이 하나가 되어 돌진해 들어왔다. 산조 군은 완전히 혼란 상태에 빠졌다.

"안타깝구나! 적의 계략에 걸려들었다. 돌아가자!"라고 커다란 소리로 외치며 야마시로노카미와 신로쿠는 간신히 말을 달려 빠져나와 2, 3정쯤 뒤로 물러날 수 있었다. 한숨을 돌리려 하고 있을 때 바로 발밑에서 펑 하는 날카로운 총성.

"호조 단고노카미가 너희들이 오기를 기다리고 있었다!"

이번에도 복병이었다. 신로쿠가 가장 먼저 창에 맞아 목을 잃었다. 대략 60명 정도가 그 자리에서 목숨을 잃었다.

포위망을 뚫은 야마시로노카미는 겨우 40기만을 이끌고 간신히 목숨을 건져 도망쳤다.

그러나 거기에서도 역시 복병이 기다리고 있었다. 산조 군은 한 사람도 남김없이 전사하고 말았다. 야마시로노카미도 무운(武運)이 다하여 다케노마타 미카와노카미(竹俁三河守)의 부하에게 가슴에서부터 목뼈까지 창에 찔리고 말았다.

이렇게 해서 두 장수의 목숨을 빼앗았지만 산조 성에서는 여전히 2천여 명의 구원병을 이끌고 데루다가 농성을 하고 있었다.

"좋았어, 기습작전이다!"

가게토라는 부근의 대나무 숲에서 대나무를 베어다 그것으로 방패를 만들게 했다. 방패를 앞세워 밀고 들어가 공격했다. 적이 그것을 막고 있는 동안 불화살을 쏘았다.

때마침 불어온 북풍, 오두막에 붙은 불이 바람을 타고 활활 타오르며 번져갔다. 불을 끄자니 공격을 막아낼 수가 없었다. 방어에 신경을 쓰는 동안 불길이 점점 번져 차례로 태워나갔다.

산노마루에서 니노마루로 불길이 옮겨 붙었다. 불길 속에서 데루다는 자결을 했다. 병사들도 전부, 혹은 칼에 맞아 죽고 혹은 불에 타 죽고 혹은 스스로 목숨을 끊었다.

산조 성을 무너뜨린 가게토라는 한시도 지체하지 않고 구로다, 가나쓰가 지키고 있는 구로타키(黑滝), 니야마 성을 공격하기 위해 출동명령을 내렸다.

그때 후나이에서 가나쓰 신베에가 달려왔다.

"얼마 전부터 야카타 효고노카미 님께서 갑자기 병상에 누우셨는데 지금 위독한 상태입니다. 바로 성으로 돌아가시기 바랍니다."

가게토라는 구로타키에 대한 견제를 우사미, 나카조(中条), 다치(館)에게 맡기고, 니야마에 대한 견제는 시키베(色部), 다카나시, 니이쓰 등에게 맡긴 뒤 바로 후나이로 돌아갔다.

효고노카미의 병세는 무거웠다. 가게토라는 밤낮으로 머리맡을 떠나지 않고 간병했다. 그러나 간병한 보람도 없이 효고노카미는 결국 저세상으로 떠나고 말았다.

가게토라는 만반의 준비를 갖추어 장례식을 치르고 도치오에 조안지(常安寺)라는 절을 세워 그를 정성껏 모셨다.

다시 이야기를 되돌려, 니야마 성에 대한 견제를 명령받은 시키베, 다카나시, 니이쓰 등은 어떻게 해서든 성을 공략하기 위해 멀리서 성을 포위한 채 계책을 세우고 있었다.

성 안의 장수인 구로다 이즈미노카미는 빈틈없는 방어태세를 갖추고 스스로 성 안을 순시했다. 혼마루를 둘러보고 니노마루에 접어들었을 때 구로다는 사람 하나를 발견했다. 언뜻 보인 여자의 모습. 그것도 나이는 스물서넛쯤인 듯했다. 늘씬하고 화사한 자태, 요염한 기운이 몸을 감싸고 있었다.

'어? 누구의 아내지?'

궁금하게 여긴 것이 일의 시초, 이삼일 동안 그 여자의 모습이 아른거리며 눈앞을 떠나지 않았다. 밤낮으로 망상이 떠나지 않고 구로다를 사로잡아 얼굴색이 좋지 않았다.

그 사실을 가장 먼저 눈치 챈 것이 간신인 마쓰야마 슈리(松山修理)였다.

"나리는 이 성의 주인이십니다. 저를 비롯한 모든 신하들이 나리를 위해 목숨을 바쳐 일하고 있습니다. 그런데 하물며 자신의 아내를 아끼는 자가 있겠습니까? 마음 가는 대로 행하시는 게 어떻겠습니까?"

교묘한 말로 구워삶았다. 구로다도 생각이 바뀌었다. 무엇보다도 번뇌의 불꽃이 맹렬하게 타올랐다. 단지 방해가 되는 것은 그녀의 남편인 야마다 겐고로(山田源五郎)였다.

사오일쯤 지나서 야마다의 아내가 불려왔다. 야마다는 순간적으로 모든 것을 깨달았다. 활활 타오르는 분노를 억누르며 야마다가 주군 앞으로 나갔다.

"저의 아내와 같이 비천한 여자가 나리의 부름을 받다니 더할 나위 없는 영광입니다. 하지만 그녀는 저의 아내입니다. 물론 저는 나리께 목숨을 바치기로 했지만 그것은 전장에서의 일, 지금은 단지 무료함을 달래기 위한 것. 아내를 바쳐 나리의 환심을 샀다고 하면 주위 사람들이 비웃을 것은 뻔한 일입니다. 무사로서의 저의 체면이 서지 않습니다."

구로다는 빙그레 웃더니,

"걱정하지 말게! 술을 따르기만 하면 되니까. 오늘 밤 안으로 돌려보내도록 하겠네!"

야마다는 하는 수 없이 아내를 남겨놓고 혼자 집으로 돌아가 아내가 무사하기를, 더럽혀지지 않기를 남몰래 기원하며 얼른 돌아오기를 기다렸다.

그러나 아내는 그날 밤 결국 돌아오지 않았다. 이튿날에도 돌아오지 않았다. 뿐만 아니라 3일이 지나도 4일이 지나도 돌아오지 않았다. 사람을 보내 데려오라 해봤지만 아예 문 안에도 들어가지 못했다.

결국은 아내를 빼앗기고 말았다. 제아무리 주군이라지만 참으로 너무한 일이었다. 아무런 거리낌도 없이 인륜을 유린하고 말았다. 주종관계는 그렇게까지 맹종적이고 굴욕적인 것이란 말인가?

인내—분노의 격발. 야마다 겐고로는 반역을 결심하고 다카나시와 내통했다.

모든 계획이 완료됐다. 다카나시 군이 기세를 올리며 공격했다. 구로다가 출격하여 응전했다. 그 사이에 성 안에서 야마다가 배신을 했다. 더는 손을 쓸 방법이 없었다. 성으로 돌아가려고 구로다가 아무리 발버둥을 쳐도 다카나시 군이 막아섰기에 쉽게 포위를 뚫을 수 있을 것 같지 않았다.

간신히 성 안으로 들어갔지만 그곳에서는 혼란스럽기 짝이 없는 난투가 벌어지고 있었다.

"구로다 이즈미노카미, 각오해라!"라고 외치며 야마다의 부하가 창을 내질렀다. 구로다는 그를 단칼에 베어 쓰러뜨렸다.

'병졸의 손에 죽는다는 건 무사의 치욕.'

이렇게 생각한 이즈미노카미는 혼자서 혼마루로 돌아가 짧은 칼로 자신의 목을 찔렀다.

"앗! 나리가 자결을 하셨다!"

누군가가 외쳤다. 살아남은 사무라이 30명 정도가 모여들었다. 서로가 서로를 찔러 그 자리에서 목숨을 끊었다.

오랜 세월에 걸쳐서 반항을 계속해왔던 구로다 이즈미노카미는 멸망하고 니야마 성은 이렇게 해서 떨어지게 되었다. 가게토라는 특히 야마다 겐고로, 다카나시 겐자부로에게 감사장을 내려 그 공을 치하했다.

바로 그 무렵이었다. 니야마 성이 떨어졌다는 소식을 구로타키 성에 있던 가나쓰 이즈노카미도 듣게 되었다. 이치후리(市振)에 요새를 세워놓고 우에다 슈리노신이 지키고 있었기에 엣추에서의 구원병은 구로타키 성으로 들어갈 수가 없었다.

구로타키 성의 군대와 대치하고 있던 우사미, 나카조, 다치가 모여 회의를 했다.

"니야마 성이 떨어졌는데 우리라고 팔짱만 끼고 앉아서 덧없이 시간만 보낼 수는 없지 않겠는가. 주군의 명령은 없었지만 이번에 구로타키 성을 함락시키기로 하세."

모두가 의견의 일치를 보았다. 곧바로 행동이 개시되었다. 때는 덴분 18년(1549)이었다.

선봉을 맡은 나카조가 서서히 공격해 들어갔다. 그러나 요새는 견고했다. 덧없이 사상자만 속출할 뿐이었다.

'이렇게 된 이상 멀리서 포위하여 적이 전의를 잃게 하는 수밖에 없다.'

이렇게 생각한 우사미는 오로지 멀리서 공격하는 전술만을 썼다.

이틀, 사흘 무료한 날들이 지나고 열흘째가 되자 성 안의 병사들도 약간 권태감을 느끼기 시작했다.

그날 밤, 성 안의 각 장수들이 새로운 작전을 세웠다.

"적들에게서 방심의 기운이 엿보인다. 오늘밤 적의 허를 찔러 야습을 감행하기로 하자."

밤이 깊자 가나쓰 군은 구로다 다쿠미(黒田内匠), 오시마 겐바(大島玄蕃)를 선봉으로 600명이 은밀히 성 밖으로 나갔다. 하무를 물고 다치 시로베에의 진영으로 다가갔다. 때가 됐다고 생각되자 와 하는 함성을 올리며 한꺼번에 쏟아져 들어갔다.

불의의 공격을 받은 다치는 도망치기 시작했다. 뒤이어 나카조도 버티지 못하고 패주했다.

"힘내라! 다음은 본진이다! 우사미를 잡아라!"

승리한 기세를 몰아 성의 병사들이 우사미의 본진을 향해 쇄도해 들어갔다. 본진까지는 겨우 6정쯤밖에 되지 않았다. 본진 근처까지 밀려갔을 때였다. 갑자기 양쪽 숲에서―. 수백 정의 화승총이 빗발치듯 총알을 쏟아 부었다. 그러자 병사들이 한꺼번에 쓰러졌다.

어찌해야 좋을지 몰라 허둥지둥하고 있는데, 옆의 숲에서 패주한 줄로만 알았던 다치의 군대가 기다리고 있었다는 듯 밀고 들었다. 우사미의 군대도 창끝을 휘두르며 돌진해 들어왔다. 성의 병사들은 대부분 목숨을 잃었으며 수십 명만이 간신히 목숨을 건져 성 안으로 도망쳐 들어갔다.

이렇게 해서 과감하게 단행한 야습도 실패로 돌아가고 말았다. 그러나 그대로 성 안에만 있겠다는 것은 굶어죽겠다는 것과 다를 바 없는 소리였다. 그 후에도 한두 번 공격을 가해봤지만 그때마다 손해만 더 늘어날 뿐이었다.

공격군도 어떻게 해서든 성벽을 무너뜨리려 노력했다. 다카다 세헤이(高田瀬平), 야노 마고하치(矢野孫八), 기무라 덴자에몬(木村伝左衛門)의 몸을 아끼지 않은 육박전에 드디어 성의 일각이 무너졌다. "와." 하는 함성을 올리며 우사미 군이 그 무너진 곳을 통해 한꺼번에 성 안으로 몰려 들어갔다. 산노마루는 간단하게 무너뜨렸다.

주연, 그것도 처자 및 가신들과의 마지막 주연을 벌이고 있던 가나쓰는 이 보고를 듣고 바로 춤을 멈추었다.

부인이 빙그레 웃으며 자리에서 벌떡 일어나더니,

"나리께 최고의 안주를 바치겠습니다."

이 말이 채 끝나기도 전에 열 살짜리 아들의 목을 품고 있던 칼로 찔렀다. 뒤이어 여섯 살짜리 딸도 단칼에.

"어찌 된 일인가? 정신이 이상해지신 게 아닐까?"라며 소란을 피우는 가신들은 돌아보지도 않고 칼을 바꿔 쥐더니 자신의 목을, 푹—.

"오오, 장하도다."

가나쓰의 목소리는 감격에 젖어 있었다. 너무나도 엄숙하고 너무나도 당찬 부인의 죽음을 눈앞에서 본 것이었다. 무인의 아내의 귀감이라고 해도 좋을 당당함이었다.

가나쓰는 그 시체들을 불태웠다. 보기 흉한 송장을 남기고 싶지 않았기 때문이었다.

이로써 이 세상에 미련은 없었다. 수하 병사 120명을 이끌고 그대로 우사미 군의 한가운데를 향해 돌진해 들어갔다.

말할 필요도 없이 사투였다. 삽시간에 30명 정도가 목숨을 잃었다. 용사 마쓰다 가즈에(松田主計)도 우사미의 가신 쓰카다 가에몬(塚田嘉右衛門)의 손에 몸이 두 쪽이 나고 말았다.

"오오, 적장인 가나쓰 아닌가? 쓰카다가 납시셨다."

여세를 몰아 쓰카다가 창을 휘둘러 앞으로 내질렀다. 서로가 피로에 지쳐 있었지만 가나쓰의 피로는 치명적이었다.

푹! 갑옷의 빈틈으로 파고들어가 등까지 뚫고 나온 창끝. 가나쓰가 털썩, 말 위에서 떨어졌다.

승리의 찬가를 불렀다. 질퍽하게 배어난 땀도 장병들에게는 기분 좋은 것이었다. 적의 목을 헤아려보니 2천 500개나 되었다.

숙적이 제거되어 가게토라의 앞길이 한층 더 넓고 평탄해졌다.

지금까지 귀순하지 않았던 구니 안의 각 장수들도 이를 계기로 하나둘 귀순해오기 시작했다. 쇼군 아시카가 요시테루(足利義輝)도 가게토라가 구니 안을 평정한 공을 치하하여 상을 내렸다. 분에 넘치는 영광이라며 젊은 가게토라는 감격스럽게 이를 받았다.

오아야(お綾)

그러나 여전히 귀순의 뜻을 표하지 않은 자가 있었다. 우에다 성의 성주인 나가노 후사카게와 그의 아들 고로 마사카게(五郎政景)였다.

후사카게는 예전에 하루카게 군에 가담했었지만 도중에 하루카게를 버리고 우에다 성으로 돌아와버린 뒤부터는 아무런 움직임도 보이지 않았다. 그것이 요즘에는 이상한 소문이 되어 떠돌기 시작했다.

그것은 가게토라가 먼저 사자를 보내어 화의를 청하고 후나이로 오라고 권했음에도 불구하고 끝내 오지 않은 것이 일의 발단이었다. 어디서부터 시작되었는지도 모르게,

"우에다 성에서는 병력을 모으고 있다. 머지않아 후나이로 공격을 해올 것이다."

가게토라는 진상을 밝혀야겠다고 생각했다.

가나쓰 신베에가 사자가 되어 우에다로 갔다.

신베에가 건네준 가게토라의 편지에는,

〈양 집안은 일족, 동종의 친밀한 사이입니다. 나리께서 예전에 형님 하루카게 군에 가담하신 것은 저 구로다와 가나쓰가 반역을 꾀했던 것과는 전혀 다른 일로 순전히 나가오 가를 생각했기 때문이고, 또한 형님으로부터의 간곡한 요청도 거절하기 어려웠을 것이라 여겨집니다. 따라서 우리 집안에서도 나리께는 이슬만큼도 원한을 품고 있지 않습니다. 일전에 화의를 청하고 나리께서 오시기를 기다렸지만 오늘에 이르기까지 오시지 않으셨는데 이는 어찌된 일입니까? 게다가 항간에서는 나리께서 병마를 모아 후나이를 공격할 계획을 꾸미고 있다는 낭설도 종종 들려오고 있습니다. 진의를 알고 싶습니다. 저로서도 이대로는 묵과할 수 없으며……〉

가게토라에게 뭔가 불만을 품고 있어서 후나이로 오지 않는 것인지, 누가 뭐래도 동족 사이였기에 일단 물어보는 편지를 보낸 것이었다.

이렇게 되자 후사카게도 더는 고집을 부릴 수 없게 되었다. 또한 굳이 고집을 부릴 필요도 없는 일이었다.

"나이를 먹은 때문인지 요즘에는 지병에 시달리느라 마음먹은 대로 여행을 할 수가 없어서 한동안 인사를 드리지 못했습니다. 무엇인가를 꾀하고 있다는 소문은 필시 우리 집안에 원한을 품고 있는 자가 날조하여 유포한 것일 겝니다. 가능한 한 빨리 후나이로 들어가 가게토라 나리를 뵙고 이야기를 나누고 싶습니다. 그러하니 먼저 가셔서 잘 좀 말씀해주시기 바랍니다."

땀을 흘리며 변명을 했다. 이 대답으로 가나쓰 신베에도 납득을 한 듯 그 대답을 가지고 후나이로 돌아갔다.

그런데 얼마지 않아 이번에는 반대로 후사카게의 귀에, 가게토라가 우에다 성을 공격할 것이라는 소문이 들려왔다. 대군을 일으켜 단번에 짓밟을 것이라는 소문이었다. 후사카게는 놀라 바로 각 장수들을 소집했다.

"여러 장수들도 항간의 소문을 들었으리라 생각하오. 그에 맞서 싸워야 하는 건지, 아니면 화의를 청해야 하는 건지. 남은 길은 둘 중 하나밖에 없소. 기탄없이 의견을 들려주시기 바라오."

후사카게가 신중한 표정으로 각 장수들을 둘러보았다. 한동안 아무런 말도 없었다.

그러자 구리바야시 히젠노카미(栗林肥前守)와 가네코 요주로(金子与十郎)가 앞으로 나섰다.

"이번 일을 계기로 가만히 생각해보니, 가게토라 나리는 아직 어린 나이로 22세. 그런데도 강적 나가오 헤이로쿠 도시카게를 쓰러뜨리고 구로다 이즈미노카미, 가나쓰 이즈노카미를 토벌하여 일국을 평정하신 것은 범부가 할 수 있는 일이 아니라 여겨집니다. 이것은 명장의 그릇이라고 봐도 틀림이 없을 듯합니다. 게다가 많은 지장과 용사들을 거느리고 있어 그 세력과는 맞서지 않는 것이 상책. 욱일승천의 기세라고 해야 할지, 대적할 세력이 없다고 해야 할지. 지금 가게토라 나리를 적으로 삼는다면 승패는 불을 보듯 뻔한 것입니다."

서로가 서로의 얼굴을 바라보았다. 모두가 내심 같은 생각을 품고 있었다. 침묵 가운데 눈과 눈이 이야기를 나누었다. 두 사람이 더욱 앞으로 나서며,

"이번에는 한시라도 빨리 화의를 청하는 것이 상책이라 여겨집니다. 그 방법으로, 가게토라 나리의 누님이 아직 결혼을 하지 않았

다고 합니다. 그러하니 그 분을 고로 도련님의 아내로 맞아들이는 것이 어떻겠습니까? 그렇게 하면 양 집안은 더욱 긴밀한 관계가 되고, 고로 도련님은 가게토라 나리의 매형이 됩니다. 게다가 이 혼인은 말하자면 볼모를 잡아둔다는 의미도 있습니다. 이야말로 일석이조."

참으로 명안이었다. 바로 실행에 옮기기로 결정했다.

구리바야시, 가네코 두 사람이 그날로 후나이를 향해 출발했다.

두 사람의 말을 들은 가게토라의 얼굴에 만족의 빛이 번졌다.

'이것으로 정리가 되겠다. 누님도ー.'

누나ー오아야는 24세였다. 근방에 미인이라는 소문이 파다했다. 아름다운 피부와 맑은 눈은 틀림없이 비할 자가 없었다.

누나에게는 한마디 상의도 없이 가게토라는 그 자리에서 혼인을 하겠다고 결정했다. 그것이 전국시대의 관습 중 하나였다. 시집을 갈 본인의 의사는 조금도 고려되지 않았다. 아니, 의사를 갖는 것조차 여자들에게는 용납되지 않았다.

하물며 정략결혼이라는 말은 입에 담을 수조차 없었다. 여자는 어차피 한 번은 시집을 가야 하는 법이다. 그 결혼이 중대한 의미를 갖는다면 그것도 역시 여자가 해야 할 일이라 여겨지고 있었다.

그러한 일에 여인은 맹종해야 한다는 비굴감이 없는 것은 아니었으나, 그보다 앞서 강요되었던 것은 체념이었다.

화려하게 결혼식이 치러졌다. 덴분 20년(1551), 국화향기 그윽한 9월의 일이었다. 가을하늘 밑으로 신부를 태운 가마가 조용히 지나갔다. 가마 안에서는 아름답게 치장을 한 오아야가 조용한 마음으로 가만히 눈을 감고 있었다. 이제 우에다 성도 멀지 않았다.

마사카게는 당시 26세. 마사카게의 애정은 참으로 극진한 것이었다. 목적이야 어찌 됐든 결혼의 내용은 행복 그 자체였다.

꿈처럼 즐거운 나날이 계속 되었다. 마사카게에 대한 오아야의 애정도 날이 갈수록 짙어갔다. 설령 몸은 두 집안을 잇는 연결고리라 할지라도, 정략결혼의 희생양이라 할지라도ㅡ.

앞날이 어떻게 될지는 몰랐지만, 봄날의 햇살 같은, 따사롭고 부드러운 행복감에 젖어 있었다.

볼　모

가게토라는 요즘 이상하게 마음이 안정되질 않았다. 그것은 문득 떠오르는 생각이나 갑자기 뇌리를 스치는 생각 때문이 아니었다. 어느 정도 안정된 자신의 지위에 대한 눈에 보이지 않는 위협 때문인 듯했다. 또한 지금까지의 생활체험을 통해서 도달하고 획득한 인생관이 가져다주는 두려움 때문인 듯도 했다.

그랬기에 몇 개월이 지나도 그 생각에 사로잡혀서 어딘가 우울한 나날들이 계속되었다.

'지금은 상당히 많은 장수들이 귀순의 뜻을 표명하고 있지만 언제 나를 배신할지 알 수 없는 일이다.'

그러한 불안감이었다.

'군신관계라는 것은 그저 명목에 지나지 않을 뿐. 이러한 주종관계는 일시적인 현상에 지나지 않는다. 만약 주군인 내가 목숨을 잃는다 해도 신하인 각 장수들은 주인을 버리고 살아갈 궁리를 할 것임에 틀림없다. 주종이 각자 자신의 삶을 달리하고 있다. 이래서는 안 된다.'

이런 생각이 들자 헤아릴 수도 없는 의심이 고개를 치켜들었다. 그래서 결국에는,

'어떻게 해서든 사람들의 마음을 하나로 묶어야 한다. 백 년의 기초는 군신의 일체감에서 나오는 것이다.' 라는 결론에 도달하게 되었다.

"명안은?"

문득 마음속에 떠올랐다.

"그렇다!"라며 찰싹 무릎을 두드렸다.

그로부터 얼마 지나지 않았을 때였다.

가게토라의 사자인 가나쓰 신베에가 서한을 들고 우에다의 성주인 나가오 에치젠노카미 후사카게를 찾아갔다.

펼쳐서 읽어나가는 후사카게의 얼굴이 점점 창백해져가더니 숨길 수 없는 경악의 빛이 눈가에 맴돌았다.

"오오, 이, 이거 큰일이다."라며 후사카게가 자신도 모르게 소리를 질렀다.

서한에는,

〈아버지의 뒤를 잇기는 했지만 가만히 생각해보니 저는 모자란 점이 많아 도저히 이 중책을 맡을 수가 없을 듯합니다. 이래서는 백 년의 불안, 국가 위기의 기초를 닦는 것이나 다를 바 없으니 국가 멸망을 초래할 수 없기에 이제 고야산(高野山)으로 들어가 오래도록 은거할 생각입니다. 앞으로의 국정은 나리께서 잘 처리해

주시기 바랍니다. ……〉

후사카게는 자리에서 벌떡 일어났다.

"이러고 있을 때가 아니다. 얼른 가게토라 나리를 붙잡지 않으면 안 된다!"

그날로 말을 달려 후나이 성으로 향했다. 그러나 가게토라는 이미 성을 비우고 없었다.

후사카게는 바로 고시, 도치오, 다치, 우에다, 가리하, 이이노를 비롯하여 나오에, 혼조, 우사미, 진요, 오쿠마 등 각 장군들을 불러 가게토라의 뒤를 쫓았다.

일행이 세키야마(関山), 묘코잔(妙高山)에 이르렀을 때 가게토라는 벌써 묘코잔 위에서 삭발을 한 뒤였다. 옷도 법의로 갈아입었으며 이름도 법명인 겐신(謙信)으로 바꾼 뒤였다.

"나리!"라고 혼조 미마사카노카미가 불렀다. 뒤이어 에치젠노카미 후사카게가,

"가게토라 나리! 이게 어찌 된 일이십니까? 만약 나리께서 지금 은거를 하시면 구니 안이 솥 안의 물이 들끓듯 어지러워져 다른 구니의 침략을 받을 것은 불을 보듯 뻔한 일 아닙니까? 지금까지 구니의 평정을 위하여 기껏 고생하신 일도 하루아침에 전부 수포로 돌아가고 말 것입니다! 저희 모두, 결단코, 결단코 나리께서 근심하실 만한 불신은 품고 있지 않습니다."라고 온갖 말을 다하여 간언했다.

두 번, 세 번 사람들이 번갈아가며 간언을 하자 가게토라가 드디어 입을 열었다.

"이 모자란 가게토라를 그렇게까지 돕겠다는 여러분들의 두터운

마음에 뭐라 말씀을 드려야 할지 모르겠습니다."

코를 한 번 훌쩍이고 말을 이었다.

"지금부터는 저도 마음을 다잡고 정사에 전념하도록 하겠습니다. 그 점을 신명에게 맹세하여 굳게 약속하도록 하겠습니다."

이렇게 말하고 종이를 꺼내 맹세를 적은 뒤 그것을 에치젠노카미 후사카게에게 건네주었다.

"참으로 감사합니다!"라고 에치젠노카미 및 일행이 근심 가득했던 눈썹을 펴고 서로의 얼굴을 바라보자 가게토라가 말했다.

"제가 이렇게 서약을 했으니 여러분께서도 저를 보좌하고 돕겠다는 마음에 변함이 없을 것이라는 내용의 서약서를 써주시기 바랍니다!"

일행은 조금도 망설이지 않았다. 붓을 들어 술술 각자의 이름을 적어 내려갔다. 연판(連判)의 서지(誓紙)가 완성되었다.

이름을 겐신으로 고친 가게토라가 다시 후나이 성으로 돌아온 뒤 2개월이 지난 어느 날의 일이었다.

〈급히 상의하고 싶은 일이 있다. 모두 모이기 바란다.〉라는 글이 각 장수들에게 전달되었다.

나란히 늘어앉은 각 장수들 중앙에 겐신이 조용히 자리 잡고 앉았다.

"그럼, 여러분."이라고 엄숙한 어조로,

"오늘 모이시라 한 것은 다른 일 때문이 아닐세. 얼마 전에 여러분들의 서지를 받아 일편단심 충성하겠다는 뜻은 잘 알 수 있었네. 하지만 그것은 종이 위의 말에 불과할 뿐. 따라서 나는 오늘 여러분들의 진심을 알고 싶네!"

"진심을 알고 싶으시다면?"이라고 후사카게가 되물었다.

"진심이란, 단적으로 말하자면 이곳으로 볼모를 보내라는 얘길세!"

그리 대수로울 것도 없는 일이라는 듯 분명하게 말하고, 겐신이 바로 말을 이었다.

"이는 우선 뭇사람들의 의혹을 일소, 근절하기 위함이고 또 하나는 유언비어를 사전에 봉쇄하기 위한 조치일세."

누구 하나 입을 열려 하지 않았다. 서로의 얼굴을 바라보며 각자가 내심 감탄을 하면서도 무엇인가 석연치 않은 마음의 동요를 느끼고 있었기 때문이었다.

그러자 에치젠노카미 후사카게와 나카조 후지스케(中条藤資)가 앞으로 나섰다.

"그 말씀 지극히 당연하다고 생각합니다. 더구나 예전에 서지를 바친 저희들이니 볼모를 보내는 일이라고 해서 어찌 망설일 수 있겠습니까?"

이렇게 말하더니 나카조는 그 자리에서 외아들인 지로마루(次郎丸)를 불러다 볼모로 바쳤다.

이렇게 되면 그곳의 분위기는 저절로 거기에 지배를 받게 된다.

"오오, 저도―."

"저 역시도 어찌 싫다고 말씀드릴 수 있겠습니까?"

모두가 이렇게 말하며 혹은 아내를, 혹은 아들을, 혹은 아버지를, 어머니를 각자의 볼모로 성 안에 보내기로 했다.

겐신의 계략이 생각대로 진행된 것이었다.

따르지 않는 자에 대한 보복

그러나 여기에 겐신의 뜻에 따르지 않고 볼모를 보내지 않은 사람들이 있었다.

하루베 아와노카미(春部安房守), 다카바타케 다쿠미(高畠内匠), 오쿠보 무사시노카미(大窪武蔵守), 이즈하라 하치로자에몬(泉原八郎左衛門), 하하카베 이나바노카미(波々伯部因幡守), 아사미 기치야(安佐美吉弥) 등 17명의 장수들이 표면적으로는 순종을 가장하면서도 마음속으로는 반심을 품은 채 말을 분명하게 하지 않고 볼모를 보내지 않았다.

덴분 21년(1552) 5월의 일이었다.

아시카가 가에 벼슬을 내려달라고 부탁해놓았던 겐신이 칙허(勅許)에 의해 단조쇼히쓰(弾正少弼)에 임명되어 종5위하[14]에 오르게 되었다. 그로부터 얼마 지나지 않아서 임관을 축하하는 잔치가 열렸다.

구니 안의 각 장수들에게 초대장이 보내졌다. 그런데 앞에서 말한 17명의 장수 중 오직 한 명, 이이누마 겐바(飯沼玄蕃)만이 참석을 하지 않은 외에 다른 사람들은 모두 그 자리에 참석하기 위해 후나이로 모여들었다.

이 16명에게는 특별히 린센지가 숙소로 할당되었다.

축하 잔치는 15일에 열릴 예정이었다.

---

14) 從五位下, 종5위하 이상부터 귀족에 든다.

그 전날인 14일 저녁 무렵.

갑자기 나오에 야마시로노카미, 스기하라 조류노스케, 지사카 쓰시마노카미(千坂対馬守) 세 사람이 린센지로 찾아왔다.

"세 분이 한꺼번에 어쩐 일이십니까. 자 우선 이리로."라며 그들을 웃음으로 맞아주었다. 그러나 어찌 된 일인지 세 사람의 얼굴은 굳어 있었으며 눈동자에는 냉정한 빛이 감돌고 있었다.

순간 좋지 않은 예감이 16명의 가슴을 찔렀다.

자리에 앉은 나오에 야마시로노카미가, 엄숙하게 입을 열었다.

"여러분께서는 남 몰래 야심을 품고 계시지요?"

"네?"

놀라움과 당혹감이 그들을 감쌌다.

벌벌 떠는 사람, 살기를 품은 사람. 그 자리에 심상치 않은 분위기가 감돌았다.

"여러분이 볼모를 보내지 않은 것을 이상히 여기시어 나리께서 은밀하게 염탐꾼을 보내 여러분의 내정을 살피셨습니다. —더 이상 말씀드릴 필요도 없을 것입니다. 오직 한마디, 혹시 모르니 주의를 드립니다만, 이 절 주위에는 600명의 병사들이 대기하고 있습니다!"

절체절명의 순간이었다. 모두의 얼굴이 순식간에 창백해졌다.

"할복!"

스기하라가 이렇게 말한 것을 신호로 세 사람은 자리에서 일어났다.

"자, 잠깐!"이라며 누군가가 뒤따라 나오려는 순간 정면에 있는 장지문 뒤에서 번쩍하고 빛나는 물건. 그것은 틀림없이 화승총의 총부리였다.

일이 이렇게 된 이상 아무리 몸부림쳐봐야 소용없는 일이었다. 그런 면에서는 과연 전국시대의 무사들이었다. 제 발로 사지에 들어선 것을 후회하면서도 또한 스스로 포기를 한 것이었다.

잔치에 참석한 사람들은 16명의 할복 소식을 듣고 묵직한 중압감을 느끼지 않을 수 없었다.

상 위에는 온갖 산해진미들이 놓여 있었다. 그러나 먹어도, 맛을 보아도 가슴속의 중압감이 그대로 남아 있어 아무런 맛도 느낄 수가 없었다. 술도 그저 마시기만 할 뿐, 조금도 취하지 않았다.

홀로 잔치에 참석하지 않았던 이이누마 겐바는 공공연하게 겐신에게 반항했다.

"우리 집안은 옛날에 무라카미(村上) 천황의 칙명에 의해 영지를 받았다. 겐신 따위를 섬길 이유는 어디에도 없다!"

이렇게 말해 겐신이 보낸 사자를 내쫓았다.

겐신은 한시도 기다리지 않고 나오에 야마시로노카미, 구로카와 비젠노카미(黑川備前守)에게 명하여 이이누마 성을 공격하게 했다.

그러나 성의 방비는 굳건했다. 아무리 공격을 해도 아군의 사상자만 늘어날 뿐이었다.

"정공법으로는 도저히 깰 수 없겠다!"

이렇게 말하고 나오에는 은밀하게 계획을 짰다.

200명의 병사가 샛길을 따라 성의 뒤쪽으로 조용히 다가갔다. 험한 길을 기어오르기도 하고 나무뿌리에 매달리기도 하면서 간신히 성의 뒷문에 도달했다.

그러자 아니나 다를까, 지세가 험한 것만을 믿고 방비가 허술했다.

나오에의 호령이 떨어지자 병사들이 성 안으로 몰려 들어갔다.

감히 막으려 나서는 자가 아무도 없었다. 너무 당황한 나머지 자기편을 찔러 죽이는 일까지 벌어졌다. 성 곳곳에서 불길이 치솟았다.

전멸이었다. 한 명도 남김없이 불길 속에 장사를 지낸 것이었다.

겐신은 나오에의 공을 치하하여 이이누마를 영지로 주었다.

이 일을 끝으로 구니 안의 불온분자는 완전히 제거된 느낌이었다.

그러나 구니 밖으로 시선을 돌리고 이웃 구니에 귀를 기울이면 거기서는 아직도 군마(軍馬)의 소리, 무기의 소리가 밤낮으로 끊임없이 소란스럽게 들려오고 있었다.

특히 고신15) 지방의 패권을 차지한 다케다와의 접촉은 도저히 피할 수 없는 숙명이었다. 용호상박이 이미 이전부터 전개되고 있었던 것이다.

무라카미 토벌

이야기를 약간 앞으로 되돌리겠다.

때는 덴분 15년(1546), 11월도 거의 끝나갈 무렵인 20일이 지나

---

15) 甲信, 가이노쿠니, 시나노노쿠니를 일컬음.

서.

신슈 이와오 성의 성주인 사나다 단조노카미 유키타카가 은밀한 곳에 있는 방에서 뭔가를 소곤소곤 조그만 목소리로 속삭이고 있었다. 유키타카 앞에는 세 명의 무사가 둥그렇게 모여 앉아 있었다.

가만히 보니. 이타가키 스루가노카미와 오부 효부쇼유와 오야마다 빗추노카미. 다케다 가의 세 명장들이었다.

유키타카는 진지한 표정이었다. 세 장수들도 한마디 한마디에 고개를 끄덕이며 눈을 반짝이고 있었다.

유키타카의 목소리는 낮았지만 묵직한 울림을 갖고 있었다.

"……그리하여 하해보다 깊은 하루노부 공의 은혜는 마음 깊이 새겨두고 있습니다. 이번에 그 높은 은혜에 보답하기 위해, 지금 말씀드린 계책, 어떻게 생각하십니까?"

"오오, 그것 참 명안!"

세 사람이 이구동성으로 답하며 크게 끄덕였다.

"제가 거느린 병력은 얼마 되지 않지만 이번 계책, 틀림없이 성공하리라 믿어 의심치 않습니다."

유키타카가 세 명의 찬성에 힘을 얻어 힘차게 말했다.

그로부터도 밀담은 한동안 계속되었으며, 짧은 겨울해가 완전히 저물어 방 안에 불이 밝혀질 무렵이 되어서야 세 사람은 각자의 거처로 돌아갔다.

무슨 이야기가 오가고 어떤 계책이 세워졌을까?

그날 밤부터 사나다의 성 안에서 스노와라 와카사노카미(須野原若狹守)와 그의 동생인 소자에몬노조(惣左衛門尉), 이 형제의 모습이 사라져 보이지 않게 되었다.

하루, 이틀이 지나고 사흘 후의 정오 무렵, 무라카미 요시키요의 성인 가쓰라오 성 밑에서 형제가 모습을 드러냈다. 가만히 성문을 두드려 요시키요를 뵙고 싶다고 청했다.

요시키요 앞으로 나간 형제의 얼굴에는 초조함과 분노의 빛이 생생하게 드러나 있었다.

"힘 센 자에게는 굴복하라는 말대로 저희 형제는 어쩔 수 없이 다케다의 무위에 굴복하여 잠시 귀순의 뜻을 표하고 있었습니다만, 사나다 유키타카는 자신의 재능만을 자랑으로 여기며 최근에는 차마 눈 뜨고 볼 수 없을 정도의 횡포를 자행하고 있습니다."

형이 이렇게 말하자 동생이 말을 이었다.

"특히 저희 형제를 사람으로도 보지 않는 행동, 도저히 참을 수 없는 모욕입니다."라고 무릎을 앞으로 내밀며 말했다.

"그, 그래서?"

무라카미 요시키요가 숨이 넘어갈 듯 다음 말을 재촉했다.

형이 양 주먹을 부르르 떨며,

"사실은 얼마 전에도 많은 사람들 앞에서 모욕을 당했습니다. 무능한 놈, 겁쟁이라며 한껏 비웃었습니다. 그때는 참을 수 없어 그 자리에서 베어버릴까도 생각했지만 무엇보다 사나다의 주위에 가신들이 너무 많았습니다. 그러나 저는 혼자. 원통함의 눈물을 삼키고 그 자리에서는 참았습니다만, 원한이 뼈에 사무쳐 더는 견딜 수가 없었습니다. 이에 누군가의 힘에 의지하여 원한을 풀어야겠다고 동생과 상의한 바 무라카미 나리야말로 희대의 명장, 나리의 힘을 빌려야겠다고 생각하여 이렇게 형제가 은밀하게 찾아뵙게 된 것입니다."

"음, 그도 그렇군."이라며 요시키요는 두어 번 고개를 크게 끄덕인 뒤 사방침에 기대고 있던 왼쪽 손을 무릎 위에서 불끈 쥐어 보였다. 동생이,

"형님이 말씀드린 대로이니 모쪼록 저희 형제의 마음을 헤아려 주시기 바랍니다."

형제는 머리를 숙였다.

억울함에 쏟아지는 눈물이 네 개의 눈동자에서 반짝이며 뚝뚝 방바닥 위로 떨어졌다. 꾹 깨문 입술이 지금이라도 당장 터져버릴 것 같았다.

"그래, 참으로 분하겠구나. 내, 충분히 배려하도록 하지!"

요시키요의 말에는 아직 여지가 남아 있었다. 그러나 이 한마디로 형제의 뒤를 봐주겠다고 거의 승낙한 것이나 다를 바 없다는 느낌이 들었다.

머리를 든 와카사노카미는 감사의 마음에 얼굴이 흥분되어 있었다.

"참으로 송구합니다. 정병을 내어주신다면 저희 형제가 길안내를 해서 사나다가 머물고 있는 성인 이와오 성으로 그 군대를 데리고 들어가 한꺼번에 함성을 지르며 봉기를 일으키도록 하겠습니다. 어떻습니까?"라는 말이 채 끝나기도 전에 요시키요는 무릎을 치며,

"오오, 그것참 묘안! 바로 길안내를 부탁하겠소."

사나다 공략을 위한 작전이 완성되었다.

무라카미 군의 용장 가운데 한 명인 야쿠시지 우콘노신 기요지(薬師寺右近進清二)가 정병 500명을 이끌고 곧바로 이와오 성을 향해 출발했다.

그들을 스노와라 형제의 부하인 양 꾸며 무사히 사나다의 성 안으로 데리고 들어갔다.

'됐다! 여기까지 왔으니 이번 일은 성공한 것이나 다름없다. 사나다의 목을 손에 넣는 것도 시간문제다.'

누구의 가슴속에서나 그러한 생각이 떠올랐다. 싸우기도 전부터 승리에 대한 의욕이 장병들의 영혼 속에서 맹렬하게 맥박치고 있었다.

일행이 니노마루까지 들어가자 형제가 야쿠시지에게 속삭였다.

"이젠 됐습니다. 성공한 것이나 다를 바 없습니다. 저희가 사나다를 속여 이곳으로 불러내겠습니다."

이렇게 말하고는 산노마루를 향해 달려갔다.

"어라?"

장병들 모두가 이상하다는 생각에 사로잡혔다. 뭔가 석연치가 않았다. 가슴이 덜컥 내려앉은 사람들도 있었다. 그때였다.

"와하하."하며 성 안을 흔들어놓을 것 같은 폭소.

산노마루에서 갑자기 사나다의 군사들이 모습을 드러냈다.

"아, 아뿔싸! 계략에 걸렸구나!"라고 깨달았지만 이미 늦었다. 총알이 빗발치듯 쏟아졌다. 게다가 양쪽의 문은 굳게 닫혀 있었다.

독 안에 든 쥐였다.

하나, 둘 총알에 맞아 쓰러졌다. 빠져나갈 방도가 없었다. 단지 "으악, 으악."하고 외칠 뿐이었다.

병사 한 명 남기지 않는 섬멸전이 일방적으로 전개되어 일방적으로 끝났다.

유키타카의 계책이 너무나도 멋지게 성공을 거두었다.

이듬해인 덴분 16년(1547).

하루노부는 무라카미의 부하인 라쿠간지 우마노스케(楽岩寺右馬介), 후게 신자에몬노조(布下新左衛門尉), 요리미치 우콘노신(依路右近進)을 각각 신슈 운노히라(海野平)의 이누이(乾), 우에다의 북쪽, 토키타야마(時田山)의 동쪽에서 격파하고 세 개의 요새를 점령했다.

'이것으로 교두보는 마련한 셈이다. 됐다! 무라카미 토벌을 본격적으로 감행하자.'

이렇게 결심하고 이타가키 스루가노카미 노부카타와 아사리 시키부노조 노부타네(浅利式部丞信種)에 검시관 역으로 하라 미노노카미(原美濃守)를 붙여 운노히라로 출격하게 했다.

그러나 전투는 일진일퇴, 좀처럼 승부가 날 것 같지 않았다.

머지않아 봄이 지나고 여름이 오면 고신의 산들도 푸름을 더하고 사람들의 피부에서도 촉촉하게 땀이 배어 나오리라.

무라카미 요시키요는 복수심에 불타오르고 있었다.

'사나다의 목, 아니 하루노부의 목을 따고 말겠다.'

분연히 일어나 전쟁의 승부를 단번에 결정짓겠다고 가슴에 굳게 다짐을 한 뒤 7천여 명의 병사들을 이끌고 가쓰라오 성을 출발했다.

이에 맞선 다케다 군의 선봉은 이타가키 스루가노카미. 야마모토 간스케가 고안해낸 진형에 빈틈은 없었다.

8월 24일 진시(辰時). 허옇게 작열하는 뜨거운 태양 아래, 전투가 벌어진 우에다하라의 흙먼지가 하늘 높이 소용돌이치며 올랐다.

서로가 한 치도 물러나지 않고 필사적으로 싸웠다. 사상자가 속출했다. 시체를 넘어, 부상자를 내버려둔 채 불을 내뿜는 듯한 처절한 격투가 전개되었다.

다케다 군이 무라카미 군의 제1진을 격파했다. 뒤이어 제2진으로 돌진해 들어갔다. 무라카미의 제2진도 버텨내지 못하고 패주했다.

그러나ㅡ. 여기에 스스로 죽음의 장소를 찾아서 쓰러진 장수가 한 명 있었다.

이타가키 스루가노카미가 전사한 것이었다.

승리한 전투임에도 불구하고 혼자서 칼을 휘두르며 적군 속으로 달려들어갔다. 그리고 몸에 수십 군데의 상처를 입은 채 비장하게도 적의 칼에 쓰러지고 말았던 것이다.

생각해보면 작년, 외아들인 야지로의 부채에 하루노부가 시를 적어서 보냈다. 그 시를 읽은 순간, 이타가키의 오늘의 전사는 이타가키의 마음속에 남몰래 약속되어 있었던 것이다.

과연 빙그레 웃으며 죽음을 맞이했을까?

이타가키의 전사를 계기로 양쪽 군은 다시 격전을 치렀다.

무라카미 패주

무라카미 요시키요를 중심으로 600명이 하나가 되어 곁눈질 한 번 하지 않고 하루노부의 본진을 향해 똑바로 진격해 나갔다.

"목표는 적장 하루노부 오직 한 사람이다! 한 발짝도 물러나서는 안 된다!"

말 위에서 요시키요가 이렇게 외치자 600명의 장병이 그야말로 육탄돌격을 감행했다.

그 기세에 밀려 다케다 군이 약간 뒤로 밀려났다. 돌격부대는 거기에 힘을 얻어 여세를 몰아나갔다.

"승패에는 신경 쓸 것 없다! 하루노부의 목을 베기만 하면 된다!"

하얀 갑옷에 하얀 털이 달린 투구를 쓴 하루노부의 모습을 향해 똑바로 돌진해 들어갔다. 획! 물길이 열리듯 하루노부의 본진이 길을 열었다.

요시키요가 커다란 칼을 휘둘러 하루노부의 머리를 향해 일격을 가했다.

쨍그랑, 칼과 칼이 부딪쳐 불꽃이 튀었다.

2합, 3합. 요시키요의 칼끝은 날카로웠다.

그때 주군이 위험에 처한 것을 보고 달려온 하루노부의 경호병 구보타 스케노조(窪田助之丞)가,

"무라카미, 각오해라!"라고 외치며 느닷없이 요시키요가 타고 있던 말의 목을 기다란 창으로 찔렀다. 털썩! 말이 병풍처럼 쓰러졌다. 요시키요는 거꾸러지듯 땅바닥에 내팽개쳐지고 말았다.

"이얍!"하고 구보타가 요시키요를 창으로 찌르려던 순간 달려온 무라카미 군의 장병들이 무라카미를 감싸 간신히 구출해 달아났다.

그대로 물러나려 했지만 진작부터 잠복해 있던 사나다, 모로즈미, 아사리 군이 한꺼번에 협공을 가해왔다.

거의 압도. 물론 요시키요는 가쓰라오 성으로는 도망갈 엄두도 내지 못하고 간신히 사루가바바 언덕 밑에서 구와하라(桑原), 후루

이치(古市)로 도망해 산속으로 숨어들었다.

갑옷은 벗어던졌으며 속옷까지 찢어지고 머리는 산발, 수염은 제멋대로 자랐으며 손발 곳곳에는 베고 긁힌 상처, 그래도 칼을 지팡이삼아 에치고노쿠니의 후나이 성에까지 이르렀다.

"가게토라 공이 영명하신 명군이라는 소리는 예전부터 듣고 있었습니다. 부디 제게 힘을 빌려주시어 다시 가쓰라오 성으로 돌아갈 수 있도록 도와주시기 바랍니다."

요시키요는 가게토라를 만나 이렇게 구원을 청했다.

가게토라는 가만히 요시키요의 얼굴을 바라보았다. 연일 산속을 헤매 돌아다니고 봉우리를 오르고 계곡을 건너며 괴로움을 맛본 요시키요의 얼굴에는 피로의 빛 외에도 원통함을 참아낸 사람 특유의 생명력이 눈가에 감돌고 있었다.

"어떻습니까?"

요시키요가 다시 한 번 물었을 때, 가게토라의 마음은 이미 결정되어 있었다.

'드디어 다케다와 대적할 날이 오고야 말았구나!'

가게토라는 가볍게 눈을 감았다. 예전부터 이런 날이 올 것이라 예견하고 있었다. 멀리 고슈의 산들이, 그리고 아직 본 적도 없는 하루노부의 얼굴이 눈앞에 선명하게 나타났다.

"알겠습니다. 나리께서 반드시 돌아가실 수 있도록 부족하나마 전력을 다하겠습니다."

용호(龍虎) 드디어 맞부딪치다

다케다 하루노부가 27세, 나가오 가게토라가 18세인 덴분 16년 (1547) 10월 상순이었다.

이렇게 해서 숙명이 두 사람의 머리 위를 덮쳤다.

'무인의 덕이다. 궁지에 빠진 새가 품안에 들어오면 사냥꾼도 죽이지 않는다는 말처럼 이제 겨우 열여덟 살에 불과한 나를 의지하여 온 무라카미 요시키요를 어찌 이대로 못 본 체 할 수 있단 말인가? 게다가 다케다와는 국경을 접하고 있고 하루노부는 예전부터 명장으로 이름이 높았다. 언젠가는 서로 싸우게 될 날이 반드시 올 것이다. 지금 요시키요의 간청을 들어주지 않고 팔짱을 낀 채 모르는 척한다면 하루노부의 지용(智勇)에 겁을 먹은 것이라는 평을 들어도 내게는 할 말이 없다. 일어설 때가 온 것이다!'

이런 생각이 들자 가게토라는 몸 안에서 피가 끓어오르는 듯한 느낌이 들었다.

"우선은 실력을 한번 보기 위해서ㅡ."

6천여 명의 군대가 출동하여 신슈로 침입했다.

침입군은 곳곳에 불을 지르고 민가를 쓰러뜨리고, 마치 자신의 땅을 돌아다니듯 시나노의 땅을 헤집고 다녔다.

ㅡ이와 같은 급보를 받은 하루노부는 몇 각 동안이나 숙고한 뒤, 하라 미노노카미, 오바타 오리베노카미, 야마모토 간스케를 불러들여,

"나가오 가게토라가 이번에 신슈로 공격해 들어왔네. 계속하고 있던 엣추 공략을 중지하고 침략한 거야. 엣추 공략은 그의 아버지

에 대한 복수 아닌가. 그것을 포기하고 요시키요를 위해 일부러 신슈로 군대를 움직여 왔다는 것은 나와 일전을 치르겠다는 속셈이 있기 때문일세. 의를 위해서라는 명분을 내건 군대이니 결사의 용기를 고취하여 싸울 각오일 테지. 나로서는 한 치의 틈도 보일 수 없네. 더구나 상대가 비록 어리기는 하나 용장으로 이름을 떨치고 있는 가게토라이니 이번 싸움은 우리 집안의 흥망이 걸린 일전일세. 자네들에게 적의 상황을 정찰하는 임무를 부탁하겠네."

이렇게 명령하자 곧 전열을 정비하여 고모로로 출진했다.

늦가을의 옅은 햇살에 북국의 차가운 바람이 휘몰아쳐, 신슈 일대에는 벌써부터 겨울의 기운이 찾아와 있었다. 아사마야마의 완만한 표면을 하얀 눈으로 화장하여 아름답게 꾸밀 날도 머지않았으리라. 분화구에서 뿜어져 나오는 세 줄기 연기조차 차가운 하늘에 사라져가고 있었다. 시나노의 길은, 깊어가는 가을의 쓸쓸함이 한층 짙게 느껴졌다.

정찰에서 돌아온 야마모토 간스케의 보고는 참으로 적확했다. 에치고 군의 태세는 중심이 흐려져 있는 듯한 것으로 그 숫자는 약 6천 명. 얼른 싸우고 싶어서 조바심 치고 있는 듯한 모습. 그러니 아군은 사각형으로 진을 치고 한 줄기, 두 줄기로 나누어 뒤쪽을 초승달 모양으로 세우고 우익을 공격에 대비케 하여 본진 뒤에 기러기 모양으로 서게 하고 기다리는 것이 좋을 듯하다고 진언했다.

"흠. 그렇다면 결전의 시간은?"

하루노부가 묻자 간스케는,

"아군의 숫자는 1만 5천이니 어떻게 해서든 오후까지 싸움을 끌어서, 이기려고 하기보다는 어떻게 하면 지지 않을까만을 염두에 두어야 합니다. 그렇게 하면 적은 스스로 약해질 터이니 아군의 승리, 의심의 여지도 없습니다."

그 말을 듣고 하루노부는 빙그레 웃었다.

"오오, 그대의 말, 하나하나가 옳소. 그렇게 진을 치도록 하시오!"

즉석에서 진형이 학익진으로 갖춰졌다.

이에 대항해서 나가오 쪽은 용이 둥글게 몸을 말고 있는 형상의 진형을 갖추었다.

때를 기다리느라 양 군 모두 움직이지 않았다. 9일째 되던 날 정오 무렵, 마침내 양 군의 선봉이 전투를 개시했다.

가게토라는,

'적은 숫자에 있어서 우위에 있다. 우리는 난전을 전개하여 각 부대별로 개별 격파하는 것이 최상이리라. 나는 빈틈을 노려 적 하루노부의 본진을 향해 똑바로 돌진해 들어가 단번에 결전을 펼치겠다.'고 생각했다.

싸움은 그야말로 불꽃 튀는 격전이었다.

이름 있는 용사도 몇 명인가 쓰러졌다.

특히 나가오의 신하인 귀신잡는 고지마 야타로의 분투는 섬뜩할 정도였는데, 선봉인 나오에 야마시로노카미와 합류하여 다케다의 선봉인 오야마다, 나가쿠보(長窪)의 진 속으로 아수라처럼 뛰어들었다.

치고받는 격투가 언제 끝날지도 모르게 계속되던 때, 멀리서 전황을 지켜보고 있던 하루노부 곁으로 야마모토 간스케가 급히 달려왔다.

"나리! 적은 어린진(魚鱗陳)으로 아군의 본진을 엿보고 있습니다만 아군의 진형이 견고해서 깨뜨릴 만한 허점이 없기에 아마도 지체하지 않고 물러나는 형세를 보일 것입니다. 허나 그것은 아군이 추격하기를 기다렸다가 그 틈을 이용하여 먼지처럼 깨부수려는 모략에 지나지 않습니다."라고 고하는 동안 적진이 점점 동요를 보이기 시작했다.

"아아, 보십시오! 벌써 퇴각을 개시했습니다. 멀리까지 추격하여 적의 함정에 빠지지 않도록 얼른 명령을 내리십시오. 아아, 저처럼……."

가리킨 곳을 바라보던 하루노부가 크게 끄덕이더니,

"누군가 지네의 깃발[16]을 가지고 오야마다의 진중으로 가거라!"라고 명령을 내렸다. 12명의 사람이 지네의 깃발을 들고 달려나갔다.

"앗! 나가오 군이 갑자기 퇴각하기 시작했다. 이 틈을 놓치지 말고 뒤를 쳐라!"

오야마다의 용사들이 대검을 고쳐 잡고 말에 채찍을 가하려 한 순간, 12명의 전령들이 달려와서,

"모두들, 서두르지 마시오! 대장님의 명령이시오! 적이 물러나도 결코 추격해서는 안 되오!"

커다란 목소리로 외쳤다.

거기에 야마모토 간스케도 달려와서 제지했다.

오야마다를 비롯하여 선진에 섰던 각 부대가 엄숙하게 물러나기

---

16) 다케다 신겐의 전령들이 사용하던 깃발.

시작했다.

겨우 2시간 남짓에 불과한 전투였으나 다케다 군의 사상자는 231명, 나가오 군의 사상자는 263명을 헤아렸다. 그러나 이번의 운노히라 전투는 이른바 예행연습과도 같은 것. 서로의 기량을 탐색해본 정도에 지나지 않았다.

그런 만큼 전투에 대한 이튿날의 평의는 서로가 매우 신중했다.

다케다 진영에서는 하루노부를 비롯하여 가토, 야마모토, 하라, 오바타 4사람이 둥그렇게 모여 앉았다.

"가게토라의 무용과 군략, 어떻게 느끼셨소?"

하루노부가 이렇게 말하고 일동을 둘러보았다. 야마모토 간스케가 그에 답하기를,

"어제 싸우는 모습을 보니 가게토라는 비록 젊은 나이이지만 지와 용을 겸비한 명장인 듯합니다. 무엇보다 이번의 전투에서 6천의 병력으로 원진을 쳐서 정면 돌격을 감행케 하고, 그 틈을 노려 저희 주군이 계신 본진으로 치고들어오려 한 점, 그리고 저희의 대비가 엄중해 함부로 들어올 수 없다는 사실을 알자 싸움이 길어지면 불리해질 것이라 판단하여 병력을 물린 점, 참으로 훌륭한 지휘였다고 생각합니다."

"흠, 과연 간스케. 참으로 옳은 말이오. 나 역시 동감이오."

하루노부가 빙그레 웃음 지었다. 간스케가 다시,

"그러하오니 이후에는 반드시 저희 주군을 노하게 하여 그 틈을 노리고, 저희의 대비가 어지러워지기를 기다렸다가 싸움을 걸어올 것입니다. 모쪼록 나리께서는 가게토라가 아무리 시비를 걸어온다 할지라도 부디 화를 내지 마시기 바랍니다. 오로지 방비를 굳건히

하시는 것이 가장 중요하리라 여겨집니다. 무엇보다 가게토라는 나리보다 젊습니다. 이번 싸움에서 이기면 영예, 설령 진다 해도 치욕은 아닙니다. 아군으로서는 모쪼록 병력을 중히 여겨 최후의 승리를 얻는 것이 상책 아닐까 생각합니다."

이렇게 말을 맺었다. 다른 사람들도 이구동성으로,

"야마모토 나리의 말씀, 참으로 지당합니다. 마치 손바닥을 가리키듯 명백합니다."

이렇게 찬동했다.

하루노부는 감탄한 듯 손뼉을 치고,

"간스케의 말대로 나이 어린 가게토라에게 이긴들 자랑거리는 되지 못할 것이오. 만약 패한다면 그야말로 천세의 치욕이 될 뿐이오. 하지만— 생각해보면 가게토라는 앞날이 기대되는 사내. 나의 상대로 삼기에 부족함이 없는 기린아요."

이에 앞서, 역시 9일 밤이었다. 나가오 가게토라도 자신의 본진에서 각 장수들을 모아놓고 평의를 행했다.

우선 나가오 마사카게가 힘차게 입을 열었다.

"오늘 다케다를 보니 군사를 부리는 솜씨가 매우 뛰어나 범용한 인물이 아님을 알았습니다. 그러나 조금만 더 싸움을 계속했다면 다케다 군을 철저히 짓밟을 수 있었을 것입니다! 그때 퇴각 명령을 내리신 점, 저는 참으로 안타까워서 견딜 수가 없습니다. 내일은 단번에 짓밟아서—."

대수롭지 않다는 듯 호언하는 것을 옆에 있던 우사미가 가볍게 제지했다.

"마사카게 나리의 말씀, 참으로 당당하기는 합니다만—."

말끝을 흐렸다.

"그렇다면 우사미 나리의 의견은?"

마사카게가 다그치듯 물었다.

"제가 군대를 움직이는 하루노부의 솜씨를 유심히 지켜보니 과연 지모가 뛰어난 명장이라 여겨집니다. 저희 군의 용맹함에 맞서기 어렵다는 사실을 깨닫고 이길 것을 생각하기보다 오로지 패하지 않도록 견고하게 진을 쳤습니다. 설령 마사카게 나리가 한때의 승리를 얻었다 할지라도 마지막 승리를 얻기는 좀처럼 쉽지 않았을 것입니다. 저희가 물러나는 것을 쫓지도 않고 오히려 군세를 거둔 솜씨는, 적이지만 참으로 훌륭했습니다."

우사미의 말을 하나하나 끄덕이며 듣고 있던 가게토라가,

"오오, 그대의 말씀 참으로 명언이오."라고 칭찬했다.

"이번에는 조급하게 군을 움직이기보다 적이 방심한 틈을 이용해 그 허를 찌르는 것이 상책일까 합니다."

우사미는 이렇게 진언했다.

그로부터ㅡ.

닷새 동안, 운노히라에서 대치하기만 하다 나가오 군은 에치고로, 다케다 군은 고슈로 물러났다.

용과 호랑이가 서로 맞부딪친 것인데, 그들을 보좌하는 군사 역시 우열을 가리기 어려웠다.

고에쓰의 긴 싸움이 바로 여기서 시작된 것이다.

대 치

이른바 군웅할거—전국소란의 세상이었다.

아즈마노쿠니(東国)의 도카이(東海)에서 패권을 놓고 서로 격전을 벌이고 있는 웅장으로는 호조 우지야스, 이마가와 요시모토, 우에스기 노리마사 등이 있었는데 서로 경계를 맞대고 칼을 갈며 빈틈이 보이면 이웃 구니를 병탄하기 위해 호시탐탐 노리고 있는 정세가 위기를 품은 채 이미 오랜 기간에 걸쳐서 섬뜩하게 계속되고 있었다.

그리고 서쪽에서는 오우치 요시오키(大内義興)를 비롯하여 아마고(尼子), 오토모(大友), 시마즈(島津), 류조지(龍造寺)가 뿌리를 내린 채 세력을 떨치고 있었다.

'이렇게 좁은 산간지방인 고슈를 더없이 소중하게 지키고 있어 봐야 그저 조상님의 유산을 잇는 것일 뿐, 어차피 천하의 패권을 차지할 수는 없다!'

상당히 오래 전부터 하루노부에게는 원대한 이상이 있었다.

'스와, 무라카미를 쓰러뜨리고 신슈에 남아 있는 오가사와라 나가토키, 기소 요시마사(木曽義昌)를 쳐서 시나노노쿠니를 평정하자. 그것을 시작으로 조슈의 우에스기, 그리고 소슈(相州)의 호조, 슨슈(駿州)의 이마가와를 타도하고 간토를 쳐서 따르게 하자. 간토에서의 지반을 굳건히 하면 도읍 방향으로 공격해 들어가 시코쿠(四国), 규슈(九州)를 평정하는 일도 그리 어려운 일은 아닐 게다. 어쨌든 이 전국의 시대에 태어나서 천하에 호령하는 것이야말로 무장의 숙원이다!'

천하에 호령하겠다. 이는 전국의 무장이라면 하나같이 마음에 품고 있는 이상이자 꿈이었으나, 이 얼마나 화려하고 용맹하고 웅대한 계획이란 말인가.

나가오 가게토라도 생각은 마찬가지였다.

'엣추를 토벌하고 노토로 진출하자. 그러면 가가, 에치젠은 손바닥 안에 쥔 것이나 다를 바 없다. 그런 뒤에 간토 8개 주를 그리고 도카이 8개 주를 막하에 거느리자!'

이렇게 생각하자 가게토라의 뇌리에 교토의 거리들이 환영처럼 떠올랐다.

'그래! 교토로 올라가자. 교토로 올라가 쇼군 아시카가 요시테루 나리를 알현하고 천하의 권한을 이 손에 쥐자.'

가슴이 희망으로 벅차올랐다. 피가 뜨겁게 끓어오르며 몸 속을 내달렸다.

가슴속을 힘껏 찌르며 솟아오르는 환희가 젊은 가게토라에게는 그대로 삶의 보람이 되어 있었다.

고슈의 지세가 떠올랐다. 신슈의 지도가 눈앞에 그려졌다.

"그래! 가이다! 고후의 다케다를 희생양으로 삼는 거다!"

이렇게 결의한 순간 무라카미가 보낸 밀사가 왔다.

무라카미가 성으로 돌아가는 것을 막기 위해서 다케다 하루노부 자신이 출마하여 이나를 공격한 것이었다.

이에 덴분 17년(1548) 5월 하순에 우사미, 혼조, 다테, 오쿠마, 시바타, 가라자키, 나오에 등의 용장들을 주력으로 한 에치고 군이 가게토라의 명령을 받고 후나이를 출발하여 시나노노쿠니의 도이시로 출진했다.

"나리! 나가오 가게토라가 지이사가타로 출진, 근린을 침략하여 폭위를 떨치고 있습니다. 모쪼록 군진을 앞으로 전진시키시기 바랍니다."

하루노부에게로 우치야마 성을 지키던 오부 효부쇼유가 보낸 급사가 왔다.

마침 오가사와라 다이젠다유 나가토키를 단숨에 짓밟기 위해 호시나 단조노추(保科弾正忠)의 요새를 시작으로 이틀 동안에 요새 3개를 무너뜨리고 한숨 돌리고 있던 차에 이 사자가 온 것이었다.

"알겠네, 즉각 출동하겠네!"

다케다 군은 와다토우게(和田峠)를 넘고 나가쿠보의 길을 따라 급히 달려 우치야마에 도착했다.

앞은 지쿠마가와(千曲川)였다.

나가오의 선봉인 호조 단고노카미, 다케노마타 미카와노카미의 깃발이 한낮에 불어오는 여름바람에 흔들리며 전운을 자아내고 있었다. 강물은 예년보다 수위가 훨씬 낮아져 여름 가뭄에 든 강바닥의 돌까지 헤아릴 수 있었다. 나뭇가지 끝의 파란 잎이 눈에 시릴 정도로 선명했다.

갑자기 나가오의 선봉이 움직이기 시작했다. 10정 가까이 산개하여 강을 절반쯤 건너더니 화승총을 쏘기 시작했다.

"이놈들! 맞서 싸워라!"라며 다케다의 선봉인 히나타 야마토노카미, 가즈사노카미(上総守)도 보병을 내보내 사격을 개시했다.

겨우 2각도 지나지 않아서―.

나가오 군은 조용히 후퇴해버렸다. 그러자 다케다 군도 병사를 모아 진지로 물러났다. 가벼운 전초전이 시작된 것이었다.

전국은 그 후, 조금도 움직이려 하지 않았다.

나가오 군이 강기슭까지 진출하여 커다란 소리로 마구 떠들어댔다.

"저런, 꼬락서니 하고는!"

"고후의 겁쟁이들!"

"가이의 종잇장 같은 무사들!"

"분하면 강을 건너와라!"

"무서워서 오금이 저리겠지!"

한껏 독설을 퍼붓고는,

"와하하하하하하." 하고 커다란 웃음을 터뜨렸다.

아무리 욕을 해대고 비웃어도 하루노부는 상대하려 들지 않았다. 그것이 나가오의 술책임을 간파했기 때문이었다.

유인책이었다. 거기에 분노하여 진을 움직여서는 방비가 무너진다. 조금이라도 허점을 보이면, 나가오 군이 당장 그곳을 찌르리라는 사실은 불을 보는 것보다도 분명한 일이었다.

"결코 적의 도발에 넘어가서는 안 된다. 터럭만큼이라도 빈틈을 보여서는 안 된다."

전령이 하루노부의 명령에 따라 다케다 각 진영을 돌아다녔다.

그러는 사이에도 하루노부에게로 종종 척후로부터의 보고가 들어왔다. 그러나 그 어느 것도 원하던 보고는 아니었다.

"과연 가게토라. 나이는 어리지만 대단한 명장이다. 태세에 조금의 빈틈도 보이지 않는구나!"

양 군의 대치는 열흘 가까이나 계속되었다. 아주 작은 전투, 그것도 보병들 간의 사격전이 대여섯 차례 거듭되었을 뿐, 양쪽 모두 부대의 주력은 물론 선봉의 충돌조차 없었다. 서로에게 손을 먼저 내밀 수 없었던 것이다. 가게토라는 약간의 무료함이 느껴지기 시작했다.

"이대로 아무런 소득도 없이 팔짱을 낀 채 빈둥빈둥 시간만 보내 봐야 소용없는 일이다!"

그렇다고 해서 강을 건너 적진으로 뛰어들면 커다란 손해를 보게 될 것은 불을 보듯 뻔한 일이었다.

"눈싸움을 하고 있느니, 차라리ㅡ."하고 갑자기 퇴진을 명령했다.

그것도 대비를 단단히 하여 물러나는 것이 아니라, 일부러 진형을 어지럽게 하여 흩어진 상태에서 퇴진을 시작했다.

이를 보고 기뻐한 것은 다케다의 선봉이었다.

"적이 어지러워졌다! 뒤를 좇아 쳐서 전멸시켜라!"

저마다 이렇게 외쳤다.

그러나 하루노부는 멀리서 이 모습을 지켜보다가,

"나가오가 퇴진을 시작했군. 흠, 둔갑팔진(遁甲八陣)이라. 저건 우리에게 일부러 빈틈을 보여 따라오게 한 뒤 반격에 나서겠다는 계략이다. 그런 계략에는 빠지지 않는다!"라고 단번에 가게토라의 속내를 간파했다.

12명의 전령과 함께 사나다 단조노추가 선봉으로 달려들어갔을 때는 마침 히나타, 오바타의 용사들이 출진하려던 차였다.

"기다리시오, 여러분. 침착하시오. 적을 추격해서는 안 되오. 뒤 좇아서는 안 되오! 나리의 엄명이오. 오직 진을 더욱 견고히 하고 엄중하게 지키기만 하시오."라고 제지했다.

혈기왕성한 젊은 무사, 서두르던 용사들도 하루노부의 엄명이라니 어쩔 수가 없었다.

주먹을 불끈 쥔 채 이를 갈고 가만히 참으며 나가오의 퇴진을 지켜볼 수밖에 없었다. 열흘 동안의 대치에 말까지도 운동부족을 한탄하며 달려나가려 했으나 고삐를 힘껏 당겨 제지했다.

"에잇! 에치고 놈들, 더럽게도 운이 좋군!"

누군가가 이를 앙다물고 내뱉듯 말했다.

"제길!"하며 혀를 차는 사람도 있었다.

2, 3정쯤 물러났으나 다케다 군에서는 누구 하나 뒤쫓으려 하지 않았다. 10정 가까이 갔는데도 여전히 움직일 기미가 보이지 않았다. 가게토라도 하루노부의 생각이 깊음에는 감탄하지 않을 수 없었다.

"흠, 군사에 있어서는 참으로 영리한 하루노부로구나. 이건 쉽지 않은 상대!"

무심결에 말 위에서 팔짱을 끼고 고개를 갸웃거렸다.

5월 16일의 정오도 얼마 남지 않았다. 상쾌한 미풍이 촉촉하게 땀이 밴 투구 안쪽을 가볍게 훑고 지나갔다.

하루노부가 우치야마의 진을 물려 우스이토우게에서 마쓰이다(松井田)로 나와 산을 타고 고슈로 돌아간 것은 이로부터 며칠 뒤였다.

하루노부, 진두에서 칼을 휘두르다

〈제아무리 귀신이라 할지라도, 똑똑히 들어라. 옛날에도 물러난 적이 있다. 지카타(千方)라며 역신을 섬기는 귀신도. 왕위를 배신한 천벌로……〉

노(能)는 『다무라(田村)』였다.

춤을 추는 자는 하루노부였다.

각 장수들을 위로하기 위해 고후 다케다의 저택 안에서 노 관람회가 열렸다.

간제다유(観世太夫)의 『도조지(道成寺)』가 끝나고, 오늘의 백미인 하루노부의 『다무라』가 이제 막 시작된 것이었다.

사방침에 편안하게 기대어 간제의 춤을 감상하고 있던 하루노부는 곧 자신의 차례이기에 옷을 갖춰 입고 가면을 쓴 채 기다리고 있었다.

천 명에 가까운 장수들이 무대를 향해 나란히 얼굴을 늘어놓고 있었다. 사람들의 온김이 훅 느껴지기도 했다.

마침내 출연의 신호가 있어서 하루노부가 맡은 배역인 사카우에 다무라마로(坂上田村麿)가 대기실에서 무대로 나올 무렵이 되자 흥분은 거의 최고조에 이르렀다.

뜰에 넘쳐나는 사람들의 눈도 가만히 기대의 빛을 띤 채 하루노부의 일거수일투족에 쏟아지고 있었다. 마침내 숨이 막힐 정도의 흐름으로 절정에 이르렀다.

황홀경에 빠진 듯한 분위기가 사방에 가득 들어차 사람들은 후덥지근함조차 잊곤 했다.

그때였다.

우당탕 마루를 달려오는 가신이 있었다.

"주군! 파발마가─. 다카시마(高島) 성의 이타가키 야지로 나리가 보낸 파발마가 왔습니다."

모든 장수들이 휙 그쪽을 돌아보았다.

장내의 분위기가 단번에 바뀌어 전혀 다른 긴장감이 넘쳐흘렀다.

노래를 부르던 자들이 일제히 노래를 멈추었다.

"나리!"

하라 미노노카미가 무대를 향해 외쳤다.

하루노부도 그 목소리에 응하듯 춤을 멈추더니 그 자세 그대로,

"소란스럽게 왜 이러느냐! 무슨 일이냐?"라고 물었다. 그에 답하듯 가신의 바로 뒤를 따라온 사자가 헉헉 숨을 헐떡이며,

"여쭙겠습니다! 기소 요시마사, 오가사와라 나가토키를 비롯한 스와의 막하, 이나의 각 장수들이 일으킨 병력 1만여가 대거 다카시마 성 공격을 위해 출동했습니다. 아군은 병력이 많지 않아 도저히 맞설 수 없을 듯하니 모쪼록 급히 출마하시기를 오로지 바란다는 야지로 나리의 전갈입니다."

"앗! 그렇다면─."

늘어앉은 각 장수들이 저마다 외치며 벌써 자리에서 일어서려 하고 있었다.

하루노부는 천천히 얼굴을 돌리더니,

"아하하하하하하하."하고 커다랗게 웃었다. 춤에 열중하느라 배어나온 이마의 땀을 가신이 내민 수건으로 닦으며,

"짐작컨대 이나, 기소, 오가사와라의 무리들이 최근에 나의 습격

을 받아 자립이 어려워졌기에 궁여지책으로 에치고의 가게토라에게 후방을 청하고, 휘하에 있는 자들을 시오지리(塩尻) 부근까지 출동시킨 것인 듯하구나. 그렇게 해서 나를 출진케 하고 서둘러 고개 위에 오르면 이나, 기소, 오가사와라 세 장수가 우리 군의 후방을 습격하여 이래저래 며칠을 허비하게 하는 동안 가게토라가 가와나카지마까지 출진하여 우리를 협공하려는 속셈임에 틀림없다. 적의 속셈을 읽었다!"라고 말하자마자 수건을 던지고,

"알겠네! 그렇다면 그 허를 찔러 적의 선봉이 시오지리토우게(塩尻峠)에 오르기 전, 세 장수의 본진이 도착하기 전에 우리가 먼저 기선을 제압하여 휘하의 부대를 흩어놓겠다! 당장 갑옷을 가지고 와라. 말을 끌고 와라."하며 가면을 휙 벗어던졌다.

무대 위에서 재빠르게 무장을 갖추더니 쿵 발을 굴러 장단을 넣고,

〈커다란 슬픔의 활에 지혜의 화살을 걸어, 한번 당기면 천의 화살, 빗발치듯 쏟아져, 귀신 위에 어지러이 떨어지네. 전부 화살에 걸려 적은 남김없이 멸망하니……〉하고 『다무라』의 한 구절을 낭랑한 목소리로 읊으며 끌고 온 말 위로 훌쩍 뛰어올랐다.

"모두 뒤를 따르라!"

한마디 외치고 말의 배를 찼다.

"나리의 뒤를 놓치지 말아라!"

모두가 저마다 외치는 사이, 하루노부 옆에 앉아 있던 사마노스케 노부시게가 가장 먼저 무장을 갖추고 형 하루노부의 뒤를 따랐다.

거의 한순간의 일이었다. 곧 사람들이 앞을 다투어 달려나갔다.

하라, 오바타, 오야마다, 아나야마, 모로즈미, 고미야마, 히나타, 아키야마, 야마모토, 사나다, 아시다, 오부, 미시나, 마가리부치, 하기와라, 히로세 등의 맹장들이 객석에서 바로 준비를 갖추고 뒤를 따랐다.

출진할 사람들이 대부분 모이자 하루노부는 시나노의 후루이치에서,

"이번 싸움에서는 선봉과 본진의 6천으로 적을 섬멸시킬 것"하고 호령했다.

늦더위를 몰아낸 7월 18일의 달이 중천에 창백한 빛을 가득 던지고 있었다. 인마의 모습을 뚜렷하게 비추며, 후루이치의 밤이 깊어가고 있었다.

진격 명령이 떨어졌다. 밤을 새워가며 다케다의 선봉은 시오지리토우게로 전진했다.

날이 허옇게 밝았으며, 오전 8시 무렵이 되어 시오지리토우게에 도착하자마자 다케다 군은 허를 찌르듯 신슈 군의 진이 아직 허술한 틈을 타서 일제히 사격을 개시했다.

"앗! 무슨 일이지?"라고 이상히 여기면서도 불안에 휩싸인 신슈 군의 한가운데로, 다케다 군이 단번에 돌격해 들어갔다.

"와아!"

함성을 듣고 나서야 비로소 그 사실을 깨달은 신슈 군은 허둥지둥 동요했다.

'다케다 군이 어째서 이렇게 빨리!'

너무나도 뜻밖의 일에 혼비백산한 것이었다.

그러나 개중에 담력 있는 자가 있어서,

"적의 병력은 얼마 되지 않는다! 우리 대장이 오기 전에 하루노부의 목을 베어 공을 세우자!"라고 외치자 그것을 계기로 병사들도 약간 진정되기 시작했다.

"좋았어, 그렇다면 하루노부의 목을!"하며 진용을 다시 갖추고 다케다의 본진을 향해 달려들었다.

7월 18일의 폭염. 땀이 피와 섞여 방울로 떨어졌다. 하얀 칼날이 눈부실 정도로 번뜩였으며, 도신(刀身)은 햇빛을 하얗게 반사했다. 말의 숨결도 거칠었다. 말은 온몸이 땀에 흠뻑 젖었으며 거품을 물고 있었다.

격렬한 전투가 피바람 속에서 계속되었다.

지휘를 위해 필사적으로 휘두르는 하루노부의 부채가 찢어질 것만 같았다.

휙, 흙먼지가 일더니 수수한 검은 가죽에 검은 실로 미늘을 엮은 갑옷차림의 장수 하나가 홀로 하루노부의 본진을 향해 쇄도해들었다.

하루노부의 본진은 숫자가 적었다. 어린 사무라이가 두엇 따르고 있을 뿐이었다.

하루노부는 자주색 실로 엮은 갑옷 위에 비단 망토를 두른 채 집안 대대로 내려오는 홋쇼(法性)의 투구를 벗어 지금 막 어린 사무라이에게 건네주고 걸상에 앉아 전황을 살펴보고 있던 차였다.

그때 가까이 다가온 그 무사가 한마디 날카롭게,

"하루노부 각오해라!"

자루가 2간인 창의 날을 번뜩이며 달려들었다.

"이놈, 물렀거라!"하고 하루노부가 외쳤을 때는 이미 늦어서 창의 끝이 오른쪽 허벅지를 찔렀다.

손에 들고 있던 부채로는 온전히 막아낼 수 없었던 것이다.

"에잇!"

뒤이어 두 번째로 날아든 창. 가슴팍을 꿰뚫을 듯 내지른 것을, 덥석!

하루노부의 왼손이 창의 자루를 쥐었다.

휘청휘청, 비틀거리는 무사 —후카자와 헤이로쿠자에몬(深沢平六左衛門).

그곳으로 달려온 오야마다 헤이지 사에몬노조(小山田平次左衛門尉)가,

"에잇! 무례한 놈!"

커다란 칼을 휘둘러 날카롭게 베었으나 칼끝은 생각만큼 멀리까지 미치지 못했다. 말의 엉덩이를 푹 예닐곱 치 정도 갈랐다.

위기는 떠났다. 말에서 떨어진 후카자와를 오야마다가 쓰러뜨렸다.

하루노부는 얼른 상처를 감싸고 다시 지휘를 위해 부채를 휘둘렀다. 걸상에서 일어나 두어 걸음 걸었을 때, 휭 소리를 울리며 비스듬하게 날아온 날카로운 화살이 부채를 든 하루노부의 오른손 상박에 박혔다.

그러나 하루노부는 아무런 말도 하지 않고 그 화살을 뽑더니 다리에 대고 한가운데에서부터 두 동강이를 냈다.

맞은 곳이 좋지 않았는지 팔의 상처에서 피가 쉴 새 없이 흘러나왔다. 갑옷과 망토를 선혈로 새빨갛게 물들이며 손등으로 흘러 떨어졌다.

"나리, 상처는?"

가신이 불안하다는 듯이 묻자,

"상처? 그냥 스친 것일 뿐이다. 저놈을 베어라!"라며 두 번째 화살을 메기려 하고 있는 적, 기소의 막하에 속한 사무라이를 가리켰다. 억세고 용맹하게 보이는 얼굴에 6척이 훌쩍 넘는 사내가 바로 코앞, 대여섯 간 떨어진 곳의 소나무 아래에서 나무를 등지고 있었다.

후다닥, 네다섯 명이 달려나갔다. 저마다 손에 허연 검을 들고—.

하루노부의 상처는 3군데였다. 아군의 승리에도 불구하고 장병들의 마음은 가라앉아 있었다.

허벅지에 입은 상처는 거의 3치 가까이나 되는 깊은 상처였다.

거기에 이나, 기소, 오가사와라 3장수를 격파하기는 했으나 나가오 가게토라가 후방을 공격하지나 않을까 염려가 되었다. 이에 지체하지 않고 진을 물려 다케다 군은 고후로 돌아왔다.

시마 온천에서 열흘쯤 치료한 덕도 있었기에 하루노부의 상처는 곧 나았다.

두 영웅 다시 맞부딪치다

달이 가고 해가 바뀌어도 각 지방의 소란은 가라앉을 기색도 없이 날이 갈수록 커져만 갈 뿐이었다.

덴분 18년(1549) 4월, 하루노부는 가게토라가 엣추로 출진할 것을 미리 알고 있었기에 그 틈을 타서 오랜 화근을 뿌리 뽑기 위해 군대를 신슈로 움직였다. 노리는 적은 이나, 기소, 오가사와라 였다.

우선 오가사와라의 후카시(深志) 성을 몰살하기 위한 준비를 갖추었다. 이를 듣고 놀란 오가사와라는 우선 가게토라에게 원병을 청했다.

"이번에야말로 다케다와 먹느냐 먹히느냐의 결전이다!"

이렇게 말한 가게토라는 다카나시, 나오에, 시바타, 야스다, 우사미, 나카조, 만간지, 오카와(大川), 시모조(下条), 니이쓰, 지사카, 와다 등의 정병 8천여를 이끌고 24일에 신슈 지이사가타로 출진했다.

오부 효부쇼유가 우치야마 성을 지키고 있었는데 가게토라의 대군에 열 겹 스무 겹으로 포위당하고 말았다.

"에치고 군 8천, 상대하기에 약간 버거운 대군이기는 하나 그렇기에 더욱 맞설 맛도 나는구나!"

효부는 빙그레 웃고 바로 응전을 위한 준비에 들어가는 한편 사자를 스와에 있는 하루노부의 진영으로 보냈다.

단번에 짓밟겠다는 듯한 기세로 에치고 군이 맹공을 개시했다. 오가는 총알, 활과 돌의 응수, 섬뜩할 정도의 방어전이었다.

상처를 입는 자 헤아릴 수 없을 정도의 처참한 백병전 속에서 해가 저물었다. 달이 중천으로 떠올라 공격군의 진영을 환하게 비추었다.

시커먼 에치고 군의 그림자가 성을 빽빽하게 둘러싸고 있는 모습을 가만히 바라보고 있는 효부의 얼굴빛이 창백하게 보였다. 그러나 겁을 먹은 빛은 아니었다. 마음속에 무엇인가 결의를 굳힌 모습이 눈썹에 생생하게 드러나 있었다.

"모두, 혼마루로 집합하라."

8백 명의 성병들이 혼마루로 모였다. 효부가 모두의 얼굴을 둘러본 뒤 굳은 어조로,

"오늘 에치고 군의 공격을 보아서 알겠지만 적은 말 그대로 공격 일변도였다. 필시 이 성을 단번에 집어삼키려는 심산인 듯하다. 그렇기에 공격은 매우 치열했다. 그러나 거기서 하나의 부주의함을, —즉 빈틈을 발견했다. 그것은 공격하기에만 급급해서 방비를 든든히 하고 있지 않다는 점이다. 방비가 허술하다. 그 허점을 찔러 과감히 적을 무너뜨리는 것 외에 우리 군이 살아남을 길은 없다. 죽음으로 활로를 여는 방법이다! 적을 쓰러뜨리느냐, 나의 목을 적에게 내주느냐, 둘 중 하나를 택하는 방법이다! 모두 나와 함께 죽어주기 바란다!"

이렇게 말한 뒤 시동들에게 구운 주먹밥을 내오라 하여 배불리 먹이게 했다.

"그대들도 든든히 배를 채우도록 하게."

그러나 손을 내미는 자는 없었다. 흥분이 장병의 가슴을 가득 채우고 있었던 것이다.

"나리, 부족하나마 나리를 따르겠습니다."라며 모리즈미 쇼자에몬(森住勝左衛門)이 앞으로 나서더니 주먹밥을 덥석 집어 우적우적 먹기 시작했다.

"흠, 시원시원한 자로구나!"

사기가 올랐다. 결전의 때가 왔다.

문이 활짝 열렸다. 와 함성을 지르며 에치고 군의 한가운데로 치고 들어갔다. 10배나 되는 적을 두려워하지도 않고 돌격해 들어간 것이었다. 예봉에는 맞설 수 없는 법.

천하의 에치고 군도 주춤주춤 후퇴하기 시작했다.

오른쪽으로 왼쪽으로 칼을 휘두르고 찔러 적을 쓰러뜨리며, 효부는 아수라처럼 분전했다. 전신에 피를 뒤집어써 부동명왕처럼 보일 정도로 빨갛게 물들었다.

멀리 말 위에서 그 분전하는 모습을 지켜보던 가게토라는,

"저길 좀 보게. 오부 효부라는 자의 용전, 그야말로 희대의 사나운 무사일세. 과연 하루노부가 아끼는 신하, 적이지만 눈부신 거동! 포위하여 죽이기는 쉬우나 죽이기 아까운 용사로다."라며 퇴각의 나발을 불게 하여 아군 병사를 바로 야자키(矢崎) 안쪽으로 물러나게 했다.

"가게토라, 기다려라! 돌아와라, 군을 돌려라!"

오부 효부쇼유가 이렇게 외치며 뒤를 쫓았으나 17, 8정쯤 뒤쫓아도 끝내 따라잡을 수는 없었다. 너무나도 빠른 에치고 군의 퇴각이었다.

'우치야마 성이 위험하다. 오부를 그냥 죽게 내버려둘 수는 없다.'

사자의 전갈을 듣고 마음속으로 이렇게 결정한 하루노부가 마쓰모토 쪽으로의 진격을 중지하고 1만여의 군세를 몰아 고무로(小室)로 출진한 것은 28일 밤의 일이었다.

'하루노부가 출진했다니 우치야마 성은 오쿠마 비젠노카미와 요시카와 오리베(吉河織部)에게 맡기고─'

가게토라는 바로 창끝을 돌려 운노히라로 치고 들어갔으며, 거기서 다시 고에쓰의 대치가 시작되었다.

이른바 척후전(斥候戰)이라는 것이 암암리에 하루, 이틀 계속해서 행해졌다. 화살 하나 쏘지 않는 대치의 상태가 으스스한 전운을 머금고 있었으며, 운노히라 일대에 살기가 가득 들어차 있었다.

5월 6일 아침.

희미하게 날이 밝기 시작하여 오늘은 한층 더 뚜렷하게 아사마야마의 연무가 하늘로 오르는 것이 보였다. 완만한 산세에 구름이 금빛으로 물들어 길게 드리워져 있었다.

아침식사를 이제 막 마친 다케다의 진영으로 적장 가게토라가 보낸 사자로 귀신잡는 고지마 야타로가 찾아왔다.

"뭐, 사자가 왔다고? 이리 데려오게."

하루노부 앞으로 나온 귀신잡는 고지마가 대담한 눈빛으로 하루노부를 힐끗 쳐다본 뒤 천천히 입을 열었다.

"오늘 아침, 제가 군의 사자로 찾아온 것은 저의 뜻이 아닙니다. 저희 주군이신 가게토라 공의 명에 의한 것입니다."

이렇게 말하고 가볍게 인사를 한 뒤,

"내가 이번에 여기로 출진한 것은 시나노노쿠니를 빼앗으려는 욕심 때문이 아니오. 무라카미 요시키요의 의뢰를 받았기에 무사의 정도를 가야겠다는 의로운 마음에서 일으킨 전쟁이오. 그러니 귀하께서 백성들의 근심을 가엾이 여겨 무라카미를 본령인 가쓰라오로 돌려보내는 것에 동의하신다면 굳이 싸움은 원하지 않지만, 만약 동의하지 않는다면 달리 방법이 없소. 나는 귀하의 견고한 진 속으로 뚫고 들어가 단번에 승패를 결정지을 각오요."

이렇게 말하고 하루노부의 얼굴을 응시했으나, 하루노부는 눈썹 하나 까딱이지 않고 가볍게 고개를 끄덕였다.

"거듭 신슈로 출진하였으나 안타깝게도 귀하와는 아직 한 판의 승부도 겨루지 못했소. 바라건대, 귀하께서는 다른 구니의 각 장수들에게 무위를 떨치고 있는 것처럼, 나에 대해서도 용맹하게 싸움에 임해주시기 바라오. 나 역시도 사람, 제아무리 용자라 할지라도 다른 이들의 무용과 다를 바 없소. 모쪼록 다음의 둘 가운데 하나를, —즉 같은 마음이라면 즉각 화의를 맺고 귀국하시거나, 마음이 같지 않으시다면 내일을 기하여 일전의 승부를 가리시길. 어느 쪽을 택하실지 답을 듣고 싶소."

말은 정중했다. 그러나 명백히 가시를 머금은 도발이었다.

귀신잡는 고지마의 두 눈이 형형하게 빛났다. 응할 것이냐 말 것이냐. 바라건대 응하지 말기를, 하고 마음속으로 희망했다.

하루노부의 뺨에 미소가 떠올랐다. 가벼운 웃음이 코에서 새어나왔다. 여유로운 말투로,

"사자를 보낸 뜻, 분명히 알았소. 귀하가 무라카미의 부탁으로 우리 구니에 출진하시어 의로운 싸움을 하시려는 뜻, 무도를 가는 자로서 참으로 본받고 싶은 것이오. 갸륵함의 극치, 하루노부도 깊이 감격했다고 말씀드리고 싶소. 그러나 그와는 달리 무문에서 태어난 자가 일단 적과 아군으로 갈리어 싸우다 패하여 떠돌아다니는 몸이 된 것은 예로부터 지금까지 헤아릴 수도 없이 있었던 일이오. 이른바 무인의 일상이라고도 할 수 있는 일이오. 가게토라 나리의 의로운 뜻, 더없이 그럴 듯한 일이나, 이 하루노부가 살아 있는 동안 무라카미를 가쓰라오 성으로 돌려보낸다는 것은 생각할 수도

없는 일이오. 그것이 마음에 들지 않으신다면 원하시는 대로 일전을 치르겠소. 귀하께서 먼저 싸움을 걸어오시오. 나는 오로지 응전하도록 하겠소―."

담판은 결렬되었다.

"그럼 이만. 말씀하신 대로 주군께 전하도록 하겠습니다."

귀신잡는 고지마가 자리에서 일어나 돌아갔다.

보고를 들은 가게토라는,

"그도 그렇군. 우리 쪽에서 도전을 하라는 대답인가? 그렇다면―."하고 곧 적을 유인하기 위한 책략을 짰다.

이튿날이 되자 에치고 군은 방비를 느슨히 하여 일전을 기다리는 듯한 모습을 보였다.

그 사실을 깨달은 하루노부가 그 허를 찌르겠다는 듯, 스스로 잡병으로 꾸미고 대담무쌍하게도 우에스기의 진 속으로 섞여 들어갔다. 주장 자신이 척후에 나선 것이었다.

하루노부는 자신도 모르게 "앗!"하고 놀랐다. 언뜻 매우 허술한 방비처럼 보였으나, 사실 가게토라의 깊은 계략은 아군을 끌어들여 단번에 집어삼키려는 와룡의 기세를 품고 있었기 때문이었다.

'이건 방심할 수 없는 계략이로구나! 가게토라는 보통내기가 아니다. 그 모략에 떨어질 줄 알았느냐!'

이렇게 생각하고 오로지 진세를 굳건히 하여 방비에 소홀함이 없었다.

"단 한 사람이라도 방어진 밖으로 나가서는 안 된다. 명령을 어기고 한 걸음이라도 나서는 자는 죽음으로 다스리겠다!"

엄명을 내렸다.

한편 가게토라도 역시 잡병 속으로 섞여들어가 다케다 진영을 정찰하러 나섰다.

보면 볼수록 세세한 부분에 이르기까지 물 샐 틈 없이 견고한 진세였다. 파고들려 해도 파고들 만한 허점이 없었다.

'과연 하루노부!'

그저 감탄할 수밖에 없었다.

서로를 노려본 채 덧없이 날짜만 지나갔다.

마침내 10일 아침, 귀신잡는 고지마 야타로가 다시 다케다의 진영으로 찾아왔다.

"지난 1일부터 오늘에 이르기까지의 열흘 동안 서로 대치만한 채 덧없이 날을 보내며 아직 일전도 치르지 못했소. 더 이상 오래 머무는 것은 쓸데없는 일 우리는 오늘 진을 뜯어 노토, 엣추 방면으로 출동하겠으니 너무 허물하지 마시오."

이런 말을 전달했다.

그날 정오 무렵이 되자 에치고 군은 진을 거두기 시작했다.

그 모습을 가만히 지켜보고 있던 하루노부가 조용히 말했다.

"흠, 훌륭하구나! 당당한 퇴진이다. 당당한 에치고 군이로다!"

사이가와 전투

같은 해 8월, 다케다 하루노부는 고즈케노쿠니로 진군하여 우에스기 민부노쇼 노리마사 세력하의 군대들과 마주했다.

다케다 군을 막기 위해 출진한 안나카(安中)의 성주 안나카 에치젠노카미, 와다의 성주 와다 사에몬노조, 미노와의 성주 나가노 시나노노카미, 구라가노의 성주 구라가노 로쿠로, 모로오카(師岡)의 성주 모로오카 야마시로노카미(師岡山城守), 마쓰이다의 성주 마쓰이다 에치젠노카미 등의 3천여 명을 마음껏 농락하다 마침내 최후의 일격을 가하려던 순간, 신슈의 오가사와라 나가토키가 시모스와(下諏訪)를 탈환하기 위해 준동(蠢動)하기 시작했다는 보고를 접했다.

이에 우선은 병력을 조슈에서 물려 고후로 돌아왔다.

그 이듬해 봄.

덴분 19년(1550) 3월.

하루노부는 다시 고즈케를 공략하기 위해 마쓰이다 성으로 밀고 들어갔다.

바로 그때ㅡ.

나가오 가게토라가 지조토우게(地蔵峠)를 넘어 대거 사쿠(佐久) 군으로 진출하려는 태세를 보이고 있었다.

하루노부의 본진에서는 군사회의가 열렸다.

8일의 달이 희미하게 벚꽃 잎에 그림자를 드리워 고요함에 잠긴 밤. 눈부시게 횃불을 밝혀놓은 본진으로 참모들이 모여들었다. 모닥불이 소리를 내며 불타오르고 있었다.

"다 모인 듯하군. 그럼 회의를 시작하도록 하겠네."

하루노부는 이렇게 말하고 간스케에게 눈짓으로 신호를 주었다.

"그럼 제가 의견을 말씀드리겠습니다."

간스케가 몸을 약간 앞으로 내밀었다. 사람들도 서서히 무릎을 마주댔다.

달빛에 들뜬 것인지 둥지에서 나온 산새가 어딘가에서 소리 높여 한 번 우는 소리가 들려왔다. 간스케의 이마에 얼핏 영기가 번뜩였다.

"에치고 군이 사쿠마로 진출하려는 태세를 보이고 있다는 전갈입니다만, 그렇다면 아군은 곧 사루가바바로 나아가 후카시 도로를 끊고 거기에 본진을 두는 것이 상책일까 합니다. 그러면 적은 반드시 사이가와 건너편, 젠코지야마(善光寺山)로 올라가 진을 칠 것입니다. 저희는 지리적 우위를 점하여 팔진을 갖추고 에치고 군을 사문(死門)에 빠뜨릴 수 있을 것입니다. 혹, 적이 사문에 들지 않는다 할지라도 아군은 전법을 바꾸어 불패의 지위에 설 수 있습니다."

작전은 손바닥 안을 가리키듯 분명했다. 하루노부가 크게 고개를 끄덕였다.

"흠, 그렇다면 오가사와라는?"

"오가사와라는 나가사카, 아이키, 아시다를 시모스와에 남겨두어 적을 막게 하면, 그것으로 충분할 듯합니다."

"알겠네. 전장을 바꾸겠네."

회의는 채 20분도 걸리지 않았다.

간스케의 예상은 적중했다.

4월 10일, 다케다 군이 전군을 사루가바바에 집결시킨 것에 호응하여 나가오 군은 젠코지야마에 진을 쳤다.

다케다 군 1만 3천여가 팔진을 치고, 에치고 군이 공격해 들어오면 단숨에 쳐부수겠다는 듯 만전을 기하고 있었다.

젠코지야마에 있는 에치고 군의 본진에서는 대장인 가게토라가 척후병이 돌아오기를 기다리고 있었다.

"나리, 척후가 돌아왔습니다."

부하가 이렇게 고하자 가게토라는 싱긋 웃으며 걸상에서 일어났다.

우사미 스루가노카미가 잡병 일고여덟 명을 이끌고 다가왔다.

"그래, 기다렸네. 고슈 군의 상태는?"

"넷."

우사미가 멀리 고슈 군 쪽을 바라보며,

"적의 숫자는 대략 1만 3천쯤이라 여겨집니다. 진을 친 모습은 8개의 종렬. 참으로 엄중한 태세입니다. 허나-."

말을 끊고 잠시 갸웃거렸다.

"허나? 무슨 일인가?"라고 가게토라가 물었다.

"허나, 그처럼 엄중한 태세 가운데 딱 1개 부대만이 겁을 먹은 듯 허둥대고 있었습니다만-."

"흠, 그건?"

"가운데 검은 점에 소용돌이 모양이 새겨진 깃발을 든 부대였습니다. 아마도 전의를 상실했거나, 통솔이 문란하거나, 그도 아니라면 약한 장수가 이끄는 부대가 아닐지-."

"하하하하하하!"

가게토라가 갑자기 소리 내어 웃기 시작했다.

그리고 이상하다는 듯한 얼굴로 바라보고 있는 우사미의 시선에서 돌린 자신의 눈을 적진 쪽으로 향하며,

"흠, 간스케 놈, 계략에 빠뜨릴 생각이로군!"하고 앙다문 입으로 뱉어내듯 말했다.

"넷? 간스케?"

우사미가 되물었다. 가게토라가 코의 양 옆에 미소를 지으며,

"팔진의 엄중한 태세. 그 가운데 허둥대는 부대가 하나 보인다. 그렇다면 누구나 그 부대에 주목하여 그곳으로 파고들 것이다. 바로 그것이 상대가 노리는 바다. 그 허둥대고 있는 1개 부대가 바로, 예전부터 들어왔던 야마모토 간스케, ─즉 꾀 많은 자의 부대다. 이 모략도 틀림없이 녀석의 계략일 것이다. 흉계를 꾸몄구나, 풋내기 같은 놈! 그런 모략에 이 가게토라가 쉽게 넘어갈 줄 알았느냐!"

이렇게 말하면서도 가게토라의 뺨에는 어딘가 기뻐하는 듯한 빛이 떠올랐다.

그것은 전국의 무장이 호적수를 얻은 데서 오는 기쁨이었다.

"됐다! 계책은 세워졌다."

가게토라가 우사미를 향해,

"출진 준비를 하라!"

만전에 만전을 기한 화살은 이렇게 해서 쏘아 올려졌다.

물이 말라 강가의 돌도 허옇게 빛나고 있는 사이가와를 1만여의 에치고 군이 기변(奇變)의 태세를 갖춘 채 건너기 시작했다.

두 영웅은 몇 번 태세를 갖추었다가 끝내는 한 번도 싸움다운 싸움을 하지 않았으나, 오늘 4월 11일에 비로소 전쟁을 개시한 것이었다.

에치고의 선봉인 고시, 우사미, 가키자키, 다테, 다카나시 등의 부대가 화승총의 엄호사격으로 피어오른 포연을 뚫고 창을 나란히 한 채 다케다의 선봉을 향해 공격해 들어갔다.

계곡도 술렁거리고 산도 흔들릴 정도의 함성이 천지에 진동했으

며, 섬뜩하고 처절한 핏줄기가 사이가와의 강물을 붉게 물들였다. 강가의 돌은 핏방울을 머금었으며 그 촉촉함에 미끄러진 살과 살의 요란스러운 소리가, 칼과 칼의 불꽃에도 뒤지지 않을 만큼 살기를 머금고 있었다.

에치고 군의 선봉이 날카로웠던 것일까?

다케다의 선봉을 맡고 있던 히나타 야마토노카미의 부대가 주춤주춤 후퇴. 발걸음이 어지러워지더니 그대로 달아나기 시작했다.

그러나ᅳ. 에치고 군은 그것을 쫓지 않았다.

쫓았다면, ᅳ간스케가 미리 숨겨두었던 포위군이 한 명도 살려두지 않겠다며 그들을 포위하여 섬멸전을 감행했을 것이다.

가게토라는 그러한 사문의 태세를 꿰뚫어보고 엄하게 명령을 내려두었던 것이다.

기모(奇謀)와 지책(智策)이 눈에 보이지 않는 공간에서, 아니 마음과 마음속에서 격렬히 맞부딪쳐 불꽃을 튀었으며, 전투는 치열함을 더해갔다.

말이 쓰러졌다. 용사의 한쪽 팔이 떨어져나갔다. 창끝이 가슴팍을 꿰뚫었다.

승패는 혼돈. 두 번, 세 번 충돌을 감행했으나 귀추는 조금도 예측할 수가 없었다.

바로 그때 하늘 가득 갑자기 흐려지더니 땅에 드리울 듯 검은 구름이 삽시간에 번져갔다. 스산한 바람이 휙.

"회오리바람이다!"

나가오의 깃발이 펄럭펄럭 소리를 내며 나부꼈다. "앗!"하고 외치는 소리와 함께 무엇인가가 허공으로, 공중으로 떠올랐다.

사람과 말 모두 눈을 감았다. 입을 막았다. 나뭇잎처럼 몸이 말 위에서 떠오르려 했다. 안장을 힘껏 누르고 말의 등에 간신히 매달려 있었다. 그 말의 발을 낚아챌 듯 바람이 맹위를 떨쳤다. 마구들이 부딪쳐 요란하게 울려댔다. 강가의 돌까지 서로 부딪쳐 깨졌다.

이제는 싸움이 문제가 아니었다. 사람과 바람의 필사의 투쟁이었다. 하늘에서 무엇인가가 쏟아졌다. 휩쓸려 올라갔던 물건들이 떨어지는 것이었다.

쏴아! 쏴아!

장대 같은 비가 내리기 시작했다. 암흑의 세계에 소나기였다.

"이건 보통 일이 아니다. 괴이하고 이상한 일이다!"라고 중얼거린 가게토라가 옆에 있던 우사미를 데리고 빗속에서 말을 달렸다.

쏴아! 다시 한바탕.

갑옷 속으로, 속옷 속으로, 전신에서 빗방울이 떨어졌다.

가게토라는 말을 선봉 쪽으로 달려 휙 지휘봉을 휘둘렀다. 우사미가 젖 먹던 힘까지 짜내 외쳤다.

"퇴각하라! 퇴각하라!"

퇴각의 징이 울렸다.

빗속에서 에치고 군이 퇴각을 시작했다. 아주 짧은 순간이었다. 바닷물이 빠지듯 신속하게 퇴각을 마쳤다.

이를 본 하루노부는 야마모토 간스케를 데리고 선봉 쪽으로 말을 달려, 그도 역시 퇴각을 명령했다. 명령이 순식간에 전달되자 다케다 군의 선봉도 대오를 갖추어 퇴각했다. 참으로 훌륭할 정도의 신속함이었다.

구름은 걷혔다. 태양이 반짝였다. 조금 전의 회오리바람과 장대

비가 마치 거짓말 같았다.

서로를 노려본 채 밤이 왔고 하룻밤이 지났다.

다케다 진영에서는 아침식사가 시작되려던 참이었다.

"앗! 저기를 좀 봐! 누구지?"

"어디? 아아, 저 깃발을 든 무사 말인가? 글쎄, 에치고의 무사임에는 틀림없는데ー."

"맞아. 분명히 적이야. 단기(單騎)로 무엇을 하러 오는 걸까?"

"아, 깃발의 글자가 보이는군. 비(毘)라는 글자야!"

"그래, 틀림없이 비라고 적혀 있군. 오른손에 뭔가 들고 있어. 대나무에 끼운 서장 같은데, 자네 눈에는 뭐로 보이는가?"

"음. 틀림없이 서장이야."

이놈! 하고 다케다의 용사들이 태세를 갖춘 것도 모르는 척, 그무사는 다케다의 진 바로 가까이에 있는 야트막한 언덕에 오르더니말에서 내렸다. 그리고 가지고 온 서장이 꽂힌 대나무를 지면에단단히 세웠다.

지금까지 숨을 죽인 채 마른침을 삼키고 있던 다케다의 진에서갑자기 요란하게 총성이 울리기 시작했다.

그러나 그 무사는 당황하지도 소란을 피우지도 않고 유유히 다시말에 올랐다. 뚜렷한 말발굽 소리가 총알 속을 빠져나가 처음 왔던에치고 군의 진영 쪽으로 돌아갔다.

그와 교대하듯.

다케다의 진영에서 검은 말에 붉은 옷을 걸친 젊은 무사가 단기로 말을 몰아 그 서장을 가지러 갔다.

"멈춰라! 저 무사를 죽여서는 안 된다!"

사람들이 웅성댔다.

마침내 그 서장을 받아든 하루노부가 펼쳐보니 이렇게 적혀 있었다.

〈다케다 하루노부 나리께 올립니다. 저 가게토라, 오늘 진을 물려 군을 엣추의 노토로 몰고 가 정벌을 할 생각입니다. 모쪼록 귀하께서도 그 사이에 잠시 군을 쉬게 하십시오.

승부의 결착은 훗날 쌍방이 결정한 뒤.〉

"깜찍한 가게토라로구나! 우리도 얼른 답장을—."

가신에게 붓과 종이를 가져오라 명령하여 하루노부는 술술 써내려갔다.

지네가 그려진 깃발을 꽂은 무사가, 그도 역시 단기로 그 서장을 들고 나가오의 진영 가까이까지 달려갔다.

그리고 상대가 그랬던 것처럼 그 서장을 끼운 대나무를 바로 근처에 세운 뒤 돌아왔다.

나가오의 진영 안에서 조금 전의 무사가 나와 그 서장을 가지고 돌아갔다.

그것을 받아 읽는 가게토라의 얼굴에 웃음이 번졌다.

〈귀하께서 이곳에서 물러나 곧장 엣추의 노토로 가신다는 말씀 잘 알았소. 나도 그 뜻을 받아 군을 되돌릴 준비를 하겠소. 애초에 두 집안이 창과 방패를 맞댄 것은 오로지 무라카미가 옛 땅으로 돌아가려 한 데 그 원인이 있었는데, 귀하께서 그 뜻을 거두신다면 우리 집안으로서는 아무런 원한도 없으니…….〉

호후쿠지 전투 전후

사이가와에서 병사를 물린 다케다 하루노부는 예전부터의 현안이었던 조슈 공격에 착수하기로 하고 착착 준비를 갖추어나갔다.

모든 준비가 완벽하게 갖추어졌을 무렵, ―덴분 19년(1550) 9월 중양절 당일이었다.

사가미(相模)의 호조 우지야스가 이마가와를 통해서 갑자기 조슈 공격에 대해 참견을 해왔다.

할아버지 호조 소운(北条早雲)의 뜻을 이어받은 우지야스는 지금까지도 종종 조슈의 우에스기 씨와 창칼을 맞댔는데, 최근에 이르러 고슈의 다케다 하루노부가 거칠 것 없는 기세로 조슈를 병합하려는 듯한 태세를 보이자 마음 편치 않은 구석이 있었다.

'다케다가 조슈를 옆에서 낚아채가는 것 아닐까.'

이런 불안함이 있었다.

'어떻게 해서든 지금 다케다의 촉수를 저지하지 않으면 안 된다. 먼저 손을 내민 것은 나다.'

이에 이웃 구니인 스루가의 이마가와 지부다유 요시모토(今川治部大夫義元), 다케다와 인척관계에 있는 그에게 이 뜻을 의뢰한 것이었다. 의뢰라기보다는 오히려 간청을 한 것이었다.

한없이 정중하게 부탁했기에 요시모토도 승낙하지 않을 수 없었다. 이에 중양절의 사자로 시노미야 우콘(四宮右近)을 고슈로 보내 위와 같은 내용을 의뢰케 한 것이었다.

다케다의 중신들은 깜짝 놀랐다. 그 가운데서도 하라 가가노카미

마사토시(原加賀守昌俊), 모로즈미 분고노카미 마사키요(諸角豊後守昌清)는 이를 갈며 안타까워했다.

"이보게 마사키요. 작년에 하다못해 마쓰이다나 안나카 가운데 하나라도 손에 넣었다면 이런 참견은 하지 못했을 걸세! 에잇, 생각할수록 분하네!"

하라가 탄식하자 모로즈미도,

"누가 아니라나. 하다못해 성 1개라도 빼앗았다면 우리의 내정이다, 우리의 영지다, 라고 말해버리면 끝났을 일을ㅡ."

"우에스기의 영지를 공격할 수 없다면 우리 주군의 운도 뻗어나갈 곳을 잃어ㅡ."라고 말하다가 하라는 자신도 모르게 코를 훌쩍였다.

"그래, 맞아. 주위로 뻗어나갈 곳을 잃은 위세는 어떻게 되는 걸까?"

이렇게 말하며 모로즈미도 어두운 얼굴을 숙였다.

이마가와, 호조, 우에스기를 늘어놓고 보니 다케다 집안이 뻗어나갈 곳은 조슈를 단초로 삼는 것 외에 살아날 길이 없었다. 그 행방이 이제는 막혀버리고 만 것이었다.

'이렇게 된 이상 이제는 에치고의 나가오와 화목하여 무라카미를 원래의 땅으로 되돌리고, 그 대신 오가사와라, 이나, 기소를 손에 넣는 것이 남겨진 유일한 활로다.'

두 사람의 가슴에 우연히도 같은 생각이 떠올랐다.

"여러분들은 어떻게 생각하시오?"

그 누구도 고개를 숙인 채 얼굴을 들려 하지 않았다. 웅대한 계획이 좌절되어버린 것 같은 침울한 기운에 잠겨버린 것이었다.

한 사람, 하루노부만이—.

방 문 위의 채광창을 바라보고 있던 시선을 날카롭게 두 사람의 얼굴 위로 옮겨 단호하게 말했다.

"이마가와의 말은 승낙하지 않을 수 없을 것이오. 그렇다고 해서 지금 가게토라와 화목하고 이나, 기소, 오가사와라 세 집안을 하룻밤 사이에 멸망시킨다 한들 무슨 보람이 있겠소? 그렇게 한다면, 하루노부는 가게토라를 두려워하고 가게토라의 무위에 굴하여 화목했다는 등 천하의 비난과 비웃음만을 살 뿐이오. 조슈에서는 손을 떼기로 하겠소. 허나, —가게토라와는 언제까지고 패권을 다투지 않으면 안 되오. 적어도 상대방이 먼저 굴복해올 때까지는."

"하지만 지금은—."하고 하라가 만류하려는 것을 가볍게 일축하며,

"아니, 우선 세 집안을 칠 것이오! 혹여 가게토라가 변함없이 세 집안의 뒤를 봐준다 할지라도 결단코 칠 것이오! 출진 준비를 하시오!"

그대로 일어서더니 바로 채비를 갖추기 시작했다.

오가사와라를 치기 위해 고슈 군은 9월 15일에 신슈를 향해 출발했다. 운노히라를 넘어 호후쿠지에 진을 쳤다.

"뭐라! 다케다가 출진했다고?"

척후로부터 소식을 들었으나 오가사와라 나가토키는 그렇게 놀라지 않았다. 예전부터 예상하고 있던 일이 현실이 되어 나타난 것일 뿐이었다.

"건곤일척의 싸움에 나서면 그뿐이다. 모두 각오는 되었는가?"

"네!"

장병들 모두가 가득한 의욕으로 대답했다.

서둘러 행군을 개시했다. 성을 나서자마자 히나쿠라토우게(鄙倉峠)를 단번에 넘어 고슈의 선봉을 향해 쇄도해 들어갔다.

호후쿠지의 숲 근처에 다다르자 고슈의 선봉인 오부 효부쇼유, 오야마다 빗추노카미의 군이 바로 코앞에 있었다.

물론 사격전에 의해 전쟁이 시작되었고, 오가사와라 군이 필사의 칼날을 날카롭게 휘두르며 고슈 군의 한가운데로 파고들었다.

천하의 고슈 군, 정예의 사나운 무사들도 이 기세에 압도되어 2, 3정쯤 후퇴. 여전히 다그치듯 추격해오는 오가사와라 군에 의해 자칫했다가는 패해 달아날 형국이 될 듯했다. 그때ㅡ.

"이런, 이런. 고슈 군답지 못하게, 후퇴라니 이 무슨 꼴이란 말이냐. 나가토키가 제아무리 용맹을 떨친다 해도 아군에 비하면 10분의 1도 되지 않는 소수. 단번에 짓밟아버려라!"하고 커다란 목소리로 외친 뒤 후퇴하는 아군을 흘겨보며 말을 달려나가는 어린 무사가 있었다. 나이는 열일고여덟 살. 붉은 실로 미늘을 짠 갑옷에 적갈색 말. 세상을 떠난 아마리 비젠노카미의 적자 사에몬노조 하루요시(左衛門尉晴吉)였다.

"저놈이! 풋내기 놈을 쳐라!"라며 한꺼번에 달려드는 오가사와라 군을 오른쪽으로 베고 왼쪽으로 쓰러뜨리고, 한 걸음도 물러서지 않고 분투했다.

"나리를 보호하라!"라고 외치며 아마리의 부하들이 달려들었다.

형세는 그야말로 역전.

겨우 하루요시 한 사람 때문에 오가사와라 군은 무너져 발걸음이 어지러워졌다. 거기에 힘을 얻어 사기가 오른 고슈 군이 반격에 나섰다.

"와아!"

허둥대기 시작했다. 인마가 서로를 밀치고 부딪쳤으며, 오가사와라 군은 걸음아 나 살려라 달아났다. 히나쿠라토우게를 뒤로하고 마쓰모토를 향하여―.

하루노부는 멀리까지 쫓지 않고 일단은 병사들을 모았다.

아마리 하루요시의 부하가 취한 머리만 273급이나 되었다. 그 외에도 적의 머리 520을 헤아렸다.

"오늘의 싸움은 대승리다. 특히 아마리 하루요시의 활약은 발군이었다."

하루노부가 빙그레 웃으며 공을 칭찬했다.

패해 달아난 오가사와라는 간신히 목숨을 건져 마쓰모토 성으로 무사히 돌아갈 수 있었다. 그런데 이번 전투에서는 이타가키 야지로, 오야마다 사효에노조가 기쿄가하라(桔梗ヶ原)에 진을 치고 있었다. 오가사와라를 배후나 측면에서 공격했다면 말할 필요도 없이 완승을 거두었을 터였다.

이타가키 등은 어째서 수수방관했던 것일까?

이타가키의 역심

마가리부치 쇼자에몬은 부아가 끓어오르는 듯했다. 주군 이타가키 야지로가 단센(段錢)을 부과했으며, 거기에 수시로 재촉했기 때문이었다.

단센이란, 고슈에서는 모든 봉토의 절반을 메이덴(名田)이라 부르고 그 가운데서 약간의 연공을 거두어들이도록 되어 있었는데 그 연공을 가리키는 말이었다. 이 단센이 각 조장의 수입이었다.

소년 시절부터 씩씩함으로 이름을 알렸던 마가리부치는 이타가키 스루가노카미의 부하가 되어 오다이와의 전투를 시작으로 스와 공격, 도이시 전투, 구라가노와의 우스이토우게 전투 등에서 매번 눈에 띄는 커다란 공을 세워, 감사장과 은상을 받은 적도 한두 번이 아니었다.

스루가노카미는 그 용맹스러움을 사랑하여 200명의 조원들 가운데 특히 마가리부치 한 사람에게만은 단센을 면제해주었다. 그런데 덴분 16년(1547)에 스루가노카미가 우에다하라에서 전사하자 적자인 야지로가 가독을 상속하기에 이렀고, 갑자기 마가리부치의 특권은 박탈당하고 말았다. 다른 조원들과 마찬가지로 단센을 내야 한다는 것이었다.

"저는 선군(先君)으로부터 특별한 은혜를 입어 단센을 면제받았습니다. 모쪼록 선군과 같은 처분을 부탁드립니다."

마가리부치가 이렇게 청한 데 대해서 새로운 주군인 야지로는,

"아버지는 아버지, 자식은 자식일세. 아버지 때와는 달리 지금은 출비도 늘었네. 위에서 내린 봉토에 은혜를 베풀 여유가 없다네."라며 청을 들어주지 않았다. 이에 마가리부치는,

"하지만 이는 선군께서 저의 무훈에 대해 내리신 은상으로ㅡ."

"몇 번을 말해도 마찬가지일세. 게다가 전투만 해도 요즘에는 예전처럼 자주 있는 것도 아닐세. 따라서 무용에만 빼어난 자도

그렇게까지 중요하지는 않네."라고 일축해버렸다.

그로부터 매일처럼 50명의 보병들이 야지로의 명령을 받아 마가리부치의 숙소로 세금을 독촉하러 왔다. 말하자면 강경하게 눌러앉아 독촉을 하는 셈이었다.

50명이 줄줄이 얼굴을 늘어놓고 현관에서 용을 썼으나 당사자인 마가리부치는 제대로 상대도 해주지 않았다. 정원으로 내려가 2간 길이의 창을 꼬나들고 무예 연습에 전력했다. 창술을 마치고 나면 궁술 연습을 했으며, 그들은 아예 안중에도 두지 않았다.

밥때가 되어도 자기 혼자서만 얼른 식사를 마치고, 50명의 사람들에게는 차 한 잔 내주지 않았다.

마침내 30일째가 되자 사람들은 기다림에 지친 데다가 화가 나기도 했기에,

"보십시오, 마가리부치 나리. 어제도 그제도 저희는 주군의 명령으로 찾아왔는데 나리께서는 밥때가 되어도 밥 한 그릇 내주려 하시지 않습니다. 오늘은 반드시 단센을 내주시든 밥 한 그릇을 내주시든 해주셨으면 합니다!"라며 대놓고 정색을 했다.

그러나 마가리부치는 쓴웃음을 지으며,

"그렇게 떠들 것 없다. 너희들에게 밥을 내줄 정도라면 어찌 이렇게 독촉을 받겠느냐. 없는 건 없는 게다. 밥 한 그릇은커녕 너희에게는 차 한 잔도 줄 수가 없다."

이 말을 듣고 보병들은 마침내 화가 났다.

"뭐라! 밥을 못 내주겠다? 그렇다면 여기서 행짜를 놓겠다!"라고 저마다 아우성을 쳤다.

"아하하하하하하!"하고 커다란 소리로 웃은 마가리부치는,

"너희들 마음대로 해라. 행패를 부리고 싶다면 마음껏 부려라. 그 대신 너희들의 머리가 몸통에 붙어 있지 못할게다!"

힘껏 노려보았는데, 과연 전장에서 단련된 용사였다. 보병들은 자신도 모르게 그 섬뜩한 기운에 겁을 먹고 뒷걸음질을 쳤다.

이 일이 야지로의 귀에 들어가자 열화와 같이 화를 내며,

"괘씸한 마가리부치 놈! 나의 명령을 어긴 것도 모자라 폭언까지 내뱉다니, 있을 수 없는 일이다! 이대로 내버려두었다가는 다른 조들도 보고 있으니 내 체면이 서지 않을 것이다. 당장 마가리부치를 불러라!"

이렇게 말하고는 200여 명의 가신들을 앉혀놓은 자리로 마가리부치를 불렀다.

"어떤가 마가리부치. 그대는 단센을 내지 않았을 뿐만 아니라 오히려 폭언까지 내뱉었다고 하던데, 그게 사실인가? 전에부터 말한 것처럼 아버지는 아버지일세. 하물며 그대는 우리 집안에서도 누구보다 뛰어난 자. 다른 자들도 보고 있네. 스스로 솔선해서 모범을 보여야 할 것 아닌가. 언제까지 이런저런 핑계를 대서 쓸데없는 수고를 하게 만들 셈인가. 어찌 이리 괘씸한 짓을 하는 겐가. 무엇보다 잘 생각해보게. 그대는 원래 잡일을 하던 보잘것없는 자였는데 아버지께서 이끌어주시고 다케다 나리의 말씀도 있었기에 우리 조에 들어올 수 있었던 것 아닌가? 자신의 분수를 알게!"라고 뱉어내 듯 말하는 것을 듣고 마가리부치는 얼굴이 시뻘게졌다.

야지로의 말에 대해서 자리에 늘어앉은 사람들도 입을 모아,

"야지로 나리의 말씀이 옳지 않은가. 단센은 다케다 나리의 명령일세. 장군 혼자서만 선대의 예를 들어 면하려 한다는 것은 당치도

않은 일일세. 게다가 폭언까지 내뱉다니 무례하지 않은가."라고 단정 지었다.

마가리부치는 눈을 부라리고 어깨를 식식거리며 일동을 노려보다가,

"내가 예전에 이 집안의 하인이었다는 사실은 내 스스로가 누구보다 잘 알고 있소. 단센에 관해서는, 선대로부터의 약속이었는데 보병들이 독촉을 하러 와서 행패를 부리려 하기에 그것을 제지한 것일 뿐이오. 폭언을 한 기억은 어디에도 없소. 누가 그와 같은 참언을 한 것이오."

야지로도 약간 마음이 풀어져서,

"그러셨겠지. 그대는 조원들의 모범이 되어야 할 자, 그와 같은 폭언을 했을 리 없다고 생각했소ー."

그러자 마가리부치가 휙 머리를 들어,

"참으로 폭언을 내뱉은 적은 없습니다. 하지만 앞으로도 단센의 독촉을 철회하지 않으시고 이 마가리부치의 입장을 난처하게 하실 생각이시라면, 이 목을 쳐서 바치도록 하겠습니다."

이렇게 말하고 사람들을 흘겨보며 자리에서 일어나 나갔다.

야지로의 분노가 하늘을 찔렀다.

'괘씸한 태도! 주벌(誅伐)하고 말겠다.'

이렇게 생각하기는 했으나 마가리부치는 하루노부 공에게도 알려진 용사. 섣불리 죽일 수는 없었다. 그렇다고 해서 내쫓을 수도 없는 일이었다.

생각다 못해 나가사카 사에몬, 아토베 오이노스케(跡部大炊介)를 통해서 이 사실을 하루노부에게 호소했다.

"무사인 이상 행실을 바로하고 복종의 정신을 가지고 있지 않으면 안 됩니다. 본보기를 위해서라도 마가리부치를 잘 처분해주시기 간절히 바랍니다."

두 사람의 말을 들은 하루노부는 자신도 모르게 커다란 소리로 웃었다. 그리고 언제까지고 그 웃음을 멈추지 못했다.

마침내 배를 움켜쥔 채로,

"그거 참, 마가리부치 놈은 일의 이치를 알지 못하는 녀석이로군. 그래, ―마치 개와 같은 녀석이야. 모든 개들은 선악과 시비를 구별하지 못하는 법일세. 깔끔하게 다듬어놓은 화단도 상관하지 않고 제멋대로 짓밟지. 소중한 화초를 밟아 쓰러뜨리고 잘 가꾼 명화(名花)를 밟아 흩어놓아. 주인이 몽둥이를 들어 그놈을 쫓으려 하면 자신의 잘못은 깨닫지 못하고 오히려 주인을 향해 짖지. 그렇다고는 해도 짐승 가운데서는 원숭이, 여우, 너구리 등과 비교하자면 봐줄 만한 구석도 있지 않은가. 마가리부치 놈은 그 개와 같은 자일세!"라고 말하며 두 사람의 진지한 얼굴을 바라보고, 이번에는 천천히 말을 이었다.

"그대들도 알고 있는 것처럼 마가리부치는 여러 차례에 걸친 전투에서 늘 발군의 공을 세운 자일세. 그와 같은 자가 한 명 있으면 군의 사기가 높아지지 않는가. 그 점을 생각해서 야지로에게도 이번 일은 노여움을 억누르고 그냥 내버려두라고 전해두게."

두 사람은 달리 대답할 말이 없었다.

그러나―. 야지로의 마음은 가라앉지 않았다.

'내 비록 부족하기는 하나 한 부대의 대장. 그런 나를 가벼이 보고 무례한 폭언을 내뱉은 마가리부치를 아껴 나의 호소를 거론하

지 않는다는 것은 필경 나를 미워하는 마음이 있기 때문이다.'

이런 생각이 들자, 새삼스럽게 아버지의 죽음이 떠올랐다.

'아버지도 하루노부 공의 차면 기운다는 영가 때문에 스스로 전사의 길을 택하신 것이다. 죽게 내버려둔 것이다. 아아! 그런 대장을 섬겨봐야 앞날은 뻔하다.'

얼핏 마음을 스치고 지나는 것이 있었다.

그 이후부터 야지로의 생활은 거의 의욕을 잃은 듯, 게으름과 방탕의 나날이었다.

가신 가운데 후지사와 고로자에몬(藤沢五郎左衛門)이라는 자가 야지로의 우울해하는 모습을 보고 미치노쿠(陸奥)라는 유녀를 권했다.

당년 18세. 꽃조차 빛을 잃을 정도로 요염하고 아름다운 용모. 특히 가야금에 능했다.

야지로의 총애는 이만저만한 것이 아니었다. 아침이고 밤이고 한시도 곁에서 떼어놓지 않았으며, '미치노쿠, 미치노쿠' 했기에 그녀가 없으면 잠시도 시간을 보낼 수가 없었다. 안채의 한 방에서는 밤이고 낮이고 주연이 벌어졌으며 악기 소리가 끊이지 않았다.

미치노쿠는, —속을 들여다보면 그녀는 나가오가 보낸 첩자였다.

야지로의 마음에 싹튼 다케다 가에 대한 불만이 미치노쿠의 입에 의해서 조장되었다. 역심이 슬금슬금 머리를 쳐들었고, 명문가의 자제인 이타가키 야지로는 결국 다케다 가에서 마음이 떠나 나가오를 마음에 두게 되었다.

그 결과, 호후쿠지 전투에 참가하지 않았다—.

기쿄가하라 전투가 끝나자 하루노부는 오야마다 사에몬노조를 불러 태만했던 이유를 규명했다. 기쿄가하라에 진을 치고 있었으면서도 어째서 오야마다, 이타가키 두 사람은 협공을 가하지 않았던 것인지를 따져물은 것이었다.

책문한 것은 가나마루(金丸), 오부, 가스가 세 사람이었다. 오야마다가 황급히 답했다.

"저는 대장이신 하루노부 공께서 출진하셨을 때, 당장 기쿄가하라에서 공격해 들어가 오가사와라의 배후를 치면 아주 간단히 짓밟을 수 있을 것이라 생각하여 그렇게 하기를 이타가키 나리에게 권했습니다만, 이타가키 나리는 준비가 필요하다며 7일 동안 출진할 기미를 보이지 않았습니다. 그랬기에 매일 재촉을 했으나 이번에는 병이라 칭하며 끝내 출진하지 않았습니다. 이렇게 된 이상 어쩔 수 없다며 저 혼자서라도 부하들을 이끌고 출격하려 했으나, 간시(監使)인 시마다 게키(島田外記) 나리, 요코칸시(横監使)인 하라 가가(原加賀) 나리께 엄하게 제지당해 어쩔 수 없이 머물러 있을 수밖에 없었습니다. 천재일우의 좋은 기회를 뻔히 보면서도 놓쳐서ㅡ."라고 계속해서 말하려는 것을 오부가 가로막으며,

"무슨 말씀이신지 잘 알았소. 사실은 대장께서도 이번 일을 이상히 여기시어 은밀히 조사를 해보셨는데, 귀하의 말씀과 다르지 않고 전부 일치했소. 이타가키의 심술은 참으로 납득할 수 없는 일이오."

그때 하루노부가 윗자리에서,

"그만 됐네, 됐어. 모든 사실을 알았네. 오야마다에게는 잘못이 없네. 즉각 군 내의 진으로 돌아가도록 하게."

"그렇다면 이타가키는 어떻게 처분하시겠습니까?"라고 오부가

묻자 하루노부는 머리를 옆으로 흔들며,

"그대로 내버려두게!"라고만 말했다.

하루노부는 이타가키의 역심을 진작부터 알고 있었다.

'아버지인 스루가노카미의 공을 보아서 눈감아주기로 하자.'

하루노부는 이렇게 생각했다.

'반드시 뿌리를 뽑아야 할 때가 오기까지는ㅡ.'

도키타 전투

다케다 하루노부가 삭발을 하고 신겐(信玄)이라는 법명으로 도쿠에이켄(德栄軒)을 칭한 것은 덴분 20년(1551) 2월 12일, 31세 때였다.

같은 해 3월부터 5월까지, 신겐은 오랜 숙원을 풀기 위해 시나노노쿠니에 머물며 수시로 오가사와라에게 싸움을 걸었으나, 오가사와라는 자신의 성인 후카시에 들어앉아 출마하려 들지 않았다.

'무슨 일이 있어도 신슈를 쓰러뜨리지 않으면 안 된다.'

마음속으로 굳게 다짐하고 거듭거듭 군대를 시나노로 보냈다.

그해 8월, 군대를 스와, 이나, 기소 3방면으로 나누어 유격전을 전개했다. 그 가운데서도 바바 민부노쇼 가게마사(馬場民部少輔景政), 아마리 사에몬노조 하루요시는 마쓰모토 쪽으로 침공하여 후카시 성을 공략하기 위해 기쿄가하라로 나아가 이마하라(今原), 무라이(村井)를 비롯한 산기슭의 마을들을 점거했다.

오가사와라도 더는 버티지 못하고 이를 몇 번인가 공격했으나 싸움은 늘 다케다 쪽의 승리로 끝났다.

오가사와라가 에치고에 원군을 요청하자 가게토라가 다케다와 대치하기 위해 도키타(時田)로 대거 몰려든 것은 덴분 21년(1552)의 봄, 3월 2일이었다.

잠시의 틈도 주지 않고 신겐은 8일 이른 아침에 도키타로 출진했다.

전투를 벌이던 중에 신겐이 출마했다는 보고를 받은 가게토라는 그 신속함에 감탄함과 동시에 작전을 변경하여 퇴진을 꾀했다.

"선봉인 나가오 에치젠노카미 마사카게의 진으로 가서 나의 명령을 전하라!"

가신이 전령이 되어 마사카게의 진으로 말을 달렸다.

후사카게의 아들이자 가게토라의 누나인 오아야를 아내로 얻어, 나가오 일가 중에서도 세력이 가장 큰 마사카게는, 그것뿐만 아니라 무용에 있어서도 맹장으로 이름이 높았으며 모든 점에서 걸출했다. 원래부터 친척관계에 있어서 가게토라와는 대등한 지위에 설 수도 있는 마사카게였기에, 가게토라에게는 말하자면 눈 위의 혹과 같은 존재였다. 기회가 있을 때 매장하지 않으면 안심할 수 없으리라는 심정이었다.

전령의 명을 들은 마사카게는 바로 가게토라의 그러한 마음을 읽어낼 수 있었다.

"다케다 신겐이 이미 도키타로 출진했다고 하네. 이곳에서 결전을 감행하는 것은 아군에게 불리하네. 바로 퇴진하기로 하겠네. 그러니 그대가 홀로 다케다 군과 일전을 치르다 때를 봐서 물러나도록 하게."

이런 통고였다.

마사카게는 이를 악물고 눈을 매섭게 뜨며 화를 냈다.

"애송이놈, 일을 꾸몄구나! 이 마사카게를 사지로 내몰 생각이로군! 그래, 그렇다면—."

3천여 명을 하나로 모아 군의 후미를 지키며 서서히 지조토우게 쪽으로 퇴진을 시작했다.

아까부터 가게토라 군의 퇴각을 지켜보고 있던 다케다의 각 군이, 이 기회를 놓쳐서는 안 된다는 듯 함성을 지르며 맹렬하게 추격을 시작했다.

그때 갑자기 마사카게의 한 부대가 반격에 나섰다. 고개 위에서 화승총을 빗발처럼 쏘아댔다.

다케다 군의 선봉인 오야마다, 오부의 부대가 앞으로 나아가지 못하고 허둥대자 그 한가운데로 아수라처럼 무기를 휘두르며 뛰어들었다.

"와아."하고 다케다 군은 사분오열.

삽시간에 백칠팔십 명이 쓰러졌다.

뒤이은 구리하라, 사나다, 아시다 군의 용맹한 병사들도 마사카게의 필사적인 예봉 앞에서는 덧없이 사상자만 낼 뿐이었다.

오야마다 빗추노카미가 적에게 맞아 숨을 거두었다.

오야마다 사헤에노조, 구리하라 사에몬노조가 깊은 상처를 입었다.

오부, 사나다, 아시다의 각 군이 크게 져서 후퇴했다.

멀리서 전황을 지켜보다,

"그래, 알겠군!"하며 무릎을 친 것은 다케다의 군사인 야마모토 간스케였다.

'에치고 군이 퇴진하는 모습, 나가오 마사카게가 분전하는 모습, 이는 필시 일족의 불화에 의한 것이다. 가게토라는 마사카게를 죽게 내버려둘 심산이다. 그 사실을 깨닫고 마사카게는 전사할 각오로 싸우고 있는 것이다. 그렇다면 마사카게에게 총공세를 펼쳐도 가게토라가 돌아오는 일은 없으리라!'

간스케는 이렇게 판단했다.

"마사카게를 잡을 절호의 기회다!"

이 목소리에 응해서 바바, 아마리, 나이토의 각 부대가 야마모토 간스케의 병사들과 함께 행동을 같이하여 돌격해 들어갔다. 뒤이어 다케다의 전군이 커다란 함성과 함께 달려들었다.

과감하고 처절한 각개격파가 행해졌다. 거듭되는 육탄전에 피로의 빛이 짙어진 마사카게의 장병들은 뿔뿔이 흩어져 50명, 100명씩 무리를 이룬 채 서로 연락을 취할 수 없게 되어버렸다. 이렇게 분산되어서는 나가오 군도 숫자에 있어서 다케다 군의 적수가 될 수 없었다.

10명 쓰러지고 20명 쓰러지고, 거의 섬멸에 가까울 정도의 사상자가 나왔다.

마사카게는 겨우 두어 기만을 데리고 적을 베고 찌르며 간신히 언덕길까지는 돌아갈 수 있었다.

가게토라는 그래도 여전히 그를 구하려 들지 않고 스카카에서 점점 후퇴해갔다.

지조토우게에 크고 무시무시한 바람이 불었다. 몸의 수십 군데에 전상을 입은 마사카게는 흐르는 피를 훔치며 고갯길을 올랐다.

따각따각, 말발굽소리를 높이 울리며 뒤따라오는 무사 하나.

"마사카게, 각오해라!"

뒤에서부터 내지른 창.

마사카게가 몸을 젖혀 허공을 가른 창의 자루를 쥐었다. 따라온 무사는 사나다의 일족인 사나다 효부였다.

"에잇!"

뒤로 돌아서며 대검을 휘두른 마사카게의 칼끝이 사나다 효부의 손등을 베었다.

그때 또 다른 1기가 모치즈키 진파치(望月甚八)라고 이름을 외치며 마사카게에게 창을 휘둘렀다. 말 위에서 그 창의 자루를 잡아챈 마사카게가 채찍을 가해 말을 달리게 했기에, 모치즈키는 창을 쥔 채 몸이 기울어 자신의 말에서 떨어졌으며, 20간 정도 끌려가다가 마침 절벽이 있는 곳에서 마사카게가 창을 놓았기에 모치즈키는 골짜기로 굴러떨어지고 말았다.

간스케의 기습이 효과를 거두었다고는 하지만 그 이전에 다케다 군은 아까운 부장들을 몇 명인가 잃었다. 중상을 입은 오야마다 사헤에노조는 전쟁이 끝나고 스무하루 되는 날에 숨을 거두었다. 구리하라 사에몬도 45일이 지나서 이 세상을 떠났다.

그런데 여기에, 살아남기는 했으나 그대로는 내버려둘 수 없는 자가 있었다.

그는 바로 이타가키 야지로였다.

이타가키는 싸우지 않았던 것이다. 간스케가 나가오의 내분을 눈치 채고 마사카게를 단숨에 베기 위해서 바바, 아마리, 나이토 외에 전방에 있던 이타가키에게도 바로 돌격하라는 작전을 전했음에도 불구하고 이타가키만은 움직이지 않았다.

신겐은 화가 났다.

"듣자하니 야지로는 스와 군다이17)라는 무거운 직에 있으면서 밤낮으로 유흥에 빠져 무예를 게을리 한다 하더군. 예전의 호후쿠지 전투에서도 병을 칭하여 출진하지 않았소. 게다가 오야마다의 군까지 움직이지 못하게 했을 뿐만 아니라, 이번의 도키타 전투에서도 바바, 나이토가 발군의 공을 세우고 아마리가 어린 나이에도 적을 훌륭하게 격파한 데 비해서 야지로는 장년의 몸이면서도 싸움을 하지 않고 수수방관한 채 강 건너 불구경하듯 했소. 아버지 스루가노카미의 각별한 공로를 보아 지금까지는 눈감아주었으나 더는 참을 수가 없소. 야지로에게 주었던 200명의 조원을 해산시키겠소!"

이것만이 아니었다.

신겐은 야지로가 예전부터 나가오와 내통했다는 사실을 알고 그를 추방했다.

가신을 아끼는 마음이 매우 강한 신겐이었으나 배신자를 그냥 보아넘길 수는 없었던 것이다.

그 대신—.

오부 겐시로(飫富源四郎)에게 150기의 조원을 맡겼으며, 사부로베에노조 마사카게(三郎兵衛尉昌景)라는 이름을 주었고, 가스가 겐고로에게는 300기를 맡기고 고사카 단조라는 이름을 쓰게 했다.

한편, 에치고의 가게토라는—.

---

17) 郡代. 다이묘의 영지 가운데 군의 행정을 다스리던 직책.

간레이(管領) 직에 있는 우에스기 노리마사가 오랜 세월에 걸쳐서 호조 사쿄노다이부 우지야스와 자웅을 겨루다 덴분 20년(1551)에 호조 씨에게 패해 고즈케노쿠니를 떠나 집사에 해당하는 에치고의 나가오 가로 망명했다.

이제 혼자 힘으로는 도저히 만회할 길이 없으리라 포기하고 모든 것을 가게토라에게 넘겨주었다.

호조 씨를 멸망시켜 회계의 치욕을 씻어달라고 부탁함과 동시에 성명과 간레이 직을 그대로 가게토라에게 넘겨주었다.

이에 가게토라는 단조쇼히쓰(弾正少弼)를 수령하여 종5위하에 임명되었으며, 성도 우에스기 가게토라라고 바꾸고, 삭발하여 겐신이라는 이름으로 후시키안(不識庵)을 칭했다.

'이로써 중원에 호령하기 위한 첫 번째 기반을 다졌다. 조슈의 호조를 쳐서 쓰러뜨리고, 다케다를 물리치고, 이마가와를 타도한 뒤—.'

겐신은 가슴이 뛰었다.

즉시 노리마사를 데리고 조슈로 가서 우에스기 집안에 속한 각 장수들과 호조 토벌을 위한 작전을 짠 뒤 곧 에치고로 돌아왔다.

때는 덴분 21년(1552)—.

오가사와라, 신겐에게 항복하다

'오가사와라를 쓰러뜨리지 않으면 안 된다. 겐신은 고즈케로 출

진했다. 이 틈을 노려 쓰러뜨리자.'

신겐은 이렇게 결심하고 후카시의 오가사와라 나가토키를 견제하기 위해 우선은 동생인 사마노스케 노부시게를 출진시킨 뒤, 자신은 8월 2일에 지이사가타까지 나갔다.

'오가사와라를 멸망시키기 위해서는 우선 가리야하라(苅屋原) 성을 떨어뜨리지 않으면 안 된다.'

이에 바바 민부노쇼, 아마리 사에몬노조를 비롯하여 도비(鵄), 나루마키(成牧), 다이라무라(平村), 하야카와(早川), 가나마루, 오바타, 에마(江間), 시이나(椎名), 요네쿠라(米倉), 스가노(須賀野) 등의 장수에게 명하여 오가사와라의 막하인 오타 야스케(太田弥助)가 들어앉아 있는 가리야하라 성을 공격케 했다.

오타 야스케는 강용하기로 유명한 장수, 성안의 병사들도 가리고 가려서 뽑은 정병이었다. 공성은 매우 어려운 일이었다. 아무리 치고, 두들겨도 성은 떨어지지 않았다. 오히려 다케다 쪽의 부상자와 전사자만 늘어날 뿐이었다.

"얼른 쳐서 떨어뜨려라! 아무래도 이곳은 후카시에서 그리 멀지 않은 땅이다. 오가사와라의 원병이 언제 내습해올지 알 수 없다. 또한 우에스기 겐신 역시 언제 허를 찌를지 알 수 없는 일이다. 단 하루도 유예하거나 미뤄서는 안 된다."

이는 신겐의 엄명이었다.

하지만 성에서 쏘아대는 화승총이 다케다 군을 다가오지 못하게 했다.

'뭔가 좋은 방법이 없을까? 적의 탄환을 막을 수 있는 무기만 있다면―.'

공격 부대의 한 장수인 요네쿠라 단고노카미가 머리를 짜낸 끝에 퍼뜩 한 가지 생각을 떠올렸다.

지체하지 않고 병사들을 사방으로 달리게 하여 대나무를 모아오게 했다. 그 대나무로 길이 7자 정도의, 다리가 넷 달린 발판 모양의 물건을 만들게 했다. 그것의 이름을 우죽파(牛竹把)라 붙이고 그 안에 보병을 들어가게 하여 방패로 삼았다.

이 방패는 성공적이었다. 쏟아지는 탄환 모두 미끄러져 떨어져 안까지 파고들지 못했다. 이를 방패로 공격군은 성 바로 아래까지 나아갈 수 있었다.

이렇게 되자 오타 야스케도 손을 쓸 방법이 없었다. 성문을 열고 밖으로 나가 육탄으로 다케다 군을 격퇴할 수밖에 없었다. 세 번, 네 번, 백병전이 전개되었고 8월 13일에 이르러 9번째 전투가 행해졌다.

"이제는 이번이 마지막이다. 석별의 잔을 나누고, 어차피 죽을 바에는 주종이 함께 흔쾌히—."

성주인 야스케는 이렇게 말하고 마지막 싸움에 임했다.

"와!"하고 굉장한 함성을 올리며 성의 병사들이 다케다의 선봉인 바바 군의 한가운데로 뛰어들었다.

피비린내 나는 격전이 1시간 가까이 계속되었다. 그러나 중과부적. 게다가 성의 병사들은 매우 지쳐 있었다. 어느 틈엔가 다케다 군에게 포위당하고 말았다.

오른쪽을 치면 왼쪽에서 밀고 들었다. 왼쪽의 적에게 칼을 향하면 오른쪽에서 베며 들어왔다. 성의 병사들은 삽시간에 숫자가 줄기 시작했다.

용맹함으로 이름을 떨치던 오타 야스케도 젖은 솜처럼 지쳐버리고 말았다.

"우선 성으로 물러나라!"

이렇게 명령하기는 했으나 퇴로가 끊겨버렸다.

다케다 군의 용사인 오기와라 야자에몬(荻原弥左衛門)이 오타를 향해 돌진해 들어갔다.

"에잇! 이걸 받아라!"

오타가 끝이 낫처럼 생긴 창으로 오기와라가 쓴 투구의 볼가리개를 걸어 쓰러뜨리려 했다.

"어림없다!"하고 오기와라가 그 창의 자루를 양손으로 번갈아 끌어당기듯 하여 손잡이 부근까지 육박하더니 오타와 엉겨붙었다.

털썩, 두 사람 모두 말에서 떨어졌다. 오기와라가 떨어지면서 오른발로 오타의 급소를 힘껏 걷어찼다.

"윽!"

급소를 움켜쥐고 벌렁 나자빠진 오타 위에 걸터앉아 오기와라가 그 목을 베었다.

공격을 개시한 지 9일이 지나서 가리야하라 성은 함락되고 말았다.

'됐다. 이것으로 일단락 지어졌다. 다음은 오가사와라 나가토키다!'

이 해에는 우선 군대를 물려 고후로 돌아왔으며, 15세가 된 적자 다로의 성인식을 마친 뒤, 다시 기회를 엿보다 신겐은 기교가하라로 군을 내었다.

오가사와라는 원래 다케다 가와 인척관계에 있었으나 나가토키대에 이르러 세력의 불균형 때문에 관계가 악화되고 만 것이었다. 그 이후부터 나가토키는 에치고의 나가오 가게토라와 손을 잡았으며, 그의 지원을 청했다는 사실은 앞서도 이야기한 바가 있다.

신겐은 병사의 일부를 나누어 기소를 견제하게 했으며, 선봉은 평소와 다름없이 아마리, 오부, 바바, 나이토, 고사카의 각 장수들을 주장으로 하여 1기당 1천의 정예병을 가려 뽑았다.

오가사와라는 일족인 에마 사다모토(江間貞基)를 비롯하여 동생인 효부쇼유 이하 3천 여 명을 이끌고 기쿄가하라로 나가 적을 맞았다.

때는 덴분 22년(1553) 5월 6일의 이른 아침이었다.

전투가 시작되자 격렬한 조우전(遭遇戰)이 펼쳐졌다.

그러나 전투는 채 2시간도 계속되지 않았다. 오가사와라 군에서 200명에 가까운 전사자가 나왔기 때문이었다.

그날은 일단 군대를 철수시켰다가 이튿날인 7일 새벽, 결전에 나섰다.

오늘이 마지막이라고 마음을 정한 오가사와라 군의 필사적인 공격은 눈에 띄는 것이어서, 시체를 넘고 부상자를 등에 업은 채 다케다 군의 진중으로 깊이 파고들었다. 그 때문에 다케다의 선봉이 우르르 후퇴했다.

검은 실로 짠 볼가리개가 달린 투구에 긴 창을 겨드랑이에 낀 주장 나가토키는 홍조를 띤 뺨에서 턱으로 흠뻑 흘러내린 땀을 닦으려 하지도 않고 말 위에서 고삐를 힘껏 쥔 채 선 목에서 커다란 소리를 짜냈다.

"적이 허둥대기 시작했다! 이 기회를 놓쳐서는 안 된다. 이번 기회에 적의 본진을 짓밟아 신겐의 민머리를 기념물로 가져가자!
나를 따르라!"

말의 배를 차 선두에 나서자 뒤처지지 않겠다는 듯 전군이 한 덩어리가 되어 시커멓게 돌격해 들어갔다.

다케다의 본진은 바로 코앞에 있었다. 나가토키는 더없이 용맹스러웠다.

그런데 갑자기.

측면에서부터 총알이 빗발처럼 집중되었다.

"앗!"

"컥!"

털썩털썩 차례로 쓰러졌다.

이날 유격대로 대기하고 있던 아마리 사에몬노조의 부대가 집중 사격을 퍼부은 것이었다.

"이놈들!"하며 오가사와라 군이 전열을 재정비하려 혼란한 틈을 이용해 아마리의 병사들이 일제히 창을 내밀었다.

뒤이어 다케다 군의 총반격.

오가사와라 군은 전면에서, 측면에서 적의 공격을 받아 거의 궤멸 상태에 있었다. 나가토키도 칼이 부러지고 말이 쓰러진 채 간신히 포위에서 벗어났다.

다케다 군이 거둔 이날의 전과는, 적의 목 1천 5백 급이라는 훌륭한 것이었다.

후카시 성으로 퇴각한 나가토키가 다케다 군의 내습에 대비하고 있는 동안 신겐이 군을 이끌고 와서 열 겹, 스무 겹으로 성을 포위했다. 그러나 거리를 두고 성을 감싸기만 했다.

오늘은 공격을 해올까, 내일은 올까, 기다리고 있음에도 불구하고 다케다 군은 멀리서 성을 감싼 채 공격을 가하려 하지 않았다.

이틀, 사흘이 지나고 닷새째가 되자 다케다 군도 슬슬 공격해 들어올 기미를 보였다. 포위하고 있던 전군이 함성을 올리며 움직이기 시작한 것이었다.

"얼마든지 오너라! 성을 베개 삼아 죽으면 그만이다."

나가토키는 팔을 쓰다듬었다.

그러나 다케다 군은 함성만 지를 뿐, 성벽에는 공격을 가하지 않았다.

이튿날에도, 그 이튿날에도 함성을 올리며 깃발을 펄럭여 움직일 기미를 보였으나 공격해 들어오지는 않았다. 그런 일이 하루에도 몇 번이나 반복되었다. 그럴 때마다 성의 병사들은 긴장했다.

열흘쯤 되자 수면부족과 심신의 피로로 대부분이 신경쇠약에 걸렸다. 사기저하와 전의상실의 기운이 눈에 띄게 전군으로 퍼져갔다. 그래도 신경전은 계속되었다.

"아아, 이럴 바에는 차라리 밖으로 나가 싸우다 죽는 게 낫겠어!"

"이런 불안한 상태가 대체 언제까지 계속되는 거지?"

모두가 이런 말을 하며 신경을 곤두세웠다.

23일 아침, 아직 아침안개가 걷히지도 않았는데 다케다 진영에서 군사(軍使)로 하나가타 민부사에몬(花形民部左衛門)과 가와노 단고노카미(河野丹後守) 두 사람이 성을 찾아왔다.

"다케다와 오가사와라는 근본을 따지자면 일족의 형제 집안이오. 그런데 이렇게 칼을 맞대고 서로를 물어뜯게 된 것은 전부 전국이라는 시대의 숙명 때문일 것이오. 허나 제아무리 시대의 추세라 할지라도 원래는 골육, 형제를 죽여야 한다는 것은 견딜 수 없는 일이오. 더 이상 싸워봐야 무슨 이익이 있겠소. 깨끗하게 성문을 열어 건네주신다면 나가토키 나리의 목숨은 물론, 가신 한 사람이라도 해치는 일은 없을 것이오. 어떻게 생각하시는지, 답을 주시오."

나가토키는 팔짱을 끼고 생각에 잠겼다. 이마에서부터 관자놀이까지 식은땀이 끈적하게 배어 있었다. 움푹 들어간 두 눈에 슬픔의 빛이 어리려는 것을, 눈을 감아 억눌렀다.

깊은 탄식이 마음속 깊은 곳에서부터 솟아올라, 자신도 모르는 사이에 흘러나왔다.

"자, 대답을 주십시오. 어찌 하시겠습니까?"

두 사람이 조금씩 무릎을 내밀어 거리를 좁혔다.

감고 있던 두 눈을 조용히 뜬 나가토키의 목소리는, 가벼운 떨림을 머금고 있었으나 차분했다.

"전하신 말씀—."

이렇게 말하고는 숨을 깊이 들이마셨다. 긴박했던 분위기가 조금씩 풀어졌다.

"칼이 부러지고 화살이 떨어지고 무운이 다하면 성을 베개 삼아 전사하는 것이야말로 무인의 소망이오. 무사의 길을 걷는 자의 가장 바람직한 최후이기도 하오. 허나—. 한 성의 주인, 수많은 신하의 주인인 자에게는 자연히 또 다른 길도 있소. 자기 혼자만의 소망을 위하여 대대로 따르던 여러 사졸들의 목숨을 버리게 한다는 것은 견디기 어려운 일이오. 수치를 참고, 수치를— 참고, 신겐 나리의 군문에 항복하는 것 또한, 이 나가토키가 해야 할 임무일 것이오.

나의 목숨을 대신하여 가신 모두의 목숨은 살려주기 바라오."

말끝이 흐려지더니 눈가에서 반짝이는 것이 있었다. 희붐한 아침 햇살을 받아 반짝이며 뺨을 타고 흘러내려 무릎에 떨어진 방울.

나가토키의 마음은 마침내 맑아지기 시작했다. 수치와 명예를 잊고 이 세상의 온갖 아집을 버린 체념이 마음을 편안하게 지배했다.

이튿날 정오 무렵, 나가토키는 성의 모든 병사들을 이끌고 성을 나섰다. 그를 대신하여 히나타 야마토노카미 마사토키(日向大和守昌時)가 조다이로 성에 들어갔다.

신겐은 나가토키의 무용을 사랑하여 막하에 들어올 것을 종용했다. 그러나 나가토키는 받아들이지 않았다. 신겐의 거듭되는 권유도 거절한 채 표연히 방랑의 생활에 들어가 조상 대대로 내려오던 땅인 시나노를 떠나 셋쓰노쿠니(摂津国)로 여행을 계속했다.

셋쓰의 미요시 슈리 나가요시(三好修理長慶)를 의지하여 거기서 24년의 춘추를 보냈으며, 미요시가 멸망한 후에는 다시 에치고노쿠니의 북부를 떠돌다 우에스기 씨에게 몸을 맡겼고, 거기서 16년을 보냈다. 그런데 그 후, 미치노쿠노쿠니(陸奥の国)로 여행을 떠났다가 도중에 아이즈(会津) 구로카와(黒川)의 숙소에서 가신에 의해 살해당해 불행한 만년에 종지부를 찍었다.

만나고 헤어짐은 알 수가 없구나

"뭐라고! 하라 미노노카미가 법화종에 가담했다고─."

이렇게 외친 신겐의 이마에 파란 힘줄이 불거져 노한 기운이 표정에 생생하게 드러났다.

사건의 시작은 사소한 일에서 비롯되었다.

오가사와라를 항복시킨 뒤 신겐은 에치고의 우에스기에 대비하여 신슈 가와나카지마 안의 기요노가타치(淸野ヶ館)에 축성을 개시했다. 야마모토 간스케가 총 지휘를 맡았으며, 성은 겨우 80여 일만에 완성되었다. 이름을 가이즈(海津) 성이라 붙이고, 오야마다 빗추노카미를 조다이로, 이치카와 바이인(市川梅印)을 니노마루에 두어 근방에 대한 방어를 굳게 했다.

승리를 거둘 봄도 얼마 남지 않은 그해의 12월, 신겐은 생각한 바가 있어서 고슈에 있는 정토종을 보호하고 그 포교를 지원했다. 그 결과 정토종에 귀의하는 자가 많아졌으며 법화종의 신도 가운데서도 정토종으로 돌아서는 자가 속출했다.

이를 목격한 법화종의 승려들은 격분했다.

"정토종의 땡중들이 제멋대로 마음껏 날뛰며 호랑이의 위세를 등에 업은 여우인 양 행세하는구나. 한번 본때를 보여주기로 하자!"

이렇게 말을 맞추고 십여 명이 법의의 소맷자락을 걷어붙인 채 씩씩 화를 내며 정토종의 절로 밀고 들어갔다. 그것은 한두 군데로 그치지 않았다. 곳곳의 절에서 논쟁이 벌어졌으며, 결국에는 말다툼으로까지 번져 세상을 떠들썩하게 만들었다.

하라 미노노카미 도라타네(原美濃守虎胤)는 출가하여 뉴도 세이간(淸岩)을 칭하고 있었는데, 법화종의 신자였다. 이에 법화종에 가담하여 정토종의 절을 불태우고 승려의 옷을 벗겨 그들을 추방했다.

신겐의 분노는 여기에 이르러 폭발했다.

"사죄(死罪)다!"

한 번은 이렇게까지 외쳤다. 그러나 생각해보면 하라 미노노카미는 다케다 가에서도 손에 꼽히는 용장으로 지금까지의 전투에서 거둔 훈공도 훌륭한 것이었다. 그런 무도한 짓을 저질렀다 할지라도, 그 충성스러운 활약을 보아 함부로 죽일 수 있는 자가 아니었다.

"미노노카미의 훈공은 모든 사람들이 알고 있소. 허나 이번에 나의 뜻을 거스르고 법령을 어긴 죄는 결코 가볍지 않소. 죽음에서 하나를 감하여 영지를 몰수하고 구니 밖으로 추방하시오!"

바바 민부노쇼, 나이토 슈리노조, 오부 효부쇼유에게 하라를 호송케 했으며, 소슈 오다와라의 호조 사쿄노다이부 우지야스에게 맡겨 유배를 보냈다.

호송하는 세 장수도, 죄인의 몸이 되어 호송당하는 하라 미노노카미도, 돌아보면 오랜 시간을 함께 해왔는데 지금 헤어지면 언제 또 다시 만나 말머리를 나란히 하고 적진으로 돌진해 들어갈까, 이야기를 나누며 손을 굳게 쥐고는 끝도 없는 석별의 정을 아쉬워했다.

기뻐한 것은 호조 우지야스였다. 두 번 다시 얻기 어려운 군략가이자 용맹한 장수를 얻었기에 매우 극진하게 대접했다.

이 사건이 이대로 끝나 하라 미노노카미가 호조 씨의 집안에 맡겨진 채로 생을 마감했다면 전국시대 무인의 커다란 비극 가운데 하나는 일어나지 않았을 것이다.

예측할 수 없는 만남과 헤어짐, 끊임없이 변해가는 세상의 모습에서 전국시대의 어지러움을 보려 한다면, 사람의 마음만큼, 그리고 신의 숙명만큼 헤아리기 어려운 것도 또 없으리라는 사실에 고개가 끄덕여진다.

해가 바뀌어 휘파람새의 첫울음에 매화 향기가 감도는 초봄도 꿈결처럼 지났으며, 덴분 23년(1554)의 3월에는 벌써 다케다와 호조가 창칼을 쥐고 서로를 겨누지 않으면 안 될 때가 찾아왔다.

그 시작은, 이마가와 요시모토와 호조 우지야스는 경계를 마주하고 이런저런 교섭이 많았는데, 마침내 세력권을 둘러싸고 둘 사이에서 분쟁이 일어났기 때문이었다. 그리고 당시 오와리(尾張)에서 떠오르는 해처럼 위세를 떨치고 있던 오다 가즈사노스케[18] 역시 이마가와에 대항하여 창칼을 맞대었다.

사가미와 오와리, 동서의 2개 구니에 강적 호조와 오다가 있었기에 응전에 쉴 틈이 없었던 요시모토는 다케다에게 원군을 청했다.

이 청에 응해서 다케다 신겐은 호조 군을 막기 위해, 3월에 대군을 이끌고 후지산 기슭에 있는 오미야(大宮) 대로에서 아쓰하라(厚原)로 출진했다. 본진은 가시마(加島)의 야기시마(柳島)로.

한편 호조 우지야스는 아마노카구야마(天香久山)에 본진을 두고 이케니에(池熱)의 강가에 군을 배치했다.

다케다의 선봉인 바바, 오야마다와 호조의 선봉인 마쓰다 오와리노카미, 가사하라 노토노카미(笠原能登守)가 조우전을 전개했다.

그때였다―.

감색 볼가리개가 드리워져 있고 지름이 5자쯤이나 될 법한 반달 모양 장식을 단 투구를 뒤로 젖혀 쓰고, 금가루에 옻칠을 한 안장을

18) 오다 노부나가(織田信長)를 말함.

없은 얼룩말에 여유롭게 앉아 있는 무사가 홀로 조용히 말의 발걸음을 옮겨 호조의 진영에서 나왔다.

서서히 앞으로 나오더니 마침내 오바타 소우에몬(小幡宗右衛門)의 진 가까이까지 와서는 말머리를 서쪽으로 향했다. 오야마다 야자부로 노부시게(小山田弥三郎信茂)의 진이 정확히 정면에 오자, 높다랗게 한마디 꾸짖더니 오야마다의 진 속으로 돌진해 들어갔다.

"오오, 저 풍채도 그렇고 차림새도 그렇고—, 아아, 훌륭한 무사의 모습도 그렇고, 저건 틀림없이 하라 도라타네다!"

오야마다가 이렇게 외치자 장병들은 자신도 모르게 서로의 눈을 바라보며 누구도 달려나가 맞서려 하지 않았다. 하라의 무용에 겁을 먹은 것이 아니었다. 골육상잔의 가혹한 숙명 앞에 자신도 모르게 망설여진 것이었다.

오야마다 진영에 가담하여 만반의 준비를 갖추고 있던 신도(進藤)라는 떠돌이무사가,

"이거 좋은 적을 만났구나. 당장 목숨을 빼앗아 이름을 높여야겠다!"라며 단기로 말을 몰아 하라 도라타네에게로 달려들었다.

칼에서 불똥을 튀기며 서로 맞섰다.

"에잇!"하고 날카로운 기합소리가 들리더니 하라의 대검이 신도의 머리 위로— 투구의 볼가리개에서부터 목의 뼈까지를 단칼에.

털썩 말에서 떨어진 신도의 목을 베기 위해 하라를 뒤따라온 오타 겐로쿠로(太田源六郎)가 말에서 내리려 하자, 하라가 뒤를 돌아보고 "목을 칠 것까지는 없네. 이 사내는 무사수업을 위해 떠돌아다니는 신도라는 사내일세. 내가 고후에 있었을 때 서로 웃으며

이야기를 나눈 적도 있었네. 지금은 서로가 적이 되어 만났지만 예전에는 같은 지붕 아래서 살았던 적도 있었다네. 상처가 깊기는 하나, 혹여 살아날지도 모를 일일세. 그대로 내버려두게."

이렇게 말하고는 가볍게 합장을 한 뒤 조용히 말을 되돌렸다.

"아아, 다케다의 진영에서 아까운 무사를 잃었구나!"

오야마다가 하라의 뒷모습을 바라보다가 자신도 모르게 중얼거렸다.

다케다의 선봉이 호조의 선봉을 무찔러 가리야가와(苅屋川)의 남쪽으로 몰아붙였다. 전투는 약간 장기전 양상을 띠기 시작했다. 서로 대치한 채 며칠이 흘러갔다.

"호조 집안과 저희 집안은 원래 친분이 깊은 사이 아니었습니까? 그런데 이제 와서 무엇 때문에 다투시는 건지요? 지금 천하의 정세는 이웃과 서로 다툼을 벌일 만한 때가 아닙니다."

스루가에 있는 절 린사이지(臨済寺)의 셋사이(雪斎) 화상과 젠토쿠지(善徳寺)의 장로가 보다 못하여 조정에 나서서 이마가와 요시모토를 설득했다. 두 사람은 형제로, 이마가와와는 가까운 일족이었다.

"그냥 저희 중놈들에게 맡겨주시기 바랍니다. 누가 뭐래도 이마가와, 다케다, 호조 세 집안은 서로 연대를 해야 합니다."

요시모토는 영리했다. 바로 이 두 승려에게 조정을 맡겼다. 물론 신겐 역시도 이의를 제기할 이유가 없었다.

세 집안의 화목이 이루어져 신겐의 적자인 다로 요시노부(太郎義信)는 예전에 약속했던 대로 이마가와 요시모토의 사위가 되기로, 요시모토의 아들인 우지사네(氏真)는 호조 우지야스의 사위가 되기로, 또 우지야스의 장남인 우지마사는 신겐의 사위가 되기로 계약이 성사되어 이 세 집안의 합체가 약속되었고, 가시마의 전투는 일단 막을 내렸다.

고지(弘治) 2년(1556)에 마침내 이 약속이 실행되어 세 집안이 각각 혼인관계를 맺게 되었을 때, 신겐이 호조에게 청한 일이 있었다. 그것은,

"모쪼록 하라 미노노카미 도라타네를 고후로 다시 돌려보내주시기 바랍니다."

하라 미노노카미가 다케다 집안에서 쫓겨난 지도 햇수로 4년, 다시 다케다 가로 돌아왔다. 미노노카미의 마음속에는 아무런 거리낌도 없었다. 이도 역시 인간 세상에서 자연스럽게 일어나는 숙명이라고 본다면, 만남도 헤어짐도 마음에 담을 필요가 없으리라.

화근 제거

호조가 이마가와, 다케다와 화목했다는 소식을 듣고 겐신은 우선 사가미노쿠니에서 군대를 거두었다.

덴분 23년(1554) 6월, 겐신은 대군을 이끌고 신슈의 가와나카지마로 출진하여 젠코지의 히가시야마(東山)에 진을 쳤다. 이 보고를 받은 신겐도 즉시 자우스야마(茶臼山)로 출병했다.

겐신은 끊임없이 유인책을 썼다. 그러나 신겐은 방비를 굳게 할 뿐, 유인책에는 조금도 말려들지 않았다. 왜냐하면 지금은 다케다

군의 장수가 되어 복종하고 있으나 예전에는 무라카미 요시키요의 막하에 있던 라쿠간지, 와다, 후게의 동정이 어딘가 마음에 걸렸기 때문이었다.

'아무래도 겐신과 내통하고 있는 듯해. 틀림없이 나를 배신하여 무라카미를 귀환시키려 꾸미고 있는 게야.'

이러한 의심은 결코 밑도 끝도 없는 것이 아니었다.

겐신 쪽에서 먼저 사자를 보내 내일 12일에 고쿠조야마(虛空藏山) 성을 공격하겠다고 싸움을 걸어왔다.

신겐은 야마모토 간스케의 헌책에 따라서 오부, 바바, 오바타의 선봉을 비롯하여 전군에게,

"겐신 같은 지장이 앞뒤에 적을 두고 빠져나갈 길이 없는 요해지로 스스로 뛰어들겠다니, 여기에는 반드시 모략이 있을 것이다. 겐신이 성을 공격해도 절대 후방에서 공격해서는 안 된다. 오로지 진을 굳게 지켜 병사를 움직여서는 안 된다!"라고 엄하게 명령했다.

성을 공격해도 후방에서 습격해올 기미가 보이지 않았기에 겐신은 덧없이 성의 공격을 멈추고 고쿠조야마의 길을 종대로 늘어선 채 통과했으며, 다시 자우스야마의 기슭, 다케다의 본진 아래를 별 탈도 없이 조용히 지나 후퇴했다.

"지금 쳐야 한다!"

"저 에치고 군의 측면을 치면!"하고 다케다의 용사들은 이를 갈며 흥분했다.

"무슨 일이 있어도 덤벼서는 안 된다."

신겐의 본진에서 몇 번이고 부장들에게 전령을 보냈다.

그날 밤의 일이었다. 12일의 달이 구름 사이로 창백한 빛을 던져, 풀에 맺힌 이슬을 반짝이고 있었다. 깊은 밤의 장막 속에서 다케다의 전군은 달콤한 잠에 빠져 있었다.

바스락! 바스락!

억새를 밟아 쓰러뜨리며 거의 사람이 다닐 만한 길조차 없는 산 밑의 샛길을 숨을 죽인 채 살금살금 걸어가는 사내 하나가 있었다. 어깨 부근이 밤눈에도 거뭇하게 빛나고 있었다. 키가 크고 수염이 짙고 눈썹이 굵은, 건장한 사내였다.

그 사내는 등을 구부리고 얼굴을 완전히 감싼 복면을 붙잡고 왼손에 든 짧은 창을 옆구리에 낀 채 가만히 풀을 헤치며 걷고 있었다.

두어 간 정도 걷다가 잠시 멈춰 서서 사방을 살펴보았다. 전방의 왼편에 자란 노송이 거뭇하게 커다란 그림자를 드리우고 있을 뿐이었다. 귀를 기울여봐도 발아래 밟혀 쓰러진 풀이 스치는 소리만 들려올 뿐이었다.

아무도 없다는 사실을 확인한 뒤 안심했다는 듯 다시 걷기 시작했다. 2, 3정쯤 더 가자 약간 우거진 숲 속으로 들어섰다. 소나무 줄기가 밤하늘에 높다랗게 솟아 있었다.

그 순간 갑자기!

땡, 땡, 땡 하고 바로 왼편의 나무 뒤쪽에서 종이 울렸다. 그 사내는 순간적으로 두어 걸음 물러나 그쪽을 살펴보았다. 오른손이 창을 쥐었다.

"누구냐!"

목소리는 갈라져 있었다.

갑자기 떠들썩한 사람들의 소리가 들려왔다.

"아뿔싸!"하고 외친 그 사내가 휙 몸을 돌려 달리기 시작했다.

"와아."

함성을 올리며 사방에서 사람들이 몰려들었다. 오부, 바바의 병사들이었다.

진퇴양난에 빠진 사내가 창을 휘둘렀다. 병사들이 조금씩 포위망을 좁혀갔다.

마침내 손발을 쓰지 못하게 된 사내는 병사들에게 들려 그대로 옮겨졌다ㅡ, 오부 효부쇼유 앞으로.

복면이 벗겨졌다. 품속을 살펴보았다. 허리에 감은 전대 속에서 세심하게 봉한 밀서가 한 통 나왔다.

"흠, 이걸 가지고 있었군. 됐네. 그놈은 묶어두게."

효부쇼유는 이렇게 명령한 뒤, 그 밀서를 가지고 신겐의 본진으로 서둘러 갔다.

밀서를 읽은 신겐의 얼굴에는 분노의 빛이 서려 있었다.

"흠, 역시 내가 생각했던 대로였군. 라쿠간지, 후게, 와다 들이 겐신과 내통하고 있었던 게야. 라쿠간지가 겐신에게 보내려던 이 밀서에 의하면, 내일은ㅡ."

신겐의 눈이 가만히 허공의 한 점을 바라보았다.

"사자 몸 속의 버러지 같은 놈! 당장 할복을 명하라!"

이와 같은 내통이 있었기에 겐신은 오늘 일부러 등을 보이며 성을 공격한 것이었다. 만약 그때 다케다 군이 습격에 나섰다면 그 배후에서 라쿠간지 등 배신한 장수들이 협공을 가했으리라.

그날 밤에 배반한 장수들의 목이 떨어졌다. 그것으로 일단은 화근을 제거했다.

아무리 기다려도 라쿠간지로부터 밀사가 오지 않았기에 우에스기 겐신은 이상히 여겼다. 이틀, 사흘이 지났으나 아무런 소식도 없었다.

'그렇다면 일이 들통 나 목숨을 잃었구나.'

이렇게 깨달은 겐신은 18일에 병사를 돌려 에치고로 돌아갔다.

그리고 이번에는 군대를 사가미로 보내서 호조 우지야스와 전투를 벌였다.

그 사이에—.

기소를 평정해야겠다고 마음먹은 신겐은 우선 기소의 막하인 세바(瀨場)의 성주 세바 효에노다이부 무네노리(瀨場兵衛大夫宗範)를 굴복시키기 위해 사자를 보내 설득에 나섰다.

설득이 성공을 거두어 세바 무네노리가 기소를 떠나 다케다의 막하로 들어가겠다고 약속했다. 신겐은 세바에게 신슈의 1개 군을 주고 그를 막하로 받아들였다.

덴분 23년(1554)도 저물고 이듬해인 24년의 정월, 경하를 위해 모든 부장이 고후에 모였다.

"그대는 어찌 생각하는가?"

신겐이 속삭이듯 말했다. 거의 무릎이 닿을 정도로 마주앉아 이마를 맞댄 자는 야마모토 간스케였다.

이렇게 묻자 간스케는 잠시 고개를 갸웃거리는 듯하더니 곧 되물었다.

"나리는 어떻게 생각하십니까?"

"흠, 역시 끊어야 할 듯하네."

"그 말씀은?"

"이익을 주어 돌아서게 한 세바 아닌가? 만약 겐신이 이로움을 주며 그를 회유한다면 그는 틀림없이 겐신과 내통할 것일세. 기소로 출진할 때면 방해가 될 뿐일세. 화근은 빨리 자르는 게 좋네."

"그게 좋을 듯합니다."

간스케도 고개를 한 번 끄떡여 거기에 동의했다.

그날 밤에 아마리 사에몬노조의 한 부대가 세바의 숙소인 다이렌지(大蓮寺)를 습격했다.

"쳇! 신겐에게 속았단 말인가? 분하구나!"

세바 무네노리는 발을 동동 구르며 분해했다. 사방에서 달려드는 아마리 군에, 주종 210명은 시뻘겋게 격노해서 분전했다.

그러나 중과부적, 게다가 대비가 없었던 급습이었다. 한 명 쓰러지고, 두 명 쓰러지고. 삽시간에 과반수가 목숨을 잃었다.

몸에 십여 군데 상처를 입은 무네노리도 원통한 죽음을 맞이했다.

'이것으로 화근 가운데 하나는 제거했다. 다음은 기소다!'

신겐의 머릿속에 기소 사마노카미 요시마사의 얼굴이 커다랗게 떠올랐다.

기소 공략

고슈 군이 기소 대로로 들어선 것은 덴분 24년(1555) 8월 하순이었다.

전군을 3개로 나누었는데 선봉에는 평소와 다름없이 아마리 사에몬노조, 바바 민부노쇼, 나이토 슈리노조, 하라 하야토노스케(原隼人佐), 고사카 단조노추(高坂弾正忠) 등의 맹장이 자리했다. 후쿠시마구치(福島口)의 공격 부대는 동생인 사마노스케 노부시게를 주장으로 오부 효부쇼유, 오부 사부로베에(飫富三郎兵衛), 나가사카 조칸(長坂釣閑), 구리하라 사혜에노조, 이치카와 구나이노스케(市原宮内助), 사나다 겐타자에몬(真田源太左衛門), 사나다 단조노추를 부장으로 삼았다. 후진으로는 신겐이 히나타 야마토노카미, 모로즈미 분고노카미, 아나야마 이즈노카미, 하라 가가노카미 등을 따르게 했다.

노송나무 숲, 삼나무 숲, 길 없는 골짜기, 험준한 바위, 사람의 발길이 한 번도 닿은 적 없었을 것 같은 산속의 깊은 곳을 지나며, 이치노타니(一の谷) 전투의 고사처럼 히요도리고에(鵯越)와도 같은 기소 미조구치(溝口)의 험난한 땅을 넘어 선봉은 발빠르게 미타케(御嶽) 성으로 다가가고 있었다.

뒤이어 후쿠시마 방면에서 공격해 들어온 노부시게의 군도 여러 가지 어려움을 극복하고 미타케 성 근처까지 밀고 들어갔다.

성에서는 강용하기로 이름난 아마노 기주로 가쓰나리(天野鬼十郎勝成)가 요지에 목책을 세워놓고 고슈 군의 침입을 막았다. 빗발처럼 쏘아대는 총알 때문에 다케다 군에서는 사상자가 속출했다. 성으로 접근하려 해도 접근하지 못하는 어려운 싸움이 계속되었다. 성은커녕 목책 부근으로 접근하는 일조차 뜻대로 되지 않았다.

적은 이 목책에 의지하여 목책 안에서 일제히 사격을 가했다.

가끔 유인책으로 아마노의 병사들을 목책 밖으로 불러내도, 아마노 기주로의 괴력 때문에 오히려 애를 먹기만 했다.

사마노스케 노부시게도 공격에 애를 먹다가 우선은 병사들을 제1선에서 물러나게 하여 잠시 쉴 시간을 준 뒤, 그 사이에 어떻게 공격하면 좋을지 작전을 짰다.

한자리에 모인 여러 장수들 가운데서 앞으로 나선 것은 사나다 단조노추 잇토쿠사이(真田弾正忠一德斎)의 차남으로 당년 16세인 기치베에 마사유키(吉兵衛昌幸)였다.

"내일의 전투에는 모쪼록 제가 나설 수 있게 해주십시오."

"무슨 소리냐! 기치베에."

아버지인 잇토쿠사이가 황급히 가로막았다. 아버지는 주장인 노부시게를 향해 가볍게 머리를 숙인 뒤, 끝자리 가까이에 앉은 아들을 돌아보며,

"애, 기치베에야, 너는 아직 나이가 어려서 잘 알지 못하는 것이냐? 군사회의에서 발언을 할 때는 그에 상응하는 숙려의 결과 계산이 서지 않으면 발언을 해서는 안 된다. 네가 아직 생각이 깊지 못하고 오로지 용기만 앞서, 다른 분들을 무시한 채 함부로 싸움에 나서겠다고 말했다만 이는 무례하기 짝이 없는 일이다! 참으로 생각 없는 짓이다. 삼가거라."라고 엄한 말로 꾸짖었다.

"네. 아버지의 분부이기는 합니다만, 모쪼록 제게 내일의 싸움을 맡겨주시기 바랍니다. 만에 하나 뜻대로 되지 않는다 할지라도 목책 앞에서 전사하면 그만입니다."

기치베에가 단호하게 말했다.

매섭게 노려보던 잇토쿠사이의 눈동자 속으로 기쁨의 빛이 언뜻

떠올랐다.

그때 오부 효부쇼유가 앞으로 몸을 내밀며,

"오오! 과연 사나다 나리의 아드님이시로군. 훌륭하신 기백. 참으로 감탄했습니다. 그러한 감투정신 없이는 싸움에서 이길 수 없을 것입니다. 제가 후방에서 지원하기로 하겠습니다. ―모쪼록 내일의 싸움은 기치베에에게 허락하시기 바랍니다. 저도 청하겠습니다."

노부시게는 크게 끄덕였다. 뺨 부근에 흔쾌한 미소를 지은 채, 사나다 부자와 오부의 얼굴을 번갈아 바라보며―.

잇토쿠사이는 무릎을 치고,

"오부 나리께서 후원을 해주시겠다니. 이거 참으로 고마운 말씀이십니다. 저도 이번 전투에 기치베에를 처음 데리고 나온 보람이 있습니다. 내일은 기치베에의 첫 출진 모습을 지켜보기로 하겠습니다―."

웃음을 보이지 않으려 했으나 자신도 모르게 두 뺨이 풀어졌다. 아들의 당당하고 씩씩한 모습을 보는 것이 무엇보다 더 기뻤던 것이리라.

'이렇게까지 자랐구나!'

아들의 모습을 다시 한 번 가만히 살펴보고 싶은 기분이었다.

"내일은 너 혼자 모든 것을 준비해서, 전부 해보도록 해라."

이렇게 말한 잇토쿠사이는, 그날 밤에는 일부러 군략도 짜지 않고 계책도 세우지 않고 단지 미요시, 운노, 모치즈키 등의 용사와 병사 200명을 기치베에에게 주었을 뿐이었다.

이튿날 이른 아침, 기치베에가 오부의 진영으로 밀사를 보내 서로간의 협의를 마쳤다.

잠시 후, 동쪽 산 위에서 아침 해가 반짝여 나뭇가지 끝이 붉은 빛으로 반짝이기 시작할 무렵, 기치베에는 200여 명을 데리고 목책 바로 옆까지 말을 몰아갔다.

"이놈, 목책 안의 대장은 들어라."

16살이라고는 여겨지지 않을 만큼 굵은 목소리. 아침의 고요한 공기를 뒤흔들어놓는 커다란 목소리였다.

아마노는 망루 위에서 가만히 내려다보고 있었다.

"목책 안의 대장을 만나고 싶다! 여기 있는 나는 우리 구니에 살고 있는 사나다 단조노추의 차남인 기치베에 마사유키로 16살. 서로 마주해 깨끗하게 일전을 치르자!"

"귀여운 꼬맹이로구나! 지금 나갈 테니 기다려라!"

이렇게 외친 아마노는 300여 명의 정예병을 이끌고 밖으로 나갔다.

칼에서 불꽃을 튕기며 싸웠으나 아마노는 산전수전 다 겪은 백전노장, 사나다 군이 점차 목숨을 잃어 결국은 허둥지둥 후퇴를 할 수밖에 없었다. 운노히라 우에몬이 기치베에를 대신하여 잠시 동안은 아마노 군에 맞섰으나 역시 퇴각하지 않을 수 없었다. 운노히라를 대신한 미요시 이자에몬(三好伊左衛門) 또한 승세를 탄 아마노의 적수가 되지 못했다. 10간, 20간씩 밀려나 패색이 짙게 드러났다.

말을 달려 적군의 정면에 선 기치베에가 창을 있는 힘껏 꼬나들고 외쳤다.

"사나다 기치베에 마사유키가 여기에 있다. 너의 이름은 무엇이냐? 이름을 밝혀라! 이름을 밝히지 않는다면 천하고 상스러운 놈임에 틀림없을 것이다!"라고 욕을 퍼부으며 아마노 기주로의 면전에서서 앞을 가로막았다.

"뭐라고!"

시뻘겋게 달아오른 아마노가,

"애송이놈, 잠꼬대도 깜찍하게 지껄이는구나! 내가 바로 용감무쌍하기로 소문난 용사 아마노 기주로 가쓰나리다. 내 손에 걸려 저승을 구경하게 되었으니 너야말로 행복한 줄 알아라!"

느닷없이 8자가 넘는 봉에 철을 휘감은 것으로 내리쳤다. 2합, 3합 겨루었으나 그간 쌓아온 경험치가 달랐다. 처음 큰소리를 쳤던 것과는 달리 기치베에는 자신에게 불리하다고 생각했는지 말을 달려 도주하기 시작했다.

"기다려라! 겁쟁이, 비겁한 녀석, 돌아와라!"라고 외치며 아마노는 맹렬하게 추격을 시작했다.

"와!"하고 아마노 군이 습격을 서둘렀다.

사나다의 병사들은 기치베에가 달아나기 시작한 것을 보고 걸음아 나 살려라, 깃발을 거두어 옆으로 쓰러뜨리며 엎치락뒤치락 도망치려 했다.

뒤에서 나뒹구는 자, 옆에서 밀려 넘어지는 자, 쓰러진 사람 위로 하마터면 쓰러질 뻔한 자, 허둥지둥 당황한 빛을 띠면서도 달아나는 발걸음만은 빨랐다. 추격을 서둘렀지만 달아나는 쪽도 필사적이었다.

"끝까지 따라가서 풋내기 사나다 놈을 베어라! 한 놈도 남기지 말고 베어버려라!"

아마노 군이 저마다 외치며 말을 급히 몰아 추격했다.

2, 3정쯤 왔을 때, 옆쪽의 조그만 숲속에서 갑자기 와 하고 함성이 일었다. 사나다의 용사와 모치즈키 등 100여 명이 매복을 하고 있었던 것이다. 그들이 2갈래로 나뉘어 아마노 군의 옆구리로 파고들었다. 그와 동시에 지금까지 도망치던 기치베에가 높다랗게 지휘봉을 한 번 휘두르자 사나다 군이 일제히 와아 부르짖으며 대반격에 나섰다. 그것도 기다란 창을 일제히 내밀고 한 덩어리가 되어 아마노 군의 한가운데로―.

3면에서 적의 공격을 받자 용맹한 기주로도 손을 쓸 방법이 없었다. 털썩, 털썩 아군이 쓰러져 나갔다.

"분하구나! 쳇! 사나다의 애송이 녀석에게 속았단 말인가! 물러나라. 물러나라!"

아무리 외쳐보아도 아군은 지리멸렬, 후퇴하려 해도 후퇴할 방도가 없었다.

이를 갈며 분해하던 기주로도 일단은 포위를 깨고 목책까지 달려 돌아가려 했으나 다시 포위를 당했으며, 두터운 포위망 속에서 모치즈키 간파치에게 목숨을 잃고 말았다.

목책 안에서 지키고 있던 장수인 다야마 이키노카미(田山壱岐守)는, 아마노의 모습을 불안하게 바라보고 있다가 180명을 이끌고 목책 밖으로 나왔는데, 이를 기다리고 있던 오부 군이 쳐서 뿔뿔이 흩어지고 말았다. 목책을 버리고 본성인 미타케로 도망쳐 갔다.

한편 미타케 성에 다다른 선봉 부대에서는, 무슨 생각을 한 것인지 야마모토 간스케가 7, 8명의 사람들을 데리고 성의 해자 아래까지 은밀하게 다가가 거듭 머리를 갸웃거리다가 갑자기 횃불을 오륙

백 개 만들게 했다.

그것을 나뭇가지에 묶고 50명 정도의 병사를 남게 한 뒤,

"우리 군에서 함성이 일제히 들려오면 횃불에 불을 붙여라!"라고 명령했다.

그날 밤, 성의 주장인 기소 사마노카미 요시마사는 험준한 곳에 위치한 성과 공격군의 행군이 매우 고생스러웠을 것을 생각하면, 다케다 군이 밀고 들어올 때까지는 아직 2, 3일 여유가 있을 것이라 여겨 베개를 높다랗게 베고 잠을 잤다.

밤도 상당히 깊어 축시(1시~3시) 가까운 시각, 갑자기 북소리와 꽹과리를 마구 두드리는 요란한 소리가 가까이서 들려왔다. 깜짝 놀라 일어난 요시마사의 귀에 "와아."하고 수천 명이 지르는 함성이, 간담을 서늘하게 만들 정도로 가까이서 들려와 마음을 동요하게 만들었다.

"적의 습격이다!"

벌떡 일어난 요시마사는 그대로 달려 망루에 올랐다.

천지를 뒤흔드는 듯한 함성이 사방에서 일제히 올랐다. 게다가 무수한 횃불이 밤의 어둠을 밝게 비추어 대략 수만에 이르는 병력이 총공격을 개시한 듯했다.

"앗!"

전혀 뜻밖의 사태에 요시마사는 자신도 모르게 두어 걸음 비틀거렸다.

적의 일부가 이미 성 바로 아래까지 밀고 들어온 듯한 기색이었다. 아군 병사들도 너무 놀란 나머지 니노마루를 버리고 혼마루로 도망쳐 들어왔다.

골짜기마다 횃불의 숫자가 점차 늘어나, 환하게 그 섬뜩함을 더해갔다.

우당탕, 누군가가 망루 위로 뛰어올라왔다.

"나리, 급보입니다! 다케다 군이……."라고 말이 채 끝나기도 전에 요시마사가 물리치듯 손을 흔들었다.

"됐네, 더 이상 말할 필요 없네. 알겠네, 알겠어!"

그 용장인 아마노가 얼마 버티지도 못하고 목숨을 잃었다는 소식을 겨우 4시간쯤 전에 들은 터였다. 그 때문에 전군의 사기가 상당히 흔들리고 있었다. 그러한 때에 이 불의의 습격, 게다가 다케다 군은 무려 수만 명.

'이젠 틀렸다. 무익한 싸움으로 장병들의 목숨을 빼앗을 수는 없다.'

요시마사의 마음은 이미 패전을 맛본 듯했다. 포기가 빠른 것이라고 한다면 틀림없이 그럴지도 몰랐지만, 유약하다고 하자면 너무나도 유약해서 기백이 없는 마음에 지배당하고 말았다.

"다야마를 불러라!"

"넷!" 대답하고 지금 올라왔던 무사가 망루에서 달려 내려갔다.

밤기운이 요시마사의 어깨를 축축하게 적셨으며, 어딘가에서 귀뚜라미 우는 소리가 들려와 절박한 마음을 한층 더 흔들었다. 여름의 밤바람이 몸에 스며든 것인지 어느 틈엔가 오한이 전신을 덮쳤다. 흥분 때문에 몸이 부들부들 떨려왔다.

요시마사의 명령을 받은 다야마 이키노카미가, 전령으로 다케다 진영을 찾아갔다.

"대대로 내려오던 기소 가의 영지를 1평도 남김없이 전부 다케다

가에 헌상하겠소. 그와 동시에 기소 가는 영원토록 다케다 가의 막하로 들어가겠소."라고 말했다.

"어떻게 처분해야 할지."

다야마를 기다리게 한 뒤 주장인 시게노부는 야마모토 간스케와 상의했다. 간스케는,

"제가 헤아리건대 저희 주군이신 신겐 공은 이와 같은 기소의 영지 대여섯 군데를 손에 넣었다고 해서 그것으로 결코 만족하시지 않으실 겝니다. 그 원대한 계획과 웅대한 그림은, 전국을 평정하고 천하를 제패하여 천하 모든 장수들의 우두머리가 되는 것을 이상으로 삼고 계실 것입니다. 그러하오니 이번에는 오히려 기소의 항복을 받아들여 소망을 들어주고 무겁게 쓰신다면 요시마사 및 그를 따르던 자 모두 저희 주군의 인자한 마음에 감복하여 다른 구니와 창칼을 맞댈 때면 종군을 청하는 자가 나타날 것입니다. 그것이 경국의 상책인가 합니다."

"흠, 나도 그렇게 생각하오. 그렇다면 이 뜻을 본진에 바로 보고하기로 하겠네."

"그렇게 하는 것이 좋을 듯합니다. 이야말로 칼에 피를 묻히지 않고 구니를 손 안에 넣는 계책이라 할 수 있습니다."

"오오, 그대의 말이 옳소."

이러한 사정을 신겐에게 바로 고했다. 그 말을 듣고 난 신겐은,

"간스케도 그렇고 나의 동생도 그렇고 참으로 훌륭하구나. 기소의 청을 받아들여 간스케의 말대로 하도록 하라."라며 크게 기뻐했다.

기소의 죄를 용서했을 뿐만 아니라 그의 공순함을 기특하게 여겨

영지인 기소를 그대로 주고 딸을 요시마사에게 시집보내기로 약속했다.

완전한 강화가 성립되어 다케다 군은 고슈로 돌아갔다.

그해도 저물어갈 무렵인 12월, 즉 세상이 바뀌어 고지 원년(1555)의 섣달, 사마노카미 요시마사는 고후로 들어갔다. 신겐이 기뻐하며 그를 만났다.

그리고 사마노카미가 영지로 돌아갈 때, 지무라 비젠노카미(千村備前守)와 야마무라 신자에몬노조(山村新左衛門尉) 두 사람으로 하여금 딸을 따르게 하여 기소로 시집을 보냈다.

항복한 장수에 대해서 그를 패장으로 취급하지 않았다. 예를 두텁게 하여 정중하게 대우했기에 요시마사는 명예를 지킬 수 있었으며, 진심으로 다케다를 따르게 되었다. 그랬기에 그의 가신들도 하나같이 신겐의 덕을 칭송했다.

이렇게 해서 기소는 완전히 평정되었다.

정면충돌

거의 균형을 이루고 있던 2개의 세력이 각자 자신의 힘을 신장시키고 확대시켰으나 그래도 그 힘이 여전히 서로 평형을 이루고 있다고 하자. 그 비슷한 세력의 균형이 깨지지 않는 한 참된 평화는 찾아오지 않는다. 약육강식이 행해져 한쪽이 다른 한쪽을 집어삼키지 않는 한, 뻗어가는 세력의 충돌은 해결할 방법이 없다. 다케다,

우에스기의 쟁패는 숙명적이자 필연적인 것이었다.

가와나카지마에서!

언제부턴가 그것이 두 사람의 목표가 되어 있었다.

그랬기에 더더욱 '가와나카지마에서—.'

자웅을 겨루기 위해 우에스기 겐신은 고지 2년(1556) 3월 하순에 대군을 이끌고 가와나카지마로 출진하여 다케다 군이 오기를 기다렸다.

신슈의 이나에서 이 소식을 접한 다케다 신겐은 지체하지 않고 병마를 가와나카지마로 몰고 갔다.

양군이 서로를 노려보는 대치 상태가 며칠간 계속되었다. 선제공격을 가할 만한 빈틈이 없었던 것이다. 선제공격을 가하면 태세가 흐트러지는 만큼 불리해질 수밖에 없었다.

그러나 마침내 전투를 시작해야 할 때가 왔다.

'적을 유인해내지 않으면 안 된다.'

이렇게 생각한 겐신이 유동군(遊動軍)을 내보냈다. 다케다의 선봉인 고사카 단조가 진을 치고 있는 곳 부근으로 풀을 베기 위해 사내들이 다가와 부지런히 풀을 베기 시작했다. 처음에는 상당히 떨어진 곳에서 머뭇머뭇 풀을 베기 시작했으나 단조 쪽에서 대응하려는 기색을 보이지 않자 더욱 접근하여 대담하게 무엇인가 커다란 목소리로 외쳐댔다.

"같잖은 놈들! 한바탕 혼쭐을 내주지 않으면 자꾸만 저럴 거야."

분개한 단조의 보병들이 100명 정도 뿔뿔이 달려나가 풀 베던 자들을 곳곳에서 뒤쫓았다.

미리 매복하고 있던 에치고 군의 다카나시 하리마노카미의 부하들이 그 보병들을 포위하여 전부 베어버렸다. 이를 보고 화가 난 요시구치(吉口), 히라노, 다타라(多々羅), 사와노(沢野) 등 100여 명이 다카나시를 추격하여 순식간에 30여 명 정도를 베어버렸다. 그러고도 계속 추격하여 다카나시 진영 가까이에 이르자 무라카미 요시키요, 다카나시 하리마노카미의 군병이 북과 꽹과리를 울리며 한꺼번에 다케다 군 100여 명을 포위하여 한 사람도 남김없이 죽여 버렸다.

"무라카미, 다카나시 놈들하고는 같은 하늘 아래에서 숨을 쉴 수 없다! 앞으로 어떻게 하는지 두고 보아라!"하며 격분한 고사카, 오치아이(落合)의 장병들이 우르르 에치고 군을 향해 쇄도해 들어 갔다. 뒤이어 오다기리(小田切), 후세(布施), 무로가(室賀) 등, 다 케다의 선봉이 일제히 함성을 올리며 돌진했다. ─이렇게 해서 전 투의 서막이 열렸다.

다케다 군의 예봉도 굉장한 기세로 무라카미, 다카나시 군을 무 너뜨렸으며, 에치고 군의 측면에 배치되어 있던 가와다(川田), 이 시카와(石川) 군 2천도 반격에 나서 고슈 군을 차례로 흩어놓았다.

격전, 또 격전. 혼돈 속에서 승패는 쉽게 알 수가 없었다. 그 가운데서도 다케다 군의 고사카 단조는 커다란 창을 휘둘러 몰려드 는 적을 차례로 쓰러뜨려 창의 명수 단조의 용맹한 이름을 떨쳤다.

난전이 펼쳐지는 가운데 붉은 해에 마름모꼴 모양이 새겨진 깃발 을 펄럭이고 그 옆으로 손자의 깃발을 새워놓은 채 걸상에 앉아 열심히 전황을 지켜보고 있던 신겐이 야마모토 간스케를 곁으로 불러 무엇인가 전략을 짰다. 간스케의 기묘한 책략, 그것은 과연 무엇이었을까?

사이가와(犀川)에 은밀하게 몇 십 개나 되는 굵은 밧줄이 걸쳐졌다. 다케다 본진의 무사 수백 명이 그 밧줄을 붙들고 맞은편 기슭으로 건너갔다. 강물 위로 기다랗게 자라 있는 갈대 속을, 깃발을 옆으로 눕힌 채 숨을 죽여 겐신의 진 뒤편으로 우회해 나갔다.

우회 부대가 에치고 군의 후방에 다다랐을 무렵 노부시게, 오부, 아키야마, 요코타의 각 부대는 병사들을 일제히 전진시켜 에치고 군의 측면부대를 공격했으며, 신겐 자신은 아마리를 비롯한 전군을 이끌고 정면을 향해―, 겐신의 본진으로. 죽을힘을 다하여 달려드는 필살의 진이었다.

하라노마치(原町)에 있는 겐신의 본진. 감색 바탕에 붉은 해를 새긴 깃발과 하얀 바탕에 비(毘)자를 적어놓은 깃발이 펄럭펄럭 나부끼고 있었다.

"저기를 보게! 신겐이 똑바로 돌진해 들어오고 있네. 방심하지 말고 굳게 지키게."

겐신이 본진의 방비를 견고히 하고 있는 사이에 다케다의 선봉은 벌써부터 육박해 들어오기 시작했다.

육탄공격이었다. 창을 든 채 몸으로 부딪쳐 들어왔다. 칼과 함께 앞 다투어 달려들었다. 용맹한 겐신의 휘하도 여기에는 애를 먹었다. 필살의 칼날은 날카로웠다.

우왕좌왕 본진의 발걸음이 어지러워져 막 뒤로 물러나려 할 때, 본진의 뒤편에서 갑자기,

"와아!"하고 함성이 일었다.

"협공이다!"

"다케다 군이 뒤편으로 돌아들었다."

이렇게 외치는 동안에도 등 뒤의 적이 퍼붓듯 총을 쏘아댔다.

겐신의 본진은 동요했다. 다케다 군의 공격에 완전히 교란 당했다.

"물러나라, 물러나라!"하고 겐신이 외쳤다.

후방에 있던 다케다의 하타모토[19]가 그 틈을 놓치지 않고,

"겐신을 베어라!"하고 외치며 벌써 바로 앞까지 육박해 들어왔다.

달아나는 에치고 군. 겐신은 말의 배를 차, 장검을 쥔 채 대여섯 정쯤 후퇴했다.

신겐의 추격은 더없이 맹렬했다. 거리가 점점 줄어들었다.

이제 바로 코앞!

그 순간, 지금까지 오쓰카무라(大塚村)에 진을 진 채 전황을 관망만 하고 있던 우사미 스루가노카미가 마침내 때가 왔다고 생각하여 휙 지휘봉을 휘둘렀다. 2천의 정병이 사납게 날뛰는 다케다 군에 맞서 정면으로 달려들었다.

"에잇!"

"이놈!"

새로 가세한 우사미 군에게 다케다 군은 추격을 저지당했을 뿐만 아니라 병사들이 한꺼번에 쓰러져나갔다. 우사미는 종횡무진으로 뛰어다녔다. 그때까지 쫓기고 있던 겐신이 바로 말머리를 돌려 반격에 나섰다.

여기서 형세는 일대 역전!

다케다 군은 우르르 무너져 온베가와(御幣川)의 강변까지 밀려

---

19) 旗本. 대장이 있는 본진의 무사.

났다. 그때 에치고 군의 와타베 엣추노카미(渡部越中守)가 500여 명을 이끌고 와서 그 배후를 습격했다.

털썩털썩 쓰러져나갔다. 물에 빠지는 자도 많았다. 신겐은 간신히 50여 명을 끌어모아 본진으로 물러났다.

겐신은 온베가와 기슭에 말을 멈춘 채 더는 뒤를 쫓지 않았다. 그때는 이미 신겐의 진영이 진용을 재정비한 뒤였기 때문이었다.

시체가 첩첩이 쌓였으며 가와나카지마에 스산한 바람이 불었다. 피비린내 나는 공기가 주위 일대에 감돌고 있었다. 사이가와와 온베가와 모두 피에 물들어 옅은 주홍빛 강으로 변모해 있었다. 황혼이 다가오고 있었다. 어딘가에서 중상을 입은 자의 신음소리가 들려왔다.

이튿날 아침 일찍, 신겐은 군대를 물렸다.

'여기서 더 싸운다 한들 승산은 없다. 희생자만 늘어날 뿐이다! 권토중래(捲土重來)를 꾀하자—.'

그것을 보고 겐신도 그 이튿날 에치고로 군대를 거두어 돌아갔다.

두 사람 모두 마음속으로 다시 만나 결전을 치를 것을 스스로에게 맹세했다.

일석이조의 계책

'흠, 이번 계책은 틀림없이 성공할 게야.'

호조 사쿄노다이부 우지야스는 뭔가 좋은 생각이 떠올랐는지 혼자서 가만히 미소 짓고 있었다.

겨울의 햇살이 부드럽게 툇마루로 쏟아지고 있었다. 북쪽 지방과는 달라서, 하코네(箱根)에서 내려오는 산바람이 불어와도 이곳 소슈의 오다와라는 남쪽 지방이었다. 봄이 가까워지면 매화도 발 빠르게 꽃봉오리를 내밀려 하는 법. 아니, 그 단단한 봉오리가 벌어지기 시작했으니 오늘쯤부터 안뜰의 홍매화가 두어 송이 피지는 않을는지.

"이번 일은 틀림없이 성공할 게야."

우지야스는 다시 한 번 혼자 중얼거렸다. 굉장히 좋은 수가 떠오른 모양이었다. 작은 화로의 재를 부젓가락 끝으로 의미도 없이 뒤척였다. 자신도 모르게 재 위에 글자를 쓰고 있다는 사실을 깨달은 순간에는 같은 글자를 몇 번이고 썼다가는 지우고 썼다가는 지우고 있었다.

─일석이조.

재 위에는 이런 글자가 적혀 있었다.

"일석이조라! 아니, 아니. 일석삼조일지도 모르겠군."

혼잣말을 하더니 즐겁다는 듯 소리 내어 웃었다.

무엇이 일석이조일까?

우에스기 노리마사의 깃발 아래에 속해 있던 고즈케노쿠니 미노와의 성주인 나가노 시나노노카미와 무사시노쿠니 이와쓰키(岩槻)의 성주인 오타 미노 뉴도 산라쿠사이 도요(太田美濃入道三楽斎道誉)는 우에스기 겐신에게 후원을 부탁한 뒤, 오타 산라쿠는 무사시노쿠니를, 나가노 시나노노카미는 조슈를 쳐서 따르게 하기로 계약을 맺고 지난 이삼 년 동안 종종 군대를 사가미(相模)로 보내서 호조 가에 도전을 해왔다. 우지야스는 겐신, 산라쿠, 시나노노카미 3사람을 적으로 삼아 3방면의 응전에 요즘 들어 약간 어려움을 겪고 있었다. 그랬기에 뭔가 좋은 방법이 없을까 고민하던 차에 문득 다음과 같은 생각이 떠올랐다.

'겐신도 그렇고 산라쿠와 시나노노카미도 그렇고, 어차피 지금은 물론 앞으로도 방해가 될 것이다. 거기에 인척관계를 맺기는 했으나 고슈의 다케다 신겐도 역시 국경을 맞대고 있는 이상 결코 방심해서는 안 될 인물이다.'

그러나 신겐은 지금 호조의 적자인 우지마사의 장인으로 두 집안의 친목이 눈에 띄게 두터워져 있었다.

'흠, 신겐에게 부탁하여 나가노 시나노노카미를 공격케 하고 뒤이어 겐신을 견제하게 하자. 신겐이 제아무리 용장이라고는 하나 겐신도 역시 그에 뒤지지 않는 강용한 장군이다. 신겐이 나가노를 공격한다 한들 그렇게 쉽게는 떨어지지 않을 것이며, 하물며 겐신과 자웅을 겨루는 일은 단기간에 끝날 일이 아니다. 그 사이에 나는 오타를 멸망시키자. 신겐과 겐신을 다투게 하면 언젠가 한쪽은 쓰러질 것이다. 만약 어느 한쪽이 이겼다 할지라도, 2마리의 범이 다투면 이긴 범도 반드시 상처를 입는다는 말처럼 승자라 할지라도 타격과 피폐는 면할 수 없을 것이다. 그 피로한 틈을 타서 허를 찌른다면 신겐이든 겐신이든 손쉽게 멸망시킬 수 있을 것이다. 단숨에 고슈, 조슈, 부슈를 나의 손 안에 넣는 일도 어렵지 않을 것이다.'

이것이 일석이조의 명안이었다.

해가 바뀌어 고지 3년(1557) 정월, 축하사절로 오후지 긴고쿠사이(大藤金獄斎)를 신겐에게 보내,

"모쪼록 나가노를 쳐서 조슈를 귀하의 영지로 삼으시기 바랍니다."라고 전하게 했다.

신겐은 물론 기뻐했다. 지난 덴분 19년(1550)에 호조 씨의 청이 있어서 조슈 공략을 중지한 이후 햇수로 8년. 그때는 부득이하게 생각을 접었지만, 완전히 단념한 채 포기한 것은 아니었다. 때가 오면 조슈를 손에 넣겠다고 늘 마음에 두고 있었다. 그런데 지금 호조가 오히려 조슈를 공략해달라고 청해왔으니—.

'조슈를 멸망시킨 뒤에는 기회를 봐서 호조 씨까지도 일격에.'

웅대한 꿈은 조슈에서 다시 부슈, 소슈로 펼쳐져 갔다.

축하사절이 돌아가자마자 그날로 노신회의가 소집되었다.

"천재일우의 기회일세. 호조의 의뢰야말로 뜻밖의 행운. 당장 병사를 조슈로 내어 나가노를 몰살시켰으면 하네만, 그대들의 생각은 어떠한가?"

신겐의 눈이 형형하게 빛나며 희망의 빛으로 넘쳐나고 있었다.

그러자 뜨고 있는 한쪽 눈을 깜빡거리며 듣고 있던 야마모토 간스케가 불쑥 머리를 들어 상처투성이 얼굴을 정면으로 향한 뒤,

"호조의 계략이로군."하고 낮게 입 안에서 중얼거리듯 말했다.

"뭐라? 호조가 어쨌다는 겐가?"하고 신겐이 물었다.

"나리. 이는 호조 가의, 이른바 일석이조를 노린 모략인 듯합니다. 최근 호조는 3방면으로 적을 맞아 어려움을 겪고 있습니다. 우선 나리께 조슈 공격을 양보한 것은 그저 표면적인 일일 뿐, 사실은 말할 필요도 없이 우에스기를 견제하기 위함입니다. 허나 신슈

는 현재 대부분의 방면에 있어서 평정을 유지하고 있습니다. 마침 좋은 기회이니 조슈를 단숨에 평정하시는 것이 좋을 듯합니다. 조슈의 각 장수들은 모두 나가노 시나노노카미의 용맹에 의지하여 나가노를 따르고 있습니다. 그러하오니 나가노만 멸망시킨다면 조슈는 칼에 피를 묻히지 않고도 저절로 저희 손에 넣을 수 있을 것입니다."

"오오, 언제나 변함이 없는 그대의 탁견, 뛰어난 지혜!"

신겐은 감탄하여 무릎을 쳤다. 보면 볼수록 추악하고 기이한 간스케의 용모! 추악하기에 오히려 인간답지 않았으며, 때로는 숭엄함조차 느껴지곤 했다. 신겐은 넋이 나간 사람처럼 간스케의 얼굴을 가만히 바라보았다. 이 얼마나 초인적인 사내란 말인가! 주종관계를 넘어서 존경스러운 기분이 마음속에서 한없이 솟아올랐다. 지금까지도 종종 이런 기분을 맛본 신겐이기는 했으나—.

봄의 하얀 눈을 밟으며 다케다 군은 조슈로 진격했다. 사기충천, 마치 적을 집어삼킬 듯한 기세로, 인마의 발걸음은 가벼웠다.

다케다가 공격해 들어온다는 보고를 받고 나가노 시나노노카미는 일족인 오바타 우콘(小幡右近), 도이 다이젠노스케(土肥大膳亮), 도모노 주로자에몬(友野十郎左衛門), 구라가노 사부로(倉賀野三郎), 나와 쇼겐(那波将監)의 병사를 모으고 기타무사시(北武蔵), 니시코즈케(西上野)의 각 세력을 규합하여 총 2만여의 병력. 적을 맞아 싸우기 위해 미카지리(甌尻)로 출진했다.

다케다 군의 척후는 야마모토 간스케가 맡았다.

"적의 병력은 대략 2만. 모두가 이 지방의 군대이기에 지리에 밝고, 기치 정연하게 배치되어 있습니다. 그에 비해서 아군은 우스이토우게의 험준한 고개를 넘어 적지로 깊숙이 들어왔으며 숫자는 겨우 8천에 불과합니다. 지리에 밝은 점, 수적 우위는 저희가 따라갈 수 없습니다. 그러나 사람들 간의 화합, 즉 단결력, 생사를 함께하겠다는 결합의 정신과 사기에 있어서는 도저히 아군에 비할 바가 되지 못합니다. 이른바 오합지졸, 잡다한 세력의 모임. 따라서 적의 세력을 분산시키는 것이 상책일 듯합니다. 그 계략은ー."

무엇인가 속삭이자 신겐은 몇 번이고 고개를 끄덕인 뒤,

"그야말로 묘책! 바로 준비를 해주시오."라며 웃음을 지었다.

어떤 계책이 세워진 것일까?

다케다의 진용은 모로즈미 분고노카미, 오미야 단고노카미가 선봉. 그로부터 5정 정도 뒤쪽에 2진으로 아마리 사에몬노조, 오부 사부로베에. 3진은 바바 민부노쇼, 나이토 슈리, 오부 효부쇼유. 4진은 본대. 그리고 야마모토 간스케. 이것이 바로 오운(烏雲)의 진이었다. 철벽같은 진용을 굳게 갖추었다.

마침내 전쟁의 때가 무르익었다.

내통의 계책

"뭐라, 야마다 하치로(山田八郎)?"

"네. 고슈 군의 사무라이 대장이라고 했습니다. 나리를 뵙고 항복을 청하고 싶다며."

"흠, 우선 여기로ー."

나와 쇼겐은 이렇게 말하고 고개를 갸웃거렸다. 뭐지?

부하가 머리를 조아린 뒤 물러났다.

"가만있자, 야마다 하치로?"

어딘가에서 들어본 것 같기도 하고 아닌 것 같기도 하고, 얼핏 머리에 떠오르지 않았다.

'어쨌든 만나보면 알겠지.'

밤은 고요하게 깊어 있었다.

이곳은 나가노 군의 부장인 나와 쇼겐의 진영이었다.

등불의 심지 타는 소리가 희미하게 들려왔다. 등불이 너울너울 흔들리더니 당사자인 야마다 하치로가 안내를 받아 들어왔다.

낯선 얼굴이었다.

"처음 뵙겠습니다. 저는 예전에 스와 요리시게 나리의 본진에 속해 있던 야마다 하치로라는 사람입니다. 지금은 다케다를 섬기고 있습니다. 앞으로 잘 부탁드리겠습니다."

야마다가 정중하게 머리를 숙였다. 아직 서른 살 전후인 듯했으며, 키도 크고 어깨도 떡 벌어진 사내였다.

"내가 나와 쇼겐일세."

머리를 가볍게 움직인 쇼겐의 눈이 형형하게 빛나고 있었다.

"무슨 일로 왔는가?"

쇼겐이 평소와 다르지 않은 투로 물었다. 하치로가 몸가짐을 바로하고,

"네, 다른 뜻이 있는 것은 아닙니다. 귀하의 막하로 항복을 하기 위해 온 것입니다. 그저 이렇게만 말씀드리면 의심하실지 모르겠으나, 사실 저는 원래 스와 요리시게의 막하에 있었는데 주군 요리시

게가 다케다에게 모살당해 그 후 어쩔 수 없이 다케다 가에 속해 있었던 것입니다. 이후 수차례에 걸친 전투에서 언제나 커다란 공을─, 이건 제 입으로 말씀드리기 좀 그렇습니다만, 아마 다케다 가를 대대로 섬겨온 가신 중에도 저의 활약에 비견할 수 있는 자는 5명도 되지 않으리라 여겨질 정도의 공을 세웠음에도 불구하고─. 그릇이 크지 못한 신겐이기에 저의 공에 대해서는 눈곱만큼의 은상도 없었습니다. 게다가 이번 출진에서도 평소와 다름없는 취급! 사무라이를 대우하는 예절을 모르는 신겐에게는 이제 신물이 날 정도로 정나미가 떨어졌습니다. 일이 여기까지 왔기에 차라리 귀하와 힘을 합쳐 무사의 기본도 모르는 신겐을 단숨에 짓밟아버려야겠다고 생각했기에─."

하치로의 눈에는 분노의 빛까지 어려 있었으며 무릎 위에서 쥔 주먹은 부르르 떨고 있었다.

'흠! 말만은 그럴 듯하게 하는구나! 첩자 놈, 그런 수에 넘어갈 쇼겐이 아니다!'

쇼겐은 마음속으로 비웃으며 듣고 있었으나, 하치로의 얼굴은 첩자라고 하기에는 아무래도 너무 진지했다. 다케다 가에 대한 분노가 생생하게 드러나 있었다.

쇼겐은 고개를 끄덕였다. 그리고 이렇게 물었다.

"그렇다면 이번 전투에 임하는 다케다 가의 전략은 어떤 것인가?"

"이번 출진에 있어서 다케다 군은 평지의 야전에 익숙한 병사들을 1만 5천여 명 골라 뽑았으며, 속전속결로 승부를 단번에 결정짓겠다는 계획입니다."

"흠, 그리고?"

"다케다 군은 그야말로 정예병들만 모여 있습니다. 결코 만만한 적이라고 방심하셔서는 안 됩니다. 우선 제게 정병 3백을 맡겨주신 다면 다케다의 병법에 있어서 급소인 후진을 단숨에 흩어놓겠습니 다. 그 한쪽 부대가 어지러워지면 전군이 곧……."

"다, 닥쳐라!"

쇼겐이 갑자기 커다란 목소리로 꾸짖었다. 순간 하치로도 깜짝 놀라 숨이 멎었다.

"이놈을 당장 묶어라! 적이 보낸 첩자다!"

좌우에서 열예닐곱 명의 억센 자들이 우르르 달려나와, 영문을 알 수 없어서 맞서려 하지도 못하고 있는 하치로의 팔을 뒤로 꺾어 다짜고짜 묶어버렸다.

"어, 어째서, 이처럼 험하게 대하시는 것입니까?"

하치로가 외쳤을 때는 이미 몸을 움직일 수 없을 정도로 단단히 묶여버리고 만 뒤였다.

"야마다 하치로라고 했는가? 어리석은 놈! 나를 속이기 위해서 원숭이 같은 지혜를 짜냈다만, 그런 술수에 넘어갈 쇼겐이 아니 다! 스와가 암살당한 지도 이미 10여 년. 그 동안 다케다 가를 섬기며 여러 가지 은혜를 입은 네놈이 갑자기 아무런 연고도 인연 도 없는 나를 찾아와, 그것도 전장을 앞에 두고 항복을 청했다. 아무리 네놈이라 할지라도 작은 부대의 대장 정도는 되는 무사일 텐데 부하도 거느리지 않고 겨우 2명의 잔챙이들만 데리고 진으로 찾아왔다. 참으로 빤히 들여다보이는 계책이다. 이래서는 네놈을 의심하지 않는 편이 더 이상하지 않겠느냐. 하여 시험 삼아 적의 정황을 물었더니 1만 5천이라고 했겠다? 세상에 대해서는 과연 1만 5천이라고 호령했다. 하지만 그것이 다케다 가의 선전이라는 사실 정도는 진작부터 알고 있었다! 곳곳에 파견한 척후병들의 보고에 의하면 전부 합쳐서 8천이라 하더구나. 후후후!"

마음속 깊은 곳에서 솟아오른 웃음이 쇼겐의 입으로 흘러나왔다. 하치로는 말없이 고개를 숙이고 있었다. 쇼겐의 통쾌하다는 듯한 목소리가 이어졌다.

"게다가 300명의 병력으로 후진을 치겠다고? 우습지도 않구나. 네놈 때문에 전군의 중추부가 간단히 흔들릴 정도의 다케다가 아닐 것이다. 무엇보다 한낮의 전투에서 적의 후방으로 돌아드는 것이 가능하다고 생각하느냐? 그처럼 어설픈 계책으로는 사람을 속일 수 없는 법이다."

숙이고 있던 하치로의 목 부근이 가느다랗게 떨렸다. 쇼겐이 득의양양한 눈빛으로 쏘아보았기에 한동안 우물쭈물하고 있다가 머뭇머뭇 든 그의 얼굴은 일그러져 있었다.

"화, 황공하옵니다."라며 뜻대로 움직이지 않는 두 손을 버둥거려 넙죽 엎드렸다.

"일이 탄로 났으니─, 아니 귀하께서 밝은 헤아림으로 이렇게까지 꿰뚫어보셨으니, 전부 자백하겠습니다. 저는 다케다 군의 첩자. 신겐 공으로부터 은밀하게 명령을 받아 여기에 온 것입니다. 허나 이제 더는─."

혹, 하고 깊은 한숨을 내쉬었다.

"─더는 다케다 진영으로 돌아갈 수 없게 되었습니다."

"어째서인가?"

"누가 뭐래도 신겐 공은 날카로운 칼날처럼 지모에 뛰어난 명장. 가령 제가 목숨을 부지한 채 귀환하여 귀하를 뜻대로 속인 것처럼 보고한다 할지라도 그 거짓을 꿰뚫어보고 저의 목을 칠 것입니다. 다케다에게는 돌아갈 수 없고, 세상에도 나설 수 없게 되었으니, 이참에 저의 목숨을 구해주신다 생각하시고 저를 귀하의 막하로 받아주실 수는 없으시겠습니까? 이왕 손을 내밀었으면 철저히 하라는 말도 있습니다. 그러니 다케다의 내실을 말씀드리겠습니다. 이렇게 말씀드려도 의심은 걷히지 않으실 테지만 지금부터 제가 드리는 말씀이 사실인지 거짓인지, 저를 전쟁이 끝날 때까지 감옥에 가두어두시면 저의 말이 하나하나 진실이라는 점을 아시게 될 것입니다."

이치에 맞는 말이었다.

"음, 그렇다면 말해보아라!"라며 쇼겐도 몸을 살짝 앞으로 움직였다.

기침소리 하나 들리지 않는 밤의 정적이 내일 벌어질 전투의 스산한 살기를 머금은 채 잠겨가고 있었다. 쇼겐의 부하가 등잔불의 심지를 세웠다. 등불이 너울너울 흔들려 늘어앉은 부장들의 커다란 그림자를 물결처럼 흔들었다. 순간, 지직 하고 소리를 내며 방 안이 밝아져갔다.

하치로가 낮지만 또렷한 목소리로 말했다.

"귀하께서는 지금 다케다 군을 8천이라고 말씀하셨지만, 이곳으로 향한 실제 병력은 6천입니다. 따로 고슈의 병력 3천과 신슈의 병력을 합친 7천여 명을 3갈래로 나누어 한 갈래는 미노와의 본성으로, 한 갈래는 마쓰이다 성으로, 나머지 한 갈래는 안나카 성으로 보냈습니다. 3성을 공략하면 이곳은 싸우지 않고 군문에 항복하리라는 것이 다케다의 심산입니다. 따라서 굳이 싸움을 서두르지 않고 오로지 3성 공략의 승전보만을 기다리겠다는 것이 현재의 실상입니다."

"흠, 그런가."

쇼겐도 지난 며칠 동안의 싸움을 되돌아보고 비로소 거의 납득한 것처럼 보였다.

"그러하오니 3성으로 서둘러 원병을 보내 뒤를 견고하게 지키고, 이쪽의 다케다 군에 대해서는 급습을 가하면 십중팔구는 승리할 것입니다."

그의 말에는 열기가 담겨 있었다. 반신반의라기보다는 8할의 믿음과 2할의 망설임으로 쇼겐은 하치로를 그대로 감옥에 가두었다.

나가노 시나노노카미를 비롯하여 도이 다이젠노스케, 도모노 주로자에몬, 구라가노 사부로 등의 각 장수도 반신반의했으나, 어쨌든 미노와, 안나카, 마쓰이다 3성은, 그 가운데 1개 성이라도 떨어지면 전국에 중대한 영향을 미치는 곳이었다.

"이 성을 지키는 데는 1만이면 충분하다."

"우선은 남은 9천여 명을 세 갈래로 나누어 3성으로 각각 원병을 보내야 한다."

"오바타, 구라가노를 선봉으로 덴진야마(天神山), 오이시(大石)를 좌익. 도이, 도모노를 우익. 나와를 2진. 나가노를 중진으로 삼아 전군을 학익진으로 벌려 다케다 군을 지체 없이 공격해야 한다."

군사회의는 끝났다. 행동이 개시되었다. 전쟁의 서막이 열린 것이다.

아니나 다를까, 야마다 하치로의 말은 진실이었다.

불의의 습격을 받은 고슈의 선봉 모로즈미, 고미야마는 깃발을 내리고 달아났으며 오부, 나이토의 부대도 걷잡을 수 없이 무너져 버렸다.

승기를 잡은 조슈 군이 숨 쉴 틈도 주지 않고 단숨에 짓밟으려 할 때, 지금까지 방관만하고 있던 다케다의 용장 바바 민부노쇼, 아마리 사에몬노조의 정병이 갑자기 조슈 군의 좌익인 덴진야마와 오이시의 진으로 돌격해 들어왔다. 생각지도 못했던 공격을 측면에 받았다. 조슈 군은 순식간에 무너져 10여 리나 달아났다. 바바, 아마리의 군이 창끝을 돌려 기를 쓰고 싸우고 있는 적의 선봉인 오바타, 구라가노의 군에게 측면공격을 가했다.

뜻밖이라면 이 역시도 뜻밖이었다. 조슈 군의 선봉은 당황했다. 앞으로 나아가고 싶어도 나아가지 못하고, 뒤로 물러나려 해도 물러날 수 없는 혼란 속에서 아마리 사에몬노조가 말을 종횡무진으로 달려 마치 귀신같은 솜씨를 뽐내는 동안, 다케다의 선봉이 드디어 때가 왔다는 듯 반격에 나섰다.

조슈 군은 불행하게도 전멸의 위기에 처했다.

나가노 시나노노카미가 이를 악문 채 지휘용 부채가 찢어질 정도로 흔들어댔지만 발걸음이 어지러워진 1만여의 병력은 우르르 한꺼번에 본진으로, 본진으로ー 쏟아져 들어왔다.

"앗!"

"아뿔싸!"

앞장서서 달아나던 병사들이 외쳤다.

본진에서 힘차게 펄럭이고 있는 것을 보라. 고슈의 군사인 야마모토 뉴도 도키(道鬼)의 깃발 아닌가.

조슈 군은 벌어진 입을 더욱 다물 수가 없었다. 본진의 중앙에 선 말 위에 유유히 앉아 빙그레 미소 짓고 있는 무사! 검은 실로 미늘을 짠 갑옷에 투구의 장식용 뿔을 반짝이며 오른쪽 옆구리에 창을 끼고 있는 자는— 조금 전까지만 해도 감옥에 갇혀 있던 야마다 하치로였다.

"우와하하하!"

하치로의 너털웃음이 커다랗게 들려왔다.

"원숭이만도 못한 조슈 놈들아, 설마 나를 잊은 건 아니겠지? 야마모토 뉴도 도키의 신하인 야마다 하치로다. 나에게 한방 먹은 놈들이여, 이렇게 된 이상 깨끗하게 투구를 벗고 항복하는 편이 좋을 것이다!"

말이 끝남과 동시에 본진에서 조슈 군을 향하여 일제사격.

어찌할 도리도 없이 목숨만을 간신히 건져 미노와 성으로 달아난 조슈 군의 숫자는 처음의 절반 정도였다. 나가노 시나노노카미도, 나와 쇼겐도 그저 분루를 삼킬 뿐이었다.

화의 이루어질 듯 깨지다

고지 4년(1558) 2월 28일, 세상이 바뀌어 에이로쿠(永禄) 원년이 되었다.

미카지리 전투에서 나가노 시나노노카미를 비롯한 신슈, 조슈의 각 장수를 격파하여 본성인 미노와로 물러나게 한 다케다 신겐은 한시의 틈도 주지 않고 그 미노와 성으로 밀고 들어갔다. 그 무렵 우에스기 겐신이 가와나카지마로 출진했다.

겐신은 나가노와 손을 잡고 신겐을 협공하기로 했다. 그러나 공교롭게도 믿고 있던 미카지리 전투에서 패해 달아나고 말았다. 이에 나가노와 연락하여 조슈, 부슈의 군으로 고슈를 공격하고, 다케다가 그것을 막기 위해 발걸음을 돌리면 그들을 뒤에서부터 쫓아가 치겠다는 계획을 세웠다. 그러나 그때 나가노 군은 이미 전의를 완전히 상실하여 겐신의 계책에 응하려 하지 않았다. 겐신은 어쩔 수 없이 그대로 가와나카지마에서 군대를 철수하여 에치고로 돌아갈 수밖에 없었다.

'무사시, 사가미를 평정하기 위해서는 다케다와 손을 잡는 것이 상책이다.'

겐신은 이렇게 생각하게 되었다.

화의를 위한 사자를 다케다에게로 보낸 것은 에이로쿠 원년으로 바뀐 해의 2월이었다.

신겐도 응낙했다. 때는 5월 15일, 장소는 우시지마(牛島) 나루터에서 오무로(大室) 쪽으로 4, 5정쯤, 지쿠마가와(千曲川)를 사이에 두고 양쪽 강가에 걸상을 놓고 서로 말에서 내려 인사를 한 뒤, 근시(近侍) 5명씩 외에는 사람을 더하지 않은 채 대면하기로 약속했다.

약속한 날이 찾아왔다. 여름이라고는 하지만 아직 견디기 어려울 정도의 더위는 아니었다. 지쿠마가와의 강바람은 시원했으며 신슈의 산들은 녹음이 짙었다. 파란 하늘에는 조각구름이 하나 둥실

떠 있었다.

거의 때를 같이해서 에치고의 우에스기 겐신과 가이의 다케다 신겐이 양쪽 강가로 모습을 드러냈다. 강가로 말을 걷게 하여 두 장수가 한 걸음씩 다가갔다. 참으로 극적인 대면에 어울리게 어디선가 뻐꾸기가 두어 번 높다랗게 울었다.

말을 멈추고 이제는 두 장수가 말에서 내리려 했다. 성격이 급한 겐신은 몸놀림도 가벼웠다. 강가로 훌쩍 내려서더니 바로 걸상에 앉았다.

그러나 신겐은 등자를 밟고 안장을 좌우로 흔들어 내리려는 기색만 보이다 겐신에게 말했다.

"겐신 나리, 얼른 말에 오르시는 것이 좋겠습니다."

그 말을 들은 겐신의 얼굴빛이 슥 변했다. 벌떡 일어나 아무 말도 하지 않고 말에 뛰어올라서는 말을 달려 진영 속으로 서둘러 돌아가버렸다.

겐신의 사자가 다케다의 숙영지를 찾은 것은 그날 오후였다.

"겐신 나리의 말씀을 전하겠습니다."

이렇게 말한 사자가 가지고 온 글을 읽기 시작했다.

"오늘의 대면에서 귀하가 구태여 보여주신 무례, 헤아리건대 이는 그저 필부, 소인배나 하는 짓이라 여겨집니다. 일국의 주인, 삼군의 장수가 할 행동이라고는 여겨지지 않습니다. 원래 저희 선조이신 가마쿠라 지로 가게히로(鎌倉次郎景弘)는 간무(桓武) 천황의 후예이신 가마쿠라 곤고로 가게마사(鎌倉権五郎景政)의 증손자로, 우다이쇼(右大将)인 미나모토 요리토모(源頼朝) 경과 친밀하게 지내신 이후, 대대로 이어져 저에게까지 이르렀습니다. 지금까지 단한 번도 무용의 이름, 무장의 집안이라는 자부심을 더럽히지 않았으며, 특히 저희와 동류인 가지와라 헤이조 가게토키(梶原平三景時)는 우다이쇼의 사무라이도코로(侍所) 벳토(別当)로, 후지산에서의 사냥 때에도 미나모토 요리토모 다음이 가지와라, 그 다음으로 귀하의 집안이신 다케다께서 서셨다는 사실은 진작부터 알고 계시리라 여겨집니다. 게다가 저희 집안은 8년 전부터 우에스기의 이름을 이어받아 간레이 직을 명받았습니다. 따라서 귀하께서 오늘 보여주신 행동, 인륜에 어긋나고 예의를 알지 못한 것이니 앞으로 다시는 친분을 나누지 못할 것입니다."

겐신이 보낸 글에서는 격분한 흔적이 역력하게 보였다. 사람을 너무나도 우습게 본 신겐의 방약무인에 대해서 분노한 것이었다.

그러나 신겐은 읽어 내려가는 글의 내용을 들으며 뺨 부근에 희미한 미소를 짓고 있었다. 마음속에서는 오히려 비웃고 있었던 것이리라.

옆에 앉아 있던 유히쓰[20]를 재촉하여 붓을 쥐게 했다.

"사자의 말씀 잘 들었소. 지금부터 답장을 쓸 테니―."라고 말하며 사방침의 끝을 가볍게 두드린 뒤, 마침내 그 입에서 나온 답장의 내용은,

"부질없는 가계에 관한 말씀 잘 들었습니다. 다케다 가의 계통에 대해서는 췌언(贅言)을 늘어놓지 않아도 3척 동자까지 잘 알고 있으니 굳이 말씀드릴 마음은 터럭만큼도 없습니다. 단, 예전의 가지와라라는 자는 요리토모 경의 가신, 어찌 다케다 다로 요시노부(武田太郎義信)와 존비(尊卑)를 비교할 수 있겠습니까? 그리고

20) 佑筆. 무가에서 문서와 기록을 맡은 자.

귀하의 집안에서 맡게 된 간레이 직. 우에스기 노리마사가 무도함으로 백성에게 쫓겨나고 민심을 잃어 에치고로 도주. 어찌할 수 없기에 귀하에게 그 직을 양보한 것인데, 짐짓 그럴 듯한 얼굴로 간레이인 양하고 있으니 오히려 웃음을 금할 길이 없습니다. 이 신겐은 황공하게도 대종사(大宗師)의 선지(宣旨)를 받아 관(官)이 이미 다이나곤(大納言)에 준합니다. 무위무관(無位無官)이신 족하에게 무례를 범한 기억은 조금도 없습니다. 족하께서 화의를 깨시겠다니, 뜻대로 하시기 바랍니다."

노골적인 도발이었다. 말은 비아냥거림으로 가득했다. 듣고 있던 사자의 얼굴이 단번에 창백해졌으며 몸이 부들부들 가느다랗게 떨려왔다.

완전한 결렬이었다—.

사자가 가져온 답서를 받아든 겐신은 격노 속에서 보복을 다짐하며 에치고로 돌아갔다.

신겐의 속셈은, 우에스기를 빠른 시일 안에 멸망시키고 이마가와보다 앞서 교토로 들어가는 것이었다. 여러 신하들은 이때에 비로소 신겐의 흉중을 살펴 일부러 화의를 결렬시킨 이유를 알게 되었다.

그러나 야마모토 간스케는 납득할 수 없었다. 지금은 우에스기와 서로 손을 잡아 배후의 근심을 제거하는 것이 교토로 들어가는 길의 첫 번째 조건이라고 종종 신겐에게 간언했다. 그러나 신겐은 받아들이려 하지 않았다.

분이 삭지 않은 겐신은 그로부터 열흘이 지난 5월 25일에 다시 신슈로 침입하여 각지에 불을 질렀다. 신겐도 여기에 응해 출마하여 오로지 방비를 굳건히 했다.

그러나 이때도 자웅을 겨루기까지에는 이르지 않았으며, 전초전 정도만 벌인 뒤 양군은 진을 물렸다.

하지만 이때 신겐은 약간 후회하고 있었다. 겐신의 군략과 용병 술을 가만히 살펴본 신겐은 늦게나마 야마모토 간스케의 간언을 떠올린 것이었다.

적으로 삼아서는 반드시 손해를 보게 되는 인물이었다. 그러나 화의가 결렬된 이상, 반드시 격파하고 분쇄하지 않으면 안 된다고 신겐의 의욕은 더욱 불타올랐다.

유언비어

"간토 8개 주의 각 장수 대부분이 하나같이 우에스기 겐신 아래 에 속하여, 그 수가 무려 12만. 호조 우지야스를 단번에 타도하려 한다고 하네."

유아독존적인 우지야스를 미워하여 간토의 각 장수들이 에치고 의 군세 1만 7천과 합세하여 12만. 그 대군이 출진하여 오이소(大磯), 고이소(小磯), 후지사와(藤沢), 다무라(田村), 아쓰기(厚木) 부근까지 밀고 들어갔다. 에이로쿠 3년(1560) 2월 하순에 가까웠다.

크고 도도한 강물과도 같은 기세로 호조는 물론 그를 원조하려 하는 다케다까지 단숨에 집어삼키려 하고 있었다. 맞설 엄두도 나지 않아 누구나 일단은 비관의 밑바닥에 떨어질 정도의 무시무시함이었다.

그 무렵이었다.

겐신의 가슴속에는 한 줄기 어두운 구름이 감돌고 있었다.

'아무래도 녀석이 의심스러워! 녀석은 그러고도 남을 놈이야!'

그것은 부슈 오시노(忍) 성의 성주인 나리타 시모후사노카미(成田下総守)의 태도에 대한 의심이었다. 어제도 오늘도 몇몇이서 속삭이고 있었다는 말이, 근시의 입을 통해서, 또 시동들의 입을 통해서 겐신의 귀에 들어온 것이었다. 그 내용은 다음과 같은 것이었다.

"나리타 시모후사노카미는 원래 우에스기 노리마사의 막하였기에 이번의 소슈 공략에는 겐신에 속하여 움직이고 있지만, 사실은 예전부터 호조, 다케다와 내통하여 이미 이반의 계책까지 세워놓았다고 한다."

이런 말을 듣고 보니 겐신에게도 몇몇 짚이는 부분이 있었다. 그때도 뭔가 좀 이상하다고 생각하기는 했으나―, 그 말이 심상치 않았어―, 라는 등의 의혹이 여름철 구름처럼 마음속으로 몰려들기 시작했다.

"당장 소환하여 규명토록 하라."

이렇게 명령한 겐신을 아마카스 오우미노카미(甘粕近江守)와 나오에 야마시로노카미가 양쪽에서 말렸다.

"나리! 그것은 오히려 이반을 재촉할 우려가 있습니다. 이번에는 그냥 모르는 척 대하다가, 모든 처분은 훗날 하시는 것이 좋을 듯합니다."

이에 일은 일단 표면화되지 않고 흐지부지 수습된 것처럼 보였다. 겐신도 이러한 소문을 입 밖에 내는 것을 굳게 금했다.

그러나 누가 어떻게 한 것인지 나리타의 본성인 오시 성과 나리타의 본진에 이러한 사실이 그대로 전해졌다.

모든 사람들이,

"겐신은 자신의 무용에 거만해져서 간토 각 장수를 자신의 가신인 양 부리고 있다. 안 그래도 의심이 강한데 특히 우리 주군이신 나리타 나리를 의심하여, 나리타는 방심해서는 안 되는 미심쩍은 자이니 머지않아 처리하지 않으면 안 된다고 큰소리치며 은밀하게 준비를 진행하고 있다고 한다."

이런 목소리가 점점 높아졌다.

"뭐라! 겐신이 나를 주살하려 한다고? 은혜를 원수로 갚을 생각이란 말인가!"

나리타 시모후사노카미는 크게 분노했다.

어두운 구름을 스산하게 머금은 채 표면적으로는 평온한 듯했으나 위태로운 분위기가 감돌고 있었다.

쇼군 아시카가 요시테루가 보낸 야마토 효부쇼유에 의해 간레이직 보임(補任)을 위한 의식이 쓰루오카(鶴岡) 하치만구(八幡宮)의 신전 앞에서 행해지게 되었다.

겐신은 간토 12만 장병의 주인으로서 장중하게 위의를 갖추고, 우다이쇼(右大将) 가의 격식에 준하여 이 경사스러운 의식을 진행했다.

현란한 그림처럼 각 장수들이 기라성 같이 늘어선 가운데 엄숙하게 식이 진행되었다. 보임 선언도 탈 없이 행해져 막 계단을 내려오던 참이었다.

겐신은 문득 왼쪽 편에서 자신을 응시하는 시선을 느꼈다. 슬쩍 눈을 돌려보니 가장 앞줄의 걸상에 나리타 시모후사노카미가 잔뜩 힘이 들어간 태도로 주먹을 불끈 쥐고 두 눈을 부릅뜬 채 자신의 얼굴을 가만히 노려보고 있었다. 눈빛 속에서는 냉소의 빛까지 느낄 수 있었다.

'저놈이!' 하며 겐신도 순간적으로 노려보았다. 증오를 담은 4개의 시선이 딱 부딪쳤다. 두 사람 모두 눈을 돌리려 하지 않았다. 그대로 불꽃을 튀기며 고정되어 있었다.

"시모후사노카미! 무례하구나!"

질타하는 목소리가 겐신의 입에서 튀어나왔다. 그와 동시에 오른손을 치켜들어 들고 있던 부채로 나리타 시모후사노카미의 얼굴을 2대 때렸다.

"무슨 짓이오!"

시모후사노카미가 벌떡 일어나 외쳤다.

"최근의 소문ㅡ 과연 사실이었군! 트집을 잡아서 나를 주살할 생각인가?"

허리에 찬 칼의 손잡이로 오른손을 가져간 시모후사노카미가 한 걸음 앞으로 나서려는 것을 나오에 야마시로노카미와 스다 오이노스케(須田大炊助)가 달려들어 좌우에서 붙들어 말렸다.

어쨌든 의식은 끝났다. 나리타 시모후사노카미는 분함을 억누른 채 군대를 거두어 자신의 거성인 오시 성으로 돌아갔다.

그러자 그것을 계기로 간토의 각 장수들도 속속 자신의 거성으로 돌아갔다. 거기에 남은 것은 겐신의 수하 1만 7천뿐이었다.

이래서는 여기까지 진전을 보았던 호조 토멸을 위한 군도 중도에서 좌절되지 않을 수 없었다. 공들여 쌓아올린 탑이 사소한 일 하나로 무너져버린 것이었다. 웅대한 꿈도 허무하게 깨져, 겐신은 에치고로 돌아갈 수밖에 없었다.

두려워해야 할 것은 유언비어—, 삼가야 할 것은 근거 없는 의심.

처음 유언비어를 퍼뜨린 것은 겨우 20여 명이었다. 생각해보면 20여 명의 사람이 12만의 대군을 잘도 흩어놓았다.

그런데 이는 전부 야마모토 간스케의 책모에 의한 것이었다.

칼에 피를 묻히지 않고 12만 대군을 분산시키겠다는 계략이 멋지게 성공을 거둔 것이었다.

겐신의 교토 입성

간레이 직에 임명된 것에 대한 답례를 위해서 겐신은 교토에 있는 쇼군 가로 가야겠다고 생각했다.

'자리를 비운 동안이 불안하다. 이번에는 아무래도 다케다의 양해를 구하는 것이 상책일 듯하다.'

이에 다케다 가로 사자가 찾아가서,

"이번에 겐신은 교토로 들어가 아시카가 쇼군을 배알하고 싶소만 이는 사적인 일이 아니라 공적인 일이오. 귀하께서도 쇼군을 중히 여기는 무장이시라면 겐신이 돌아올 때까지는 창칼을 거두어 주셨으면 하오. 만약 승낙하지 않으신다면 어쩔 수 없이 교토로 가는 날을 늦출 생각이오."라고 청했다.

이에 대해서 신겐은,

"교토로 들어가시겠다는 겐신 나리의 뜻, 참으로 갸륵하게 생각하오. 무가의 우두머리 된 자는 응당 그래야 한다고 생각하오. 나도 귀하가 돌아오시기까지는 반드시 창을 거두고 있을 터이니 안심하셔도 좋소."라고 대답했다. 실로 전국의 무장은 무(武)를 위해서, 의(義)를 위해서는 사사로움을 억누르는 정신을 견지하고 있었다고 할 수 있겠다.

신겐의 군은 약속의 말을 들었기에 겐신도 뒤를 걱정하지 않고 에이로쿠 4년(1561) 5월에 아름다운 행장을 갖추고 에치고를 출발하여 교토로 들어갔다.

쇼군 아시카가 요시테루를 배알하고 감사의 말을 올리자 쇼군도 크게 기뻐했으며, 자신의 이름인 요시테루 가운데서 한 글자를 하사했다. 이에 가게토라는 이름을 바꾸어 데루토라(輝虎) 뉴도 겐신을 칭하게 되었다.

군막의 무늬로도 첫째로는 국화와 오동(菊桐), 둘째로는 벗풀(沢瀉), 셋째로는 둥글게 자른 오이(瓜) 문양을 허락받았으며, 또 삿자리로 지붕을 얹은 가마와 문서의 배서(背書)까지도 허락받는 커다란 명예를 얻었다. 교토에 머무는 동안 마쓰나가 단조(松永弾正)와 미요시 슈리노다이부(三好修理大夫)의 접대를 받았고 오쓰(大津)에 묵으며 우지(宇治), 나라(奈良), 사카이(堺), 스미요시(住吉), 덴노지(天王寺) 등 간사이(関西) 지방을 둘러보느라 하루도 쉴 날이 없을 정도였다.

그런데 이때 생각지도 못했던 사건이 일어났다. 사건은 부슈 이와쓰키의 성주인 오타 미노노카미 뉴도 산라쿠가 호조 우지야스의 병을 기화로 우에스기 노리마사를 등에 업고 간토 각 장수들을 부추긴 것에서 시작되었다. 연합군이 대거 호조를 공격했다. 우지야스는 병든 몸으로 달리 방법이 없었기에 신겐에게 구원을 요청했다.

어쨌든 당면한 목적은 이 운하처럼 몰려드는 연합군을 물러나게 만드는 일이었다. 그러기 위해서는 신겐이 에치고를 위협하는 것보다 더 좋은 방법은 없었다.

사자가 2번이고 3번이고 고후 성을 찾아왔다. 그러나 신겐은 겐신과의 약속을 지키기 위해 움직이려 하지 않았다. 4번째로 찾아온 사자는 필사적이었다.

"호조 가의 존망은 오로지 귀댁의 구원 여부에 달려 있습니다."

피눈물을 흘려가며 하는 간청이었다. 애원이었다. 이렇게 되자 신겐은 정에 약해질 수밖에 없었다. 한편으로 그는 이곳에도 밝았다.

하라, 오부, 바바, 히나타, 야마모토 등의 각 장수가 온갖 말로 간하는 것도 뿌리치고 마침내 출병했다.

고사카 단조로 하여금 오타의 영내까지 침입케 했으며 뒤이어 와니가타케(鰐嶽) 성을 공격했다.

전부터 신겐이 약속을 어긴 것을 흔쾌히 여기고 있지 않던 운노, 니시나 등의 장수가 서로 밀계를 꾸며, 에치고 군과 호응하여 고슈 군을 협공하기로 했다. 이 반의를 일찌감치 눈치 챈 신겐은 와니가타케 성을 단번에 짓밟고, 등을 돌린 장수들의 목을 베었다.

자신의 영지로 돌아와 신겐이 약속을 깼다는 사실을 안 겐신은 열화와 같이 화를 냈다.

"신겐은 무사라고 할 수도 없는 놈이다! 사람이라 여겨지지 않는다. 짐승만도 못한 놈이다! 즉각 출동 준비를-. 내 신겐의 목을 보아야겠다!"

서두르는 겐신을 우사미 스루가노카미가 말리며,

"나리, 옳으신 말씀이시나, 이번 일은 우선 사자를 보내 신겐의 죄업을 따져 신겐을 화나게 만든 뒤 출진하시는 것이 저희에게 유리할 듯합니다."라고 이치에 맞게 간했기에 겐신도 그 말에 따르기로 했다.

사자를 보냈다. 완전히 심문과도 같은 말로 신겐의 잘못을 따져 물었다. 아니나 다를까 신겐은 화를 냈다. 그러나 그에게도 역시 간언을 하는 신하는 있었다. 오부, 야마모토가 한목소리로 말했다.

"이는 겐신이 주군을 격노케 하여 존망을 건 싸움을 벌이겠다는 심산입니다. 그에 합당한 대답을-."

이 말을 들은 신겐은 크게 끄덕였다. 사자에 대한 대답도 어디까지나 이성적인 것이었다. 참으로 논리적이었다.

잘못은 누구에게 있는가-. 와니가타케로 출마한 것은 틀림없이 신겐이다. 그러나 신겐의 손을 묶어놓은 뒤 그 사이에 호조를 공격한 것은 에치고 군이다. 게다가 호조와 다케다는 인척관계에 있다. 처음 싸움을 건 것은 누구인가?

신겐의 대답은 이 점을 강조한 것이었으며 마지막으로,

"만약 귀하께서 다케다 가를 그리도 두려워하신다면, 우리의 막하로 들어오시오."라고 신랄하게 일축했다.

사태는 이제 마지막 단계에 도달해 있었다. 메울 수 없는 골이 두 사람 사이에 깊이 파여버리고 말았다. 서로 싸우고 서로 피 흘려야만 할 숙명의 장난이, 두 사람을 찾아온 것이다.

'그렇다면 최후의 결전이다!'

두 사람이 더는 기다리지 않고 일어섰다.

피의 비가 가와나카지마의 강바람에 비말을 일으키며 쏟아져 내리리라─.

가와나카지마로 출진

가이즈 성의 군다이인 고사카 단조노추 노부마사에게서 고후의 신겐에게로 격문이 날아든 것은 신유(辛酉)년인 에이로쿠 4년(15 61) 8월 15일의 일이었다. 우에스기 데루토라 뉴도 겐신이 단번에 자웅을 겨루기 위해 대거 출진, 사이조산(妻女山)에 진을 치고 가이즈 성을 발아래로 흘겨보며 당장에라도 단숨에 집어삼킬 듯한 태세를 보이고 있다고.

겐신이 가스가야마(春山)를 출발한 것은 8월 14일의 여명이었다. 따르는 부장은 가키자키 이즈미노카미 가게이에, 아마카스 오우미노카미 가게토키, 나오에 야마시로노카미 가네쓰구, 혼조 에치젠노카미 시게나가, 시바타 스오우노카미, 야마요시 겐바노조 지카후사, 호조 아키노카미 나가토모, 무라카미 사에몬노조 요시키요, 야스다 가즈사노스케 모토야스, 스다 우에몬노조 지카미쓰, 우에다 슈리노신 가게쿠니, 고시 스루가노카미 히데카게, 우사미 스루가노카미 사다유키, 다카나시 하리마노카미, 귀신잡는 고지마 야타로,

오다기리 지부쇼유, 시바타 오와리노카미, 가와다 쓰시마노카미, 고무로 헤이쿠로를 비롯하여 하나같이 이름 높은 용자들뿐이었다. 그 병력은 1만 3천. 필사의 결의를 불태워 전군의 사기가 하늘을 찌를 듯했다.

―급보를 접한 신겐은 한시도 지체하지 않고 전군을 불러모았다.

3일 후인 18일 미명에 고슈 군 2만이 대오를 정연히 갖추고 고후를 출발했다. 에치고 군에 대항하여 출진한 장수로는 신겐을 총사로 동생인 사마노스케 노부시게, 다케다 다로 요시노부, 오부 효부쇼유 도라마사, 바바 민부쇼유 가게마사, 오야마다 빗추노카미 마사토키, 아마리 사에몬노조 하루요시, 사나다 잇토쿠사이 유키타카 뉴도, 사나다 겐타자에몬 노부쓰나, 오바타 오와리노카미 노부사다, 아사리 시키부노조 노부오토, 야마가타 사부로베에 마사카게, 아나야마 이즈노카미 노부요시, 모로즈미 분고노카미 마사키요, 야마모토 간스케 뉴도 도키, 다케다 쇼요켄, 하라 하야토노카미 마사카쓰, 아토베 오이노스케 가쓰스케, 나이토 슈리노조 마사토요, 나가사카 조칸, 히로세 고자에몬, 미시나 히젠노카미, 마가리부치 쇼자에몬, 가미이즈미 이세노카미 등 누구 하나 뒤떨어지지 않을 만큼 용맹한 강장들이 늘어서 있었다.

가을 하늘은 쪽빛이었다. 길게 장사진을 친 고슈 군 2만이 늦더위가 남은 가도에 흙먼지를 일으키며 북쪽으로, 북쪽으로, 가와나카지마를 향해 행군을 이어갔다. 우라노(浦野)를 지나 사루가바바의 북쪽에 해당하는 자우스야마를 넘어 지쿠마가와의 도도한 흐름을 아래로 굽어보고 눈부시게 빛나는 햇살을 받으며 아마미야 나루터를 멀리로 바라보았다. 이미 전장은 가까웠다.

신겐은 우회부대에게 명하여 에치고로 가는 가도를 지키게 했다. 이렇게 해서 에치고 군의 군량을 운반하는 길을 끊었다.

신겐의 진영에서 몇 무리인가의 척후를 풀었다. 한편 사이조산의 겐신은—?

군사회의와 배치

"뭐라? 고후 놈들이 아마미야 나루터를 끊었다고?"

"그렇다면 퇴로를 차단당한 것 아닌가?"

"아아, 군량을 보급받을 길이 완전히 막혀버리고 말았군."

"굶어죽기를 기다리는 것이나 다를 바 없는 일이야."

"앞으로 보름이나 한 달 정도는 괜찮겠지만, 장기전에 들어가면 굶어죽는 자도 나오겠군."

에치고의 병사들은 저마다 이렇게 중얼거리며 암담한 기분에 휩싸이기 시작했다.

그러는 동안에도 고슈 군의 동정은 속속 보고되었다. 어떤 보고도 그다지 듣기 좋은 것은 아니었다.

그럼에도 대장인 겐신은 특별히 대책을 강구하려 하지 않았다. 사졸들의 근심어린 낯빛에 비해서 오히려 밝은 얼굴빛으로 기분 좋다는 듯 담소를 나누는가 싶더니, 이삼일 전부터는 곁에 두고 부리는 사무라이들에게 노래를 부르게 하고 드물게도 자신이 북을 치기도 하기 시작했다. 밝은 웃음소리와 떠들썩한 술렁임이 본진에서 밤낮으로 흘러나왔다.

"대장은 대체 무얼 하고 계신 걸까?"

장병들 모두 이상히 여겼다.

그러나 더욱 기이하게 여긴 것은 다케다 군의 척후병들이었다. 본진으로 돌아가 이러한 사실을 신겐에게 고했다. 신겐이 무릎을 찰싹 치며 입 안에서 혼자 중얼거렸다.

"아뿔싸! 같잖은 겐신 놈의 계책에 걸려 이건 아무래도 사지로 뛰어든 듯하구나! 당장 진형을 바꾸지 않으면 안 되겠다."

바로 바바 민부쇼유, 오부 효부, 야마모토 간스케를 불러 척후부대의 보고를 자세히 들려준 뒤 말을 이어,

"그대들은 이러한 겐신의 거동을 어떻게 보는가? 아니, 겐신의 속셈을 꿰뚫어볼 수 있겠는가?"라고 하문했다.

야마모토 간스케가 즉석에서 대답하기를,

"저도 몇 명인가의 첩자를 내어 겐신의 동정을 살펴보았는데 같은 보고를 듣고 대충은 짐작을 하고 있었습니다. 이는 주군께서 말씀하신 것처럼, 즉각 진형을 바꾸는 것이 지당할 듯합니다."라고 말했다. 신겐이 되물었다.

"어째서인가?"

"애초부터 이번 전쟁은, 주군께서 파약하신 것에 분노하여 겐신이 단번에 화근을 제거하겠다는 생각으로 일으킨 결전입니다. 따라서 겐신은 도중에 좌절하는 일이 없도록 생사를 걸고, 이른바 낭사배수(囊砂背水)의 진을 친 것입니다."

이를 듣고 신겐은 빙그레 웃으며 끄덕였다.

29일 새벽을 기하여 고슈 군은 대대적인 이동을 개시했다. 오후

에는 히로세(広瀬)의 나루터를 넘어 가이즈 성으로 들어갔다.

달이 바뀌어 9월 1일부터 9일까지는 그대로 서로를 노려보기만 하는 상태가 계속되었다.

기뻐한 것은 우에스기 쪽의 사졸들이었다. 에치고로 이어지는 통로를 점령하고 있던 다케다 군이 물러났기에 암운이 걷힌 듯한 기분이 들었다. 그러나 주장인 겐신은 어제까지와는 달리, 북도 치지 않고 노래도 부르지 않았으며 입을 다문 채 떫은 감이라도 씹은 듯 눈썹을 찌푸리고 있었다.

가이즈 성에서는 신겐을 중심으로 군사회의가 열렸다. 우선 야마모토 간스케가 진형을 바꾼 이후 들어온 척후의 보고를 바탕으로, 진형을 바꾼 것은 겐신의 계산에서 벗어난 일이었기에 겐신의 심기가 불편해졌으며, 반대로 사졸들은 기뻐하고 있다고 보고하고, 진형을 바꾼 것은 성공이라고 말했다. 늘어앉은 각 장수들의 얼굴은 가을의 맑은 햇살을 받아 환하고 밝았다.

간스케가 다시 말을 이었다.

"사실은 얼마 전부터 은밀하게 밀정을 풀어 부슈와 조슈를 살피게 했는데 나가노, 오타, 구라가노, 오바타가 겐신의 은밀한 명령을 받아 출병 준비를 해서 고슈로 침입해 들어오거나 저희 군의 배후를 습격할 계획이었으나, 이번의 퇴진으로 인해 그것도 물거품이 되어버리고 말아 낙담하고 있다고 합니다."

회의는 새로이 전개할 작전행동에 관한 내용으로 옮아갔다. 우선 오부 효부쇼유 도라마사가 앞으로 나서서 가볍게 인사를 한 뒤 입을 열었다.

"우에스기 겐신을 적으로 삼은 지도 벌써 15년. 그 동안 거의 매해 신슈의 각 성들이 저희 군을 늘 방해해왔습니다. 이는 필경 생사를 건 결전이 없었기 때문이라 여겨집니다. 그런데 이번에야말로 드디어 결전을 펼칠 좋은 기회가 왔다고 할 수 있을 듯합니다. 게다가 겐신은 분노에 불타올라 출진한 것이니 천재일우의 호기, 당장 총공격을 개시해야 한다고 생각합니다."

"흠. 오부의 말씀 참으로 그럴 듯하오만, 바바와 사나다는 어찌 생각하시는지?"

신겐이 바바 민부쇼유, 사나다 잇토쿠사이의 이름을 불러 진언을 촉구했다.

"말씀하신 대로 이번에 건곤일척의 대결전을 행해야 한다고 생각합니다. 허나 겐신은 한 번의 계략이 수포로 돌아갔다고 해서 힘을 잃고 계략이 궁해질 만큼 어리석은 장수가 아닙니다. 다시 새로운 모략을 세울 것이며, 게다가 결코 무모하게 용맹함만을 앞세우지 않는 훌륭한 명장이라 여겨집니다. 이렇게 말씀드리는 것은, 지난번에 화의가 깨져 대치했을 때, 50여 일이 지나도 지쿠마가와를 건너 공격해 들어오지 않았던 신중함을 생각해봐도 그렇게 쉽사리 분노에 몸을 맡겨 무모한 만용을 부리지는 않으리라 여겨지기 때문입니다. 이번에는 그에 합당한 계략을 세운 뒤, 결전에 임하는 것이 지당할 듯합니다."

이것이 바바와 사나다의 진언이었다. 신겐은 그에 대해서,

"하신 말씀, 하나하나 그럴 듯하오. 우리 집안에서도 눈부신 무공을 세웠던 오바타 뉴도 니치이(小幡入道日意)는 지난 6월에 불행히도 병상에 누웠고, 하라 미노노카미 세이간은 와니가타케 공성전에서 13군데의 상처를 입어 이번에 출진하지 못했소. 매우 허전

한 느낌이 들기도 하지만 적에게 선수를 빼앗기기 전에, 내일 사이조산을 공격하여 차지하도록 하시오."

명령을 받은 야마모토와 사나다와 바바가 한동안 회의에 몰두했다. 비책을 짜낼 수 있을까? 적은 1만 3천, 아군은 2만. 적은 명백하게 필사의 태세였다. 그런 만큼 싸움은 매우 어려웠다.

간스케가 가슴속에 품고 있던 비책을 말했다. 사나다와 바바는 그에 대해서 크게 고개를 끄덕였다. 간스케의 책략에 온몸으로 동의의 뜻을 표한 것이었다.

다시 신겐 앞으로 나아간 간스케가,

"우선 아군의 병력을 둘로 나누어 대정(大正)의 부대 1만, 대기(大奇)의 부대로 1만. 대기는 즉, 본진입니다. 대정의 사무라이 대장 10명 정도가 사이조산으로 밀고 들어가 전력을 다하여 싸움에 임하면 만에 하나 패하든, 혹은 이기든 겐신은 반드시 산에서 내려와 아마미야 나루터를 건너 젠코지 나루터로 나가려 사이가와 쪽으로 이동할 것입니다. 그때 대기인 본진 1만이 가와나카지마에서 대기하고 있다가 앞뒤에서 협공, 포위 섬멸전으로 유도하면 겐신의 목은 저희 주군의 손에 떨어질 것이 분명합니다."라고 말했다. 이야말로 야마모토 간스케만이 짜낼 수 있는 필승불패의 계책이었다.

"이는 참으로 좋은 계책이오. 하지만 대정의 병력을 1만 2천, 대기인 본진을 8천으로 해야 할 듯하오."

"옳은 말씀이시기는 하나, 겐신은 워낙 명장. 물러날 때도 그 기세가 왕성하여 저희의 기병을 두려워하지 않을 것입니다. 게다가 승세라도 타게 된다면 소수의 기병으로는 제압하기 어렵습니다. 역시 정병과 마찬가지로 1만은 필요할 것입니다."

"흠, 그렇기는 하지만 기병은 피로한 적을 치는 것 아니오. 그에 비해서 정병은 정면에서 적을 공격하는 것이니 병력이 적으면 사기에 영향을 줄 것이오."

신겐은 이렇게 말하고 정병 1만 2천, 기병 8천으로 수를 정했다.

그리고 정병으로는 고사카 단조를 비롯하여 오부 효부쇼유, 바바, 오야마다, 아마리, 사나다, 아이키, 오바타, 아시다 등의 장수 10명을 배치하고, 한밤중인 자시(11시~1시)에 행동을 개시하여 이튿날 묘시(5시~7시)에 전투를 개시할 수 있도록 준비를 해놓았다.

그리고 기병으로는 대장 신겐을 중앙에, 전방의 우익을 나이토와 모로즈미. 좌익을 사마노스케 노부시게, 아나야마. 중진을 오부 사부로베에. 왼쪽 옆의 부대에 하라 하야토노스케, 다케다 쇼요켄. 오른쪽 옆의 부대에 다로 요시노부, 모치즈키를 배치하고, 후진을 아토베, 이마후쿠, 아사리에게 맡겨, 전부 12개의 부대. 그 외에 야마모토 간스케, 하라 오스미노카미 등의 각 장사. 병력 8천. 9일 밤 축시에 출발하여 가와나카지마로 나아갔고, 길을 서쪽으로 접어 들어 사이가와 전방 10리쯤에 위치한 미마키바타케(三牧畑) 근처에 포진하여 만반의 준비를 하고 때가 오기를 기다렸다.

그러나 전쟁이란 혼자 계획해서 혼자 원하는 대로 전개할 수 있는 것이 아니다. 상대가 없이 홀로 두는 장기처럼 생각대로 말을 움직일 수 있다면, '승패는 병가지상사'라는 등의 속담도 성립되지 않는다. 한쪽 편이 지혜를 짜내면, 상대방도 동시에 비책을 세운다.

그렇다면 에치고 군은 과연 어떤 계책을 세웠을까?

겐신의 가슴속을 오가는 결전의 커다란 구상은—.

15년 동안의 쟁패, 대결도 생각해보면 일장춘몽과 같다는 생각이 들었다. 그러나 그 모든 것은 이번 결전을 위한 전제였던 것이다.

지쿠마가와의 밤바람을 양쪽 뺨에 맞으며 사이조산의 본진에서는 겐신이 일각 전부터 다케다 진영을 응시하고 있었다. 이삼일 손을 대지 않았기에 까칠까칠한 턱수염을 쓰다듬다가는 끄덕이고, 끄덕이다가는 다시 쓰다듬으며 시선을 멀리 적진에 고정시키고 있었다.

황혼이 신슈 일대의 산들을 짙은 잿빛으로 가만히 물들이더니, 곧 황금색 저녁놀을 반사하다 밤을 불러들이고 있었다. 상쾌한 밤바람이 초목을 흔들어 달맞이꽃의 허연 모습을 위태롭게 하고 있었다. 수풀 속에서 우는 벌레 소리가 다시 한바탕 떠들썩하게 귓가를 때렸다.

"흠, 서둘러서."

무엇인가 근시에게 명령을 내리더니 겐신은 횃불이 타올라 어둠 속에서도 뚜렷하게 보이는 본진 쪽으로 돌아갔다.

잠시 후, 부름에 응해 모여든 가키자키, 우사미, 나오에, 우노 등을 앞에 두고 겐신이 말했다.

"내일은 드디어 존망을 건 결전이 벌어질 걸세. 적이 먼저 싸움을 걸어올 듯하네."

"나리, 그걸 어찌……."라고 끼어든 우노의 말을 가로막듯,

"신겐은 내일 마침내 최후의 결전을 펼칠 각오인 듯하네. 우선 적의 전략을 가늠해보건대, 적은 2만의 군세를 2갈래로 나누어 1갈래는 우리의 정면으로 공격해 들어오고, 다른 1갈래는 우리가 싸우다 지쳐 에치고로 돌아가는 길을 따라 후퇴하면 가와나카지마에서

기다리고 있다가 섬멸하려는 작전을 세운 듯하네. 왜냐하면 저물녘부터 가이즈 성의 밥 짓는 연기를 바라보았는데 오늘은 시각을 달리하여 2번에 걸쳐서 밥을 지었기 때문일세. 이는 필경 출발 시각이― 둘로 나뉘었다는 사실을 나타내는 것일세.”

“네.”

사람들은 모두 자신도 모르게 감탄함과 동시에 머리를 숙였다.

‘우리는 이미 이긴 것이나 다름없다!’

부장들의 마음속에는 벌써부터 필승의 기백이 넘쳐흐르고 있었다.

겐신이 눈썹을 슥 치켜올리더니 힘찬 어조로 말을 이었다.

“적의 계획은 꿰뚫어보았다! 오늘 밤 안으로 아마미야의 나루터를 건너, 내일 아침 다케다의 공격 부대가 이 산을 공격하는 허를 찔러 우리가 신겐의 본진으로 돌진해 들어갈까 하오만, 여러분은 어떻게 생각하시오? 호랑이 새끼를 잡으려면 호랑이 굴로 들어가야 하는 법이오. 우리가 노리는 적은 신겐이오. 나의 이 칼끝에 신겐의 민머리를 꿰어들고 말겠소!”

계책은 세워졌다. 출진 준비를 하라는 명령이 각 부대에 전달되었다. 밤의 어둠을 틈타 행해지는 행동은 정숙, 은밀함이 무엇보다 중요하다.

말에게 재갈을 물렸다. 혀를 감아 울부짖지 못하게 했다. 행동 도중에 소리가 날 만한 것은 전부 헝겊으로 감싸 스치거나 부딪쳐서 나는 소리를 방지했다. 병사는 모두 하무를 물고 조용히― 순서대로 늘어섰다.

진중에는 유난히 큰 횃불이 몇 개나 밝혀졌다.

끌고 나온 겐신의 명마 호쇼쓰키게(放生月毛)도 오늘 밤에는 횃불을 받아 한층 더 용맹하게 보였다.

"출진!"

가와나카지마에 부는 피바람

"앗!"

"크, 큰일이다!"

저마다 외쳤다. 외친 것은 다케다 군의 장병이었다.

에이로쿠 4년(1561) 9월 10일의 새벽, 산골짜기부터 희붐하게 밝아오기 시작했으나, 차고 습기가 많은 가을의 대기는 아침 안개를 짙게 드리우고 있어서 지쿠마가와는커녕 한 치 앞조차 하얀 안개 속이었다. 하지만 그것도 기껏해야 30분쯤. 산 위에서 불어오는 바람에 그렇게도 짙던 안개가 소리까지 내며 휩쓸려갔다.

그 후에 펼쳐진 눈앞의 광경!

아아, 생각지도 못했던 일! 의외! 너무나도 뜻밖이었다.

아마미야 나루터를 건넌 에치고 군 1만 3천이 오바스테야마(姨捨山) 동쪽에 위치한 가와나카지마의 평원으로 진출하여 당당하게 진을 펼치고 있었다. 불어오는 강바람에 기치가 나부끼고, 깃발을 펄럭이며 의연한 위용을 뽐내고 있었다.

겐신이 택한 전술이 그대로 맞아떨어졌다. 전군이 이미 이동을 완료하여 겐신의 독자적인 구루마가카리(車懸り)라 불리는 수레

바퀴 전법— 각 진이 각각 2개 조로 서로를 돕게 하여 수레바퀴처럼 돌아가며 나아가기에 정면에 적이 있어도 그 적과 맞서는 것처럼은 보이지 않고 옆길로 지나는 듯 보이지만 사실은 적진을 난마처럼 흩어놓는 무적의 병법으로 포진을 완료했다.

어젯밤에 풀어놓은 다케다의 세작들도 누구 하나 우에스기의 행군에는 가까이 접근하지 못했다. 어쩌다 접근한 자는 한 사람도 남김없이 붙들려 목숨을 잃고 말았다. 고사카 단조조차 깨닫지 못한 사이에 우에스기 군은 이미 대대적인 잠행을 마친 것이었다.

"겐신이 제아무리 전략에 능하다 한들 그리 대단할 것도 없다. 터럭만큼도 두려워할 필요 없다."

아침이 되어 풀어놓은 척후부대의 대장에게서 보고를 들은 신겐이 별일 아니라는 듯 이렇게 말했다.

이를 듣고 고슈 군도 근심에 찌푸렸던 미간을 펴며 안심했다. 동요가 가라앉았다.

제2의 척후부대로 나갔던 모로가 뉴도(諸我入道)가 돌아왔다. 동시에 야마모토 간스케가 신겐의 걸상 가까이로 불려왔다.

"겐신은 구루마가카리 전법을 써서 아군을 단번에 궤멸시키려 하고 있소. 이래서는 우리의 본진도 그 수가 부족하다 할 수 있소. 같은 숫자라 할지라도 위험하다 하지 않을 수 없소. 사이조산에 배치한 아군 1만 2천이 달려올 때까지 버티지 않으면 안 될 것이오. 싸움을 가능한 한 미루는 것이 좋을 듯하오. 어찌하면 좋겠소?"

"네, 알겠습니다."

신모기책(神謀奇策)을 가진 야마모토 간스케는 흉중에 과연 어떤 비책을 품고 있을까?

적의 기세에서 필살의 기운이 느껴진다면, 나아가 맞붙어서는 아군의 손상을 더욱 크게 할 뿐이다. 교묘하게 그 예봉을 잘 막아내지 않으면 안 된다.

순식간에 다케다의 기병 8천여는 진형을 바꾸었다. 진을 12단으로 세우고 화승총 부대를 좌우로 돌출되게 배치하여 한동안의 싸움을 화승총 부대로 버티려는 작전이었다. 아군이 오기를 기다리는 진형으로, 정병이 도우러 오기까지 버티겠다는 비법이었다.

이와 함께 다케다 가에서 대대로 써오던 둥근 해의 깃발과 다케다 마름모 깃발과 대장기는 다케다 다로 요시노부의 진에 세우고, 신겐의 걸상 옆에는 진막과 손자의 깃발 하나만을 세웠다. 격전이 예상될 때면 늘 써오던 수단이었다.

간스케가 각 장수들에게 주의를 주었다.

"기병으로 적을 잘 막아 정병이 오기까지 버틸 수 있느냐 없느냐는 오로지 여러 장수들의 용전 여부에 달렸소. 설령 적의 진용이 흩어지고 적이 달아난다 해도 결코 나아가 싸워서는 안 되오. 그것이 기회라 여겨 나아간다면 반드시 적의 함정에 빠지게 될 것이오. 무슨 일이 있어도 진형이 깨지지 않도록 굳게 지키기만 하는 것이 가장 중요하오."

잠시 후, 아침 대기를 흔들고 흙먼지를 하늘로 피워올리며 우에스기의 선봉이 쇄도해 들어왔다.

다케다 군의 화승총 부대가 발포를 시작했다. 우박처럼 쏟아지는 총알을 비웃기라도 하듯 우에스기 군의 선봉인 가키자키 이즈미노카미의 2천여 명이 오부 사부로베에, 나이토 슈리노조의 부대 속으로 뛰어들었다. 뒤이어 우에스기 군의 혼조, 호조 2장수가 오부,

나이토 군의 측면에 협공을 가했다.

핏줄기가 연기처럼 주위를 흐렸다. 칼이 부러졌다. 창이 날아갔다. 투구가 깨졌다. 말이 전신에 피를 뒤집어쓴 채 갈기를 부르르 떨었다. 떨어진 피가 마른 흙 위에 끈적하게 굳어버렸다.

피비린내 나는 처참한 바람이 휙 불어왔다. 피투성이 함성과 단말마의 외침이 한동안 끊기더니, 뜨뜻미지근하고 섬뜩한 피 냄새가 가와나카지마에 가득 찼다.

인마가 맞부딪쳤다. 시뻘건 피를 머금은 칼이 번뜩였다.

"아앗!"

"악!"

처절한 외침이 당연한 목소리처럼 곳곳에서 끊임없이 들려왔다. 나이토의 군은 여러 갈래로 뿔뿔이 흩어져 부서지고 말았다.

물론 싸움은 여기 한 곳에서만 벌어진 것이 아니었다. 사마노스케 노부시게, 모로즈미 분고노카미의 부대는, 뭉게뭉게 피어오르는 검은 초연 속을 뚫고 나온 우에스기 군이 맹렬하게 돌격해 오는 것을, 여기가 승부처라는 듯 방어했다.

차마 눈뜨고 볼 수 없을 만큼의 격전, 사투의 연속이었다. 그러나 누가 뭐래도 다케다 군은 당초의 착오가 커다란 타격이었다. 지략에 있어서나 무용에 있어서나 남에게 뒤지지 않는 사마노스케 노부시게였으나, 지금은 기울어가는 기세를 어찌해볼 수가 없었다. 몇 번인가 세력을 회복하여 몇 번인가 우에스기 군을 격퇴했지만, 어차피 오늘이 마지막이라고 결의를 다진 뒤였다.

다케다 집안에서 대대로 써오던, 감색 바탕에 법화경의 문구를 새긴 덮개를 떼어 대 위에 올린 뒤 갑옷의 어깨에 걸치고 말의 앞발에 묶고, 갈색 말 위에 높다랗게 앉아, 빈틈없이 갑옷을 흔들어 몸에 꼭 맞춘 다음, 동서로 달리고 남북으로 달려 몇 번인가의 반격 끝에 우에스기 군을 막 쫓아내고 난 직후였다.

흥一!

화승총의 명수인 마쓰기 모쿠스케(松木杢助)의 조준은 정확해서 총알이 옆구리를 관통했다. 병꽃나무의 꽃무늬 갑옷에 뿔 모양 장식이 달린 투구를 쓴 사마노스케 노부시게의 몸이 털썩 말 위에서 떨어져 땅을 울리고 흙먼지를 피워올렸다. 한시의 틈도 주지 않고 달려나온 모쿠스케가,

"에잇!"하는 기합소리와 함께 허연 칼날을 휘둘렀다. 사마노스케의 투구가 툭 앞으로 기울었다. 땅 위에 한 줄기 핏자국이 그려졌다.

사마노스케의 부하가,

"주군의 적! 이리 와라!"하고 외치며 모쿠스케의 뒤에서 어깨에 칼날을 깊숙이 박았다. 그러나 사마노스케를 잃은 부대는 이미 완전히 무너졌다.

모로즈미 분고노카미는 악전고투하는 아군을 독려하며 2간짜리 자루의 기다란 창을 휘둘러 단신으로 승세를 탄 적의 야스다 군을 내쫓았다. 하얀 얼룩의 애마가 피를 뒤집어쓴 채 입에서 거품을 뿜었다. 이야말로 사자분신(師子奮迅). 적진을 반 정만큼이나 무너뜨리며 나아갔다.

그런데 그때 우에스기의 측면부대인 가라사키(唐崎), 모모이(桃井), 히라가(平賀)의 각 부대가 좌익으로 우회하여 모로즈미의 측면을 공격하기 시작했다. 모로즈미는 포위당한 채 겨우 20명쯤 되

는 수하의 병사들과 함께 힘껏 버티고 서서 싸웠다. 꼬치를 꿰듯 창으로 우에스기 군을 찔러 쓰러뜨렸다. 그러나 그러는 동안 자신도 몇 군데고 상처를 입었다. 이제는 남은 병사도 손으로 꼽을 수 있을 정도. 사지가 물 먹은 솜처럼 무거웠다. 말도 흐느적흐느적 비틀거렸다.

"와아!" 하며 20기 정도 되는 무사와 100명쯤 되는 보병들이 모로즈미의 주위를 감쌌다.

매섭게 노려보다가 껄껄 커다란 소리로 웃으며,

"저승길의 길동무로 삼아주겠다. 고맙게 여기고 따라오도록 하라!"

기합소리도 없이 다가오는 무사 둘을 순간 빼어든 대검으로 베어버렸다. 연달아 달려드는 예닐곱 명을 혹은 어깨, 혹은 다리, 혹은 얼굴, 혹은 팔을 베었으나 다카마쓰 겐고로(高松源五郎)라고 이름을 밝히며 달려든 날카로운 창끝을 채 피하지 못해 왼쪽 옆구리 깊숙이 치명적인 상처를 입고 말에서 떨어졌다.

다카마쓰가 그 목을 베어 물러나려 했다. 모로즈미 부대의 무사 2명이 달려와서 목을 내놓으라며 다카마쓰의 손에서 그것을 빼앗았다.

시바타 이나바노카미의 부대와 칼을 맞댄 하라 하야토노스케의 부대도 이제는 총 퇴각이었다.

단지 다로 요시노부가 우에다 슈리노신을 저지하고 있었으며, 아나야마 이즈노카미, 오부 사부로베에가 혼조 에치젠노카미, 야마요시 겐바노조의 정병을 적으로 맞아 한 걸음도 물러서지 않겠다는 각오로 용전분투하고 있을 뿐이었다.

적과 아군이 한데 뒤얽힌 혼돈 속에서, 흙먼지와 핏줄기 속에서 칼을 부딪치는 소리와 빛.

다케다 군의 후군인 모치즈키, 다케다 쇼요켄, 아토베, 이마후쿠, 아사리의 다섯 부대는 우에스기 군의 고시, 우사미, 무라카미, 호조, 가지 각 부대의 정예병에 의해 거의 궤멸 상태에 이르러 히로세 나루터로 내몰리고 말았다. 이렇게 해서 신겐의 하타모토와 겐신의 하타모토가 직접 맞부딪치는 격렬한 조우전이 펼쳐지게 되었다.

정병 2백여 명을 이끌고 사방팔방에서 맹렬하게 싸우던 야마모토 간스케가 천변만화의 비술을 다 동원하여 혼조 군을 격파했다. 그러나 우에스기 군은 새로운 부대로 간스케를 포위했다. 200명의 야마모토 군은 순식간에 적병 300여 명의 시체를 자신들 앞뒤로 쌓아올렸다. 그러나 중과부적−.

한 명 쓰러지고, 두 명 쓰러지고, 백여 명의 병사가 목숨을 잃었을 때 간스케가,

"잡병에게는 눈길도 줄 것 없다. 우리가 노리는 적은 오직 대장 겐신 한 사람뿐이다!"라고 말하자 80여 명이 한 덩어리가 되어 겐신의 본진으로 돌진해 들어갔다. 몸은 불편하나 간스케의 창끝은 날카로워서 눈 깜빡할 사이에 6명을 찔러 쓰러뜨렸다. 겐신의 본진까지 이제는 40간−. 하지만 남은 병사는 겨우 20명.

간스케는 야트막한 언덕에 올라, 잠시 숨을 돌리며 하늘을 올려다보았다. 대담하기 짝이 없는 그 당찬 얼굴에 우에스기 군도 거리를 두고 포위하기만 했을 뿐 다가가려 하지 않았다. 가와나카지마의 상공은 흙먼지로 뿌옇게 흐려 있었다. 높다랗게 보여야 할 가을 하늘이 낮게 드리워진 듯 보였다.

"이곳은 연의 태자 단과 이별한 땅, 장사는 분기로 머리칼이 관을 찔렀네. 옛 사람은 이미 갔으나 오늘의 물은 더욱 차구나."

간스케가 낮게 읊조렸다. 시는 평소 즐겨 읊던 당나라 낙빈왕(駱賓王)의 역수송별(易水送別)이었다. 부릅뜬 두 눈에는 오히려 시원하고 맑은 빛이 어려 있었다. 여기서 목숨을 잃어도 상관없다는 마음, 한 치의 미련도 보이지 않는 반짝임을 품고 있었다.

간스케를 선두로 20여 명이 땅을 힘껏 박차고 나아가 몰려드는 시바타, 혼조 군의 한가운데로 뛰어들었다. 포위망이 뚫렸다. 그들을 뒤쫓기를 6번. 겨우 3명만 남기고 간스케의 병사들은 전부 목숨을 잃었다.

커다란 별이 마침내 땅에 떨어져, 가와나카지마의 슬픈 바람이 한층 더 엄숙하게 초목을 흔들었다. 간스케의 작은 몸이 말에서 떨어져 붉은 핏줄기로 누른 모래를 물들였다. 마지막까지 따르던 가쓰타(勝田), 구마하시(熊橋), 이토(伊藤) 세 용사도 바로 주인의 뒤를 따라서 목줄기를 끊었다.

우시쿠보의 은거지에서 나와 신겐을 섬긴 지 17년. 계책을 헌상하고, 계략을 펼쳐 공격하면 승리하고, 지킬 때면 굳건하여 백전백승의 지장이었던 야마모토 간스케— 다케다 가의 성대함을 쌓아올린 군사 간스케가 만신창이가 된 채 끝까지 싸우다 쓰러진 것이었다.

그러나 전장의 혈전은 여전히 계속되고 있었다.

흐르는 별처럼 빛을 뿜었으나 큰 뱀을 놓치고 말았구나

〈채찍 소리 죽여 밤의 강을 건너네

새벽에 보네, 천의 병사가 대장기를 감싼 것을〉

이 칠언절구를 읊은 것은 『일본외사』를 저술한 라이 산요(頼山陽)다. 산요는 위의 구절에 이어,

〈가슴속 한, 10년 동안 검을 연마하여

흐르는 별처럼 빛을 뿜었으나 큰 뱀을 놓치고 말았구나〉라고 노래했다.

시의 뜻은 말하지 않아도 알 수 있으리라. 밤의 어둠을 이용해 하무를 물고 지쿠마가와를 건넌 에치고 군. 아침 안개가 걷혀 눈앞에 1만여의 대군이 대장기를 감싼 채 하늘에서 내려온 것처럼 홀연 나타났을 때의 고슈 군의 경악. 승리의 신이 겐신의 에치고 군에게 미소를 짓는 것이 아닐까 여겨졌다.

서로 맞선 지 이미 10여 년, 쌓인 한을 이 한 칼에 담아 오로지 검을 쓰다듬으며 기회가 오기만을 기다리고 있던 겐신은 이날 새벽에 펄쩍 뛰어오를 듯이 기뻐했다.

감색 실로 미늘을 엮은 갑옷에 연두색 비단 망토를 두르고 금색 투구의 끈을 단단히 조여 맨 겐신이 명마 호쇼쓰키게에 걸터앉아 3자 6치의 대검을 오른손에 들고 커다란 목소리로 외쳤다.

"우리의 목표는 신겐의 민머리다!"

밀고 들어갔다가는 밀려나오고, 물러났다가는 다시 나아갔다. 양군의 주장이 거느린 본진 상호간의 격돌이었다.

다케다 군이 약간 우세하게 보인다 싶은 순간, 그때까지 오쓰카

무라에 진을 치고 있던 우사미 스루가노카미의 1천여 명이 측면에서 함성을 지르며 공격을 감행했다. 그렇게 되자 그 용맹하던 다케다의 본진도 기세가 꺾였다.

한순간에 우르르 무너졌다.

"바로 지금이다! 한 놈도 놓쳐서는 안 된다!"

주장인 겐신 스스로가 말을 달려 선두에 나섰다. 신겐의 적자인 다로 요시노부는 24세의 젊은 무사. 아버지에게도 뒤지지 않는 강용함으로 이름을 떨치고 있었으나 이 기울어가는 기세를 막을 수는 없었다. 다케다 마름모에 용머리 모양의 투구가 기울었으며, 자줏빛 갑옷을 피로 물들인 채 적의 포위망을 뚫기 위해 분투했다. 몸에는 벌써 여러 군데 상처를 입었다.

"다로를 죽게 해서는 안 된다! 살려야 한다!"

걸상에서 벌떡 일어난 신겐은 측근의 병사들 대부분을 그의 구원을 위해 달려가게 했다.

주위가 갑자기 허술해졌다.

'지금이다! 이번 기회를 놓쳐서는 안 된다!'

자신 주위의 정병 20여 기를 이끈 겐신은 투구의 끈을 잘라 강물에 던지고 희고 부드러운 비단으로 머리를 두른 채 신겐의 본진을 향해 맹렬하게 돌진했다.

평소 아끼던 검 준케이 나가미쓰[21]를 오른손에 들고 휘두르며 똑바로. 마치 마리지천[22]처럼 적의 방어선을 돌파했다.

---

21) 順慶長光. 가마쿠라 시대(1192~1333) 후기, 비젠노쿠니의 도공. 요시카와 에이지의 『우에스기 겐신』에는 아즈마 나가미쓰(小豆長光)로 되어 있다. 우에스기 겐신이 애용하던 칼은 아즈마 나가미쓰로 알려져 있다.

22) 摩利支天. 불교의 수호신 가운데 하나. 무사들이 수호신으로 여겼다.

"누구냐! 물러나라!"

스쳐 지나며 신겐의 본진 가운데서도 강용하기로 널리 알려진 하라 오스미노카미가 겐신의 옆구리를 향해 3번쯤 창을 휘둘렀다. 그러나 안타깝게도 어지러운 싸움이 한창 펼쳐지는 중이었다. 오스미는 그가 겐신이라는 사실을 알지 못했기에 창이 빗나간 채로 그냥 지나쳐버리고 말았다.

겐신을 따라온 이치미네 간타로(井地峰勘太郎)가 주군의 위험을 보고 얼른 창을 번뜩여 오스미의 갑옷을 찔렀으나 갑옷 안쪽까지는 뚫고 들어가지 못했다.

그 사이에 신겐은 말을 탄 채 사이가와의 물 속으로 텀벙 뛰어들었다.

"달아나지 마라, 신겐! 에치고의 겐신이 여기에 있다. 여기서 얌전히 자웅을 겨루자. 에잇, 비겁하게 내게 등을 보이는 게냐! 돌아와라, 돌아와!"

이렇게 외치며 겐신도 말을 강물 속으로 몰고 갔다.

"내 어찌 네게 등을 보일 수 있겠느냐!"라며 신겐이 돌아섰을 때 겐신의 말은 이미 바로 앞까지 들이닥쳐 있었다.

이야말로 단기 대 단기. 단 둘이서만 겨루는 승부였다.

"에잇!"

강물 위로 돌풍이 휙 불어가더니 겐신이 명검 나가미쓰를 뽑자마자 그대로 내리쳤다.

신겐은 묘친 노부이에23)의 명작인 스와홋쇼(諏訪法性) 투구를 쓰고 검은 실로 미늘을 짠 갑옷 위에 주홍색 법의를 두르고 있었으

---

23) 明珍信家. 무로마치 시대 말기(전국시대)에 갑옷과 투구를 만들던 명인.

며, 손에 든 것은 남만철[24]로 만든 지휘용 부채였다.

한시도 지체할 수 없는 순간, 대검을 뽑을 사이도 없었던 신겐은 이 부채로 허연 칼날을 쨍그랑 막아냈다.

"물렀거라!"

"이놈!"

나가미쓰를 크게 휘둘렀던 겐신이 눈에 보이지도 않을 만큼의 빠른 놀림으로 두 번째 칼을 휘둘렀다. 다시 칼을 막은 지휘용 부채의 자루가 부러졌고 칼끝이 신겐의 손목보호대로 파고들어—, 팔에 상처를 입었다. 연달아 세 번째 칼날이 어깨를 베었다.

강바닥의 돌에 말의 발이 걸려 신겐의 몸이 비틀거렸다. 일촉즉발의 위기!

바로 그때 신겐을 구하기 위해 강으로 뛰어든 하라 오스미가 겐신이 입고 있는 갑옷의 매듭 부근을 힘껏 찔렀으나 갑옷은 희대의 명기—, 뚫리지 않았다. 마음이 다급해진 오스미는 자루에 자개 장식이 있는 창을 거두어 두 손으로 치켜들었다가 겐신이 탄 말의 엉덩이 부근을 있는 힘껏 내리쳤다.

명마 호쇼쓰키게도 뒷발로 곧추서 뛰어올라 강의 깊은 곳에 빠졌기에 제아무리 겐신이라 할지라도 안장에 버티고 있지 못하고 빠른 강물 속으로 거꾸로 떨어지고 말았다. 신겐은 호랑이 아가리에서 벗어났다.

아아, 흐르는 별처럼 빛을 뿜었으나 끝내는 큰 뱀을 놓치고 만 것이었다.

---

24) 南蛮鉄. 서양식으로 정련한 쇠.

전투의 종결

"겐신, 기다려라. 다케다의 적자인 다로 요시노부가 여기에 있다!"

와다 요시베에(和田善兵衛)의 말로 갈아타고 강에서 나온 겐신 앞을 가로막은 젊은 무사. 둥근 해 모양에 다케다 마름모 깃발을 세운 요시노부가 2자 8치짜리 장검을 날카롭게 휘둘렀다. 2합, 3합, 칼이 불꽃을 튀었다.

10여 합 싸우는 동안 요시노부는 11곳에 칼을 맞아 상처를 입었다. 겐신도 갑옷 아래쪽 2군데쯤에서 피가 흐르고 있었는데 상당히 깊은 상처인 듯했다.

겐신의 발이 등자를 밟지 못하고 있었다.

"자, 결판을 내자!"

요시노부는 과연 젊었다. 부상에 굴하는 기색도 없이 말을 탄 채 달려들려 했다. 그리고 그때 다케다의 호위무사인 소네 스오우(曾根周防), 야나다 야다유(簗田弥大夫) 등 2, 30기가 달려와 요시노부를 지원했기에 겐신도 요시노부는 포기한 채 가까이 다가오는 적 3기를 베어 쓰러뜨리고 잡병 6명에게 상처를 입힌 뒤 말머리를 돌렸다.

싸움의 전반은 에치고 군의 완승이었다. 고슈 군은 거의 궤멸 직전에 내몰리고 말았다. 그러나 후반은—.

사이조산으로 향했던 고슈 군의 정병 1만 2천이 적의 진영 가까이로 다가가 바라보니, 아아 그곳은 빈껍데기나 다를 바 없었다.

"아뿔싸, 속았구나!"

총소리, 화살을 쏘며 올리는 함성이 뜻밖에도 가와나카지마 쪽에서 들려왔다.

"군대를 돌려라!"

한마디 명령에 대군은 발걸음을 돌려 가와나카지마 쪽으로 달려갔다.

흙먼지를 하늘 높이 피워올리며, 채찍을 휘둘러 말발굽이 깨져라 정신없이 달려갔다. 전장은 멀지 않았다!

그러자 기다리고 있던 우에스기 군의 후군인 나오에, 아마카스의 부대가 화승총으로 일제사격. ─앞장서서 달려가고 있던 기마무사들이 차례로 쓰러졌다. 그것을 본 오바타 오와리노카미가,

"무엇을 망설이느냐! 총알을 두려워해서 어쩌겠다는 것이냐. 여기서 망설이면 본진이 위험해진다. 나의 뒤를 따르라!"라고 외치자마자 안장 위로 몸을 숙이고 질풍처럼 말을 달려 어려움 없이 맞은편 강가로 건너갔다. 뒤이어 사나다, 바바, 오야마다의 각 부대가 강을 건넜다.

정병이 도착하여 이제는 고슈 군이 적을 협공할 수 있는 유리한 태세를 점했다. 나오에, 아마카스를 격파하고 새로 가담한 1만 2천의 대군이 혼조, 가키자키 부대의 후방을 덮쳐 우르르 우에스기 군의 한가운데로 돌격해 들어갔다.

겐신이 전군을 수습하기 위해 지휘봉을 휘둘렀다. 그러나 이렇게 된 이상 더는 수습할 수가 없었다. 싸움에 지친 에치고 군은 우세한 고슈 군 정병의 적이 될 수 없었으며, 지리멸렬 흩어져 달아나기

시작했다. 밀리고 또 밀려 사이가와에 빠져 죽는 자도 적지 않았다.

그러나 겐신의 마음은 한 줄기 비애를 느끼면서도, 한편으로는 오래 전부터 쌓인 울분을 해소했다는 기쁨으로 넘쳐나고 있었다.

생각해보면 고슈 군도 에치고 군의 예봉을 막아내며 잘도 버텼다. 다른 군대였다면 벌써 패해 달아났으리라. 평소의 연마로 무적을 자랑하던 고슈 군이었기에 우에스기 군의 맹공을 버티고 버텨, 형세를 역전시킬 수 있었던 것이리라.

전사자의 시체가 널따란 강가를 메웠다. 양쪽 군의 전사자가 8천, 부상자는 1만 9천이라 일컬어지고 있다.

이로 미루어보아 전투가 얼마나 치열했는지 짐작할 수 있으리라.

바람이 서서히 잠들어 물결도 일지 않는 침묵 속의 전장, 가와나카지마의 밤은 음침하게 깊어가고 있었다. 창백한 반달이 빛을 차갑게 뿌리고 있었다.

오늘 밤, 양 군의 꿈은 과연 어떤 것일까?

피에 물들고 시체로 탁해진 사이가와의 강물이 깊어가는 밤의 정적 속으로, 이제는 맑게 들리는 여울목의 물소리를 쉴 새 없이 울리고 있었다.

일본의 옛 행정구역명

도산도
40. 오우미/고슈
45. 미노/노슈
50. 히다//히슈
57. 시나노/신슈
63. 시모쓰케/야슈
64. 고즈케/조슈
67. 데와/우슈
68. 무쓰/오슈

호쿠리쿠도
39. 와카사/자쿠슈
46. 에치젠/엣슈
47. 가가/가슈
48. 노토/노슈
49. 엣추/엣슈
65. 에치고/엣슈
66. 사도/사슈

산인도
19. 이와미/세키슈
21. 이즈모/운슈
25. 호키/하쿠슈
28. 다지마/단슈
29. 이나바/인슈
30. 오키/온슈
31. 단고/단슈
32. 단바/단슈

산요도
16. 스오/보슈
17. 나가토/조슈
18. 아키/게이슈
20. 빈고/비슈
22. 빗추/비슈
23. 비젠/비슈
24. 미마사카/사쿠슈
27. 하리마/반슈

도카이도
41. 이가/이슈
42. 이세/세이슈
43. 시마/시슈
44. 오와리/비슈
51. 미카와/산슈
52. 도오토우미/엔슈
53. 스루가/슨슈
54. 이즈/즈슈
55. 사가미/소슈
56. 가이/고슈
58. 무사시/부슈
59. 아와/보슈
60. 가즈사/소슈
61. 시모우사/소슈
62. 히타치/조슈

기나이
33. 셋쓰/셋슈
34. 이즈미/센슈
35. 가와치/가슈
37. 야마토/와슈
38. 야마시로/조슈

난카이도
12. 이요/요슈
13. 도사/도슈
14. 아와/아슈
15. 사누키/산슈
26. 아와지/단슈
36. 기이/기슈

사이카이도
1. 오스미/구슈
2. 사쓰마/삿슈
3. 휴가/닛슈
4. 부젠/호슈
5. 분고/호슈
6. 지쿠젠/지쿠슈
7. 지쿠고/지쿠슈
8. 히젠/히슈
9. 히고/히슈
10. 이키/잇슈
11. 쓰시마/다이슈

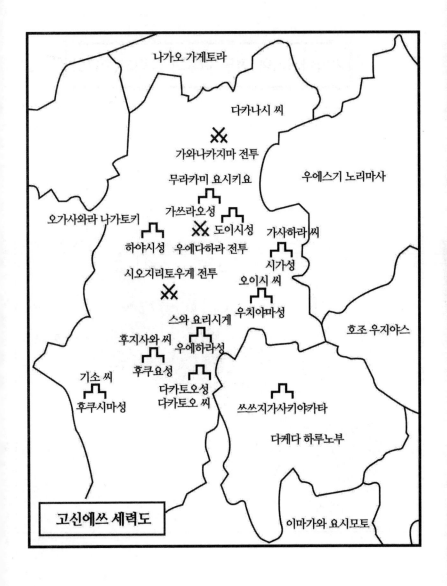

가와나카지마 전투 이후의 세력도(1570)

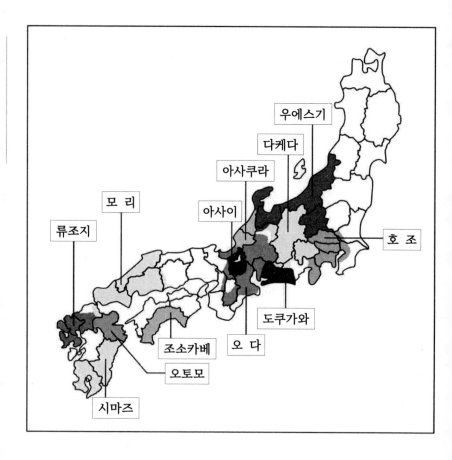

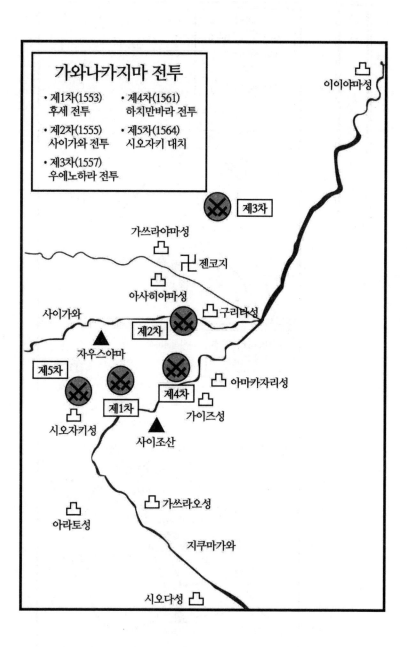

가와나카지마 전투

- 제1차(1553) 후세 전투
- 제2차(1555) 사이가와 전투
- 제3차(1557) 우에노하라 전투
- 제4차(1561) 하치만바라 전투
- 제5차(1564) 시오자키 대치

이이야마성

제3차

가쓰라야마성

젠코지

아사히야마성

사이가와

구리타성

제2차

자우스야마

제5차

제4차

아마카자리성

시오자키성

제1차

가이즈성

사이조산

가쓰라오성

아라토성

지쿠마가와

시오다성

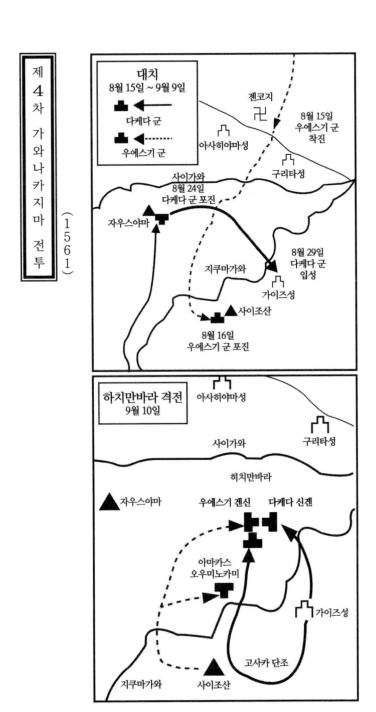

제 4 차 가와나카지마 전투 (1561)

대치
8월 15일 ~ 9월 9일

다케다 군
우에스기 군

젠코지

8월 15일
우에스기 군
착진

아사히야마성

구리타성

사이가와
8월 24일
다케다 군 포진

자우스야마

8월 29일
다케다 군
입성

지쿠마가와

가이즈성

사이조산

8월 16일
우에스기 군 포진

하치만바라 격전
9월 10일

아사히야마성

구리타성

사이가와

히치만바라

자우스야마

우에스기 겐신

다케다 신겐

아마카스
오우미노카미

가이즈성

고사카 단조

지쿠마가와

사이조산

일본 역사상 최대의
미스터리 사건인 혼노지의 변

지와 용을 겸비한 최고의 무장

아케치 미쓰히데(明智光秀),

그는 왜 주군 오다 노부나가를 배신했는가?

그렇다면 결심은 흔들림 없이 굳은 것이었으나 주군에 대해 모반을 일으킨다
는 사실에서 오는 윤리적 고민 때문이었을까? 양심의 가책 때문이었을까?

아니, 그것도 아니었다.

고민도 가책도 물론 없는 것은 아니었으나 그것은 한숨도 자지 못하고 괴로움
에 몸부림치던 니시노보에서의 밤이 새벽을 맞이한 순간 깨끗하게 털어버리고,

'천지를 둘러보아도 신명에게 부끄러울 것이 없다!'

고 느낄 수 있게 되었다.

그렇다면 무엇 때문일까?　　　　　　　　　　　　　－본문 중에서

정가: 13,000원

옮긴이 **박현석**

나쓰메 소세키, 다자이 오사무, 와시오 우코, 나카니시 이노스케, 후세 다쓰지, 야마모토 슈고로, 에도가와 란포, 쓰보이 사카에 등의 대표작과 문제작을 꾸준히 번역해 소개하고 있다. 국내 최초로 번역한 작품도 상당수 있으며 앞으로도 국내에 잘 알려지지 않은 작가·작품을 소개하여 획일화된 출판시장에 다양성을 부여할 계획이다. 옮긴 책으로는 『나쓰메 소세키 단편소설 전집』, 『그럼, 이만…… 다자이 오사무였습니다.』, 『젊은 날의 도쿠가와 이에야스』, 『아케치 미쓰히데』, 『붉은 흙에 싹트는 것』, 『운명의 승리자 박열』, 『붉은 수염 진료담』, 『추리소설 속 트릭의 비밀』 외 다수가 있다.

다케다 신겐(원제: 고에쓰군키)

1판 1쇄 인쇄 2021년 12월 10일
1판 1쇄 발행 2021년 12월 20일

지은이 와시오 우코
옮긴이 박현석
펴낸이 박현석
펴낸곳 현 人(현인)

등 록 제 2010-12호
주 소 서울시 도봉구 덕릉로 62길 13, 103-608호
전 화 010-2012-3751
팩 스 0505-977-3750
이메일 gensang@naver.com

ISBN 979-11-90156-23-3